CONTINUATION

DES

MILLE ET UNE NUITS.

TOME TROISIÈME.

2370

Y²

CE VOLUME CONTIENT

La ſuite des MILLE ET UNE NUITS, Contes Arabes, traduits par don CHAVIS & M. CAZOTTE.

TOME TROISIEME.

De cette ſuite, & le 40me. du Cabinet des Fées.

C.)

CONTINUATION

DES

MILLE ET UNE NUITS,

CONTES ARABES;

Traduits littéralement en François par Dom Denis CHAVIS, *Arabe de nation, Prêtre de la Congrégation de St. Bazile, & rédigés par M.* CAZOTTE, *Membre de l'Académie de Dijon,* &c.

TOME TROISIÈME.

A GENÈVE,

Chez BARDE, MANGET & Compagnie,
Imprimeurs - Libraires.

Et se trouve à PARIS,

Chez CUCHET, Libraire, rue & hôtel Serpente.

M. DCC. LXXXIX.

LA SUITE

DES

MILLE ET UNE NUITS,

CONTES ARABES.

SCHEHERAZADE ayant fini l'histoire du Schebandad de Surate attendoit les ordres du sultan Schahriar. « Quoi ! dit-il, votre histoire est finie ? —— Invincible sultan ! répondit-elle, je voudrois varier vos plaisirs par un nouveau récit plus intéressant, & d'un genre fort différent de celui-ci, mais celui-ci est fort long, le jour est prêt à paroître, & j'ai besoin de repos; ainsi, si mon seigneur & maître me le permet, je lui réserverai pour ce soir l'histoire de Bohetzad & de ses dix visirs. C'est juste, dit le sultan, aussi bien j'ai la tête un peu embarrassée, & je ne serois pas fâché de me reposer aussi ». Sur un signe de sa main, les bougies furent éteintes, l'assemblée se sépara, & le sérail fut plongé dans le silence.

A iij

Le soir étant venu, & tout étant difposé pour écouter le récit de la belle fultane, elle s'adreffa ainfi à Schahriar : « Je préviens votre grandeur, lui dit-elle, qu'elle n'entendra dans cette hiftoire aucun de ces faits extraordinaires qui m'ont paru du goût de votre majefté ; mais.... Comment ! dit le fultan, point d'oifeaux ? plus de magie ? — Non, fire, la moralité de cette hiftoire eft tirée de la prédeftination de l'homme, & je prouverai à votre majefté, que rien fur la terre ne peut changer les décrets de notre deftinée. — S'il eft ainfi, dit le fultan, il eft écrit que je dois écouter votre hiftoire ; vous pouvez la commencer.

Après une inclination de tête, Scheherazade parla en ces termes :

HISTOIRE

De Bohetzad, & de fes dix visirs.

LE royaume de Dineroux embraffoit la Syrie entière, & les isles des Indes, fituées à l'entrée du golfe Perfique. Anciennement cet état puiffant étoit foumis à la domination du roi Bohetzad, qui réfidoit dans la ville d'Iffeffara.

Rien n'égaloit la puiſſance de ce monarque ; ſes troupes étoient innombrables, ſes tréſors inépuiſables, & la population de ſes états étoit égale à leur fertilité ; ſon royaume entier, partagé en dix grands départemens, étoit confié à l'adminiſtration de dix viſirs, dont ſon divan étoit compoſé. Ce prince ſe délaſſoit ſouvent à la chaſſe des ſoins du gouvernement.

Un jour qu'il ſe livroit à cet exercice avec ſa paſſion ordinaire, il ſe laiſſa tellement entraîner à la pourſuite d'un cerf, qu'il avoit lancé dans les bois, qu'il s'éloigna de ſa ſuite au point qu'au ſortir de la forêt, il n'apperçut plus aucun de ſes gens ; il avoit perdu de vue ſa proie, & tandis qu'il cherchoit à s'orienter, il apperçut de loin une troupe aſſez conſidérable ; il s'en approche, & à meſure qu'il avance, il parvient à diſtinguer un gros de quarante chevaliers (1), environnant une litière brillante, dont les rayons du ſoleil rele-

(1) *Chevaliers.* La chevalerie très-ancienne dans les Indes, y ſubſiſte encore aujourd'hui. Les perſonnages dévoués à cet état, viennent armés de pied en cap, offrir leurs ſervices aux différens ſouverains. Voy. les mémoires ſur Hyder-Ali-kan.

voient encore l'éclat. Cette voiture étoit
de cristal de roche ; les moulures & les
charnières étoient d'or ciselé ; l'impériale
en forme de couronne étoit de bois d'aloës,
chantournée de lames d'argent. Cette litière (1) avoit la forme d'un petit temple
à l'antique ; mais si resplendissant, que la
vue en étoit éblouie. Un prodige de cette
nature, au milieu d'un désert, étonnoit
autant le monarque qu'il excitoit sa curiosité. Il aborde l'escorte, la salue, & adressant la parole au chevalier qui tenoit les
rênes des mulets : « mes amis, leur dit-il,
faites-moi la grâce de me dire ce que c'est
que cet équipage, & le nom de la personne
à qui il appartient. »

Malgré le ton civil & honnête du monarque, comme son habit de chasse n'annonçoit point la dignité de celui qui le portoit :
« Que vous importe, lui répondit-on ? »
Une réponse aussi sèche ne rebuta point
Bohetzad ; il insista encore plus honnêtement & même avec prière, pour en obtenir
une plus satisfaisante. Alors le chef appa-

---

(1) Ces sortes de voitures se nomment en arabe,
tarterouannes.

rent de cette troupe lui préfentant la pointe de fa lance, lui dit : « Paſſe ton chemin, téméraire ! ou fi ta curiofité devient plus importune, apprends qu'il va t'en coûter la vie. »

L'infolence de ce procédé indigna le roi : il s'approcha du chevalier qui le menaçoit ainfi, avec cet air d'affurance & ce ton impofant dont il a contracté l'habitude dans l'exercice du pouvoir abfolu. « Efclave de mon trône, lui dit-il, méconnois-tu Bohetzad ? & n'euffai-je été qu'un homme ordinaire, quand je t'ai parlé d'un ton modefte & amical, devois-tu me menacer de la mort ? »

Au feul nom de Bohetzad, les chevaliers ont mis pied à terre, & fe profternent. « Sire, dit un des plus anciens, pardonnez une réponfe qu'on ne croyoit point adreffer au plus grand monarque de la terre ; mais votre majefté en habit de chaffe & fans fuite pouvoit bien n'être pas reconnue.

« Levez-vous, dit le roi, & fatisfaites ma curiofité. Quelle eft la perfonne qui eft dans cette litière ? où la conduifez-vous ?

« Sire, répondit le chevalier, c'eſt la fille de votre grand vifir Afphand. Elle eſt

A v

deſtinée pour épouſe au prince de Babylone, auprès duquel nous la conduiſons. »

Pendant ce temps-là, la fille du viſir, inquiète du ſujet qui retardoit ſa marche, préſente ſa tête à la portière pour s'en informer ; Bohetzad l'apperçoit. Quelque précaution qu'elle eût priſe pour n'être pas vue, ſon exceſſive beauté étonne les regards du ſouverain ; ſon cœur eſt auſſitôt bleſſé d'un trait vainqueur : ſa paſſion, parvenue à ſon comble, aſpire dès le moment même de ſa naiſſance à ſe ſatisfaire ; & Bohetzad, déterminé à s'en aſſurer l'objet, uſe de ſa toute-puiſſance, en parlant ainſi au conducteur de la litière. « Je vous ordonne de prendre la route d'Aſſeſſara, & de conduire à mon palais la fille de mon premier viſir. »

Le commandant de la troupe crut devoir répondre à ſa majeſté : « Sire, lui dit-il, votre viſir eſt votre eſclave comme nous, & ſi nous remettons ſa fille dans ſon palais, elle n'y demeurera pas moins ſoumiſe à vos volontés. — Mon viſir a diſpoſé de ſa fille ſans moi agrément, & je ne lui dois pas les égards que vous me propoſez d'avoir pour lui. — Sire, répliqua le chevalier, votre grand vifir Afphand a toujours joui de la plus haute confidération, & de l'honneur de la confiance de votre majefté. Une violence exercée contre lui peut influer fur fa réputation, & lui faire perdre dans l'opinion publique le crédit dont il eft de votre intérêt qu'il jouiffe. — Son crédit ne dépend que de moi, & je l'augmente beaucoup en lui faifant l'honneur d'époufer fa fille. »

Le plus vieux, & en même temps le plus inftruit des chevaliers, ofa encore prendre la parole : « Sire, dit-il, la précipitation eft dangereufe ; elle entraîne fouvent le repentir. Vos efclaves prient votre majefté d'y réfléchir mûrement. — Les rois veulent être obéis. Mes réflexions font faites, téméraire vieillard, reprit le prince avec humeur, quel ménagement aurois-je à obferver avec mon efclave ? Obéiffez. » Alors ne pouvant plus contenir fon impatience, il faifit lui-même la bride des mulets, & dirige leurs pas vers l'endroit de la forêt où il préfumoit que fes gens devoient être raffemblés pour le ralliement indiqué. Il fe trouve bientôt auprès de la tente qu'ils avoient établie, & il ordonne à tout fon équipage d'accompagner jufqu'à fon palais la princeffe qui eft dans la litière. Le cortège y arrive : le roi ordonne au chef de fes eunuques de faire venir le cadi ; ce juge fe préfente, & dreffe fur le champ le contrat de mariage de Bohetzad avec la princeffe Baherjoa, fille du vifir Afphand.

Tandis que le roi s'occupe des cérémonies de fon mariage, les quarante chevaliers font retournés au palais du grand vifir, forcés d'abandonner la litière & la princeffe, qu'ils devoient conduire à Babylone ; le miniftre eft troublé d'un fi prompt retour : partis la veille d'Iffeffara, comment pouvoient-ils être revenus fi vîte de Babylone ? Il craignoit des accidens extraordinaires. Un des chevaliers vient lui faire le récit de cette aventure ; il exagère la violence & le ton defpotique de Bohetzad, & remplit le cœur du miniftre de craintes & de reffentimens, quoiqu'il lui ait affuré que le monarque a dû époufer fa fille dans la nuit même.

« S'oppofer à mes arrangemens de famille ! m'enlever ma fille ! l'époufer malgré moi ! reconnoître ainfi mes fervices ! difoit ce miniftre irrité. »

Alors, le cœur rempli du défir de la vengeance, il mande auſſitôt des exprès pour raſſembler chez lui ſes amis, les princes & les grands de ſa famille : ils arrivent. Il leur fait le tableau de l'attentat commis par le roi contre ſa fille, contre le prince de Babylone, & contre lui-même. L'affront & le reſſentiment paſſent dans tous les cœurs ; Aſphand s'apperçoit, par l'effet du récit qu'il vient de faire, qu'il lui ſera facile de les aſſocier à ſes projets de vengeance.

« Princes & ſeigneurs, leur dit-il ; le roi occupé de ſes plaiſirs n'eſt point délicat ſur les moyens de les ſatisfaire ; & pour récompenſe de mes travaux, il ne craint pas de m'expoſer aux affronts d'une inſulte irréparable : je ne ſuis plus qu'un vil eſclave à ſes yeux. Penſe-t-il que ma fille doive partager ſes goûts volages, & aſſouvir ſes défirs effrénés ? Vous ne ſerez pas vous-mêmes à l'abri de ce déshonneur ; vos femmes & vos filles ne ſeront point épargnées. Ce torrent d'iniquité va ſe déborder ſur vous-même, ſi nous ne cherchons à en arrêter le cours.

Les parens & les amis du viſir entrent

dans ſes intérêts ; on délibère ſur les moyens : un d'entr'eux, conſommé dans la politique, expoſe ainſi ſon avis.

« Viſir, écrivez au roi ; témoignez - lui combien vous êtes ſenſible à l'honneur imprévu qu'il vous a fait, & auquel vous n'euſſiez jamais oſé prétendre. A cette lettre, vous en joindrez une autre pour votre fille, où vous lui paroîtrez enchanté de ſon bonheur : implorez le ciel avec elle pour qu'il comble de félicités le monarque ſi cher à ſon peuple. Vous ferez accompagner ces dépêches de preſens magnifiques ; & Bohetzad, aveuglé par ſa paſſion, ſe perſuadera tout ce qui peut la flatter. Vous profiterez de cette ſécurité pour vous éloigner de lui à la première occaſion, ſous le prétexte du bien de ſes affaires ; & vous étant mis à l'abri d'un coup de main de ſa part, vous ferez paſſer à tous les princes, les gouverneurs, & les gens chargés du département des finances, des détails allarmans ſur la ſituation du royaume ; vous ferez preſſentir les dangers de l'état entre les mains d'un jeune ſouverain, abandonné à ſes paſſions, & incapable de récompenſer des ſervices, qu'il ne reconnoît que par des violences & des affronts, en ne fuivant d'autre règle que le défordre d'une volonté auffi abfolue que dépravée. »

Le grand - vifir & le refte de l'affemblée adoptèrent ce plan ; tous convinrent qu'ils profiteroient des occafions qu'ils pourroient avoir pour difpofer les efprits fans fe compromettre, & qu'ils demeureroient à Iffeffara dès qu'Afphand s'en feroit éloigné, afin de le tenir fur les avis, & de diriger fa conduite. Ces réfolutions arrêtées, l'affemblée fe fépara promptement pour ne pas donner prife aux foupçons, & Afphand écrivit au roi en ces termes :

« Puiffant roi, monarque des deux mers, votre efclave déjà élevé par vous à la place de grand - vifir, décoré du titre de prince, ne s'attendoit pas à l'honneur diftingué de devenir votre allié. Infiniment comblé de cette nouvelle faveur, je fais au ciel les vœux les plus ardens pour qu'il accumule fans-ceffe de nouvelles grâces fur la tête de votre majefté ; qu'il en prolonge les jours, & lui accorde toutes les profpérités d'un règne qui ne puiffe jamais être troublé jufques dans votre poftérité la plus reculée. Mon devoir jufqu'à préfent a été de faire

régner, par mon travail, la paix intérieure
& extérieure dans vos états, en y faisant
adminiſtrer ſagement la juſtice, en repouſ-
ſant & écartant l'ennemi de vos frontières.
Je rempliſſois, ſire, la charge de votre premier viſir : aujourd'hui les fonctions m'en
deviennent plus ſacrées, l'honueur de votre
alliance m'en rend les ſuccès comme per-
ſonnels ; & ma fille & moi n'en ſerons que
des eſclaves plus fidellement attachés à
votre perſonne & à vos intérêts. »

La lettre pour Baherjoa contenoit des
félicitations ſur ſon bonheur, & étoit auſſi
adroitement tournée que celle adreſſée à
ſon époux. Aſphand fait remettre ces lettres par le premier officier de ſa maiſon,
en les accompagnant d'un préſent magnifique. Le jeune fils du viſir ſe joint à l'envoyé, ils ſe rendent enſemble au palais
du roi, & ſe proſternent devant lui.

Bohetzad, enivré du bonheur dont il
jouiſſoit, eſt ſans défiance ſur les fauſſes
proteſtations du viſir : il fait revêtir ſon
fils de la plus riche peliſſe, & fait donner mille pièces d'or à l'officier chargé du
meſſage. A peine ſont-ils ſortis, que le
plus ancien des viſirs ſe préſente au roi

pour lui faire fa cour ; le fouverain l'accueille avec cette bonté qui lui étoit ordinaire ; il le fait affeoir, & lui fait part
du bonheur dont il fe flatte de jouir dans
la poffeffion de fon aimable époufe ; &
malgré qu'il foit la fuite d'un petit acte
de violence , il n'imagine pas qu'aucun
nuage puiffe le troubler. « L'attachement,
dit-il, qu'Afphand me montre, me raffure fur l'efpèce de reffentiment que je
pouvois lui fuppofer : voilà fes lettres :
lifez-les , vous verrez combien il eft fatisfait de cette alliance ; & d'ailleurs, la
magnificence de fes préfens enchérit encore
fur l'énergie de fes expreffions. »

Le vieux miniftre , après avoir lu ces
lettres , demeure penfif & les yeux baiffés. « N'êtes-vous pas content de ce que
vous venez de lire ? dit le roi. — Quand
le dangereux reptile veut s'introduire quelque part, répond le miniftre , il ne cherche point à effrayer par fes odieux fiffle-
mens ; il fe gliffe adroitement fous les
replis de fon corps fouple & délié ; fon
écaille eft luifante & liffe ; fon regard eft
doux & careffant : il fe garde bien de
montrer au-dehors le dard perfide &

venimeux. Les lettres d'Afphand font étu-
diées : vous l'avez offenfé , n'en doutez
pas ; & la feinte douceur de fes expreffions cache un projet de vengeance , dont
votre majefté devroit appréhender & prévenir les effets. »

Bohetzad , uniquement occupé de fes
amours , fuppofant des motifs de jaloufie
au miniftre qui lui parloit ainfi , n'ajouta
pas foi à des avis dictés par l'attachement,
le zèle & la prudence , & s'aveugla fur
la conduite d'Afphand. Celui-ci , fuivant
fon projet , & fous le prétexte d'appaifer
des murmures dans quelques contrées du
royaume , s'éloigne quelques mois après
de la capitale avec toute fa fuite. Dès qu'il
fe voit hors du pouvoir , il fait part aux
gouverneurs des provinces de l'affront qu'il
a reçu ; il les excite à la révolte , en leur faifant craindre à tous un traitement pareil au
fien : & pour les y déterminer , il calomnie
fur tous les points la perfonne & le gouvernement de Bohetzad.

A la réception des couriers du grand-
vifir , les grands du royaume , indignés
contre un prince dont l'adminiftration eft
peinte fous des couleurs fi odieufes , fe

concertent d'une province à l'autre, &
affurent Afphand qu'ils fe mettront en campagne avec les troupes qui font fous leur
commandement, au premier fignal de fa
part. Le vifir avertit en même temps les
princes qui font reftés dans Iffeffara, de
fe tenir prêts pour le jour où il doit venir
confommer fa vengeance, & délivrer l'état
d'un tiran plongé dans la moleffe.

Le complot s'exécute fans que Bohetzad
en ait le moindre foupçon ; la ville d'Iffeffara eft inveftie de toutes parts par des
armées que commande Afphand. A cette
nouvelle, le roi s'arme en diligence ; il
ordonne aux troupes qui font autour de lui
de le fuivre, mais elles ont été gagnées,
& font dévouées à fon ennemi : il ne voit
plus fon falut que dans la fuite. Il felle
lui - même le plus beau de fes courfiers ;
& prenant en croupe Baherjoa, il tente de
gagner les déferts, & fe fait un paffage
au milieu des mutins qu'il écrafe fur fes pas.
Ce jeune héros, dont l'amour femble augmenter le courage, traverfe comme un torrent la foule de ceux qui veulent embarraf-
fer fa route ; fa lance redoutable n'épargne
aucun des rebelles : & fon cheval, auffi

vigoureux que léger, l'a bientôt transporté hors de la vue de ses ennemis.

Il est au milieu du désert. La nuit le forçant d'accorder du repos à son épouse, qu'une course aussi violente avoit fatiguée, il s'arrête aux pieds d'une montagne affreuse : cette reine épuisée de lassitude se trouvoit aux termes de sa grossesse, les douleurs de l'enfantement s'annoncent rapidement ; & peu de temps après, le prince reçoit dans ses bras un gage précieux de leur amour : c'étoit un jeune enfant aussi beau que sa mère.

Ces tendres époux le comblent de caresses ; ils oublient bientôt, dans leurs doux épanchemens, les fatigues, les inquiétudes, & l'horreur de leur situation : on l'enveloppe dans une partie des habillemens de la reine, & ils s'endorment tranquillement dans cette solitude dans les bras l'un de l'autre. Le jour renaissant les invite cependant à poursuivre leur voyage. La tendre mère allaite son nourrisson ; mais ne vivant que de fruits sauvages, son sein cesse de fournir un aliment convenable. L'enfant dépérit, Baherjoa elle-même est en danger ; alors Bohetzad se voit dans la cruelle néces-

ſité de ſacrifier la nature au devoir. Il apperçoit une ſource limpide , ſur les bords
de laquelle eſt un gaſon que des ſaules voiſins garantiſſent de l'ardeur du ſoleil ; c'eſt-
là que ces parens malheureux abandonnent
à la providence l'objet de leur tendreſſe ,
après l'avoir arroſé de leurs larmes : « Grand
Dieu ! dit la mère affligée ; vous qui veillâ-
tes jadis ſur le jeune Iſmaël, prenez ſoin
de cette innocente créature ! Envoyez l'ange
conſervateur auprès de lui ; nous n'eſpérons
plus d'autre ſecours que le vôtre » .... Les
ſanglots l'empêchent d'achever ; ils s'arrachent l'un & l'autre à cet affreux ſacrifice ,
& livrent ce dépôt ſacré entre les mains de
ſon créateur.

Le bruit qu'ils avoient fait en arrivant
avoit écarté de ces bords une biche qui ſe
déſaltéroit avec ces fans à cette ſource bien-
faiſante : dès qu'ils ſe ſont éloignés elle y
revient , & s'approche de la languiſſante
créature, qui ſembloit perdre pour toujours
le peu de force qui lui reſtoit. Un inſtinct
impérieux porte cet animal à donner à cet
enfant une nourriture qui n'étoit réſervée
qu'à ſes petits ; elle paît tranquillement
autour de ſon nourriſſon, elle ne quitte plus

ce féjour. Il femble que les monftres des
forêts lui aient abandonné la jouiffance de
ce canton fortuné, & fi néceffaire à leurs
befoins, au milieu des fables brûlans &
des déferts arides qui les environnent :
cependant des hommes viennent troubler
ce repos.

C'étoit une bande de voleurs que la foif
attiroit dans ces lieux : ils voient un enfant
richement emmaillotté, & plus admirable
encore par la beauté de fes traits. Le chef
des bandits s'en approche, le prend, &
l'envoie tout de fuite à fa femme pour lui
donner les foins néceffaires, & l'élever
comme s'il étoit le fruit de leur union. En
le voyant, elle fut touchée des charmes de
fa figure, partage les vues bienfaifantes de
fon mari, & procure fur le champ à leur
fils adoptif la meilleure nourrice de la horde.
Un peu plus raffurés maintenant fur le fruit
des amours de Bohetzad, fuivons les traces
de ces illuftres voyageurs.

Le cœur rempli d'amertume du facrifice qu'ils avoient été forcés de faire, le
roi & la reine avoient continué triftement
leur route jufqu'à la capitale du royaume

de Perfe, qui en étoit le terme : Kaffera y régnoit.

Ce puiffant monarque reçoit le prince fugitif & fa charmante époufe avec les égards dûs par une tête couronnée à un grand fouverain fon allié, contre lequel des fujets rebelles fe font révoltés fous les étandarts d'un coupable ufurpateur. Il donne à Bohetzad un appartement de fon palais, égal en magnificence à celui qu'il occupe lui-même ; & à Baherjoa un femblable à celui de la fultane favorite. Telle étoit la richeffe & la fomptuofité du palais où fe trouvoient alors le roi de Dineroux & fon époufe, qu'outre les appartemens magnifiques dans lefquels ils étoient logés, on en comptoit vingt-quatre autres occupés par autant de femmes du fultan, dont chacune étoit fervice par cinquante efclaves de leur fexe de la première jeuneffe & de la plus grande beauté.

Il fembloit qu'on eût épuifé les tréfors de l'Orient pour embellir ces fuperbes demeures ; des jardins remplis des fleurs les plus rares & les plus brillantes ; des eaux dont le cours, diftribué avec art,

préfentoit un coup - d'œil magnifique ; des
arbres qui , par la beauté de leurs fruits
& l'épaiſſeur de leurs feuillages, offroient
en même temps l'image de l'abondance
& le charme du repos. Des oiſeaux dont
la variété des plumes & du ramage en-
chantoient ces heureuſes contrées : tout
concouroit à annoncer les richeſſes du
grand monarque de la Perſe , dont le pouvoir immenſe ſe démontroit encore par
une armée de deux cent mille hommes ,
qui formoit ſa garde particulière. On voit
qu'un prince auſſi puiſſant , auſſi magnifique ne dut rien ménager pour traiter
convenablement à ſa propre grandeur les
hôtes illuſtres qu'il avoit reçus dans ſon
palais.

En même temps qu'il ordonnoit qu'on
raſſemblât ſur les frontières une armée
formidable avec les machines de guerre
& les munitions néceſſaires , il s'étudia
à diſſiper la mélancolie des deux époux,
par les fêtes les plus brillantes & les mieux
variées : mais la générofité & la grandeur
d'ame n'étoient pas les ſeuls motifs de ſes
ſoins , un ſentiment moins noble & plus
impérieux s'étoit emparé de ſon cœur ; il

étoit

étoit devenu l'efclave de Baherjoa, dont
la beauté effaçoit toutes celles de fon ferrail : fa paffion pour elle fe déguifoit alors
fous le voile de l'amitié ; mais à la profufion étalée dans toutes les occafions,
à la délicateffe & à la prévenance de
fes foins, il eût été facile de reconnoître
l'amour. La trifte Baherjoa, uniquement
occupée de la perte de fon fils & du malheur de fon époux, étoit bien loin d'attribuer tant de prévenances à ce motif :
fon ame, douloureufement affectée, ne
pouvoit goûter aucun des plaifirs qui lui
étoient offerts ; & fon cœur, véritablement touché, étoit inacceffible à tout autre
fentiment qu'à celui dont il étoit préoccupé. Son fils abandonné dans un défert
aux foins de la providence ; fon époux
réduit par fon père à mandier les fecours
d'un fouverain étranger, étoient les feules
réflexions qui l'agitoient.

Cependant l'armée que doit commander
Bohetzad eft affemblée ; il prend congé de
Kaffera pour fe mettre à la tête de ce redoutable corps, & pénètre bientôt dans 'a
Syrie. Afphand, l'ufurpateur, inftruit du
danger qui le menace, en fait part à fes

Tome III. B

complices, les raffemble auffitôt, & vient
au-devant de fon ennemi à la tête de deux
cent mille hommes.

Les armées font en préfence. Un vifir
du roi de Perfe expérimenté commande le
centre de l'armée de Bohetzad ; lui, à la
tête de quelques chevaliers d'élite, donne
fes ordres partout : il engage tout-à-coup
le combat par fa droite, en fondant fur
l'aîle oppofée des ennemis avec tant d'ardeur, qu'elle eft forcée de fe replier fur le
centre, & y jette la confufion & le défordre. Le roi de Dineroux ne perd pas
un inftant, il fait avancer alors fon corps
d'armée vers celui de l'ennemi comme s'il
eût voulu l'attaquer ; mais avare du fang
de fes fujets, dont il veut épargner le
maffacre, il ménage ce mouvement, &
ordonne à fon aîle gauche d'attaquer la
droite de l'ennemi : celle-ci plie, & fe retire en défordre, & les trois quarts de
l'armée d'Afphand demeure enveloppée. Cet
ufurpateur cherche en vain de rallier au
combat des troupes déconcertées par une
attaque auffi vigoureufe que prudente ; la
crainte, & furtout le remords, les ont dé-
farmées. On leur offre le pardon ; elles

l'acceptent : & pour en paroître moins indignes, elles livrent de concert les chefs de la rebellion. Afphand, fa famille, & fes principaux complices font maffacrés fur le champ de bataille.

Cette victoire décida de nouveau du fort du royaume de Dineroux, qui rentra fous les lois de fon légitime fouverain : ce monarque fe rend dans fa capitale, rétablit l'ordre dans tout fon empire, & s'occupe des moyens de témoigner fa reconnoiffance au fouverain qui lui a fourni d'auffi puiffans fecours.

Le plus intelligent de fes vifirs doit partir pour la Perfe, à la tête de douze mille hommes ; il fera conduire à fa fuite vingt éléphans, chargés de préfens magnifiques : mais il eft chargé en même temps d'une commiffion plus délicate. Il doit paffer par le défert où le fils de Baherjoa fut abandonné, & chercher l'endroit près de la fource qui lui fervit de berceau ; interroger tous les êtres vivans qu'il pourroit rencontrer fur cette route ; s'informer du fort de ce dépôt précieux, & l'ayant trouvé, le rapporter dans les bras de fa tendre mère, qu'il devra ramener à Iffeffara. Mais

des obftacles vont s'oppofer à ces démarches : le prudent envoyé fera parcourir
vainement le défert ; il ne réuffira pas
mieux à trouver cet enfant qu'à ramener
fa mère.

Kaffera, éperdument amoureux de cette
princeffe, n'imaginoit pas qu'il pût jamais
s'en féparer. A l'arrivée de l'ambaffadeur
chargé des préfens du roi de Dineroux,
& des ordres pour le retour de la reine, le
monarque éprouve quelques combats dans
fon cœur ; mais l'amour en triomphe. Cette
paffion tyrannique lui fait exagérer fes
bienfaits ; la ceffion d'une femme n'en fauroit être qu'une foible récompenfe. Il renonce, en un mot, au titre glorieux de
protecteur généreux, pour mériter celui de
lâche raviffeur de l'époufe de fon allié.

Cependant il a paru recevoir avec reconnoiffance la dépêche de Bohetzad, & les
préfens qui l'accompagnoient. On l'inftruit
en même temps que les troupes auxiliaires
qu'il avoit données à ce prince font rentrées
en Perfe ; les officiers qui les commandent
élèvent jufqu'aux nues le courage, les talens & la magnificence de Bohetzad : ils
reviennent de fes états, enchantés de fa

perfonne, comblés de fes bienfaits, étonnés
de la puiffance dont ils l'ont vu environné,
& des reffources du pays qui lui eft foumis.
Ces rapports unanimes livrent d'étranges
combats dans l'ame paffionnée de Kaffera ;
il n'eft point dans l'habitude de fe vaincre,
il a cédé jufqu'à ce jour à fes moindres
penchans : il s'agit à préfent de renoncer
à une paffion violente, ou au titre de bienfaiteur d'un fouverain égal à lui en dignité
& en puiffance ; au rifque d'attirer fur la
Perfe le fléau d'une cruelle guerre, & de
fe voir en horreur à l'Afie. « Rougis, Kaffera ! fe dit-il à lui-même, des vœux criminels que tu as formés. Rends grâces à la
fortune de la faveur que tu en reçois, lorfqu'elle vient t'ouvrir les yeux fur une démarche infenfée. Que le roi de Dineroux
ignore à jamais, qu'oubliant tout ce que
tu devois à toi-même & à lui, tu ofas con-
voiter un bien qui lui étoit fi cher : fou-
viens-toi que tu as eu befoin de rencontrer
des obftacles qui te rappelaffent à ton devoir. Oh ! puiffance abfolue ! que tu es à
redouter pour celui qui ne fait pas fe commander à lui-même ! En me laiffant entraîner par mes défirs, j'allois devenir cri-

minel, & me montrer indigne de régner !
mais je saurai réprimer mes passions, &
renverser mes projets. »

Le roi de Perse ayant pris sa résolution,
mande sur le champ son grand trésorier ;
il ordonne qu'on fasse préparer pour le
retour de Baherjoa dans les états de son
époux, une litière d'une magnificence à
laquelle on n'eût rien vu d'égal ; elle devoit être revêtue de pierres précieuses. Une
ambassade considérable devoit la suivre,
& porter des présens magnifiques. C'est
ainsi que Baherjoa reprit le chemin de la
Syrie, après avoir été comblée de toutes
les assurances de respect & d'attachement
par le souverain qui s'étoit déterminé à se
séparer d'elle. Bohetzad vint au-devant de
son épouse avant qu'elle fit son entrée à
Isseffara : on ne sauroit peindre le charme
& les transports de cette entrevue ; mais
les tendres inquiétudes de cette mère, sur
le sort de son fils, troublèrent bientôt les
douceurs dont ces époux s'enivroient. Baherjoa demande à tout prix des nouvelles
de son fils, & Bohetzad ordonne qu'on
fasse des perquisitions plus exactes. Il y
avoit bien apparence que ce tendre fruit de

leurs amours n'avoit pas été dévoré par
des bêtes féroces, on eût trouvé dès les
premières recherches quelques débris des
vêtemens dans lesquels il avoit été enveloppé. Mille cavaliers font dépêchés pour
retourner au défert, & fe répandre dans
tous les alentours de la fource : mais leurs
recherches font vaines. Bohetzad en diffi-
mule l'inutilité à fon époufe inconfolable,
en cherchant à calmer fes peines & fon
chagrin. « Rien n'eft encore défefpéré, lui
dit-il, la faveur du ciel, qui ne nous a
pas abandonné au milieu des dangers que
nous avons courus, qui nous a rendu le
trône fur lequel nous fommes affis, aura
confervé cette créature fi chère à notre
cœur : elle fe réferve à nous la montrer
quand nous l'aurons méritée par notre foumiffion à fes volontés ; cette privation eft
douloureufe, mais nous fommes encore
d'un âge à attendre des confolations. Séchez
vos pleurs, ma chère Baherjoa, ils font
le tourment de ma vie ! » La reine parut
plus tranquille, mais la plaie faite à fon
cœur ne pouvoit pas fitôt fe fermer.

Cependant, ce tendre objet de leurs inquiétudes, arraché des bras de la mort

par le chef des voleurs,. élevé par fon
époufe avec tous les foins de la plus tendre
mère, croiffoit en force comme en beauté.
On occupoit fes premiers loifirs par la
lecture & l'étude ; bientôt il put fe livrer
à des exercices qui fortifièrent fon corps.
Il dévançoit tous les enfans de la horde par
un talent prématuré, par une adreffe, une
force, une intrépidité furprenante à fon
âge ; par une application à l'étude, dont
il recueilloit les plus heureux fruits ; & par
l'exactitude des devoirs qu'exigeoit une
fociété peu faite pour lui, mais dont le
hafard l'avoit rendu membre. Bientôt le
chef des brigands le voyant auffi adroit à
manier les armes qu'à monter à cheval,
l'affocie à fes entreprifes contre les voyageurs que leurs affaires conduifoient dans
ces contrées infeftées par fes déprédations :
& le jeune Aladin (c'eft ainfi qu'on l'avoit
nommé) fe montre auffi habile que courageux.

Un jour la troupe attaqua une caravane
revenant des Indes, & qui étoit chargée
des effets les plus précieux, qu'une efcorte
formidable garantiffoit de tout danger.
L'avidité du butin ne permit pas aux bri-

gands de juger du péril qu'ils alloient
courir ; ils attaquèrent ce convoi avec une
audace extraordinaire, mais ils furent bientôt repoussés ; les deux tiers de la troupe
resta sur le champ de bataille, & le reste
prit la fuite. Aladin, jeune encore & sans
expérience, entraîné par sa valeur, fut
bientôt enveloppé & fait prisonnier.

Dans le cas où un voleur étoit pris les
armes à la main, on devoit lui trancher la
tête. L'air prévenant, les grâces & la
beauté du jeune prince intéressèrent toute
la caravane en sa faveur, & le dérobèrent
au fort commun. On n'en croyoit pas même
la naïveté de ses réponses, quand, interrogé
sur sa naissance & sa profession, il s'avoua
le fils du chef des voleurs. On ne pouvoit
imaginer comment cet enfant réunissoit tant
d'avantages naturels à un air aussi distingué.
Il fut conduit avec la caravane, qui arriva
bientôt à Isseffara, où son père Bohetzad
tenoit sa cour.

L'arrivée de la caravane fournissant une
occasion de distraction à la reine, encore
affligée de la perte d'un fils qu'elle ne pouvoit éloigner de sa mémoire, le souverain
envoie le chef des eunuques pour choisir

B. v

les étoffes & les effets précieux qui pourroient être les plus agréables à Baherjoa.
Les marchands s'empreſsèrent de les étaler
à ſes yeux ; mais la figure d'Aladin, qui ſe
trouvoit là comme eſclave, lui ſembla d'une
beauté ſi raviſſante, qu'elle fixa plus particulièrement ſon attention : il voulut le
conduire au palais, dans l'eſpérance que ſes
ſervices pourroient agréer au monarque ;
ainſi, après avoir fait les emplettes convenables, ils retournèrent enſemble au palais,
où le roi parut ſatisfait de ſes achats.

« Sire, dit l'eunuque, votre majeſté paroit contente de mon marché ; mais le plus
bel effet qui fût dans le Kane (1) eſt un
jeune homme d'une beauté ſi achevée, que
je le crois la parfaite image de celui dont
il eſt dit dans l'alcoran : que les onze étoiles
ſe proſternoient devant lui comme devant
le ſoleil & la lune. » Le roi curieux de le
voir, ordonne qu'on le faſſe venir avec ſon
maître, & bientôt ils ſont tous deux pré-
ſentés au roi.

La vue du jeune étranger ne démentit

---

(1) *Le Kane* eſt un endroit aſſigné aux marchands
étrangers pour y établir leurs boutiques, & mettre en
vente leurs marchandiſes.

point l'opinion avantageuſe qu'en avoit
donnée le chef des eunuques : le monarque
ne peut croire que ce bel eſclave doive
ſon origine aux hommes de la claſſe vulgaire dont la caravane eſt compoſée. Il en
interroge le chef, auquel il fait part de
ſes doutes à cet égard.

« Sire, lui répond le marchand, ce
jeune homme n'appartient en effet à aucun
de nous ; & nous ne connoiſſons ni ſa
famille, ni ſon origine. Nous avons été
aſſaillis dans le déſert par une bande de
voleurs ; nous nous ſommes défendus avec
courage, une partie eſt reſtée ſur le champ
de bataille, le reſte a pris la fuite, & a
laiſſé dans nos mains celui qui devient à
préſent l'objet de votre curioſité. L'uſage
le condamnoit à la mort, nous n'avons pu
nous réſoudre à la lui donner ; nous l'avons
interrogé ſur ſon état & ſur ſa famille, il
nous a répondu qu'il étoit le fils du chef de
ces brigands; nous n'en ſavons pas davantage, & ne pouvons rien dire de plus
poſitif à votre majeſté. — Qu'on le laiſſe
ici, dit le roi ; je veux qu'il entre à mon
ſervice. — Votre majeſté, reprit le chef,
peut diſpoſer de ce qui appartient aux eſ-

claves de fon trône. » Au même inftant
Aladin tombe aux pieds du monarque, met
le front à terre, & baife fa robe. Le roi
donna ordre au chef des eunuques de l'admettre au rang des efclaves qui appro-
choient le plus fouvent de fa perfonne.

La nature parloit dans le cœur du monarque en faveur de fon nouveau page, il
ne le voyoit pas fans éprouver des émotions
dont il ne pouvoit fe rendre compte, il
vouloit fans ceffe l'avoir auprès de lui; &
ce qui ne paroiffoit d'abord qu'une inclination naiffante, devint bientôt un attachement des plus vifs. Un intérêt fenfible lui
faifoit envifager avec plaifir les progrès de
l'efprit du jeune Aladin, ainfi que ceux du
corps. Il admiroit fon application; fa prudence, fa réferve, fa fidélité; & comptoit
déjà fes rares qualités comme le fruit de
fes foins.

Après une longue expérience de fes talens
& de fon activité, il en vint jufqu'à lui
confier la furintendance de fes finances, &
dépouilla fes vifirs d'une adminiftration qui
les lui avoit rendu fufpects. Il finit enfin par
foumettre à la fagacité du jeune Aladin la
décifion des affaires les plus importantes,

La confiance du souverain ne fut point trompée; plus il se reposoit sur les lumières de son favori, plus ses revenus augmentoient ainsi que le bonheur de son peuple & la prospérité du royaume; sa confiance n'eut bientôt plus de bornes. Aladin devint aussi cher à son père que s'il eût été reconnu pour tel, & l'autorité des visirs disparut devant celle de ce jeune administrateur.

Jaloux d'un pouvoir qu'ils perdoient, les dix visirs se rassemblèrent secrètement pour concerter entr'eux les moyens de satisfaire leur ambition & leur avarice; il falloit, à quelque prix que ce fût, hâter la perte d'un rival odieux, & malheureusement il parut en fournir lui-même une occasion favorable.

On avoit donné un grand festin dans le palais. Aladin étoit naturellement sobre, mais ne cherchant qu'à partager les plaisirs des convives, il se livra aux boissons spiritueuses avec d'autant plus de sécurité, qu'il n'en avoit pas l'habitude & n'en connoissoit pas les effets. A la fin du repas, il veut se retirer dans son appartement, ses pieds chancellent, les vapeurs ont obscurci ses yeux, il perd bientôt l'usage de ses sens; le premier appartement qui se présente sur son chemin semble préparé pour lui ; il est de la plus grande richesse ; plusieurs bougies placées sur des lustres l'éclairent : mais Aladin n'a rien vu, il ne cherche que le repos; il trouve un sopha, il s'y jette, & s'endort.

Il n'y avoit point là d'esclaves pour l'avertir de son erreur ; ils ont été jouir de la fête, & ne reviennent dans l'appartement, qu'ils avoient laissé ouvert & abandonné, que pour remplir les cassolettes de parfums, & préparer, selon la coutume des Orientaux, une collation de différens sorbets & de confitures sèches. Des rideaux cachoient le sopha sur lequel Aladin s'étoit couché.

Tous ces préparatifs achevés, le roi & la reine viennent se rendre dans leur appartement. Bohetzad s'approche du sopha, entr'ouvre les rideaux, & voit son surintendant couché & endormi : une fureur jalouse s'empare aussitôt de ses sens : « Quelle affreuse conduite est la vôtre ! dit-il à Baherjoa ; cet esclave n'a pu s'introduire dans votre appartement, & se placer ainsi sans votre aveu? — Sire, reprit la reine étonnée, mais sans confusion ; je jure, au nom du grand prophète, que je n'eus jamais la moindre relation avec ce jeune homme ; je le vois pour la première fois, & je n'ai contribué en rien à sa témérité. »

Au bruit qui se fit autour du sopha, Aladin se réveille, surpris & confus de la situation où il se trouve; il se lève précipitamment. « Traitre! lui dit le roi hors de lui-même; ingrat! Est-ce ainsi que tu reconnois mes bontés? Tu oses pénétrer dans l'appartement de mes femmes, scélérat! Tu ne tarderas pas à recevoir le châtiment de tant d'audace. » Après ces mots, Bohetzad, enflammé de colère, ordonne au chef de ses eunuques d'enfermer la reine & le surintendant dans des prisons séparées. Ce monarque, dans l'agitation des passions les plus violentes & les plus opposées, voit la nuit s'écouler sans qu'il puisse fermer l'œil. Au point du jour, il fait appeler le premier de ses visirs, qui, depuis long-temps, n'avoit pas été admis en sa présence. Il lui fait le récit de l'affront qu'il suppose avoir reçu, & duquel il croit la reine complice.

A ce récit, le visir cache une joie secrète: l'envie, la haine, le ressentiment vont triompher. Ce n'est point une foible victime qui se présente; c'est un rival tout-puissant qu'il faut écraser. Le vieux courtisan recueille ſes ſens ; il cherche à aigrir davantage ſon ſouverain en le déterminant à une vengeance éclatante , & d'un air contrit prend ainſi la parole.

« Sire , vos fidelles ſujets furent conſternés lorſqu'ils virent accorder votre confiance au fils avoué pour tel d'un chef de brigands ; la bonté de votre majeſté fut trop grande , lorſqu'elle admit auprès de ſa perſonne ſacrée le rejeton d'une tige auſſi criminelle. Vous ne pouviez en attendre que des trahiſons & des forfaits. Il eſt encore heureux que l'emportement de ſa paſſion l'ait tellement aveuglé , qu'il ait porté l'inſolence de ſes deſirs juſqu'au plus haut point de témérité. Mais me préſerve le ciel de ſoupçonner la reine de les avoir encouragés ! Sa conduite ſans reproches , ſa ſageſſe, ſes vertus , la mettent à l'abri du plus léger doute à cet égard. Permettez-moi , ſire , d'avoir un entretien avec elle , & j'oſe promettre à votre majeſté des éclairciſſemens qui diminueront les chagrins dont cette fâcheuſe aventure eſt pour vous l'occaſion.»

Le roi conſentit à ſa demande , & le vieux viſir ſe rendit à la priſon de Baherjoa il trouva cette princeſſe dans les pleurs.

« Non, vifir, lui dit-elle, dès la première
queftion qu'il lui fit, je n'ai pas encouragé
ce jeune homme à me faire cette infulte :
j'ai ouï parler de lui, mais je ne le connus
jamais. S'il s'eft mis dans le cas de fe faire
appercevoir de moi, je ne laiffai jamais
tomber fur lui mes regards; pas même dans
le moment fatal où nous l'avons furpris
chez moi. »

A cette déclaration, qui portoit avec elle
le caractère de l'innocence la plus pure, le
vifir connut aifément que la reine ne parti-
cipoit nullement à l'affront dont le roi avoit
à fe plaindre, & fe crut autorifé d'en affurer le monarque. Mais cela pouvoit affoiblir
le crime de l'ennemi qu'il vouloit perdre;
& le courtifan vouloit montrer fa faute
fous un point de vue qui lui donnât l'apparence d'un crime irrémiffible. « Madame,
dit-il à Baherjoa; c'eft fans doute un excès
de folie qui a porté ce jeune téméraire à la
démarche qu'il a faite; mais on aura de la
peine à fe le perfuader : il faut envifager
Aladin comme perdu par l'excès & la publicité de fon imprudence. Il y a toute apparence que le roi, fur mon rapport, vous
fera paroître devant lui; il vous fera plu-

fieurs queftions auxquelles, fi vous me le
permettez, vous ferez les réponfes que mon
refpectueux attachement pour votre majefté
me fuggèrent dans ce moment : elles pourront rendre au roi le calme & le repos.
Vous fuppoferez que le jeune homme vous
aura fait propofer par une efclave inconnue
de le recevoir dans votre appartement,
avec promeffe de reconnoître cette faveur
par un préfent de cent diamans, d'une valeur inappréciable ; vous aurez rejeté la
propofition avec mépris, & l'efclave aura
difparu. Par un fecond meffage, il vous
aura fait dire que fi vous perfiftez dans vos
refus, déterminé à mourir par l'excès de
fa paffion, il eft réfolu à vous envelopper
dans fon danger, en trouvant les moyens
de s'introduire chez vous, & de vous faire
paroître auffi coupable que lui. » La reine
ne fufpectant point les motifs de ce confeil,
témoigna fa reconnoiffance au vifir, & il
fe retira pour rendre compte à Bohetzad de
fon entrevue.

« Sire, lui dit-il, en rapportant toute la
converfation qu'il venoit d'avoir avec la
reine, & en fuppofant fes réponfes analo-
gues à celles qu'il avoit fuggérées : vous

voyez quelle vipère votre majesté avoit nourrie dans son sein ! Mais la tige de l'Aconit ne porta jamais des graines salutaires ! le fils d'un brigand pourroit-il être un homme irréprochable ? »

A ce rapport du visir, les yeux du monarque étincellent de rage ; il ordonne à l'instant, & sans attendre les aveux de la reine, que le jeune homme, chargé de chaînes, soit amené devant lui.

« Scélérat, lui dit-il dès qu'il le vit, rappelle-toi l'excès de mes bontés & celui de ton ingratitude ! Que leur souvenir & tes remords soient les avant-coureurs du supplice qui t'attend ! Ta tête va tomber sur l'échafaud. »

La colère & les menaces du roi n'ont pu faire changer de contenance à l'innocent & malheureux Aladin ; aucun trouble n'altère la beauté de ses traits : il conserve cet air doux, modeste & assuré, qui lui avoit concilié jusqu'alors la bienveillance du monarque. Il va parler, & la candeur ingénue va sortir de sa bouche.

« Sire, l'évidence d'un crime paroît m'accabler ; mais la faute que j'ai commise fut involontaire. Si une indiscrétion de ma part m'a mis dans le cas d'être privé pendant quelques inftans de l'ufage de ma raifon, au point qu'elle n'ait pu me conduire, & qu'elle m'ait fait tomber dans la plus grof-fière équivoque ; le refte fut l'ouvrage de la fatalité du fort. Mon cœur vaincu par vos bienfaits, entièrement dévoué à votre majefté, n'éprouva jufqu'ici de fatisfaction que dans le bonheur de vous fervir. Mais hélas ! que fervent les meilleures intentions, & tous les efforts du zèle, fi une loi fupé-rieure, dominant fur nos deftinées, peut donner le change à la pureté des motifs qui nous dirigent ! fi une feule de nos ac-tions, néceffitée par le défordre momentané de nos organes, peut nous expofer à pa-roître coupables d'un crime quand tous nos penchans font vertueux ! Précipité du faîte du bonheur dans les horreurs de la difgrace, je dois me foumettre au décret qui me frap-pe, comme fit ce marchand, dont l'hiftoire mémorable eft connue dans le palais même de votre majefté. »

De quel marchand veux-tu parler ? dit le roi. Qu'a de commun fon hiftoire & ton crime ? Je te permets de la réciter.

Histoire de Kaskas, ou de l'Obstiné.

SIRE, il y avoit à Bagdad un marchand très-riche, digne par ses mœurs & son intelligence de la confiance du public : il se nommoit Kaskas. La fortune jusqu'alors avoit tellement secondé ses travaux, qu'il avoit à se glorifier de toutes ses entreprises ; mais le sort tout-à-coup se déclara contre lui : il ne faisoit plus d'envois, & ne recevoit plus de retours, sans qu'il ne fût forcé à des sacrifices considérables. Il se détermina enfin à échanger la nature de son commerce. Il vendit ses fonds, & employa la moitié de leur produit à acheter du grain, dans l'espoir que cette denrée augmenteroit de prix pendant l'hiver. Les circonstances dérangèrent sa spéculation, les grains diminuèrent de valeur. Pour éviter cette perte, il ferma ses magasins, en attendant une conjoncture plus favorable.

Sur ces entrefaites, un de ses amis l'étant venu voir, voulut le déterminer à renoncer au nouveau genre de commerce qu'il avoit entrepris ; mais il ne déféra point à ce conseil, & s'obstina à garder son grain une troisième année. Il survint bientôt des ora-

ges si violens que les rues & les maisons de
Bagdad souffrirent des inondations. Quand
les eaux se furent écoulées, Kaskas voulut
voir si son bled n'avoit pas souffert, mais
il le trouva tout germé & tombant en pour-
riture. Il lui en coûta cinq cent pièces pour
éviter l'amende, en faisant jeter dans le
fleuve ce qu'il avoit accumulé à grands frais
dans ses magasins.

Son ami revint à lui : « Vous avez négligé, lui dit-il, le conseil que je vous avois
donné. Défiez-vous de la fortune, elle semble conjurée contre vous ; ne faites plus
aucune entreprise sans l'avis d'un habile
astrologue. » Il n'en manquoit pas à Bagdad, & Kaskas, instruit par ses mauvais
succès, crut devoir déférer au conseil de
son ami. Le devin tira son horoscope, & lui
assura que son étoile étoit si maligne, qu'il
ne pourroit jamais éviter la perte des fonds
qu'il hasarderoit dans le commerce. Kaskas
révolté d'une prophétie entièrement contraire à son goût, essaya de faire mentir
l'astrologie. Il employa l'argent qui lui restoit au chargement d'un vaisseau, & s'y
embarqua avec toutes ses ressources.

Après quatre jours d'une paisible navigation, il s'éleva une tempête affreufe, qui brifa les mats & les voiles, emporta le gouvernail, & finit par fubmerger le vaiffeau & fon équipage. Kaskas, après avoir vu périr le refte de fa fortune, échappa feul du naufrage fur un débris du vaiffeau, qui le porta vers une plage fablonneufe, où il put aborder enfin après bien des fatigues & des peines.

Nud & fatigué, il prit terre aux environs d'un village fitué au bord de la mer. Il fe hâta de s'y rendre pour implorer du fecours, & remercier le ciel de l'avoir préfervé de la mort que fes malheureux compagnons n'avoient pas évitée.

A l'entrée de cette petite peuplade, il rencontre un vieillard dont les traits & le vêtement infpiroient le refpeét & la confiance. Cet homme, touché de la fituation de Kaskas, le couvrit de fon manteau, le conduifit à fa maifon ; où, après lui avoir donné les fecours que fes forces épuifées néceffitoient, il le fit habiller convenablement.

Il étoit naturel que Kaskas fatisfit la curiofité de fon hôte par le récit de fes aventures : il s'en acquitta avec cet air de candeur qui ne laiffoit aucun doute fur leur réalité. Comme ce vieillard venoit de perdre fon intendant, il jugea Kaskas digne de le remplacer, & lui offrit cette nouvelle condition avec un appointement de deux pièces d'or par jour. L'état étoit laborieux, il falloit faire enfemencer une quantité de terrain confidérable, diriger les ouvrages & les ouvriers, ramaffer des récoltes immenfes, veiller fur les troupeaux, & rendre fur tout des comptes clairs & fidelles au bout de l'année. Le pauvre Kaskas rendit grâces à la providence de lui avoir ainfi fourni les moyens de fubfifter de fon travail, lorfqu'il ne lui reftoit au monde aucune autre reffource, & il entra auffitôt dans les fonctions de fa nouvelle place.

Il les remplit avec affiduité, avec zèle & intelligence, jufqu'au moment où il devoit mettre en magafin les différentes récoltes. Comme fon maître jufqu'alors ne lui avoit rien donné fur fes gages, il douta de fa bonne foi à remplir fes engagemens, & pour s'affurer du falaire qu'il lui avoit promis, il mit à part autant de grains qu'il en falloit pour répondre de cette fomme, & fit enfermer tout le refte, dont il donna

compto

compte à son maître. Celui-ci, plein de confiance sur son administrateur, reçut ce compte; lui paya la totalité des gages qu'il lui devoit, en l'assurant de la même exactitude chaque année : Kaskas fut bien honteux des précautions qu'il avoit prises, & des soupçons auxquels il s'étoit abandonné.

Il retourne aussitôt au petit magasin qu'il avoit fait, pour réparer son injustice s'il en étoit temps encore. Mais quelle fut sa surprise! lorsqu'il n'y trouva plus la provision qu'il s'y étoit réservée. Il crut entrevoir dans ce larcin une punition du ciel, & il se décida à faire un aveu de la faute dont il s'étoit rendu coupable : le cœur rempli d'amertume, il revient à son maître.

« Vous paroissez dans le chagrin? lui dit le vieillard. Quel en pourroit être le sujet? » Alors Kaskas se flattant d'obtenir par sa sincérité le pardon de sa faute, en confessa humblement le motif, & toutes les circonstances, jusqu'à l'enlèvement du grain qu'il avoit mis en réserve, dont il lui avoit été impossible de découvrir les voleurs.

Le vieillard, reconnoissant l'effet marqué de la mauvaise étoile de son intendant, crut qu'il seroit imprudent de le garder da-

vantage ; il se détermina à lui donner sur
le champ son congé. « Nous ne nous con-
venons pas, lui dit - il ; séparons-nous :
mais comme il n'est pas juste que je sup-
porte la perte de ce que vous avez mal-
à-propos mis en sequestre, rendez moi l'or
que je vous ai donné, & cherchez dans
la vente du grain que vous avez mis de
côté, la récompense de vos peines : je
vous l'abandonne. » L'infortuné Kaskas
reconnut la justice de cet ordre, il y
déféra sans murmurer, & sortit de chez
son bienfaiteur un peu moins nud qu'il n'y
étoit entré, mais sans une seule pièce de
monnoie, & plongé dans une profonde
tristesse.

Ce triste jouet du sort suivoit sans réflexion le rivage de la mer, lorsqu'il apperçut une tente dont il s'approcha. Il y
trouva quatre personnes qui, démêlant
sur sa physionomie, prévenante d'ailleurs,
l'empreinte d'un violent chagrin, s'em-
pressèrent de lui en demander le sujet ;
il satisfit leur curiosité, en faisant le récit
de ses malheurs. A mesure qu'il parloit,
il s'attiroit une attention plus marquée de
la part de celui des quatre personnages

qui paroiſſoit avoir une ſorte d'autorité
ſur les autres : bientôt celui-ci le reconnut pour un de ſes correſpondans de Bagdad, avec lequel il avoit fait jadis des
affaires de conſéquence & lucratives. Le
commerçant fut ému de compaſſion ; il
s'occupoit alors d'une entrepriſe pour la
pêche des perles, il étoit le chef des trois
plongeurs qui étoient avec lui. « Jetez-vous
à la mer, leur dit-il, & la première pêche
de perles que vous ferez, ſera pour ce voyageur infortuné. »

Les trois plongeurs, touchés comme
leur maître des diſgraces de Kaskas, ſe
jettent à la mer, & ramaſſent, dans les
coquilles qu'ils rapportent, dix perles d'une
valeur ineſtimable par leur groſſeur & leur
beauté. Le commerçant fut enchanté de
la petite fortune qu'il pouvoit procurer à
ſon ancien correſpondant. « Prenez ces
perles, lui dit-il, vous en vendrez deux
lorſque vous ſerez dans la capitale, &
leur produit ſuffira à quelqu'entrepriſe que
vous vouliez faire : ſoignez précieuſement
les huit autres pour vous en ſervir au
beſoin, & les vendre ſur des places où
vous en puiſſiez tirer un parti avantageux.»

Kaskas, après avoir rendu grâces à son bienfaiteur, s'en sépara, & prit la route qu'il lui avoit indiquée pour se rendre à la capitale. Il étoit en marche depuis trois jours, lorsqu'il apperçut de loin des gens à cheval ; dans la crainte que ce ne fussent des voleurs, il prit le parti de coudre huit de ses perles entre les deux toiles de sa veste, & mit les deux autres dans sa bouche : c'étoit celles-ci qu'il se proposoit de mettre en vente. Sa conjecture sur les personnes qu'il avoit vues n'étoit pas fausse ; c'étoient effectivement des voleurs : ils l'abordent, l'environnent, le dépouillent, & l'abandonnent ainsi sur le chemin, n'ayant qu'un simple caleçon.

L'infortuné voyageur reconnoît à ce nouveau trait de la fortune l'effet du malheur dont il est poursuivi. Cependant il s'applaudit d'avoir pu sauver des mains des brigands les deux plus belles perles, suffisantes pour le rétablissement de ses affaires, & pour l'aider dans des entreprises lucratives. La capitale n'étoit pas éloignée, il y arrive & confie au Dellal (1), les deux perles qui lui

---

(1) *Le Dellal* est un crieur public.

reſtent, pour en faire la vente. Le Dellal annonce ces bijoux à haute voix au mar- ché, & invite les curieux à miſer à l'en- chère. Malheureuſement, depuis quelques jours, on avoit fait un vol de perles à un des plus riches joailliers de la ville : il crut reconnoître une partie des ſiennes dans celles qu'on expoſoit en vente, & il demande qu'on faſſe venir le proprié- taire prétendu de ces bijoux : en le voyant auſſi mal vêtu il ſe perſuade qu'il a trouvé le voleur. » Voilà deux perles, lui dit-il, vous deviez en avoir dix : qu'avez - vous fait des huit autres ? » Kaskas, croyant que ce joaillier a été informé du préſent que lui a fait le pêcheur, répond ingé- nument : « J'en avois dix, il eſt vrai. Mais des voleurs que j'ai rencontrés en chemin m'ont enlevé les huit autres dans la doublure de ma veſte où je les avois cachées. »

A cet aveu, qui parut au joaillier une conviction, il prend Kaskas par la main, & le conduit devant le juge de police, en l'accuſant de lui avoir volé ſes perles. Ce juge, entraîné par les apparences, & ſur la dénonciation du riche citadin, con-

damne le pauvre Kaskas à la baftonnade ,
& à garder la prifon autant de temps
qu'il plairoit à fon accufateur de l'y retenir. Ce malheureux , jouet du fort & de
l'injuftice des hommes, fubit fon châtiment , & fut contraint de gémir pendant
un an dans la rigueur d'une dure détention , lorfqu'enfin le hafard conduifit fous
les mêmes verroux un homme de fa connoiffance : c'étoit un des trois plongeurs
du golfe Perfique , dont les travaux fembloient lui avoir été fi avantageux.

Le plongeur, étonné de le voir dans
cette fituation, lui en demande la caufe :
Kaskas lui raconte tont ce qui lui eft
arrivé depuis leur féparation. Ce nouveau
confident adreffe fur le champ un placet
au roi , en implorant la grâce d'être
admis en fa préfence pour lui confier un
fecret de la plus grande importance. Le roi
fait amener le plongeur devant lui ; celui ci
fe profterne , & le monarque l'ayant fait
relever , lui ordonne de découvrir le fecret
qu'il doit révéler.

« Grand roi, dit le plongeur, la grandeur d'ame de votre majefté , fon amour
pour la juftice font connus de tous fes

sujets : j'ose réclamer aujourd'hui ces sublimes vertus en faveur d'un malheureux étranger innocent, qui a souffert un châtiment injuste pour une faute qu'il n'a pas commise, & qui est encore détenu dans le même cachot où j'ai été renfermé pour une faute légère : vous aimez, sire, à punir les méchans ; mais c'est par un esprit d'équité, & pour maintenir le bon ordre. Votre majesté voudroit que le loup & l'agneau marchassent ensemble en toute confiance ; votre esclave se fait un devoir de coopérer à vos vues bienfaisantes, en vous mettant dans le cas de réparer une injustice commise contre un homme persécuté par sa mauvaise étoile, & digne de votre compassion. » Après cela, il entra dans le détail de l'aventure de Kaskas sur la côte des perles ; il démontra comment la circonstance avoit pu faire tomber le joaillier dans l'erreur, & le juge dans l'ignorance : il ajouta enfin. « Si votre majesté doute encore de la vérité de mon récit, elle peut faire interroger le chef de la pêche & les plongeurs mes camarades. »

Le plongeur, désintéressé dans une affaire qui ne concernoit qu'un homme mal-

heureux & sans ressource; parloit avec cette
assurance & cette franchise que donne la
vérité. Il vint à bout de persuader le monarque de l'innocence de l'infortuné Kaskas;
il ordonna aussitôt au chef de ses eunuques
de le faire sortir de sa prison, de le conduire au bain, & de l'amener devant lui,
après l'avoir fait vêtir décemment.

L'eunuque obéit. On ramène Kaskas aux
pieds du souverain; il confirme le rapport
du plongeur, il fait le récit des vains
efforts qu'il a faits pour désabuser le joaillier, & détruire la prévention du juge:
il inspira enfin tant d'intérêt au roi par le
détail de toutes ses aventures, qu'il en
obtint sur le même instant un logement au
palais, & une place de confiance auprès
de sa personne avec de gros appointemens.

Quant au joaillier, après avoir été contraint de rendre les perles, il fut condamné à recevoir deux cent coups de bas-
tonnade: le juge en reçut le double, &
fut destitué de sa charge. Kaskas, comblé
de bienfaits, se crut réconcilié pour jamais
avec le sort: il se sut bon gré de s'être
roidi contre sa mauvaise fortune, & ar-
rangeoit déjà les plans de celle qu'il comp-

toit faire dans le nouvel emploi qu'il occupoit, quand fa curiofité lui tendit un nouveau piège.

Il découvre un jour, dans l'appartement qu'on lui avoit deftiné, une porte murée par un léger maftic, que le temps faifoit tomber en pouffière au moindre effort; il n'en met aucun à forcer cette communication, la porte s'ouvre; il entre fans réfléchir dans un riche appartement qui lui étoit abfolument inconnu, & fe trouve fans le favoir dans l'intérieur du palais.

A peine a-t il fait quelques pas, qu'il eft apperçu par le chef des eunuques, qui en fait incontinent fon rapport au roi. Le monarque arrive auffitôt; les débris du maftic encore fur le terrain femblent prouver que la porte a été forcée; le ftupide étonnement de Kaskas achève de démontrer qu'il s'eft rendu coupable. « Malheureux! lui dit le roi, eft-ce ainfi que tu reconnois mes bontés & tes obligations? Ma juftice te fauva quand je te crus innocent; coupable aujourd'hui, elle te condamne à perdre la vue. L'imprudent, fans même avoir ofé chercher à fe juftifier, eft livré tout de fuite au boürreau, en

C v

demandant pour toute faveur, qu'on lui mît dans la main les yeux qui devoient lui être arrachés.

Il les y portoit en parcourant à tâtons les rues de la capitale. « Voyez! difoit-il, ó vous qui m'écoutez, ce qu'a gagné le malheureux Kaskas en fe roidiffant mal à propos contre les arrêts du deftin, & en méprifant les confeils de fes amis : voilà le fort de l'obftiné. »

Aladin ayant ainfi fini l'hiftoire du marchand, adreffa directement la parole à Bohetzad.

« Sire, vous avez vu l'effet de l'influence du fort fur l'homme dont je viens de conter les aventures. Tant que fon étoile lui fut favorable, il réuffit à tout : lorfqu'elle vint à changer, il employa de vains efforts pour en corriger la malignité. Les inftans paffagers de bonheur, qui fembloient arrêter le cours de fes infortunes, le plongeoient bientôt dans des malheurs plus grands que ceux auxquels il venoit d'échapper. Des circonftances imprévues, des démarches innocentes le faifoient paroître ingrat &

criminel, lorfque tout le raffuroit fur la
pureté de fa conduite. Mon fort, hélas !
n'a que trop de rapport avec le fien : la
fortune m'a fouri lorfque je jouiffois des
bontés de votre majefté ; mais fes refforts
cachés creufoient en même temps l'abîme
dans lequel je me vois précipité.

Le jeune homme avoit raconté fi naturellement, & avec tant de grâces, les aventures du malheureux négociant de Bagdad ;
il en avoit fait une application fi heureufe,
que Bohetzad, toujours prévenu en faveur
d'un coupable qu'il avoit tant aimé, ébranlé
par l'exemple qu'il venoit de lui citer d'une
trop grande célérité dans les jugemens, fit
encore fufpendre jufqu'au lendemain l'exécution qu'il avoit ordonnée, fous le prétexte
que l'heure étoit trop avancée pour la faire
le même jour. « Retourne à ta prifon, lui
dit-il, je te permets encore de refpirer jufqu'à demain ; je remets à ce terme le jufte
châtiment qui t'eft dû. »

Cependant le premier vifir attendoit avec
impatience la nouvelle de l'exécution d'A-
ladin ; il apprend qu'elle a été différée. Il
affemble fes collègues, & parla ainfi au
fecond vifir.

« Le favori a trouvé le moyen de suf-
pendre l'ordre de sa sentence ; j'avois fait
mon devoir en déterminant le roi à un acte
de justice. C'est à vous maintenant à faire
le vôtre, en lui représentant le tort qu'il se
fait en oubliant les devoirs du trône, &
en se refusant si long-temps à la punition
d'un crime avéré. Je vous ai communiqué
le stratagême dont je me suis servi, en
faisant présumer que j'étois porteur des propres paroles de la reine : vous concevez
qu'il est essentiel pour cette princesse qu'on
lui prête toujours le même langage ; sa
plainte lève toute espèce de doute, &
l'affranchit elle-même du soupçon de con-
nivence avec le coupable : faites vos remontrances à sa majesté, & donnez-leur
toute la force qu'exige & son intérêt personnel, & le nôtre. »

Le lendemain matin, dès que Bohetzad
fut accessible, Baharon (c'étoit le nom
du second visir) se fait introduire auprès
du roi.

« Sire, lui dit ce ministre, j'ai appris du
fond de mon cabinet, & au milieu des
grandes occupations qui me sont confiées,
que votre majesté étoit dans l'affliction :

vos malheurs, s'il est permis que vous en
ayez, deviennent communs à tous vos sujets.
Pardonnez au zèle qui m'anime, si je viens
chercher à en pénétrer les motifs, & offrir
à votre majesté tous les services qui pourroient dépendre de mon expérience & de
mon dévouement, pour en arrêter les progrès. » Le roi crut que Baharon pouvoit
ignorer en effet un événement qui s'étoit
passé dans l'intérieur du palais, & lui fit
le récit du crime dont Aladin s'étoit rendu
coupable.

Le visir sembloit frémir en écoutant ce
rapport : « Sire, dit-il au roi dès qu'il eût
achevé de parler, si le fils d'un chef de
brigands, élevé & nourri dans le crime,
pouvoit être susceptible de sentimens vertueux, ce phénomène démentiroit l'expérience, & elle-même se trouveroit trompée. J'ose ici rappeler à votre majesté un
apologue de nos ancêtres que la tradition
nous a conservé.

« On mit jadis un jeune loup à l'école,
pour tâcher de corriger par l'instruction
son penchant naturel à la voracité. Son
maître, pour lui apprendre à lire, trans-
crivit en gros caractères les premières

lettres de l'alphabet, en effayant de lui donner l'intelligence de ces fignes ; mais au lieu de lire *A B C*, comme il étoit écrit, le féroce animal lut couramment *Agneau*, *Brebis*, *Chevreau*. L'inftinct le dominoit, & la nature en lui étoit incorrigible. Le fils d'un voleur eft dans le même cas : le vice eft inné avec fon être ; c'eft une maffe infectée dès le principe, & qu'il eft impoffible de purifier. Mais ce qui m'étonne le plus, Sire, c'eft qu'un criminel de cette nature ait furvécu d'un feul inftant à l'attentat qu'il a formé, & dans lequel on l'a furpris. »

Les remontrances du fecond vifir ayant aigri davantage l'efprit du monarque, il ordonne que le prifonnier chargé de fers foit amené devant lui : on obéit.

Aladin fe préfente. Le roi faifant violence aux fentimens qui l'agitoient en fa faveur, lui adreffe durement la parole : « traître ! lui dit-il, rien ne peut plus déformais retarder ton fupplice ; & l'univers fera inftruit de ton crime & de ma vengeance ! » Il donne en même temps au bourreau le fignal homicide...... « Sire ! interrompit Aladin, dont la contenance

ferme & modeste ne démentoit point le
courage & l'innocence, ma tête est entre
les mains de votre majesté ; mais je la
conjure encore de n'en pas précipiter la
chûte ! Celui qui ne considère que le présent sans sonder l'avenir, s'expose à des
repentirs aussi amers que ceux qu'éprouva
le marchand dont on m'a dit l'histoire.
Mais au contraire, celui qui lit dans l'avenir, a droit de s'applaudir un jour de sa
prudence, comme il arriva au fils de ce
même marchand.

Bohetzad se sentit piqué, malgré lui,
d'une nouvelle curiosité, & désiroit d'apprendre l'histoire qu'Aladin vouloit lui faire :
« Je veux bien, dit le monarque, consentir à entendre les aventures de ce marchand ; mais c'est de ma part un dernier
effort de complaisance.

« O Majesté bienfaisante ! reprit Aladin, ordonnez que l'homme qui tient le
sabre levé sur moi, s'éloigne. Je crois
voir l'ange de la mort. » Le bourreau
s'étant retiré, sur l'ordre du roi, Aladin
remplit, en ces termes, l'engagement qu'il
avoit contracté.

Hiſtoire d'Illage - Mahomet & de ſes fils,
ou l'Imprudent.

IL y avoit , ſire , dans la ville de Naka
en Tartarie, un commerçant qu'on nommoit Illage - Mahomet, qui voulant éten-
dre ſon commerce juſqu'aux confins les
plus reculés de la terre, fit conſtruire un
vaiſſeau en état de ſoutenir la plus longue
navigation , & de porter un chargement
conſidérable. Ce bâtiment étant prêt à
faire voile, il le remplit de marchandiſes ,
& voyant les vents favorables , il prit
congé de ſon épouſe , embraſſa ſes trois
enfans , s'embarqua , & cingla vers les
Indes.

Une navigation heureuſe l'ayant conduit
en peu de temps au port de la capitale
des Indes , il ſe logea & fit placer ſes
marchandiſes dans le Kane : tranquille ſur
le ſort de ſes effets, il ſe répandit enſuite
dans les différens quartiers , accompagné
de quatre eſclaves , & ſe lia bientôt avec
les marchands les plus renommés de la
place. Comme ſa ſuite avoit ordre de faire
connoître l'état de ſes marchandiſes , &
d'en diſtribuer des échantillons, la foule

des acheteurs ne tarda pas à se rendre à ses magasins.

Le roi des Indes étoit dans l'usage de sortir souvent de son palais, pour parcourir la ville & s'informer de ce qui s'y passoit, sous un déguisement qui empêchoit de le faire reconnoître : le hasard ayant dirigé ses pas aux environs du kane, il fut curieux de savoir quel intérêt y attiroit tant de monde. Il voit ce négociant étranger, qu'une physionomie heureuse & prévenante, qu'un abord gracieux, annonçoit d'une manière avantageuse. Il l'entend répondre avec complaisance & avec clarté aux questions qu'on peut lui faire, & lui voit traiter les affaires avec une franchise qui gagnoit la confiance de tous : il désiroit de s'entretenir avec lui ; mais la crainte d'être découvert lui fit renoncer pour le moment à son dessein ; il retourne à son palais le plus vîte qu'il peut ; reprend les habits convenables à sa dignité, envoie chercher cet honnête marchand : celui-ci se rend aussitôt aux volontés du monarque ; il est admis en sa présence ; le roi lui témoigne le désir qu'il auroit de le connoître.

« Sire ! répond le commerçant, je suis né & établi à Naka près du Caucase : le commerce est mon état : la faveur & la liberté que votre majesté lui accorde, ont dirigé mes spéculations vers vos états, & le ciel a favorisé ma navigation. »

Le roi, satisfait de la réponse simple & noble de cet étranger, voulut sonder plus particulièrement le genre de ses connoissances, en montrant tour-à-tour de la curiosité sur certains objets, & de l'embarras sur d'autres ; mais il ne fut pas moins content de toutes les réponses qu'il reçut. Convaincu par tout ce qu'il venoit d'entendre, que ses talens s'étendoient beaucoup au-delà de ceux qui étoient nécessaires pour son trafic, il se détermine à l'attacher à son service en l'élevant au poste le plus éminent. Le but du souverain n'étoit pas de tenter l'étranger par l'appas des honneurs ; mais sachant que le mérite distingué peut devenir inutile dans une place inférieure, & n'est souvent que l'objet de l'envie, il lui offrit la place de grand-visir, afin qu'elle lui procurât les moyens de déployer avec un plus grand avantage ses connoissances & sa capacité.

Illage reçut cette faveur avec les témoignages du respect & de la reconnoissance : « Je me tiendrois trop honoré, sire ! d'être au nombre des esclaves qui environnent votre trône : la dignité du poste glorieux où votre majesté m'appelle, surpasse beaucoup mon mérite & mes prétentions ; mais la haute idée que j'ai conçue de votre majesté m'inspire, avec un zèle sans bornes pour son service, la confiance de m'y dévouer entièrement. »

Le monarque, toujours plus content de son nouveau ministre, le fait revêtir d'une robe magnifique, lui assigne pour logement un palais dans le voisinage du sien, & le fait installer dans sa nouvelle dignité. Ce prince n'eut pas lieu de se repentir du choix, en apparence précipité, qu'il avoit fait : le nouveau visir, assis au divan à la droite de son maître, n'étoit jamais embarrassé dans la discussion des affaires, même les plus délicates ; il en démêloit avec sagacité tous les rapports ; la justice & l'équité étoient le résumé de ses décisions, ensorte que le peuple & le

monarque jouiſſoient, ſous l'adminiſtration
de ce miniſtre éclairé, des douceurs d'un
ſage gouvernement.

Deux années s'écoulèrent dans le travail & les plus grandes occupations ; mais
enfin la nature reprit ſes droits ; le viſir,
ſéparé depuis ſi long-temps d'une famille
qu'il chériſſoit tendrement, déſira de la
voir : la première demande qu'il en fit
allarma le ſouverain ; mais il avoit l'ame
ſenſible, il ne put réſiſter long-temps à
la voix de la nature, & permit à ſon
miniſtre d'entreprendre un voyage dont il
lui limitoit le terme, ſous la condition
qu'en ramenant avec lui toute ſa famille,
il ne put, en le ſervant, être expoſé à
aucuns regrets. Sur cette permiſſion, le
viſir s'embarqua pour Naka, ſur un vaiſſeau de guerre dont il avoit le commandement.

Depuis le départ du négociant tartare,
ſa famille ignorant ſon ſort avoit été livrée
à de cruelles inquiétudes : heureuſement
un marchand du pays, revenant des
Indes, vint leur en donner des nouvelles, & rendit le calme à cette famille, qui fut au comble de la joie,

en apprenant l'élévation & les fuccès de
celui fur le compte duquel ils s'étoient
allarmés. La femme d'Illage fe réfout au
moment même à rejoindre fon mari, moins
pour partager fa gloire que fon amour :
elle met ordre à fes affaires ; & après
avoir pris toutes les mefures néceffaires,
elle s'embarque auffitôt avec le même marchand qui lui avoit donné des nouvelles fi
confolantes.

Après quelques jours de navigation, le
vaiffeau qui les portoit laiffa tomber l'an-
cre près d'une isle où l'on devoit débar-
quer & échanger des marchandifes : les
vents contraires avoient contraint Illage
d'aborder au même endroit ; il avoit pris
un logement affez près du port, & fatigué
des mauvais temps qu'il avoit effuyés, il
s'étoit jeté fur un lit pour y prendre du
repos. Son époufe, qui habitoit dans un
quartier plus éloigné, apprit bientôt qu'il
étoit arrivé un vaiffeau venant des Indes,
& qui étoit parti de la capitale : elle envoie
fes enfans pour demander des nouvelles du
grand-vifir, il étoit impoffible qu'on ne
leur en donnât pas.

Les jeunes gens fortent de l'hôtellerie

où étoit leur mère, courant l'un après
l'autre jufqu'à - ce qu'ils fuffent parvenus
fous les fenêtres de l'appartement où repofoit le vifir ; elles dominoient une éminence où l'on avoit raffemblé plufieurs
ballots de marchandifes pour les tenir au
fec. Cette jeuneffe imprudente vient folâ-
trer fur ces ballots , c'eft à qui des deux
pourra réuffir à renverfer fon frère ; ces
joyeux enfans , difputant d'adreffe & de
malice, annonçoient leur victoire & leur
défaite par des cris fi perçans , que le vifir
en eft réveillé.

La patience lui échappe : il vient fe
mettre à la fenêtre pour faire ceffer le
bruit, & en fe penchant au dehors, trois
diamans que lui avoit donnés le roi s'échappent de fes doigts. L'agitation de la mer
avoit mis en mouvement la bile du miniftre ; l'habitude de commander rend l'homme
impatient à fouffrir ; l'isle fur laquelle il
fe trouvoit étoit encore du reffort de fon
gouvernement , il ordonne qu'on arrête
ces enfans importuns , & defcendit lui-
même pour chercher fes diamans ; mais
au milieu de tant d'embarras cette recherche fut infructueufe. Emporté par degrés

jufqu'au dépit & à la fureur, il accufa
non - feulement les jeunes gens d'être la
caufe de la perte de fes bijoux, mais
d'en être les voleurs ; leur innocence ne
put les défendre du préjugé, il leur fit
appliquer la baftonnade, les fit lier chacun fur une planche, & jeter à la mer :
ces innocentes victimes, en attendant une
mort cruelle, devinrent le jouet des vagues
& des flots.

Cependant la nuit approchoit, l'époufe
d'Illage ne voyoit pas revenir fes enfans ;
inquiète, éplorée, elle fort de chez elle
pour les chercher : les voifins ne pouvoient lui en donner des nouvelles ; elle
court de rue en rue, fans rencontrer perfonne qui pût fatisfaire fa jufte impatience.
Cette tendre mère arrive enfin jufqu'au
port ; là, fur la defcription qu'elle donne
des trois perfonnes qui font l'objet de
fa recherche & celui de fon trouble, un
matelot lui répond : « Madame, les jeunes
gens que vous demandez font les mêmes
qu'un homme puiffant, arrivé des Indes
depuis peu, vient de faire punir par fes
efclaves pour un vol qu'il leur a imputé.
On leur a donné la baftonnade, on les

a liés fur une planche, & jetés à la
mer par fon ordre. » A ces mots, la malheureufe mère remplit l'air de fes cris &
de fes gémiffemens; elle déchire fes vêtemens; elle s'arrache les cheveux. « O
mes fils, difoit-elle, où eft le vifir, votre
père, pour qu'il me venge de l'homme
qui vous affaffine? » Son défefpoir vint
frapper les oreilles de fon mari, qui n'étoit
pas éloigné; cette voix ne lui femble pas
inconnue; il apprend que c'eft celle de
la mère inconfolable dont il a condamné
les enfans à la mort. Le cri de la nature
rétentit dans fon cœur, il ne doute plus
que les enfans qu'il a punis ne foient les
fiens; il fe précipite vers l'infortunée dont
il vient de faire le malheur, & la reconnoît auffitôt. « Ah! barbare que je fuis,
lui dit-il, je viens d'être le meurtrier
de nos enfans! Fatale puiffance dont je
fuis revêtu! tu m'as aveuglé, tu ne m'as
pas laiffé le temps d'être jufte! Je fuis le
bourreau de mes enfans! » En difant ces
mots, tous les fignes du défefpoir le plus
violent étoient caractérifés fur fon vifage,
& fe manifeftoient au dehors par des
emportemens de toute efpèce: fa femme
fuccomboit

ſuccomboit à ſes pieds ſous le poids de
ſa douleur. « Ne me pardonne jamais,
ajouta-t-il ; je ſuis un monſtre, & d'autant plus coupable, que je me trouve placé
dans ce moment au-deſſus des lois : il
faut que je ſois ſans-ceſſe déchiré de mes
remords, & accablé de tes reproches. Je
me ſuis cru offenſé, j'ai précipité ma vengeance ſans me donner le temps d'y réfléchir ; j'ai vu le crime où il n'y en avoit
pas, & j'ai frappé ſur l'innocence ſans pré-
voir que le coup rejailliroit ſur moi. »

« Vous voyez, ſire, ajouta Aladin,
combien ce viſir eut à ſe repentir d'avoir
cru des jeunes gens criminels ſur une apparence illuſoire, & d'avoir preſſé un châtiment rigoureux avant de juger ſur qui
il devoit tomber. Il avoit oublié que les
conſidérations de l'avenir doivent toujours
régler le préſent. »

Ce malheureux miniſtre prenant en aver-
ſion & ſa gloire & ſon opulence, dédaigna
la recherche des diamans, abandonna le
vaiſſeau & ſon chargement, & ſoutenant
les pas chancelans d'une mère éplorée,
ils côtoyèrent tous les deux les bords de
la mer, lui redemandant triſtement les

tréfors que le vifir avoit cruellement livrés
à l'inconftance de fes flots.

« Votre majefté, continua Aladin, me
pardonnera fi je lui fais perdre de vue pour
quelques momens ce couple inconfolable ;
mais je dois fixer fon attention fur leurs
malheureux enfans. »

Les vagues, aux caprices defquelles ils
furent abandonnés, étoient tellement agi-
tées, que, quoique jetés fouvent l'un contre l'autre, ils furent cependant bientôt
féparés. L'un d'eux, après avoir lutté pendant deux jours contre les flots, après
avoir échappé au danger d'être brifé fur
les rochers contre lefquels il étoit fans-
ceffe pouffé, fe trouve à fec tout-à-coup
fur le rivage d'un royaume voifin. Les liens
qui le tenoient affujettis fur la planche ont
été limés par le fable ; & malgré la fatigue & la faim, il lui refte encore affez
de force pour s'en dégager & prendre
terre. Il y trouve un officier, qui venoit
rafraîchir fon cheval dans les eaux d'une
fource voifine ; cet homme, touché du
fpectacle de ce malheureux enfant, lui
donne une partie de fes habits, le prend
en croupe, & le conduit chez lui. Là,

des nourritures fucculentes & du repos achevèrent de rétablir le jeune naufragé ; après
l'avoir fait habiller décemment, fon bienfaiteur le préfente au roi, déjà prévenu de
cet événement.

L'heureufe phyfionomie du jeune homme
fit de l'impreffion fur le monarque, fes réponfes achevèrent bientôt de donner de
lui l'opinion la plus avantageufe : il devint
commenfal du palais, il y fut diftingué des
autres officiers, fa conduite acheva de lui
gagner l'eftime & la confiance de fon fouverain. Ce prince, à qui le ciel n'avoit
point accordé d'enfans, crut ne pouvoir
rendre un plus grand fervice à fes peuples
qu'en adoptant celui que la fortune avoit
jeté dans fes bras : fon choix fut applaudi
par toute la cour, & confirmé par le divan.
Le peuple fut heureux, & les talens de ce
jeune prince le firent bientôt placer au
nombre des plus vaillans rois de l'Afie.
L'âge & les infirmités ne permettoient plus
au fouverain de fupporter le fardeau de la
couronne, il abdiqua le fceptre en faveur
de ce fils adoptif; il le maria ; & termi-
nant ainfi fa glorieufe carrière, il réfigna

paisiblement sa vie entre les mains de son créateur.

Le jeune souverain, pleurant la perte de son bienfaiteur, s'abandonna aux plus justes regrets ; il voulut satisfaire aux devoirs de la reconnoissance & de la piété ; & pour honorer les cendres de son prédécesseur par des prières & des cérémonies solemnelles, il fit convoquer son divan : on se rendit dans les mosquées ; l'Amame, le Nabib, les derviches, & tous ceux qui les desservoient, rendirent à sa mémoire les hommages qui lui étoient dus. Il fit répandre d'abondantes aumônes parmi les pauvres, & dans tous les hôpitaux du royaume. Ces devoirs religieux annoncèrent de bonne heure la sagesse de son règne, & ne furent point démentis par la suite. Il fut toujours un roi juste, laborieux, & gouverna son peuple avec la tendresse d'un père.

C'est ainsi que le sort avoit arraché un des enfans du visir à la fureur des flots pour l'élever au faîte des grandeurs. Mais ce père infortuné gémissoit toujours sur la perte de ses deux fils, lorsque, dans une des isles où il avoit fixé sa résidence, il entendit le dellal annoncer à haute voix qu'il y avoit un jeune efclave à vendre, & qu'on invitoit les curieux à venir l'examiner ; Illage s'arrête, confidère le jeune homme, &, entraîné par un intérêt dont il ne peut diftinguer le motif, il fe décide à l'acheter.

La figure de cet inconnu a pour lui des attraits auxquels il ne peut réfifter, fon âge répond à celui que pourroit avoir un de fes enfans, & fi les qualités de l'ame s'annoncent par la beauté de fes traits, il efpère qu'il pourra lui tenir lieu d'un de ceux qu'il a perdus : il retourne chez lui avec fa nouvelle acquifition.

Sa femme, qui les apperçoit de loin, reconnoît le jeune homme, & vient fe précipiter dans fes bras ; elle fuccombe à cette furprife imprévue : & fa joie, en lu raviffant l'ufage de fes fens, lui permet encore de laiffer échapper le nom de fon fils. Les foins de fon mari, ceux du jeune homme, qui l'arrofe de fes larmes, la rappellent à la vie : le père, touché du fpectacle qu'il a fous les yeux, reconnoît le cri de la nature ; & remerciant le ciel de la faveur inattendue qu'il en reçoit, mêle fes pleurs & fes careffes à ce tableau touchant, & partage les douceurs d'une recon-

noiffance inefpérée. Cependant une nouvelle inquiétude l'agite, la préfence de
fon fils lui rappelle fon frère : Qu'eft - il
devenu ?

« Hélas ! répondit le jeune homme, les
vagues eurent bientôt féparé les planches
qui nous portoient, & il m'eft impoffible
de vous rien dire fur fa deftinée. » Cette
réponfe redoubla l'affliction des époux ;
mais l'efpérance d'une autre faveur, femblable à celle dont ils venoient d'être comblés, fembla les confoler ; & dans cette
heureufe attente, leur tendreffe fe réunit
fur le fruit précieux que le ciel leur avoit
enfin rendu.

Plufieurs années s'écoulèrent : Achib, fils
d'Illage, fe fortifioit de plus en plus ; il
acquéroit des connoiffances, & fe trouvoit
en état de fuivre le commerce, dans lequel
fon père l'avoit inftruit. Celui-ci le voyant
à même d'entreprendre un voyage utile,
achète un vaiffeau, le fait charger de marchandifes, & le deftine pour la capitale
des isles dans lefquelles ils étoient établis,
en lui en confiant la direction.

Achib étant arrivé dans la capitale,
prend un magafin dans le Kane, y dépofe

fes marchandifes, & y paffe quelques jours, occupé à placer avantageufement fes effets.

La fête du ramazan étoit venue, le jeune Achib, mufulman fidelle, ayant fucé avec le lait la doctrine de l'alcoran, dont il avoit fait fa principale occupation, poffédoit encore à un tel point de perfection l'art du chant, qu'il étoit en état de remplir dignement les fonctions d'Amame (1). Il fe revêtit de fon faragi (2), & fe rendit à la principale mofquée ; le roi y affiftoit avec toute fa cour & les grands de l'état, à la prière du midi.

Le jeune homme fe place à côté du fouverain, & lorfque l'Athib (3) monte dans la tribune, & commence à entonner le falhea (4), Achib répondit par trois fois : *Alla - akpart.*

L'affemblée & le roi lui - même furent étonnés que ce jeune étranger eût pris la

---

(1) *Amame* eft un prêtre qui fait la lecture & l'explication de l'alcoran.

(2) *Faragi*. Robe de cérémonie.

(3) *Athib*. Lecteur qui entonne la prière de plein chant.

(4) *Falhea*. Profeffion de foi des Mufulmans.

place qu'il occupoit auprès de sa majesté ;
mais l'agrément de sa voix mélodieuse &
touchante occasionna une surprise si agréable , qu'on oublia bientôt la hardiesse qu'il
avoit prise : on convenoit n'avoir jamais
rien entendu de si beau & de si parfait.
L'athib en fut jaloux, il ne supposoit pas
qu'il y eût dans le monde une voix supé-
rieure à la sienne, le désespoir qu'il éprouvoit lui en fit perdre l'usage ; il la sentoit
mourir sur le bord de ses lèvres. Achib
ne lui donna pas le temps de la rechercher :
il continua la prière avec une force & une
facilité que les efforts de l'athib n'auroient
pu surmonter, quand il auroit eu le courage d'en faire.

Quand le roi eût fini sa prière, & qu'il
sortit de la mosquée , il ordonna à ses
officiers d'attendre le nouveau chantre , de
lui tenir un cheval prêt, & de le conduire
au palais, où sa majesté désiroit de le voir :
Achib reçut avec respect cette invitation ,
& se rendit aux ordres du souverain.

Le monarque l'accueille avec bonté, en
faisant le plus grand éloge de ses talens,
& se sentit prévenu bientôt en faveur de
cet étranger, par une sympathie dont il ne

favoit pas découvrir les motifs ; elle sembloit en avoir de plus intéreſſans.

Achib n'avoit que dix-ſept ans ; il étoit doué des grâces extérieures du corps : ainſi tout ſembloit ſe réunir en faveur du penchant que montroit le roi pour cet étranger. Auſſi, ſoit à ce titre, ſoit pour exercer un acte de bienfaiſance, il le fit loger dans ſon palais, & lui donna une préférence marquée ſur les pages & ſur ceux qui compoſoient ſa maiſon.

Les officiers ſe réunirent bientôt pour conjurer la perte de leur rival. Cependant le vertueux Achib, après un ſéjour aſſez long à la cour, déſiroit de revoir ſes parens, & de leur rendre compte des marchandiſes qui lui avoient été confiées : dans la crainte qu'il n'obtiendroit pas du monarque la permiſſion d'aller les rejoindre, il leur écrivit en leur faiſant part de la faveur dont il jouiſſoit. Ce motif, & l'empreſſement qu'il témoignoit à les revoir, devoient déterminer la famille à ſe rendre bien vîte auprès de lui.

Illage & ſa femme portèrent ſur leur cœur la lettre qu'ils venoient de recevoir ; & flattés l'un & l'autre d'avoir un fils qui

D v

avoit pu fi jeune fe concilier les bonnes
grâces d'un roi, ils fe décidèrent fur le
champ à accélérer leur départ, en prévenant leur fils de cette réfolution. Auffitôt
qu'Achib en reçoit la nouvelle, il achète
une maifon, la meuble convenablement,
& y embraffe bientôt les auteurs de fes
jours, auxquels le roi envoya des préfens,
dont la magnificence indiquoit qu'ils étoient
deftinés pour la famille de fon favori.

La belle faifon ayant invité le roi de fe
rendre dans une de fes maifons de campagne, il s'y tranfporta, & y fit donner des
fêtes pour l'amufement de fa cour. Un foir,
fe livrant contre fon ordinaire aux plaifirs
de la table, il but d'une liqueur étrangère,
dont il ne connoiffoit pas la force : peu de
temps après, il fut faifi d'un étourdiffement
qui le força de fe jeter fur un fopha, où il
fut bientôt endormi ; les plaifirs avoient
écarté de lui tous les gens de fon fervice.
Le feul Achib, fuivant par affection toutes
les démarches de fon maître & de fon
bienfaiteur, entre dans l'appartement, &
le trouve endormi.

Se plaçant alors en-dedans de la porte,
il tire fon fabre, & s'y met en fentinelle :

un des pages étant revenu, fut furpris de le trouver dans cette pofture, & lui en demanda le motif. « Je veille, dit Achib, à la fûreté de mon roi : mon attachement & mon devoir me retiennent ici. » Le page courut raconter à fes camarades ce qu'il venoit de voir ; ils jugèrent qu'ils pourroient aifément profiter de cet événement pour le perdre, & vont en corps trouver le monarque : le témoin dépofe qu'il a trouvé Achib dans la chambre de fa majefté, le fabre nud à la main, tandis qu'elle dormoit ; il prête des intentions coupables à ce fidelle furveillant, & fuppofe que quelque frayeur foudaine aura feule détourné le coup qu'il méditoit de porter. « Si votre majefté, fire, ajouta-t-il, doutoit de la fidélité de mon rapport, elle n'a qu'à feindre de s'abandonner aujourd'hui fans précaution au fommeil, & nous ne doutons pas que le téméraire, confommant fon abominable projet, ne vienne renouveler fa tentative. » Ebranlé par cette accufation, le roi ne voulut pas cependant s'en rapporter entièrement à la dénonciation de fes pages, il crut devoir éclaircir fes doutes par lui-même.

Cependant les pages ont été trouver le jeune favori : « Le roi, lui dirent-ils, eft très-fatisfait du zèle que vous avez montré pour la sûreté de fa perfonne : Achib, a-t-il dit, eft pour moi comme un bouclier ; je puis m'endormir fans crainte fous fa garde. »

La nuit étant venue, après un repas pendant lequel le roi affecta beaucoup de gaieté & d'infouciance, il fe retira tout-à-coup, & fe jeta fur un fopha, en apparence dans le même état d'abandon où il avoit été la veille. Achib, qui ne le perdoit pas de vue, le fuppofant endormi, entre dans l'appartement pour s'y placer en fentinelle, le fabre nud & levé.

Dès que le prince vit briller la lame du cimeterre, un fentiment de frayeur le faifit, un cri lui échappe, & fait accourir auprès de lui tous les officiers de fa garde ; Achib eft arrêté par fon ordre, il eft chargé de fers, & conduit en prifon.

Le lendemain matin, après la première prière, le roi fait affembler fon divan, monte fur fon trône, & fait paroître devant lui celui que des rapports calomnieux & infidelles, & une apparence trompeufe, ont fait préfumer fi coupable : « Ingrat ! lui dit-il, eft-ce en me donnant la mort que vous vouliez me prouver votre reconnoiffance & me payer de mes bienfaits? Je ne tarderai pas à tirer une vengeance éclatante de votre odieufe lâcheté. » A ces reproches, Achib n'ayant oppofé que le filence, fut renvoyé en prifon.

A peine fut-il forti, que deux des courtifans les plus acharnés à fa perte s'approchèrent du roi : « Sire ! lui dirent-ils, on eft furpris de voir retarder l'exécution du criminel : nul attentat n'eft comparable à celui qu'il vouloit commettre, & vous devez donner le plus prompt exemple d'une juftice qui importe à votre fûreté perfonnelle, & à la tranquillité de votre peuple.

« Ne mettons point de précipitation, répondit le roi, dans un jugement de cette nature ; le coupable eft dans les fers, il ne peut échapper ; & quant à ce qui eft dû à la vengeance publique, il fera toujours temps de la fatisfaire. Il eft aifé d'ôter la vie à un homme, & il eft impoffible de la lui rendre : elle eft un bienfait du ciel que nous devons refpecter, & nous ne devons pas en priver nos femblables fans les plus mûres délibérations : le mal une fois fait eft irréparable ! Je fuis maintenant le maître de réfléchir à ce que je dois faire, & je ne veux pas que l'avenir ait à me reprocher le mauvais ufage du préfent. » Après cela, le roi ayant congédié fon divan, donna ordre qu'on préparât fes équipages de chaffe, & alla fe livrer pendant quelques jours à cet amufement.

A fon retour, il fut de nouveau affailli par les ennemis d'Achib. Plus, felon eux, le fupplice de ce criminel étoit retardé, plus le peuple étoit mécontent. La clémence & la modération ceffoient d'être des vertus, lorfqu'elles épargnoient de pareils attentats. Ces nouvelles obfervations embarraffoient le fouverain, qui n'avoit plus rien à y oppofer, dès que le délai qu'il avoit accordé ne lui avoit point apporté de lumières. Il fe détermine au châtiment rigoureux que la juftice paroît exiger de lui, & ordonne qu'on lui amène le coupable, accompagné des officiers de juftice & du bourreau.

Achib eft aux pieds du trône, le bandeau fur les yeux ; l'exécuteur, le glaive en main, attend & demande les ordres du

roi : au même inftant un bruit confus fe
fait entendre , un étranger perce la foule ,
& fe précipite aux pieds du roi ; c'étoit le
malheureux Illage !

« Miféricorde ! fire, miféricorde ! s'écria-
t-il : faites grâce au feul enfant que le ciel
m'ait rendu ? Mon fils n'a pu vouloir
attenter à vos jours , il n'a pu méditer cet
affreux homicide ; votre vie lui eft plus
chère que la fienne ! J'ai fes lettres ; c'eft
elles qui me font voler auprès de votre
majefté , pour admirer de plus près des
vertus dont je fuis idolâtre. Mais , ô monarque ! dont la renommée publie les glo-
rieufes qualités jufque dans les extrémités
les plus reculées de la terre ; juftifiez l'admiration publique par un nouveau trait de
fagefle, en furmontant les efforts du reffentiment dont vous êtes animé fur de trom-
peufes apparences ! Confidérez avec effroi
les fuites funeftes d'un jugement trop précipité ! Voyez en moi un exemple terrible
de cette conféquence , lorfqu'entraîné par
nos paffions , nous nous livrons fans réflexion à nos imprudentes vivacités. Le ciel
m'avoit donné des enfans , fire ! éloigné
d'eux depuis leur plus tendre enfance , le

jour étoit venu où nous devions nous rejoindre ; ne les connoissant pas, & aveuglé
par un mouvement de colère, j'abusai de la
puissance dont j'étois revêtu, je les fis lier
sur des planches & jeter à la mer. Celui
que votre glaive menace, échappa seul
du naufrage ; serois-je aujourd'hui le témoin
de sa mort ? Voilà le prix de ma coupable
imprudence : mon cœur est rempli d'amertume, & mes yeux ne cesseront de répandre des pleurs, que quand la mort les
aura fermés. »

Pendant ce discours, le roi étoit immobile d'étonnement : il vient d'entendre son
histoire. L'homme qui vient de parler est
son père, celui qu'il suppose criminel est
son frère.

Heureux d'avoir contracté dans l'exercice
du pouvoir, l'habitude de se modérer &
de se contraindre, il fait ménager par degrés les dangers d'une reconnoissance trop
subite, & la nature cédant enfin sans
effort à son empressement, il embrasse tendrement l'auteur de ses jours : il a fait
délivrer son frère des fers honteux que
l'envie lui avoit attachés, il se fait connoître à lui, & après s'être mutuellement

confolés : « Voyez, dit-il à fon divan, à
quel affreux malheur je m'expofois , fi
j'euffe cru légèrement des délations calom-
nicufes , & fi fur vos rapports artificieux
j'euffe précipité le châtiment que vous folli-
citiez fi vivement ; allez & rougiffez ! Eft-
il un feul d'entre vous qui ait pris le parti
de l'innocence ? Après ce peu de mots, le
roi fe retira dans fes appartemens avec
fon père & fon frère, il les admit au partage de toutes les jouiffances de fa cour ,
& envoya chercher fa mère par vingt efclaves vêtus avec magnificence : ainfi cette
famille heureufement réunie, reconnoiffante
envers le Tout-puiffant , fidelle à la loi
écrite par fon grand prophête , vécut dans
les douceurs de la plus tendre union, jufqu'au moment où l'arrêt de leur deftinée
les appela de cette vie dans une autre
meilleure.

⊢⟶══════⟵⊣

Aladin finit ainfi l'hiftoire d'Illage-Maho-
met ou de l'imprudent, en y ajoutant
cependant quelques réflexions capables de
faire impreffion fur l'efprit du fouverain

dont il avoit eu le bonheur de fixer l'attention.

« Sire ! dit-il, si le fils, devenu roi, s'étoit conduit auffi légèrement que le père quand il étoit miniftre, l'innocence étoit facrifiée à la jaloufie, à l'ambition, & toute une famille auroit été pour la vie dévouée au malheur & aux remords : c'eft ainfi qu'on gagne toujours à temporifer. Les apparences font également contre moi, l'envie en profite pour me faire paroître criminel ; mais j'ai pour moi le ciel & votre fageffe. »

Quand le jeune homme eut fini de parler, Bohetzad fe tourna vers fes miniftres : « Je ne prétends pas, leur dit-il, que le crime demeure impuni ; mais la vérité, nous vint-elle de la bouche même de notre ennemi, doit nous être précieufe ; ce coupable a très-bien obfervé qu'on ne court point de rifque à fe donner le temps de réfléchir ; qu'on le faffe reconduire en prifon. »

Les vifirs frémiffoient de rage, les délais pouvoient faire percer la vérité des nuages dont ils l'avoient couverte. Comme ils cherchoient de concert à cacher les manœuvres qu'ils tramoient fourdement, le troisième d'entr'eux se présenta de bonne heure à l'audience du lendemain. Le roi s'informa si l'intervalle qui s'étoit écoulé, n'avoit donné lieu à aucun éclaircissement nouveau.

« Sire, répondit ce ministre, la police que nous exerçons sous les ordres de votre majesté maintient la paix dans votre capitale, & tout y seroit fort tranquille, si le trône & votre lit avoient été vengés de l'affront de ce fils de brigand, dont votre majesté diffère encore le châtiment : le peuple en murmure, & je croirois manquer à mon devoir si je cachois à vos yeux son inquiétude, dont les suites peuvent être dangereuses : on n'est pas toujours à temps de prévenir les révoltes, & celle qui se prépare pourroit être bien funeste. »

Entraîné par ces observations, le roi ordonna que le coupable fût amené devant lui : « Malheureux ! lui dit-il, tu ne pourras jamais me citer au tribunal d'en-haut pour avoir précipité ton châtiment. Quelques foibles & détournées qu'ayent été tes défenses, je les ai toutes écoutées, j'en ai pesé la valeur ; mais il y a un terme à la réserve & à la circonspection ; mon

peuple murmure, fa patience & la mienne
font à bout : le ciel & la terre attendent
juftice de moi, & tu touches enfin à ton
dernier moment.

« Sire, répondit le modefte Aladin, le
peuple attend un exemple de votre juftice ?
Le peuple eft impatient, c'eft fon défaut ;
mais la patience doit être affife fur le trône,
au milieu des vertus qui en font la bafe &
la fûreté. Cette vertu néceffaire à tous, &
qui nous invite à la réfignation que nous
devons avoir pour les décrets éternels,
éleva le patient Abofaber du fond d'un
puits jufques fur le trône.

« Quel eft cet Abofaber ? demande le
roi ; Abrège-moi cette hiftoire. »

Hiftoire d'Abofaber le Patient.

« Sire, dit Aladin, Abofaber, furnom-
mé le patient, étoit un homme riche &
généreux, habitant d'un village qu'il rendoit heureux par fes charités ; il étoit hof-
pitalier, & bienfaifant envers les pauvres
& envers tous ceux qui s'adreffoient à lui.
Ses greniers étoient remplis, fes charrues
travailloient fans ceffe, fes troupeaux couvroient les campagnes, il entretenoit l'a-

bondance dans le pays. Il avoit une femme
& deux enfans ; le bonheur de ce ménage
n'étoit troublé que par les dévaſtations d'un
lion monſtrueux, qui ravageoit les étables
& les bergeries des paiſibles cultivateurs
de ces heureuſes contrées, à proportion de
ſes beſoins & de ceux de ſes petits.

La femme d'Aboſaber vouloit que ſon
mari, à la tête de ſes gens, entreprît
de donner la chaſſe à cet animal, dont
les dégâts les touchoient plus particulièrement à cauſe de leurs richeſſes : « Ma
femme, lui dît Aboſaber, ayons de la
patience ! avec elle on vient à bout de
tout : le lion auquel vous en voulez ſuit
ſon inſtinct féroce ; nous ne ſommes pas
les ſeuls à ſouffrir, il répand ſa voracité
chez nos voiſins, il en ſera tôt ou tard la
victime ſans que nous nous en mêlions ;
abandonnons au ciel le ſoin de notre vengeance : il ne laiſſe jamais le crime impuni. »

Le roi du pays entendit parler des ravages cauſés par ce lion, & il ordonna une
chaſſe générale : on s'arme auſſitôt, on le
cherche, il eſt bientôt environné de toutes
parts. Une grêle de flèches ſont décochées
ſur lui, il devient furieux : ſon poil ſe

hérisse, ses yeux s'enflamment, il se bat les flancs de sa terrible queue, & poussant des rugissemens affreux, il se précipite avec fureur sur celui d'entre les chasseurs qui se trouve le plus près de lui ; c'étoit un jeune homme de dix-neuf ans, monté sur un cheval vigoureux.

Aux cris du lion, le coursier est saisi de terreur, les forces lui manquent à la fois ; il tombe & meurt comme s'il eût été frappé de la foudre (1). L'intrépide cavalier est bientôt en pied, & en invoquant le nom du grand prophête, il enfonce son cimeterre dans l'énorme gueule qui s'ouvroit pour le dévorer. Ce trait de courage & de fermeté lui mérita, avec les applaudissemens de son souverain, la place de commandant général de toutes les troupes.

Abosaber apprenant la défaite du lion, dit à sa femme : « Voyez, si le châtiment n'atteint pas toujours le méchant ! Voyez combien la patience nous a été utile ! Si

---

(1) L'original arabe dit, que *le cheval mourut en rendant le sang avec les urines* : nos lecteurs ne nous passeroient pas cette image vraie & hardie. Elle n'en est pas moins l'effet naturel du rugissement des bêtes féroces sur les animaux privés.

j'euffe fuivi vos confeils, & que je me fuffe expofé à attaquer un animal contre lequel il a fallu déployer tant de forces, j'y aurois perdu la vie avec tous mes gens. »

Le lion dangereux n'infeftoit pas feul la paifible retraite d'Abofaber. Les habitans de fon village ne jouiffoient pas tous d'une égale réputation. Un d'entr'eux fit un vol confidérable dans la capitale, & s'évada, après avoir affaffiné le maître de la maifon qu'il avoit dépouillée. Le roi, inftruit de ce double forfait, envoya chercher les parens & les efclaves de celui qui avoit été facrifié fi indignement : on ne put lui donner d'autre indice que des foupçons fur les habitans du village où demeuroit Abofaber, qui paffoient pour de très-mauvais fujets, & qui fréquentoient beaucoup la maifon où s'étoit commis le meurtre & le larcin dont on cherchoit à découvrir les auteurs.

Sur cette fimple dénonciation, & fans recourir à d'autres preuves, le monarque irrité charge un officier à la tête d'un détachement de ravager le village, & d'en ramener les habitans chargés de fers.

Les gens prépofés aux exécutions rigou-

reufes renchériffent fouvent fur les ordres
qu'ils ont reçus. Des troupes affez mal dif-
ciplinées étendirent leurs ravages fur toutes
les campagnes des environs : on n'épargna
que la demeure d'Abofaber , & fix perfonnes de fa maifon ; mais on faccagea fes
récoltes & fes moiffons avec celles de tous
les habitans.

La femme d'Abofaber pleuroit fur ce
défaftre : « On nous ruine ! dit-elle à fon
mari ; vous voyez qu'on enlève nos troupeaux avec ceux des autres coupables ,
malgré qu'on ait donné des ordres pour
épargner ce qui nous appartient ; voyez
avec quelle injuftice on nous traite : parlez
aux officiers du roi. — J'ai parlé, dit Abofaber ; mais on n'a pas le temps de m'entendre : prenons patience, le mal retom-
bera fur ceux qui le font : malheur à celui
qui donne en même temps des ordres rigoureux & preffans ! Malheur à celui qui agit
fans réflexion ! Je crains que les maux que
le roi nous envoie ne retombent bientôt
fur lui. »

Un ennemi d'Abofaber avoit entendu ces
propos , & fut les rapporter au roi : « C'eft
ainfi lui dit-il, que parle celu que la
bonté

bonté de votre majesté avoit épargné ! »
Auſſitôt le monarque ordonna qu'Aboſaber,
ſa femme & ſes deux enfans fuſſent chaſſés
du village, & bannis de ſes états.

La femme du ſage & réſigné muſulman
faiſoit éclater ſes murmures, elle ſe livroit
aux reproches, & portoit à l'excès ſon reſſentiment : « Prenez patience, ma femme,
lui diſoit-il, cette vertu eſt le baume ſouverain contre l'adverſité, elle donne des
conſeils ſalutaires, elle amène devant elle
l'eſpoir & la conſolation ; marchons au
déſert puiſque l'on nous perſécute ici. » Le
bon Aboſaber lève ſes regards en haut, &
bénit le Tout-puiſſant, en ſuivant ſa route
avec ſa famille ; mais à peine ſont-ils entrés dans le déſert, qu'ils ſont aſſaillis par
une bande de voleurs : on les dépouille,
on enlève leurs enfans, & ils ſont abandonnés aux ſoins de la Providence, privés
de toute reſſource & de ſecours humain.

A ce nouveau coup du ſort, la femme
ayant perdu ce qu'elle chériſſoit le plus,
laiſſa un libre cours à ſes douleurs, &
pouſſant des cris plaintifs : « Homme indo-
lent ! dit-elle à ſon mari, renoncez à votre
inſouciance. Courons après ces voleurs ;

Tome III.　　　　　E

s'il leur refte encore quelque fentiment d'humanité ; ils nous rendront nos enfans.

« Prenons patience ! répondit Abofaber ; c'eft le feul remède aux maux qui paroiffent n'en pas avoir. Ces voleurs font bien montés ; nuds & fatigués comme nous le fommes, il n'y a pas apparence que nous puiffions les rejoindre ; & lors même que nous pourrions y réuffir, peut-être que ces hommes féroces, importunés de nos lamentations, nous donneroient la mort. » L'époufe fe calma, parce que l'épuifement de fes forces ne lui permettoit pas de fe plaindre davantage ; & tous deux arrivèrent au bord d'une rivière d'où l'on découvroit un village.

« Affeyez-vous ici, dit Abofaber à fa femme, je vais chercher un logement, & quelques hardes pour nous couvrir. » A ces mots il s'éloigne, en prenant le chemin de la peuplade dont ils n'étoient pas éloignés.

Abofaber étoit à peine hors de la vue de fa femme, qu'un cavalier, paffant près d'elle, s'arrêta d'étonnement, en voyant une femme affez belle, dépouillée & abandonnée ainfi dans une route détournée : cet

objet piquant fa curiofité, éveilla fes défirs;
il lui fit plufieurs queftions que cette fingulière aventure fembloit autorifer; elle y
répondit avec affez de naïveté. Ces réponfes
augmentèrent l'efpoir du jeune homme:
« Madame, lui dit-il, vous femblez faite
pour jouir d'un fort plus heureux, & fi
vous voulez vous livrer à celui que je vous
prépare, fuivez-moi, & je vous offre avec
mon cœur & ma main, une fituation digne
d'envie. — J'ai un époux, lui répondit la
Dame, quelque malheureux qu'il foit, je
lui fuis attachée pour la vie. — Je n'ai pas
le temps, continua le cavalier, de vous
convaincre que votre refus eft une extravagance, dans la pofition où vous êtes : je
vous aime; montez fur mon cheval fans
répliquer, ou je vais terminer d'un coup
de cimeterre vos malheurs & votre vie. »

La femme d'Abofaber, forcée d'obéir à
fon ravifteur, écrivit avant de partir fur le
fable ces paroles : « Abofaber, votre patience vous coûte la perte de vos biens, de
vos enfans, & de votre femme qu'on vous
enlève: faffe le ciel qu'elle ne vous foit
pas encore plus funefte ! »

Pendant qu'elle traçoit ces mots, le ca-

valier remettoit la bride à son cheval ;
quand tout fut prêt, il s'empare de sa proie
& disparoit.

Abofaber de retour, cherche, appelle
en vain son épouse, il la demande à la
nature entière qui reste muette ; il laisse
tomber ses regards sur le sable, qui lui
apprend son infortune : il ne put réfister
aux premiers accens de la douleur, il s'arracha les cheveux, déchira sa poitrine, se
meurtrit de coups ; mais le calme succédant
bientôt à tant d'agitations : « Prends patience, Abofaber ! se dit-il à lui même,
tu aimes ta femme, & tu en es aimé. Dieu
a permis sans doute qu'elle tombât dans la
position où elle se trouve, pour la dérober
à des maux plus affreux ; te convient-il de
sonder les secrets de la Providence ? C'est
à toi de te soumettre, èn cessant de fatiguer
& d'offenser le ciel par tes cris & tes
murmures. » Ces réflexions ayant achevé
de le calmer, & abandonnant le projet de
retourner au village d'où il venoit, il prit
le chemin d'une ville, dont les minarets
avoient de loin frappé ses regards.

Comme il en approchoit, il apperçoit
une multitude d'ouvriers occupés à la conf-

truction d'un palais pour le roi. Le conducteur de cette entreprise le prend par le
bras, & l'oblige de travailler avec ses manœuvres sous peine d'être mis en prison.
Abosaber est forcé de prendre patience en
s'aidant de son mieux, n'ayant pour tout
salaire qu'un peu de pain & de l'eau.

Il étoit depuis un mois dans cette pénible & infructueuse position, lorsqu'un
ouvrier, s'étant laissé tomber d'une échelle,
se cassa la jambe : ce pauvre malheureux
poussoit des cris épouvantables, interrom-
pus par des plaintes & des imprécations :
Abosaber s'approche de lui : « Compagnon,
lui dit-il, vous aigrissez vos maux loin de
les soulager ; prenez patience ! l'effet de
cette vertu est toujours salutaire, elle fait
supporter l'infortune, & sa puissance est
telle, qu'elle peut conduire un homme sur
le trône, eut-il même été précipité dans le
fond d'un puits. »

Le monarque du pays étoit dans ce mo-
ment-là à une des croisées de son palais,
où les cris du malheureux ouvrier l'avoient
attiré : il avoit entendu le discours d'Abosaber, & en fut irrité : « Qu'on fasse arrêter
cet homme, dit-il à un de ses officiers, &

qu'on l'amène devant moi. » L'officier obéit : Aboſaber eſt en préſence du tyran, dont, ſans le ſavoir, il vient de révolter l'orgueil.

« Inſolent ! lui dit ce roi barbare, la patience pourroit donc conduire un homme du fond d'un puits ſur le trône ? Tu vas faire l'eſſai de ton impertinente maxime. » Il ordonne en même temps qu'on le deſcende dans un puits ſec & profond, qui ſe trouvoit dans l'intérieur du palais. Là, il le viſitoit régulièrement tous les jours, en lui apportant lui-même deux morceaux de pain : « Aboſaber ! lui diſoit il, il me paroit que vous êtes toujours au fond du puits ; quand votre patience vous fera-t-elle monter ſur le trône ? »

Plus le monarque inſenſé inſultoit à ſon priſonnier, plus celui-ci ſe réſignoit. « Prenons patience, ſe diſoit-il en lui-même ; ne repouſſons point le mépris par le reproche, aucune eſpèce de vengeance ne nous eſt permiſe ; laiſſons le crime combler la meſure, le ciel nous voit, & Dieu nous juge : prenons patience. »

Le roi avoit un frère qu'il avoit toujours

caché à tous les regards dans un endroit
secret de son palais ; mais la défiance &
l'inquiétude lui faisant craindre qu'on ne
l'enlevât un jour pour le placer sur le trône,
il l'avoit descendu depuis peu, & secrètement, dans le puits dont nous venons de
parler. Cette malheureuse victime de la
politique eût bientôt succombé à tant de
maux ; il mourut, mais on ignoroit cet
événement, tandis que le reste du secret
avoit déjà transpiré.

Tous les grands du royaume & la nation
entière, révoltés d'une cruauté capricieuse
qui les exposoit tous au même danger, se
soulevèrent de concert contre le tyran, &
l'assassinèrent ; l'aventure d'Abosaber étoit
effacée de tous les esprits depuis fort long-
temps : un des officiers du palais rapporta
que le roi alloit chaque jour porter du pain
& parler à un homme qui étoit dans le
puits. Cette idée fit songer à ce frère si
cruellement traité par le tyran ; on court
au puits, on y descend, on y trouve le
patient Abosaber qui est pris pour l'héritier
présomptif de la couronne ; sans lui donner
le temps de parler & de se faire connoître,
on lui fait prendre un bain, il est bientôt

revêtu de la pourpre royale, & on le place
fur le trône.

Le nouveau roi, toujours fidelle à fes
principes, laiffe agir le ciel en fa faveur,
& prend patience. Son extérieur, fa réferve, fon fang-froid difpofent les efprits
à bien augurer de fon règne, & la fageffe
de fa conduite juftifie ces heureufes pré-
fomptions. Non content de pefer avec une
patience infatigable les décifions de fes
jugemens, il affifloit autant qu'il le pouvoit à toutes les affaires de l'état. « Vifirs,
cadis, gens de juftice, leur difoit-il, avant
de précipiter votre jugement, donnez-vous
patience, & examinez. » On admiroit fa
prudence, & on fe laiffoit diriger par elle.
Telle étoit la difpofition des cœurs à fon
égard, quand une fuite d'événemens vint
y apporter de l'altération.

Un monarque voifin du royaume d'Abofaber, chaffé de fes états par un ennemi
puiffant, vaincu, & accompagné d'une
fuite peu nombreufe, vint fe réfugier auprès de lui, & implorer à genoux l'hofpi-
talité, les fecours & les bienfaits d'Abofaber, célèbre par fes vertus, & furtout
par fa patience.

Abofaber congédie fon divan pour s'entretenir avec le prince fugitif. Dès qu'ils furent feuls il lui dit : « Reconnoiffez Abofaber, jadis votre fujet, injuftement dépouillé par vous de tous fes biens, & banni de vos états. Voyez la différence que le ciel a mis entre les traitemens qui nous étoient dus. Je fortis de mon village réduit par vous à la dernière mifère ; je me réfignai cependant à mon fort, je pris patience, & la Providence m'a conduit fur le trône, tandis que votre conduite fougueufe, cruelle & précipitée vous en a fait defcendre. Il me femble, en vous voyant ainfi livré à ma difcrétion, que je fuis chargé d'accomplir fur vous les décrets du ciel pour l'inftruction des méchans. »

Après cette réprimande, & fans attendre une réponfe, Abofaber ordonne à fes officiers de dépouiller le roi fugitif & toute fa fuite, & de les chaffer hors de la ville ; les ordres furent exécutés fur le champ, mais ils occafionnèrent quelques murmures. Un roi malheureux & fuppliant pouvoit-il être traité avec autant de rigueur ? Elle fembloit contraire aux lois de l'équité, de l'humanité & de la politique.

E v

A quelque temps de-là , Aboſaber ayant
été inſtruit qu'une bande de voleurs infeſtoit
une partie de ſes états, envoya des troupes
à leur pourſuite ; ils furent ſurpris, enveloppés & conduits devant lui. Le roi les
reconnut pour ceux qui avoient enlevés ſes
enfans ; il interroge le chef ſans témoins :
« Dans telle circonſtance , lui dit-il , &
dans un tel déſert , vous trouvâtes un
homme , une femme & deux enfans ; vous
dépouillâtes le père & la mère , & em-
portâtes leurs enfans. Qu'en avez-vous fait ?
que ſont-ils devenus ?

« Sire , répondit le chef des voleurs ,
ces jeunes gens ſont parmi nous , & nous
allons les rendre à votre majeſté pour
qu'elle en diſpoſe. Nous ſommes prêts d'ailleurs de remettre entre vos mains tout ce
que nous avons ramaſſé dans le métier que
nous faiſons : accordez - nous la vie & le
pardon , recevez-nous au nombre de vos
ſujets , nous voulons revenir de nos égare-
mens , & votre majeſté n'aura point de
ſoldats à ſon ſervice qui lui ſoient plus
attachés. » Le roi ſe fit rendre les jeunes
gens , s'empara des richeſſes des voleurs ,
& leur fit couper la tête à tous ſur le

champ, fans avoir égard à leur repentir &
à leurs fupplications.

Les fujets d'Abofaber en voyant cette
prompte expédition, & fe rappelant le
traitement fait au monarque fugitif, ne
reconnoiffent bientôt plus le leur : « Quelle
précipitation ! difoient-ils ; eft-ce ici ce roi
compâtiffant qui, lorfque le cadi vouloit
infliger quelque châtiment, lui répétoit
fans ceffe : *Attendez, examinez, ne précipitez
rien ; donnez-vous patience !* Leur furprife
étoit extrême ; mais un nouvel événement
vint l'augmenter encore.

Un cavalier vint porter des plaintes contre
fon époufe : Abofaber, avant de l'entendre,
lui dit : « Faites venir votre femme ; s'il
eft jufte que j'écoute vos raifons, il ne
l'eft pas moins que j'entende les fiennes. »
Le cavalier fortit & revint avec fon époufe
peu d'inftans après. A peine le roi l'a-t-il
regardée, qu'il ordonne qu'on la conduife
dans l'intérieur du palais, & qu'on tranche
la tête au cavalier qui eft venu former des
plaintes contr'elle. L'ordre s'exécute. Les
vifirs, les officiers, & tout le divan, mur-
murent affez haut pour qu'Abofaber puiffe
l'entendre. « On ne vit jamais un pareil

trait de violence, se disoient-ils entr'eux ; c'est une barbarie sans exemple. Le roi qu'on avoit égorgé n'avoit jamais rien fait d'aussi révoltant, & ce frère sorti du puits, annonçant d'abord la sagesse & la prudence, se porte froidement à des excès qui tiennent du délire. » Abosaber écoute & prend patience, lorsqu'enfin un geste de sa main imposant le silence, il prit ainsi la parole.

« Visirs, cadis, gens de justice, & vous tous vassaux de la couronne qui m'écoutez. Je vous ai toujours engagés à ne point précipiter vos jugemens ; vous me devez les mêmes égards, & je vous prie de m'entendre. »

Parvenu à un point de bonheur, dont je n'osois pas même faire l'objet de mes vœux, tant les circonstances qui devoient le rendre complet étoient difficiles à réunir. Indifférent pour la couronne que je porte, & à laquelle je n'avois aucun droit par ma naissance, il ne me reste plus qu'à conquérir votre estime, en justifiant à vos yeux les motifs qui ont dirigé ma conduite, & me faisant connoître de vous.

Je ne suis point le frère du roi que

vous jugeâtes indigne du fceptre ; je fuis un homme d'une naiffance ordinaire : perfécuté, ruiné, chaffé de fon pays, je me fuis réfugié dans ce royaume, après m'être vu ravir dans la route mes deux enfans & ma femme. Je fléchiffois religieufement la tête fous les coups dont le fort m'avoit accablé, quand, à l'entrée de cette ville, on s'empara de moi par force pour me faire travailler à la conftruction du palais. Intimément convaincu que la patience eft la vertu la plus néceffaire à l'homme, j'exhortois un de mes compagnons de travail à fouffrir avec réfignation le malheur affreux qui venoit de lui arriver en fe caffant la jambe. *La patience*, lui difois-je, *eft une fi grande vertu qu'elle pourroit élever fur le trône l'homme qu'on auroit précipité dans le fond d'un puits.*

Le roi, mon prédéceffeur, m'entendit ; cette maxime le révolta, & il me fit defcendre au même inftant dans le puits dont vous m'avez tiré pour me placer fur le trône.

Quand un monarque voifin, chaffé de fes états par un ufurpateur, vint implorer mes fecours, je reconnus en lui mon propre fouverain, qui m'avoit injuftement banni

& dépouillé de toutes mes propriétés ; je n'avois pas été le seul objet de ses cruautés capricieuses, tous ses sujets en avoient gémi sous mes yeux.

Les voleurs que j'ai fait punir m'avoient enlevé mes enfans, & réduit à la dernière misère.

Enfin, le cavalier auquel j'ai fait trancher la tête, est celui qui m'avoit ravi mon épouse par violence.

Je n'ai point eu en vue de me venger par ces jugemens de mes offenses particulières. Roi de ces états par votre choix, instrument de Dieu sur la terre, je n'ai pas cru qu'il me fût permis de m'abandonner à une clémence arbitraire qui pouvoit affoiblir votre puissance ; j'ai dû accomplir les décrets de la Providence sur des coupables évidemment convaincus de l'être, & retrancher de la société des mortels trop dangereux pour elle.

Un roi tyran, qui ne respecte plus les lois, qui n'obéit qu'à ses passions & à ses caprices est un fléau pour ses peuples : s'il n'est pas permis d'attenter à sa vie, il l'est encore moins de lui accorder des secours qui l'autiseroient à exercer continuelle-

ment ſes vengeances, à ſe livrer à l'in-
juſtice & à l'atrocité de ſon caractère :
il eſt même prudent de lui en ôter les
moyens.

Des brigands qui ne ſont occupés qu'à
attaquer les caravanes, qu'à piller les
voyageurs, qui n'ont d'autres habitudes
que le déſordre, ne peuvent jamais devenir
des citoyens utiles & eſtimables; ils méri-
tent encore moins d'être admis à l'honneur
de la défenſe de la patrie. En les banniſſant
on ne fait que les rendre à leur premier
état; on en augmente le nombre, & on
perpétue les malheurs de la terre.

Le raviſſeur d'une femme eſt un monſtre
dans la ſociété; il faut l'en délivrer : celui
qui ſe permet ce crime, peut ſe permettre
tous les autres.

Tels ſont les motifs de ma conduite; la
rigueur me coûte plus qu'à perſonne; mais
je ſerois indigne de la confiance de mon
peuple, & je manquerois aux devoirs du
trône, ſi je ne l'avois pas déployée dans
cette circonſtance.

Si j'ai ſurpaſſé les bornes de l'autorité, je
ſuis prêt à la réſigner dans vos mains; réuni
à mon épouſe & à mes enfans, & comblé

ainfi des plus précieufes faveurs du Tout-
puiffant, il ne me reftera qu'à défirer pour
vous des jours heureux, fous un gouvernement plus fage que le mien. »

Abofaber ayant fini fa juftification, l'admiration & le refpect continrent toute
l'affemblée dans le filence. Mais bientôt
un cri fuivi de mille autres retentit dans
le divan : « Vive Abofaber ! vive notre
roi ! vive le monarque patient ! qu'il vive à
jamais ! & puiffe fon règne durer éternellement !

Le roi étant rentré dans fon appartement
fit venir fa femme & fes enfans, & après
avoir fatisfait aux douces impulfions de la
nature : « Voyez, dit-il à fon époufe, les
fruits de la patience, & les fuites de la
précipitation ; revenez enfin de vos pré-
jugés, gravez ces grandes vérités dans l'efprit de nos enfans : le bien & le mal s'opè-
rent fous les yeux de la Providence, & fa
divine fageffe difpenfe infailliblement la
récompenfe ou le châtiment. L'homme
patient, qui fe foumet à fon fort, eft tôt
ou tard couronné de gloire. »

<hr>

Après avoir terminé fon hiftoire, Ala-

din fe renferma dans les bornes d'un refpectueux filence : Bohetzad fembloit rêver.
« Comment les maximes de la fageffe, difoit-il, pouvoient-elles fortir de la bouche d'un homme dont le cœur devoit être corrompu & l'ame criminelle. Jeune homme ! ajouta - t - il, en s'adreffant au prétendu coupable, je veux bien remettre encore à demain votre fupplice ; on va vous reconduire en prifon : les avis que vous m'avez donnés ne demeureront pas fans fruit. Un voleur de profeffion doit être retranché de la claffe des citoyens, de celle des défenfeurs de l'état & de toute la terre ; mais comme en même temps vous m'avez mis en garde contre la précipitation des jugemens, je confens à vous laiffer vivre encore pendant le refte du jour & de la nuit qui doit le fuivre. » Après ces mots, le roi congédia l'affemblée.

Les vifirs s'étoient concertés pour la marche qu'ils devoient fuivre, afin d'affurer la perte du favori. Voyant le fupplice tant de fois différé, il étoit queftion d'allarmer le roi fur les dangereux effets de fa clémence, fur fa facilité à fe laiffer entraîner par des discours, préparés dans le dessein de suspendre un acte de justice absolument nécessaire ; il falloit écarter chez le peuple tout soupçon de foiblesse de la part du gouvernement, & lui faire voir que l'équité en étoit la base. Le détail adroit de ces raisonnemens fut confié aux soins du quatrième visir, & ce ministre vint s'en acquitter le lendemain matin auprès de Bohetzad.

Le poison de la flatterie se mêle avec art à des remontrances qu'un zèle désintéressé semble dicter, & font une vive impression sur le roi. Il ordonne que le surintendant soit amené devant lui comme les précédentes fois, avec tout l'appareil du supplice. « Malheureux ! lui dit-il, j'ai assez balancé à te punir de ton forfait. Que ta mort, s'il se peut, m'en fasse perdre le souvenir !

Sire, reprit Aladin, avec respect & fermeté, j'accepte avec soumission l'arrêt de mon trépas. Il est dicté par les circonstances, & ne le fût-il pas, je sens que le malheur d'être tombé dans votre disgrace seroit pire pour moi. Une fois le sacrifice consommé, je ne pourrois jamais

m'en repentir : mais un jour viendra que
votre majesté , regrettant son injuste précipitation , se repentira de n'avoir pas assez
consulté les règles de la prudence , ainsi
qu'il arriva à Bhazad , fils du roi Cyrus,
fondateur de l'empire de Syrie. »

Histoire de Bhazad l'impatient.

BHAZAD étoit un prince accompli dans
toutes les qualités extérieures : sa beauté,
célébrée par les poëtes , étoit passée en
proverbe chez toutes les nations ; il faisoit l'agrément des sociétés, qui ne s'occupoient presque que de lui. Un jour ,
sans qu'on l'eût apperçu, on s'y entretenoit de sa beauté ; après qu'on en eût
fait l'éloge, un des témoins de la conversation , qui jusques-là avoit gardé le
silence , ajouta : « Le prince Bhazad est
sans doute un des plus beaux hommes de
la terre ; mais je connois une femme
qui réunit dans ce genre beaucoup plus
d'avantages sur les personnes de son sexe
qu'il n'en a sur le sien. »

Ce discours piqua davantage la curiosité de Bhazad que son orgueil ; & s'a-
dressant en secret à celui qui parloit ainsi:

« Pourroit - on favoir de vous, lui dit-il, le nom de la beauté dont vous venez de faire l'éloge ? Prince, lui répondit cet homme, elle eft la fille d'un des plus grands vaffaux du trône de Syrie, & fi elle enchante les regards par fes charmes extérieurs, les qualités de fon cœur & de fon efprit ajoutent encore à fes perfections. » Ce peu de paroles firent une vive impreffion fur le cœur de Bhazad ; il n'eft plus occupé que de l'objet dont il a entendu l'éloge, & il cherche à en faire la conquête ; le feu dont il eft confumé altère bientôt fa fanté, le rend rêveur, folitaire, & le roi fon père, furpris de ce changement, en demande & en apprend les motifs.

Bhazad, après avoir fait à Cyrus l'aveu de fa paffion, effuya de lui quelques reproches fur la réferve qu'il avoit gardée. « Pourquoi m'avez - vous caché l'état de votre cœur ? lui dit - il ; ignorez-vous que j'ai tout pouvoir fur le prince dont vous défirez d'époufer la fille ? doutez - vous qu'il ne s'honore de notre alliance ? » Làdeffus Cyrus envoya chercher le père de la jeune beauté, la demande pour fon fils, & on convint tout de suite de la dot, qui doit être de trois cent mille pièces d'or : mais le beau-père futur exige que la célébration du mariage soit retardée de neuf mois.

Neuf mois sans la voir, se dit à lui-même l'impatient Bhazad ; neuf mois sans la posséder ! je ne le supporterai pas. Il forme aussitôt le projet de s'en approcher ; il monte le meilleur coursier de ses écuries, se munit de quelques provisions nécessaires, ainsi que d'un arc, d'une lance & d'un cimeterre, & part incontinent. Il n'étoit pas bien éloigné de la capitale de la Syrie, lorsqu'il se vit assailli par une bande de voleurs ; sa contenance ferme & son air martial leur en imposèrent, & loin de chercher à s'en défaire après l'avoir volé, comme ils avoient coutume de faire, ils lui proposèrent un arrangement d'une autre espèce, & lui promirent la vie, à condition qu'il s'associeroit avec eux. En renonçant à la vie, Bhazad n'eut pas joui de son amour ; cependant le métier de voleur répugne à son caractère, il crut devoir faire connoître aux brigands son état, ses projets, & ce fatal retard de neuf mois que son impatience ne lui avoit pas permis de supporter. Sur cet aveu, le chef des voleurs lui répondit : « Nous abrégerons ce délai ; nous connoiffons le château dans lequel demeure l'objet de votre amour, & les forces qui le défendent. Marchez à notre tête, nous l'attaquerons, & ne trouverons aucun obftacle qui nous réfifte : nous ne vous demandons pour cet important fervice que le partage de la dot, votre protection pour l'avenir, & un délai de quelques jours pour nous préparer à cette entreprife. »

Bhazad dans fon impatience fe croit déjà au terme de fon bonheur ; tous les moyens lui femblent juftes dès qu'ils peuvent fervir fa paffion, & il ne met aucune délicateffe dans leur choix ; auffi ne délibère-t-il plus, & il continue fa route à la tête des voleurs.

Ils rencontrèrent bientôt une nombreufe caravane, les brigands entraînés par leur penchant naturel l'attaquèrent en défordre ; mais ils furent repouffés avec perte de plufieurs hommes, & bon nombre de prifonniers, parmi lefquels Bhazad fe trouva enveloppé ; il fut conduit à la capitale du pays où fe rendoit la caravane ; celui qui en avoit le commandement, après avoir fait le rapport de fon aventure, préfenta Bhazad au roi : « Voilà, fire, un jeune homme qui nous femble devoir être diftingué des autres, nous prions fa majefté d'en difpofer à fon gré. »

Le maintien du captif attira l'attention particulière du monarque : « Qui êtes-vous, jeune homme ? lui demanda le prince ; vous ne paroiffez pas né pour la criminelle profeffion que vous exercez, comment êtes-vous tombé dans les mains de la caravane ? »

Dans la crainte de déshonorer fon véritable nom, Bhazad ne voulut point fe faire connoître : « Sire, répondit - il, mon extérieur ne doit point en impofer à votre majefté, je ne fuis, & ne fus jamais qu'un voleur de profeffion.

« Votre réponfe, dit le roi, eft votre arrêt de mort. » Cependant, fe difoit - il à lui-même, je ne dois rien précipiter, il faut avoir égard à fa jeuneffe, aux qualités extérieures qui femblent le diftinguer dés gens de fa profeffion ; fi ce jeune

homme n'eft en effet qu'un voleur , il mérite le châtiment ; mais s'il étoit un infortuné jouet du fort, qui demandât la mort
pour échapper aux amertumes de la vie,
on deviendroit complice de fon crime , en
ne prévenant pas l'inftant de fa deftruction :
ainfi fe parloit le prudent fouverain, & il
fit renfermer Bhazad dans une étroite prifon, en attendant de plus grands éclairciffemens fur fon état.

Cependant Cyrus ayant fait des recherches inutiles dans fes états pour retrouver
fon fils , adreffa des lettres circulaires à
tous les fouverains de l'Afie. Il en parvint
une à celui dans les états duquel Bhazad
étoit détenu ; au fignalement qu'elle en donnoit, il ne douta pas que le jeune aventu-
rier qu'il gardoit en prifon ne fût le fils
bien-aimé du puiffant monarque de Syrie.
Que de raifons de s'applaudir de n'avoir
point précipité fon jugement !

Il envoie auffitôt chercher le prifonnier,
& exige de lui qu'il fe nomme : « Je m'appelle Bhazad , répondit le jeune homme. —
Vous êtes donc le fils du roi Cyrus ; mais
quels motifs vous ont déterminés à cacher
votre naiffance? Si je n'avois été tardif dans
l'exécution

l'exécution du châtiment, il vous en eut coûté la vie, & à moi le remords de vous avoir fait traiter comme un vil affaffin. — Sire, répondit Bhazad, après lui avoir découvert le fecret de fon évafion, me trouvant arrêté parmi des voleurs, dont involontairement j'ai partagé les crimes, je préférois la mort à la honte, & ne voulois pas déshonorer un nom illuftre.

« Mon fils, répondit le fage monarque, il y a eu beaucoup d'imprudence dans votre conduite ; vous étiez amoureux, & affuré de jouir fous peu de mois de l'objet de votre paffion. Voyez où vous a conduit une impatience téméraire. Au lieu d'attendre patiemment que vous puffiez devenir le gendre d'un des nobles vaffaux de votre père, après avoir abandonné fans permiffion la cour de Syrie, & vous être expofé fans précaution à être maffacré par les voleurs dont ces déferts font infeftés, vous vous réuniffez à ces brigands pour enlever à main armée celle qu'on vouloit vous donner pour époufe ; voyez dans quelle foule de crimes vous vous entraîniez ; réprimez cette fougue, & calmez votre impatience. Je vais vous procurer les moyens de vous réunir bientôt à la princeſſe dont vous déſirez d'obtenir la main ; mais tóut devant être fait d'une manière convenable à ſon état & à votre rang, nous ne précipiterons rien. »

Après cela, le roi ayant fait habiller Bhazad avec magnificence, il le logea dans ſon palais, & l'admit à ſa table. Il écrivit à Cyrus, qu'il ſe tranquilliſât ſur le ſort de ſon fils, dont on préparoit les équipages, pour qu'il pût paroître avec éclat à la cour du prince dont il devoit bientôt épouſer la fille.

L'impatient Bhazad voyoit avec peine ces préparatifs ; les ſoins qu'on y donnoit retardoient ſon bonheur : enfin, l'ordre eſt donné pour le départ, il peut ſe mettre en route, une petite armée lui ſert d'eſcorte, elle ne fait point de halte dont la durée ne paroiſſe un ſiécle à ce prince amoureux.

Des couriers dépêchés vers le père de la princeſſe, l'ont prévenu de l'arrivée de ſon gendre : il vient avec ſa fille, couverte d'un voile, le recevoir à l'entrée de ſon château, & lui deſtine un appartement magnifique à côté de celui de ſa future épouſe : tous les arrangemens ont été réglés d'a-

vance par les deux pères ; dans trois jours
le terme des neuf mois est écoulé, & on
achève tous les apprêts convenables pour
cette union tant désirée.

Bhazad n'est séparé de l'objet de ses
vœux que par l'épaisseur d'un foible mur :
dans trois jours il pourra le voir & en
jouir ; mais ce mur est pour lui le mont
Arafat ; ces trois jours lui semblent l'éternité. Comme il s'informe sans cesse de
ce qu'elle fait, il apprend qu'elle est à
sa toilette, servie par ses femmes esclaves ; elle n'a plus de voile ; c'est-là qu'il
pourroit la surprendre & la contempler
à son gré : il visite aussitôt tous les détours de son appartement, pour trouver
quelques moyens de satisfaire son impatience & sa curiosité. Il découvre pour
son malheur une petite fenêtre grillée, il
y applique ses regards ; mais un eunuque
placé en sentinelle à ce poste, appercevant le curieux, lui plonge sans le connoître la pointe de son cimeterre, qui lui
perce en même temps les deux yeux, & lui
arrache un cri aigu, qui rassemble bientôt
autour de lui tous les gens attachés à son
service.

On environne le bleffé, on s'informe du motif qui peut l'avoir réduit dans l'état malheureux où il fe trouve : fon infortune l'a éclairé fur fon défaut : « C'eft mon impatience, répond - il avec douleur ; j'ai trop oublié les fages confeils du roi mon bienfaiteur, j'aurois vu & poffédé dans trois jours celle qui devoit combler ma félicité, je n'ai pas pu attendre patiemment ce petit délaî : mes yeux ont voulu jouir d'avance du plaifir de la voir, ils en font punis par la privation de la lumière. »

C'eft ainfi, ajouta Aladin, que Bhazad l'impatient, au moment d'être heureux, perdit pour jamais cet efpoir, & fut condamné à la plus cruelle des privations. Il auroit dû fe rappeler à quels dangers fes premières imprudences l'avoient expofé ; avec quelle maturité de confeils, avec quelle fage lenteur, s'étoit conduit à fon égard le monarque auquel il avoit été redevable de la fortune & de la vie, & déférer entièrement à fes avis ; mais ce n'eft point en agiffant fans réflexion, qu'on acquiert de l'expérience, & le fage feul peut profiter de celle d'autrui. »

LE jeune furintendant ayant fini de parler, Bohetzad, plongé dans ſes réflexions, congédia le divan, & fit reconduire le prévenu dans les priſons.

Le lendemain étoit le jour du travail du cinquième viſir, il ſe rendit au palais, déterminé de hâter enfin le dénouement de la ſcène ſanglante tant de fois ſuſpendue : « Sire, dit-il au roi, avant de parler de toute autre affaire à votre majeſté, il eſt de mon devoir de vous repréſenter les éminens dangers que vous allez courir, dans le délai du châtiment que vous deviez infliger à ce fils de chef de brigands ; la loi qui le condamne eſt poſitive : tout ſujet qui porte ſes regards ſur une femme encourt la peine de mort, & je ne puis penſer ſans frémir qu'il ait oſé lever les yeux ſur la reine elle - même ; le reſpect du trône n'en a point impoſé au téméraire ſéducteur ! Quelle loi ne ſera pas déformais violée, ſi la tranſgreſſion de celle dont je réclame la force pouvoit demeurer impunie ? ·Le peuple juſtement allarmé ſur les conſéquences, attend de votre majeſté

l'exemple d'une févérité mémorable. La
voix du peuple eft celle de Dieu. Ce fage
précepte, connu de tout temps, acquiert,
dans ce moment furtout, la force d'un com-
-mandement. »

Bohetzad fent ranimer en lui le reffen-
-timent de l'affront qu'il croit avoir reçu,
& fe reproche d'avoir trop balancé d'en
tirer vengeance ; il ordonne que le cou-
-pable foit amené devant lui avec l'appareil
du fupplice : « Je t'ai trop écouté, lui dit-
il, dès qu'il fe préfenta ; tes paroles font
des artifices & des menfonges ; ton crime
eft avéré, tu vas perdre la tête.

« Je n'ai point commis de crime, répondit Aladin, & mon innocence me garantit
la protection du ciel. C'eft aux coupables à
trembler ; quant à moi je fuis tranquille :
il leur eft impoffible d'échapper à la punition, & de quelque fuccès que leur malice
puiffe actuellement les flatter, je leur prédis
qu'ils éprouveront tôt ou tard le fort du roi
Dabdin, & de fon vifir.

« Voilà encore de nouveaux perfonna-
ges fur la fcène, reprit Bohetzad. Quelles
leçons pourront-ils nous donner à ton
fujet ? »

Hiſtoire de Ravie la réſignée.

SIRE, ajouta Aladin, Dabdin, monarque puiſſant, avoit deux viſirs, dont l'un s'appeloit Zorachan, & l'autre Caradan. Zorachan avoit une fille d'une beauté raviſſante à qui il avoit donné le nom de Ravie : ſes vertus égaloient ſes autres perfections, & repoſoient ſur une baſe ſolide ; elle étoit bonne muſulmane, adonnée particulièrement à l'étude du divin alcoran, religieuſe & aſſidue aux prières. Le roi Dabdin étant devenu amoureux d'elle ſur ſa ſeule réputation, il la demanda en mariage à Zorachan ſon père. Ce miniſtre demanda le permiſſion d'en parler à ſa fille ; le roi la lui accorda, à condition que la choſe ſe terminât promptement.

Le viſir ayant fait part à ſa fille des intentions du monarque : « Mon père, répondit Ravie, je n'ai aucun penchant pour le mariage. De deux alliances inégales qui ſe préſenteroient pour moi, je préférerois toujours celle qui paroîtroit me rabaiſſer, ſûre au moins d'avoir un mari qui n'épouſeroit pas d'autre femme que moi. Au lieu qu'étant femme du roi, je ne ferois que parta-

ger fa couche, & me verrois réduite à la
condition d'efclave de mon mari : je ne me
fens pas la force de fupporter cette humi-
liation & des rivales. »

Dabdin fourit à cette réponfe, que lui
rapporta Zorachan, elle étoit conforme
aux fentimens naturels d'une femme à qui
l'on peut fuppofer de la délicateffe & un
efprit réfléchi ; la découverte de ces qualités ne pouvoit pas affoiblir la paffion du
monarque : « Allez dire à votre fille que
je l'aime, dit-il au vifir, que mon amour
& mes feux diffiperont fes allarmes ; mais
que je la veux avoir pour femme. »

Zorachan vint auprès de Ravie, pour lui
intimer l'ordre du monarque : « Mon père,
répondit-elle dans l'affliction & l'épouvante, je préfère la mort au facrifice que
vous exigez, j'aime mieux partager dans les
déferts la pâture des animaux féroces, que
de fléchir fous cette tyrannie : J'y vais chercher un afile, le grand prophête y veillera
fur mes jours. »

Zorachan, confidérant la fermeté de fa
fille & les ordres du roi, ne fait quel parti
prendre : cependant, entraîné par fa tendreffe paternelle, il fe détermine à fuir

avec Ravie dans un pays étranger, emportant avec lui ſes effets les plus précieux. Ils montent les meilleurs chevaux des écuries, & , ſuivis de quelques eſclaves, ils prennent enſemble le chemin du déſert.

Auſſitôt que Dabdin fut inſtruit de leur évaſion, il ſe met en campagne avec une nombreuſe eſcorte : quelques officiers montés ſur de leſtes courſiers le précédoient à la découverte ; en vain le viſir & ſa fille avoient preſſé leur marche, ils ſont atteints & arrêtés : Dabdin arrive, & d'un coup de dabour (1), il écraſe la tête de Zora-chan, enlève Ravie, la ramène au palais, & la force d'accepter une main ſanguinaire.

La triſte Ravie ſe réſignant à ſon ſort, cacha dans ſon cœur les chagrins qui la dévoroient, en ſe voyant l'épouſe du meurtrier de ſon père. Son attachement à ſes devoirs, ſa religion, ſa piété, furent ſes conſolations, & malgré une mélancolie habituelle, la douceur de ſon caractère,

---

(1) *Dabour.* Eſpèce de ſceptre oriental : maſſue d'or à tête cannelée dont il ſort des pointes ; c'eſt une arme que portent avec eux les princes de l'orient.

F v

jointe aux charmes de sa figure, lui conci-
lièrent de plus en plus l'amour de son
barbare époux, qui ne pouvoit vivre qu'auprès d'elle. Cependant il fallut s'en séparer.

L'ennemi se montroit sur les frontières,
& menaçoit d'une invasion : Dabdin rempli d'une ardeur guerrière se met à la tête
de son armée, & vient affronter les dangers ; mais avant de partir, il déposa les
rênes du gouvernement dans les mains de
son visir Caradan, en qui il avoit toute
sa confiance : « Prends soin, lui dit-il
en même temps, de mon épouse Ravie ;
elle est, tu le sais, ce que j'ai de plus
cher au monde : préviens ses désirs, &
tâche de les satisfaire : ta tête me répon-
dra des plus légères plaintes qu'elle pourroit faire. Je te charge de commander en
mon absence, & je soumets tout à ton
autorité.

Caradan fut très-flatté de la confiance
dont il venoit d'être honoré, & surtout à
l'égard de Ravie : mais il fut curieux de
connoître par ses yeux ce prodige de beauté
dont le roi paroissoit si jaloux. Tout étant
sous ses ordres pendant son absence, il eût
bientôt trouvé l'occasion de se satisfaire ;

mais dès qu'il eût vu l'épouse de son maître, il en devint si éperdument amoureux, qu'il en perdit le repos & bientôt la raison. « Certes, se disoit-il, cette reine doit être née avec le firmament ? Ses beautés sont divines ; elle est plus éblouissante que les étoiles du ciel, il faut en jouir à tout prix : c'est une femme, & susceptible comme une autre d'une passion ; essayons de la toucher. » Ce dessein formé, il lui écrivit en ces termes.

« Madame, l'amour que j'ai conçu pour vous me réduit dans un état affreux : consentez, je vous en prie, à m'accorder un moment d'entretien. Si votre compassion s'y refuse, c'est fait de la vie du malheureux Caradan. » La reine, confondue de l'insolence de cette lettre, la renvoya sur le champ avec cette réponse.

« Visir, le roi a mis en vous toute sa confiance, & votre cœur doit être un dépôt sacré de fidélité & d'obéissance : envoyez de pareils écrits à votre épouse ; remplissez à son égard les devoirs d'un fidelle mari, & persuadez-vous qu'une nouvelle imprudence de votre part exposeroit infailliblement votre tête. »

F vj

Cette réponse fit rentrer Caradan en lui-même ; la sage conduite de la reine, loin de le rassurer, l'allarma vivement : « Elle est dévote, dit - il, un motif de religion lui fera dévoiler au roi mon imprudence ; ma tête est en danger. Elle m'a renvoyé ma lettre, il faut me défaire de celui qui l'a portée, & puisqu'elle n'a point de titre contre moi, il faut la perdre pour me sauver. »

Pendant qu'il prenoit cette résolution, la reine, par une suite d'égards & de bonté, envoyoit s'informer exactement de la santé du visir ; on lui répondoit qu'il étoit obligé de garder le lit. Cette princesse n'imaginoit pas que cette indisposition fut l'effet de l'agitation du crime que ce ministre préméditoit.

Dabdin, ayant vaincu ses ennemis, revenoit triomphant à sa cour ; Caradan se présente des premiers pour le féliciter de ses succès, & lui rend compte en même temps de sa gestion d'une manière satisfaisante ; mais l'artificieux Caradan se tait sur un seul point, qu'il se fait presser de dévoiler : il croiroit manquer à la confiance dont il a été honoré si, malgré son refpect pour la reine, il ne fe voyoit forcé, difoit-il, de porter des plaintes fur fa conduite. Sous le voile d'une fauffe dévotion, elle a manqué à fes devoirs & à la religion, en fouillant la couche où une préférence flatteufe l'avoit uniquement admife. —— « Avez-vous des témoins ? dit Dabdin en tremblant. »

Je ne voulois pas ajouter foi, répondit le miniftre, au rapport qui m'en avoit été fait ; mais malheureufement je l'ai vérifié de mes yeux. Peu de jours après le départ de votre majefté, je fus averti fecrètement par une des femmes de la reine, qui m'introduifit par une porte dérobée dans l'intérieur du palais, & me plaça près de la fenêtre du cabinet de Ravie ; je l'obfervai attentivement derrière la jaloufie, & fus le témoin de fon infidélité en vous préférant le vil Aboilkar, efclave de Zorachan fon père.

A ce récit, la fureur du roi s'étoit accrue de la violente contrainte qu'il s'étoit faite à lui-même. « Vifir, dit-il à Caradan, je veux qu'on ignore, s'il fe peut, les circonftances de cette infâme trahifon ; qu'Aboilkar foit plongé dans un cachot : faites venir ici le chef de mes eunuques. »

Le vifir remplit les ordres du fouverain, & amène l'eunuque. « Efclave, lui dit le roi, obéis à mes volontés, qu'on m'apporte à l'inftant la tête de la reine ? » A cet ordre inattendu, l'eunuque, dont la condition entièrement paffive ne permet pas la replique, infpiré fur l'inftant par un mouvement dont il n'eft pas le maître, dit au roi. « Sire, il ne me convient pas de pénétrer les motifs d'un ordre auffi rigoureux ; je dois en fuppofer la juftice ; mais Ravie eft votre époufe favorite, elle eft reine ; ce genre de mort fouilleroit votre gloire, fon fang réjailliroit fur vous, & vous ferez naître des foupçons déshonorans pour vous. Que votre majefté la renvoie plutôt dans les déferts, je me charge de l'y conduire ; elle n'y pourra vivre fans miracle, & le ciel n'en fait point en faveur des coupables. »

Le roi fe laiffa perfuader par ces raifons, & intima au chef de fes eunuques cette réfolution. Cet officier fit monter la reine fur un chameau qu'il conduifoit lui-même, & prit la route du défert, fans oublier cependant de fe pourvoir de quelques provifions de bouche.

Cet eunuque, bon musulman, connoissoit l'attachement de la reine pour les devoirs de la religion, son exactitude aux prières; il ne pouvoit se persuader qu'elle fut coupable de la moindre faute; & convaincu de son innocence, il la traitoit avec tout le respect & les ménagemens qu'inspiroient ses vertus.

Après quelques jours de marche, il trouve une petite plaine aux pieds d'un rocher, d'où découloit un ruisseau qui avoit déposé de l'eau dans une cavité. Considérant cet endroit comme le moins mauvais de tous ceux qu'il auroit pu découvrir, pour abandonner à la providence celle que des ordres absolus le forçoient de livrer à tant de dangers; il la fait descendre du chameau, lui prépare un petit domicile dans le creux du rocher, où il dépose le peu de provisions dont il s'étoit précautionné; & les yeux baignés de larmes, il prend congé de cette infortunée. —— « Arrêtez, lui dit alors Ravie, qui avoit observé le silence depuis son départ; m'abandonnerez-vous sans me dire les raisons qui me conduisent dans ces sauvages lieux, dans ce repaire des monstres de la terre? » L'eunuque lui rend compte des ordres qu'il a reçus, ne lui cachant point que les premiers avoient été bien plus rigoureux, & qu'il avoit été aſſez heureux pour les faire révoquer. — « Etes-vous inſtruit, lui dit-elle, du ſujet de ma diſgrace ? » Il répondit qu'il l'ignoroit.

La reine le remercia de ſes attentions, de ſes égards, & du ſoin qu'il avoit pris de ſes jours. « Je les emploierai, ajouta-t-elle, à prier pour vous. Sans doute la calomnie en a impoſé ſur mon compte ; ſi jamais le voile qui couvre les yeux du roi vient à tomber, dites-lui bien, ſage mortel, qu'il mette la tête dans la cendre pour avoir aſſaſſiné mon père ? S'il ne déſarme la juſtice divine, dites - lui bien qu'elle l'accablera tôt ou tard. En me relégant dans ce ſéjour affreux, il n'a fait qu'arracher une victime des bras d'un parricide. Je le plains, lui & tous ceux qui l'ont entraîné dans ce deſſein barbare, & dans celui qu'il vouloit exercer d'abord ſur moi. Mais, dans mon malheur, je peux encore lui avoir de l'obligation ; je le remercie du moins de m'avoir mis en état de contempler à loiſir les merveilles d'un Dieu, qu'on a tant de peine à voir dans le palais des

rois. » A ces mots, ayant cessé de parler,
l'esclave partit, douloureusement attendri
sur le sort de sa reine.

Ravie est seule au milieu d'un désert, si
toutefois il est une véritable solitude pour
une ame comme la sienne, que la patience
& la résignation accompagnent, qui s'entretient sans cesse avec son Dieu par la
prière & le recueillement. Cette pieuse
beauté habitoit tour-à-tour les différentes
cavités du rocher; mêlant au peu de nourriture qu'on lui avoit laissée, quelques racines
& des fruits sauvages, & paroissant ne
manquer de rien au milieu de toutes les
privations. Si quelque bête féroce se présente, elle l'évite aisément en se réfugiant
tranquillement dans le fond des souterrains,
dont elle a rendu le passage étroit & difficile, & l'entrée impraticable aux monstres
des forêts. Ainsi, tandis qu'ils mugissent
au-dehors de leur impuissance à se saisir de
leur proie, l'infortunée bénit le ciel qui
donne à l'homme dans l'adversité, le courage, la force & l'industrie.

Un jour qu'à l'entrée d'une de ses cavernes, tournée vers le midi, elle offroit
ses hommages & ses adorations au créateur,

elle fut apperçue de loin par le conducteur
des chameaux du roi Kaffera, qui cherchoit
dans cette partie du défert quelques-uns de
ces animaux qui s'y trouvoient égarés.

Cet homme, étonné de voir une beauté
fi rare dans une fituation fi fingulière, eut
la curiofité de lui demander qui elle étoit,
& qui l'avoit conduite dans cette folitude.
« Mufulman, lui dit-elle, vous voyez ici
l'efclave de Dieu & du faint prophête; ils
ont voulu que je fuffe reléguée dans un
défert, j'accomplis leur volonté, & je les
fervirai toute ma vie. » Le conducteur des
chameaux fentit bientôt fon cœur enflammé
d'amour pour cette pieufe beauté, & lui
offrit avec fa main le partage de fa petite
fortune, & tous les fecours qui pourront
dépendre de lui.

« Homme généreux, répondit Ravie, je
veux fervir Dieu, & non les hommes. Je
ferai cependant bien aife de devoir quelque
chofe à votre bienfaifance ; les rochers qui
m'environnent m'affurent des retraites fûres
& commodes, mais j'y fuis expofée à manquer d'eau dans peu de jours, le ruiffeau
fera bientôt à fec. Conduifez-moi dans un

licu où je puisse trouver les mêmes ressources pour mon habitation, & où en même
temps une source vive & intarissable four-
nisse à mes ablutions journalières & serve
à me désaltérer. — Je connois un endroit
favorable à vos désirs, reprit le conducteur; mais il est bien éloigné d'ici, & à
moins que vous ne montiez mon chameau,
vous ne pourrez résister à la fatigue. »
Ravie accepte sa proposition, ils s'achemi-
nent tous deux au nouveau gîte, où ils
arrivèrent après plusieurs heures de marche.

Le conducteur fait mettre son chameau
à genoux, Ravie descend; il lui fait voir
une belle source, près de laquelle il se
trouve des cavités souterraines dans le roc,
bien plus commodes que celles qu'elle avoit
abandonnées; & après lui avoir remis
toutes les provisions qu'il portoit, il lui
parla ainsi :

« Madame, je suis le conducteur des
chameaux du roi Kassera, le plus puissant
monarque de l'Orient. Il aime ses chameaux
avec une telle passion, qu'il ne souffre pas
que personne que lui leur donne à manger.
J'ai eu le malheur d'en laisser égarer trois
de ceux auxquels il est le plus attaché, &

je n'ofe retourner auprès de lui fans les
avoir retrouvés, dans la crainte d'être puni
de mort. Vous, madame, dont les ferventes
prières doivent être exaucées d'en haut;
priez-le ciel, je vous en fupplie, qu'il me
faffe retrouver ce que j'ai perdu.

« Homme de bien, répliqua la folitaire,
vous venez à mon égard de remplir une
œuvre de charité, vous en ferez récompenfé.
Cherchez vos chameaux, & vous les trouverez furement. »

Le conducteur, plein de confiance,
s'éloigna de cet endroit pour chercher fes
chameaux; il ne fut point trompé dans fon
attente, à peu de diftance de-là ils fe pré-
fentèrent devant lui, &, plein de joie,
il reprit avec eux le chemin de la ville, en
penfant au bonheur qu'il avoit eu de rencontrer la belle inconnue.

Kaffera vint comme à l'ordinaire vifiter
fes chameaux; leur conducteur lui fit part
de fon aventure, fi heureufement terminée
par le moyen de la jeune dévote. Le monarque, curieux de vérifier par lui-même
un fait auffi extraordinaire, monte à cheval
bien accompagné, & fe fait guider par le

conducteur à l'endroit du défert que celui-ci lui avoit indiqué.

C'étoit l'heure du midi : Ravie, près de la fource, & fur les gazons qui en tapif-foient les bords, faifoit fa prière, les yeux & les mains élevés vers le ciel, fes cheveux flottant fur fes épaules; l'éclat de fon teint, la beauté de fes traits la faifoient briller comme le lys au milieu des jardins. Elle étoit fi abforbée dans fa méditation, que le roi eut le temps de s'approcher d'elle fans en être remarqué, & de la confidérer à fon aife. Il la jugea bien au-deffus des éloges qu'en avoit fait le groffier conduc-teur, & lui adreffant refpectueufement la parole : « Ma belle dame, lui dit-il, y auroit-il de l'indifcrétion à vous prier de me dire qui vous êtes, & ce que vous faites ici ? —— Vous voyez une dévote folitaire, la fervante de Dieu ; & je fuis en ces lieux pour le fervir. —— Vous ne voulez point vous faire connoître, ajouta le monarque ; quant à moi, j'aurai moins de réferve avec vous : mais après ce trait de confiance de ma part, j'efpère que vous confentirez à la propofition que je vais vous faire ? Je fuis Kaffera, roi des rois de l'Orient; &

en vous offrant mon cœur & ma main, je
crois vous rendre un hommage digne de
vous & de moi.

« Sire, répondit Ravie, je ne pense pas
que le plus puissant roi de la terre voulut
s'abaisser jusqu'à prendre pour épouse une
femme errante dans le désert, où tout rend
témoignage de son indigence & de sa basse
origine. J'ai trop de respect pour les grandeurs humaines, pour porter mes regards
sur le trône. —— Ne me refusez point,
Madame, vous êtes à l'abri de toute violence de ma part ; mais je ne le suis pas
des vives impressions que vos vertus & votre
beauté font sur mon cœur. Vous dédaignez
mes grandeurs, & dès ce moment j'en fais
moi - même le sacrifice volontaire, pour
passer ma vie avec vous dans ce désert, &
y servir l'éternel & son divin prophête. »

Kassera parloit avec sincérité ; les premiers ordres qu'il donne en font les garans :
il fait dresser deux tentes, l'une pour lui,
& l'autre pour Ravie, & les remplit des
provisions qu'il avoit apportées.

Ravie sentit le prix des sacrifices de
Kassera, ainsi que la délicatesse de ses
ménagemens : elle réfléchit à la perte que

feroient fes fujets s'il renonçoit à les gouverner, à la défolation de fa famille, &
chercha de détourner le monarque de ce
deffein funefte, en parlant ainfi à l'efclave
qui étoit chargé de la nourrir : « Sa majefté m'honore trop, lui dit-elle, cependant
je ne puis accepter fes offres, mon ambition eft fatisfaite en fervant l'éternel ; mais
Kaflera fe doit à fes devoirs, il eft fur la
terre le repréfentant de celui que j'adore,
le difpenfateur de fa juftice & de fa clémence, il faut qu'il fe faffe aimer & craindre par des fujets dont le bonheur dépend
de la fageffe de fon gouvernement. Ce
monarque d'ailleurs a des époufes & une
famille, qui lui impofent des devoirs bien
plus facrés encore, & il ne lui eft pas
permis, fans violer les lois de la nature
& de l'équité, de s'enterrer avec moi dans
cette folitude. Vous, qui paroiffez avoir
fa confiance, portez-lui mes regrets, &
repréfentez-lui les obftacles que la religion
me force de lui faire. »

L'efclave s'acquitta auprès du roi de la
commiffion dont il étoit chargé, & rapporta en réponfe, que ce prince fe fentant
coupable de bien des fautes, cherchoit

d'en obtenir le pardon, en embraſſant la
vie pénitente.

Ravie fut embarraſſée ſur le parti qu'elle
devoit prendre, en apprenant les dernières
intentions de Kaſſera : enfin, après de
ſaines réflexions, elle crut devoir ſe ſacrifier à la gloire d'une nation dont la perte
étoit aſſurée, ſi elle étoit privée d'un chef
auſſi ſage que reſpectable. Elle fit demander au roi un entretien dans la tente qui
étoit deſtinée pour elle ; il s'y rendit :
« J'attends vos ordres avec ſoumiſſion, lui
dit Kaſſera.

« Sire, répondit la belle inconnue, ce
n'eſt point par méfiance que j'ai fait un
myſtère de mon nom à votre majeſté ; mais
parce que j'avois ſincèrement déſiré d'achever mes jours dans cette ſolitude : la réſo-
lution que vous avez priſe déconcerte mes
projets. Un monarque auſſi grand, auſſi
renommé, un roi chéri de ſes ſujets, un
père tendre & compatiſſant, ne peut ſans
crime ſe dérober à ſon devoir & à ſes obligations, & j'aurois à me reprocher la perte
de vos états par mon obſtination ; je dois
rendre un monarque à ſon peuple ; ainſi,
pour prix des offres ſincères & avantageuſes

dont

dont vous avez daigné m'honorer, j'accepte
votre main , dès que cette union doit assurer le bonheur de vos sujets ; mais il est
temps de me faire connoître. » Alors elle
fit un récit fidelle de ses infortunes, & du
détail de sa vie depuis sa première fuite
avec Zorachan son père, jusqu'à l'injuste
prévention qui l'avoit sacrifiée dans ce désert sauvage : « Je m'inquiétois peu, ajouta-
t-elle, dans ma solitude, de la réputation
que je laissois après moi ; mais devenue à
présent l'épouse d'un grand roi , il est important pour sa gloire de justifier son choix,
il est important pour tous deux, que mon
innocence éclate devant les hommes. Le
roi Dabdin est vassal & tributaire de votre
couronne ; ordonnez-lui de se rendre dans
votre cour avec Caradan son visir & le
chef de ses eunuques. Je ne dois pas
m'asseoir sur votre trône avant d'avoir été
pleinement justifiée des odieuses imputations
qui m'ont attiré tant de malheurs. »

Kassera sentit la justice de sa demande,
& approuva sa délicatesse. Il ordonna qu'on
fit venir de sa capitale la litière la plus
magnifique, & ils retournèrent bientôt au
palais. On lui destina un appartement riche

Tome III. G

& commode, & plus vaste qu'aucun de ceux qu'occupoient ses autres favorites ; une foule d'officiers & d'esclaves des deux sexes étoient empressés à la servir.

Incontinent après son retour, Kassera dépêcha un ordre au roi Dabdin, à son visir Caradan, & au chef des eunuques pour se rendre sur le champ auprès de lui ; l'officier, chargé de cette mission, commandoit un détachement considérable, & devoit se faire obéir sans délai.

Tandis que la belle Ravie avoit trouvé dans un affreux désert le repos & la paix de l'ame inséparable ; le malheureux Dabdin dans le sein des plaisirs ne goûtoit plus aucun repos ; la vie n'avoit plus pour lui de douceurs, depuis qu'il avoit écarté son épouse aussi cruellement : Caradan ne se livroit au sommeil que pour le voir troubler par les plus funestes songes ; le temps ne pouvoit adoucir leurs regrets.

Dabdin se trouvoit dans ce triste état, lorsque les ordres de Kassera lui furent intimés. Caradan fut consterné de la manière dont ils alloient être exécutés, les remords vinrent l'accabler. Il est cependant forcé de se mettre en marche avec le roi fon maître, dont l'inquiétude eft égale à la fienne, ignorant le motif qui avoit pu provoquer contr'eux un ordre fi rigoureux ; le chef des eunuques étoit le feul qui faifoit ce voyage fans effroi : ils arrivent enfin à la cour de Kaffera.

Ce monarque les attendoit avec impatience dans fon appartement, avec Ravie, qui parla ainfi à Caradan.

« Vifir ! tu dois me reconnoître ? Je fuis Ravie, l'ancienne époufe de ton maître, que tu as indignement calomniée par tes rapports : tu as trahi ton devoir envers Dieu, envers ton fouverain de qui tu avois la confiance, & envers moi qui devois être pour toi un objet refpectable, après avoir oublié la témérité de tes propofitions. Toi feul as commis tous ces crimes : rends hommage à la vérité s'il t'en refte la force & le courage, & ne cherche pas par d'inutiles détours à attirer fur toi la colère divine. »

Caradan confondu s'écria dans l'amertume de fon ame : « Votre innocence, Madame, eft fur votre front, comme le crime eft fur le mien : après que je vous eus follicitée en vain de correfpondre à

mes feux, un mauvais génie s'empara de
moi, &...... Ah ! fcélérat ! interrompit
Dabdin, il n'eft point de fupplice que
ton crime affreux ne mérite, & la vengeance célefte ne fauroit t'épargner. »

Kaffera jouiffoit du triomphe de l'innocente Kavie ; mais s'adreffant à Dabdin,
qui s'échauffoit contre Caradan : « Prince,
dit-il, votre vifir n'eft pas le feul coupable
qui foit ici, vous êtes vous-même répré-
henfible. Ceux qui font chargés de gouverner les autres doivent favoir fe gouverner eux-mêmes. Ils ne doivent point précipiter leurs jugemens, encore moins leurs
vengeances particulières ; ils doivent ménager les accufés, & ne jamais les con-
damner fans les entendre ; ils doivent
fcrupuleufement examiner les accufateurs,
les témoins, & pefer les preuves avec
équité ; ils doivent fe défier de tout, pour
tout éclaircir. Vous vous êtes comporté
d'une manière téméraire, & votre conduite
déshonore la royauté. Mais, quoique je
fois votre maître, je ne dois pas être votre
juge ; il en eft un ici plus éclairé & plus
fage, à qui je laiffe l'examen de votre
caufe & de celle de votre vifir, & qui en
prononcera le jugement.

« C'eſt vous, Madame, ajouta - t - il en parlant à Ravie, qui ſerez chargée de ce miniſtère ; la loi que vous méditez ſans ceſſe, va parler par votre bouche.

« Sire, répondit-elle, le devoir que vous m'impoſez eſt pénible à remplir ; mais ſi la loi doit parler ici, voici ce qu'elle a prononcé dans le divin alcoran : *Tout meurtrier volontaire doit périr de la même manière dont il a commis le crime.* Le roi Dabdin, qui eſt en préſence de votre majeſté, a écraſé d'un coup de dabour la tête de mon père, ſon ancien & fidelle ſerviteur : me préſumant coupable, il m'a dévouée à la mort ſans ſe donner le temps de la réflexion, ainſi il eſt ſujet à l'application de la loi. Le viſir Caradan déſiroit ma mort pour ſe défaire du témoin de ſa coupable témérité ; ſur ſa calomnieuſe imputation, j'ai été conduite & abandonnée dans le déſert ; il doit y aller prendre ma place : le bras protecteur du conſervateur des hommes m'a garantie de tout danger, la grâce de Mahomet & vos bontés, ſire, ont fait triompher l'innocence ; celui qui fait le bien en obtient tôt ou tard la récompenſe ; mais le criminel ne peut jamais échapper au châtiment. Le

chef des eunuques du roi Dabdin n'a été
que l'inftrument des volontés de fon maître ; mais il a des droits à réclamer par la
loi : il fut généreux & fenfible, il fit changer ma fentence de mort en un exil, dans
lequel, au hafard de fa propre confervation, il me fournit des fecours, des alimens, & me traita avec humanité & compaffion : fon cœur a reconnu mon innocence, tandis que des gens plus éclairés
que lui la perfécutoient. Je viens d'expofer
les faits & la loi ; mais ce n'eft pas moi
qui dois en prononcer l'arrêt. »

Kaffera, fur ce rapport, fit affommer
Dabdin d'un coup de dabour. Caradan fut
abandonné dans le défert, & le chef des
eunuques reçut le titre de prince ; il fut
décoré d'un ordre créé en fa faveur, fur
lequel on lifoit cette infcription : *A l'homme
bienfaifant*. Objet des bontés du roi & de
la reine, il demeura toujours au palais, &
y jouit de la confiance générale. Kaffera
fit bénir auffitôt fon mariage avec l'aimable Ravie ; les peuples célébrèrent cet hy-
ménée, les impôts furent diminués, & des
aumônes abondantes furent répandues
dans toute la Perfe. A quelque temps de-

là on apprit que le malheureux Caradan
avoit été la proie des animaux féroces.

* * *

Après le récit de cette histoire, Aladin
s'arrêta un moment : puis s'adressant encore à Bohetzad : « Sire, lui dit-il, votre
majesté vient de voir dans l'histoire de
Ravie la résignée, la juste rétribution des
peines & des récompenses, la nécessité
pour un roi de suspendre son jugement,
avant de prononcer un arrêt de mort, &
l'impossibilité de pécher même en ce cas,
par un excès de prudence. Maintenant,
sire, Aladin attend vos ordres en silence,
& soumet sa tête avec respect sous le
coup dont elle est menacée. »

Le monarque, toujours plus ébranlé dans
ses déterminations, & ne voulant rien hafarder fans de plus mûres délibérations,
remit encore au lendemain le châtiment
du prétendu coupable, qui fut reconduit
dans les prisons.

Les dix visirs, craignant de laisser échapper leur victime, s'assemblèrent de nouveau le lendemain, & députèrent trois
d'entr'eux auprès du roi, pour frapper les

derniers coups contre le jeune Aladin : ils
confirmèrent à Bohetzad que les suites
dangereuses de sa clémence se faisoient
déjà ressentir : « Chaque jour, dirent-ils,
la justice ordinaire est occupée à reprimer
les désordres téméraires de vos sujets,
contre la sainteté du mariage ; les coupables prévaricateurs osent s'étayer de l'exemple qu'ils ont devant les yeux, & les délais
que votre majesté apporte dans cette affaire, sont autant de titres qu'ils allèguent
en leur faveur ; nous vous conjurons, sire,
de mettre fin à cette licence, dont vos ministres ne pourront bientôt plus retenir le
frein. » Bohetzad, honteux de sa trop
grande indulgence, fait amener devant lui
le surintendant. « Tu parois enfin, lui dit-
il, pour la dernière fois sur la scène que
tu vas ensanglanter. Le crime que tu as
commis ne me laisse plus de repos ; le glaive
de la loi trop long-temps suspendu entraîne
un exemple fatal pour mes sujets ; toutes
les voix se réunissent contre toi, & pas
une ne te justifie. — Les hommes me pour-
suivent, interrompit Aladin sans se troubler, je suis l'objet de la haine & de la
calomnie ; mais si l'Eternel & son pro-

phête font pour moi, je n'ai rien à redouter
dans ce monde : le ciel protège mon innocence, & le glaive ne peut me la ravir ;
elle brillera toujours fur mon front , lors
même que ma tête feroit féparée de mon
corps. Ma confiance eft en Dieu , j'attends
tout de lui , comme fit enfin le roi Bazmant après les revers qu'il avoit effuyés. »

Hiftoire de Bazmant , ou le Confiant.

CE fouverain, trop adonné aux plaifirs
de la table , fe livroit un jour à la joie im-
modérée d'un feftin fomptueux, lorfque fon
vifir vint l'avertir que fes ennemis venoient
affiéger fa capitale.

« N'ai - je pas , répondit le roi , d'excel-
lens généraux & de bonnes troupes ? Qu'on
pourvoie à tout , & qu'on ait foin de ne pas
troubler mes plaifirs. — J'obéïrai, fire,
repliqua le vifir ; mais fongez que le Tout-
puiffant difpofe des trônes , & que fi vous
n'invoquez pas fon appui , votre puiffance
& vos richeffes ne vous foutiendront pas fur
le vôtre. »

Sans égard à ce fage confeil, Bazmant
s'endormit dans les bras de la volupté,
& fut contraint de prendre la fuite à fon

G v

réveil, malgré la bravoure de ſes ſoldats; les ennemis par leur activité & leurs ſoins s'étoient rendus maîtres de la ville.

Le roi fugitif ſe retira chez un de ſes alliés, ſon beau-père & ſon ami, qui lui accorda une armée puiſſante, avec laquelle il eſpéroit de rentrer bientôt dans ſes états, & de ſe venger de ſon ennemi ; plein de confiance dans ces ſecours, il marche à la tête de ſes troupes ; s'avance vers la capitale qu'il a perdue ; mais la victoire ſe déclara de nouveau en faveur de ſon uſurpateur ; ſon armée fut miſe en déroûte, & il ne dut lui-même ſon ſalut qu'à la rapidité & à la vigueur de ſon cheval, qui, pourſuivi par les vainqueurs, traverſa un bras de mer qui ſe trouvoit ſur ſon chemin, & ſe rendit bientôt ſur la rive oppoſée.

Non loin du bord étoit ſituée une ville fortifiée ; c'étoit Keraſſin, qui étoit alors ſous la domination du roi Abadid. Bazmant s'y achemine, & demande un aſile dans l'hoſpice deſtiné à recevoir les pauvres étrangers. Il apprend que le roi Abadid réſidoit dans Medinet-Ilahid, capitale du royaume, il en prend le chemin, y arrive, & fait demander une audience au souverain, qui la lui accorde aussitôt. Son extérieur prévient ce monarque en sa faveur ; il l'interroge sur son état, sa patrie, & sur les motifs qui l'ont conduit à Medinet-Ilahid.

« J'étois, répond-il, un officier distingué dans la cour du roi Bazmant, auquel j'étois fort attaché ; il y a toute apparence que ce prince infortuné a succombé dans la dernière bataille qu'il a livrée à l'usurpateur de ses états, auquel mon devoir & ma reconnoissance ne me permettent pas de m'attacher, & dans la nécessité où je suis de me choisir un maître, je viens de préférence offrir ma personne & mes services à votre majesté. »

Abadid, plein de prudence & de pénétration, conçut une opinion avantageuse de l'étranger qni venoit se donner à lui avec autant de franchise ; il le combla de présens, & lui donna une place distinguée dans le nombre de ses officiers. Bazmant se seroit glorifié de son nouvel état, s'il avoit pu chasser de sa mémoire la fortune dont il avoit joui, & s'il n'eût été encore tout occupé de la perte de son royaume.

Une puissance voisine menaçoit alors Abadid d'une incursion dans ses états ; ce souverain se mit en défense , & prit toutes les
précautions nécessaires pour repousser son
ennemi ; il s'arme lui-même , & sort de sa
capitale à la tête d'une armée redoutable ;
Bazmant en commandoit l'avant-garde, la
bataille fut bientôt engagée, Abadid &
Bazmant s'y conduisirent en chefs expéri-
mentés , s'y distinguèrent par des prodiges
de valeur & d'intrépidité , l'ennemi fut entièrement défait & repoussé. Bazmant élevoit jusqu'aux cieux les hauts faits d'armes,
& la sagesse des plans d'Abadid : « Sire , lui
disoit-il , avec une armée aussi bien disci-
plinée, & autant de conduite , vous vien-
drez aisément à bout de terrasser les nations
les plus formidables. — Vous vous trompez,
répondit le sage monarque , sans le secours
de Dieu , je ne résisterois pas aux plus foibles atômes de la création ; c'est par notre
confiance en lui seul , que nous avons les
moyens de déployer nos forces avec avantage, de diriger nos plans avec sagesse,
& de conserver cette présence d'esprit
qui est la règle de toutes nos opérations ;
si je n'avois pas eu recours à lui , les plus

grands moyens s'évanouiſſoient dans mes
mains.

« J'en ſuis convaincu, reprit Bazmant,
& les malheurs que j'ai éprouvés en ſont la
preuve. Une fauſſe prudence m'a fait cacher
mon nom & mes infortunes ; mais vos vertus m'entraînent & m'arrachent mon ſecret ;
vous voyez devant vous le malheureux
Bazmant, que trop de confiance dans ſes
propres forces n'ont pu conſerver ſur le
trône. »

A cet aveu, Abadid, ſaiſi d'étonnement,
voulut faire des excuſes à Bazmant ſur la
réception qu'il lui avoit faite : « Comment m'euſſiez - vous reconnu, répondit
le prince détrôné, quand la honte & la
confuſion me forçoient au ſilence ? Pouviez - vous lire ſur mon front un caractère que la juſtice céleſte avoit effacé ?
Grand roi ! ajouta t-il en l'embraſſant, je
dois à votre généroſité un récit détaillé
de mes fautes ; prêtez-moi une oreille attentive » : à ces mots Bazmant raconta ſon
hiſtoire.

« Mon cher frère, lui dit Abadid après
l'avoir écouté, ceſſez de vous humilier devant un homme nourri dans vos mêmes

principes, & corrigé enfuite par une chaîne
d'infortunes femblables aux vôtres : je n'ai
pas été plus fage que vous ; il femble que
nous devons être inftruits par le malheur !
J'avois mis autrefois ma confiance dans mes
propres forces & ma capacité, & à la tête
d'une nombreufe armée je fus battu par un
ennemi qui n'avoit qu'une poignée de monde
à m'oppofer. Contraint de prendre la fuite,
je me retirai dans les montagnes avec cinquante hommes qui n'avoient pas voulu
m'abandonner. La Providence me fit rencontrer un derviche dans fon hermitage,
où il s'étoit voué entièrement à l'exercice
& aux pratiques de la religion : il m'apprit
les motifs qui avoient été la caufe de mes
malheurs, il me dit que mon ennemi avoit
placé fa confiance en Dieu feul, & qu'ainfi
il fe trouvoit dans le cas de me porter des
coups affurés, tandis que comptant fur
l'effort de ma lance & l'épaiffeur de mes
bataillons, plein d'un orgueil téméraire,
j'avois négligé mon devoir, & je n'avois
pas donné un ordre qui ne portât à faux. »
« Mettez, me dit-il, votre confiance dans
celui qui règle tout ici-bas, & fi fon bras
agit en votre faveur, cinquante hommes

vous fuffiront pour reconquérir vos états. »
« Les difcours de ce fage firent fur moi
une vive impreffion, j'élevai mes regards
en haut , & rempli d'une confiance falutaire , je repris le chemin de ma capitale.
La profpérité y aveugloit mon ennemi ; il
avoit oublié , dans le fein des voluptés ,
les fages principes auxquels il étoit redevable de fon triomphe ; tout lui paroiffoit
tranquille dans fes états , il s'en croyoit le
poffeffeur affuré , il négligeoit l'entretien
de fes troupes : j'arrive inopinément à l'entrée de la nuit , je cours au palais avec
ma foible efcorte , que la curiofité avoit
cependant groffie ; cette foule devint une
armée redoutable dans l'intérieur du palais ,
l'épouvante & la terreur marchoient à fa
fuite , l'ufurpateur n'eut que le temps de
s'évader pour échapper au péril qui l'environnoit , & le lendemain , je fus de
nouveau rétabli fur mon trône, & paifible
poffeffeur de mes états. »

Le récit des aventures d'Abadid acheva
de changer entièrement le cœur de Bazmant : « Vous venez, lui dit ce prince, de
m'infpirer une confiance égale à celle dont
vous fûtes animé , & déformais je ne la

placerai pas ailleurs ; Dieu feul & fon grand
prophête peuvent me rendre la couronne ,
& je ne fuivrai pour la reprendre que la
route que vous avez tenue. » A ces mots ,
il prit congé d'Abadid , & s'engagea dans
un défert qu'il devoit traverfer pour parvenir dans fes états ; guidé par la confiance qu'il avoit mife dans l'arbitre fouverain des deftinées , & implorant fon
appui par fes prières , il arriva fur le
fommet d'une montagne ; la fatigue l'avoit
accablé , il s'y endormit , & eut en fonge
une vifion.

Il lui fembla entendre une voix qui lui
difoit : « Bazmant , Dieu a exaucé ta
prière ; il accepte ta pénitence , tu peux
marcher fans crainte à ta deftination. » Ce
prince a cru entendre fon ange tutélaire ,
& il précipite fa marche vers la capitale
de fon royaume. A peine a-t il atteint les
frontières , qu'il rencontre une partie des
perfonnes qui lui avoient été le plus affi-
décs ; elles vivoient fous une tente , prêtes
à chercher un autre afile aux moindres
atteintes de la tyrannie de l'ufurpateur.
Sans fe faire connoître , il raifonne avec
eux , & leur dit qu'il s'achemine à la capi-

tale ; on cherche à le détourner de son
deffein ; on lui dépeint les approches de
la ville comme dangereufes ; le foupçon &
la crainte font fur le trône ; les étrangers
qui en approchent font crus des émiffaires
de Bazmant, & le tyran leur fait couper
le tête fans diftinction. —— Il fait donc
regretter l'ancien roi ? leur demande le
prince, affuré qu'on ne pouvoit le reconnoître. —— Ah ! reprirent-ils, plût au ciel
que notre digne monarque fût ici ! il trouveroit un afile fûr dans tous les cœurs de
fes fujets, & cent mille bras pour le venger.
Le monftre qui l'a détrôné, fe repofant
fur fes forces, facrifie tout à fes défirs
effrénés ; & diffipe par le glaive la plus
légère de fes allarmes. —— Il a tort, reprit
Bazmant, de fe confier dans fon armée ;
le véritable appui des rois eft la faveur
d'en haut : quant à moi, que nul autre
deffein n'attire ici que celui de m'inftruire
en voyageant, fachant que perfonne ne
peut me nuire, aidé de la protection divine, j'aborderai fans crainte un endroit
que les précautions inutiles de votre maître
font envifager fi dangereux. —— Nous vous
conjurons de n'en rien faire, reprirent ces

bonnes gens d'un ton d'intérêt, ne nous
faites pas pleurer fur un malheur de plus ;
dès que vous êtes fi bon mufulman, attendez patiemment que la juftice célefte ait
frappé le tyran, ce moment ne tardera pas
à venir, car il a comblé la mefure ; & à
défaut des bras des hommes, les colonnes
de fon palais tomberont fur lui. » A ces
mots, Bazmant fent renaître fes efpérances ;
il renonce à tout déguifement, & fe déclare
pour le monarque qu'ils redemandent. Au
même inftant, ces fidelles fujets expatriés
pour lui fe précipitent à fes pieds ; ils bai-
fent fes mains qui font mouillées de leurs
larmes : une partie des chevaliers qui fe
trouvoient-là fe confacrent à fa garde particulière, le refte fe répand aux alentours
pour annoncer cet heureux retour, & former un point de ralliement. Une armée
formidable eft bientôt en état d'avancer
vers la capitale ; le tyran eft abattu, &
Bazmant reprend les rênes de l'empire aux
acclamations de tout fon peuple.

A la fuite de cette hiftoire, Aladin fe
permit encore de joindre fes propres réfle-

xions. « Vous voyez, dit-il à Bohetzad, comment Bazmant remonta fur le trône fans autre fecours que celui du ciel. Mon véritable trône, fire, c'eft mon innocence: & comme fi j'étois infpiré d'en haut, j'ai la certitude de croire que j'y ferai rétabli ; je triompherai de mes ennemis. »

A mefure que le jeune furintendant mêloit à fes récits de fages vérités, le fouverain, dont il fe faifoit écouter, fentoit ralentir fon courroux. Il ordonna de nouveau que le fupplice fût différé, & le prévenu fut reconduit dans les prifons.

C'étoit au feptième vifir à répandre le lendemain fur l'efprit du monarque le poifon de ces perfides infinuations qui, jufqu'alors, avoient fi peu réuffi. Il arriva bien préparé ; il apportoit des placards féditieux, & une lifte des défordres qu'occafionnoient, difoit il, les infractions d'une loi qu'on avoit refufé d'exécuter, en laiffant impuni un crime que tout paroiffoit prouver, & qui étoit préfenté d'une façon fi fpécieufe.

Ces rapports, qui fembloient être dictés par le défintéreffement & la fidélité, ranimèrent Bohetzad ; il reprit fes premières

réfolutions, & fit revenir le coupable en
fa préfence. « J'ai trop balancé, lui dit-il,
ta mort importe à la fûreté de mon empire;
& tu ne peux plus efpérer de moi ni
délais ni miféricorde ?

« Sire, dit Aladin, toute faute mérite le
pardon. J'en commis une en favourant un
breuvage inconnu de moi, qui me fit perdre
pour un moment la raifon; mais j'ai droit
d'obtenir grâce de votre majefté. Je fuis
incapable du crime dont on m'accufe. Les
fouverains, fire, ont un beau droit qu'ils
tiennent du ciel, c'eft celui d'ufer à propos
de clémence. Suppofons qu'après un peu
d'attente & un examen réfléchi, vous ayez
arraché un innocent au fupplice, votre majefté n'auroit-elle pas fait une action comparable à celle d'avoir reffufcité un mort ?
Un acte peut fouvent paroître de juftice
étroite, qui n'eft dans le fond qu'une tyrannie defpotique : & quelle gloire même n'y
a-t-il pas à pardonner une offenfe ? Celui
qui en a la force en obtient, comme
Baharkan, la récompenfe tôt ou tard. »

Aladin, s'appercevant que Bohetzad
paroiffoit vouloir l'écouter, continua ainfi
l'explication de fon apologue.

Histoire de Baharkan.

BAHARKAN étoit un prince intempérant ; il sacrifioit tout à ses passions, & ne craignoit pas pour les satisfaire de tomber dans tous les excès de la tyrannie. Il ne pardonnoit jamais l'apparence même du crime ; ainsi les fautes involontaires étoient punies comme des délits avérés.

Etant un jour à la chasse, un de ses officiers laissa partir de son arc par inadvertance la flèche qu'il tenoit préparée ; elle atteignit l'oreille du roi, & l'emporta malheureusement. Baharkan, dans sa fureur, ordonna que le coupable fût amené devant lui, & qu'on lui tranchât la tête. Aussitôt que le malheureux jeune homme fut en sa présence, ayant entendu prononcer par le monarque irrité sa sentence de mort, il lui parla ainsi :

« Sire, la faute que j'ai commise n'a point été préméditée de ma part ; elle est un effet de la fatalité du sort ; j'ai recours à votre clémence ; j'implore votre pardon ; il sera méritoire devant Dieu, & vous rendra recommandable aux hommes. Au nom de la céleste puissance, qui mit le sceptre entre vos mains, je demande grâce, & votre majesté en recevra quelque jour la récompense. » Cette prière amollit le cœur inflexible du roi, & contre l'attente générale, le jeune officier obtint sa grâce.

Son nom étoit Tirkan ; ce prince s'étoit évadé de la cour du roi son père pour échapper au châtiment d'une faute qu'il avoit commise ; après avoir erré inconnu d'états en états, il s'étoit arrêté enfin à la cour de Baharkan, où il avoit obtenu du service : il y resta encore quelque temps après l'accident qui lui étoit arrivé ; mais son père, ayant découvert le lieu de sa retraite, lui envoya son pardon, & l'engagea à retourner auprès de lui : il le fit en termes si tendres & si paternels, que Tirkan, se confiant dans les bontés de son père, partit aussitôt. Son espérance ne fut point déçue, & il fut rétabli dans tous ses droits.

Le roi Baharkan, désirant un jour s'amuser à la pêche des perles, fit équiper un vaisseau sur lequel il monta pour aller sur les côtes de ses états chercher des perles. Un orage inattendu entraîna bientôt le bâtiment en pleine mer ; battu des vents

& des flots il en fut le jouet ; défemparé
de tous fes agrêts, il échoua bientôt fur
une rive étrangère, & fut brifé fur les rochers qui la bordoient. Tout l'équipage
avoit été fubmergé ; & Baharkan feul,
échappé du naufrage, s'étoit fauvé fur une
planche qu'il avoit eu le bonheur de faifir ;
il prit terre heureufement fur les rives des
états du monarque dont le fils lui avoit
emporté l'oreille, & auquel il avoit par-
donné cette faute involontaire. La nuit
commençoit à tomber lorfque Baharkan fut
à terre ; il ne manquoit ni de courage ni de
vigueur ; il prit auffitôt le premier chemin
qui s'offroit à lui, qui le conduifit à une
grande ville fortifiée, dont les portes venoient d'être fermées : ainfi il fut obligé
d'attendre au lendemain, & de paffer la
nuit dans un cimetière voifin.

Le jour commençoit à pointer, & les
portes furent ouvertes ; les premières perfonnes qui fortirent de la ville rencontrèrent
à la porte du cimetière un homme qui
avoit été affaffiné ; Baharkan en fortoit au
même inftant, les efforts qu'il avoit faits
pour aborder la veille fur la côte avec fa
planche lui avoient fait quelques bleffures

légères, dont le sang couloit encore : cet indice parut suffisant aux yeux des assistans, il fut pris pour le meurtrier, & conduit aux prisons.

Là, ce prince infortuné, livré à ses reflexions, se parloit ainsi : Le ciel te châtie, Baharkan ! Tu fus cruel, vindicatif, inexorable ; l'humanité n'étoit pour toi d'aucun prix ; tu sacrifiois tes frères sur le moindre soupçon : te voilà maintenant au rang des plus vils humains : tu n'as que ce que tu mérites ! Comme il se rendoit à lui-même cette terrible justice, il apperçut dans les airs un vautour, qui planoit au-dessus de la prison dans la cour de laquelle il se promenoit ; il prit machinalement un caillou, qu'il lança vigoureusement sur l'oiseau, qui évite le coup, mais la pierre, en tombant, alla frapper par hasard le même prince Tirkan qui, jadis, lui avoit emporté l'oreille d'un coup de flèche. Elle le blesse précisément à l'oreille, mais moins malheureusement que Baharkan ne l'avoit été : la douleur arrache un cri au jeune prince, & rassemble autour de lui tous les courtisans qui l'accompagnoient.

On

On fait appeler des chirurgiens , qui portent remède à cette légère bleſſure.

Le roi ordonna qu'on fit des recherches pour découvrir celui qui avoit jeté la pierre ; Baharkan fut accuſé par ſes camarades de l'avoir ramaſſée & lancée ; on le conduiſit devant le monarque , qui le condamna à avoir la tête tranchée , puiſque d'ailleurs il le croyoit le meurtrier de l'homme qu'on avoit trouvé aſſaſſiné près du cimetière ; l'exécuteur de la juſtice avoit déjà levé le turban qui le couvroit ; il ſortoit le glaive du fourreau , lorſque le roi examinant avec attention la tête qu'on venoit de dépouiller , s'apperçut qu'elle portoit une oreille de moins. « Il paroît , dit - il au coupable , que tu n'as pas fait ici tes premiers eſſais : pour quel crime as-tu été déjà condamné à perdre une oreille ? »

Baharkan , devenu homme depuis ſes infortunes , répondit avec aſſurance. « Sire , ſi je commis des crimes , je n'en dois compte qu'au ciel ; & avant qu'il eût déterminé mon châtiment , la juſtice humaine n'étoit pas en droit de m'en infliger. Je fus , en un mot , votre égal ; j'étois roi : l'oreille qui me manque fut emportée mal-

heureusement par une flèche échappée de
l'arc d'un de mes officiers, qu'on nommoit
Tirkan ; entraîné par un premier mouvement de colère, je le condamnai à la mort,
il me demanda grâce, & il l'obtint. Mon
nom eft Baharkan...... » Tirkan, fans lui
donner le temps d'achever, étoit déjà venu
fe précipiter dans fes bras ; il reconnut à
la fois fon ancien maître & fon libérateur.
Baharkan, loin d'être puni comme un
malfaiteur, fut traité en roi, & en roi
malheureux. Il raconta l'aventure qui l'avoit
fait aborder dans les états du père de
Tirkan ; celui-ci fit part des fiennes, &
furtout de l'accident malheureux qui avoit
bleffé Baharkan. « Rappelez-vous, fire,
ajouta-t-il, qu'en follicitant mon pardon,
j'ofai vous promettre de la part de Dieu la
même grâce que j'attendois de vous ; il
vient de vous la faire ici, dans les mêmes
circonftances, par l'organe de mon père.»

Après ces éclairciffemens, les deux fouverains s'embraffèrent avec des témoignages
d'eftime & de bienfaifance. Peu de temps
après, Baharkan s'embarqua pour retourner
dans fes états fur une flotte bien équipée,
à la tête d'une armée de cinquante mille

hommes, commandée par le prince Tirkan.

« Ainsi, ajouta Aladin, Baharkan fut récompensé pour s'être laissé fléchir quand il étoit personnellement offensé ; le ciel ne borna pas ses bienfaits à lui faire éprouver le même traitement dans une circonstance pareille, à le rendre à ses sujets, il lui accorda toutes les vertus nécessaires à un bon roi ; & en gouvernant ses états, il le mit à même de se gouverner toujours lui-même. »

Bohetzad, ébranlé par ce discours, fit écarter de nouveau les apprêts de la mort, en ordonnant que le surintendant fût reconduit dans les prisons. Il prononça même si foiblement ces dernières paroles, que les visirs, témoins, en furent allarmés.

Toute la conspiration formée contre Aladin se réveilla avec plus de force ; & il fut décidé que les dix visirs se rendroient ensemble à l'audience du roi. Le danger devenoit pour eux si pressant, si Aladin parvenoit à se justifier, qu'il falloit tout employer pour le perdre.

Le lendemain ils sont tous au palais, &

celui dont l'éloquence a le plus de chaleur, porte la parole. Si le monarque veut l'en croire, le brigand conteur, dont les talens en impofent, n'en doit le fuccès qu'à l'art magique dans lequel il eft fort inftruit. Mais il faut fe défier d'une illufion qui compromet à la fois les lois, la religion, les mœurs, la gloire du trône & le bien public. Il faut châtier un crime auffi révoltant, fans quoi le défordre n'aura plus de frein. Tous les autres vifirs appuient de leur fuffrage cette harangue infidieufe ; chacun d'eux allègue fon propre défintéreffement, fon zèle & fa fidélité. L'audace effrénée a ofé fe joindre à la rufe pour fouiller la couche royale, & perdre une reine auffi vertueufe que belle, tout eft en péril fi ce forfait demeure impuni.

Bohetzad ne peut réfifter à l'unanimité de tant d'avis ; on a réveillé fa jaloufie avec fa colère, il ordonne que le coupable foit amené.

Aladin paroît enchaîné, le roi l'ayant apperçu s'écrie : « Qu'on coupe la tête de ce malheureux ! » Les dix vifirs femblent fe précipiter fur le fer du bourreau pour lui difputer l'exercice de fa fonction ; ce mouvement donna le temps à Aladin de prendre la parole.

Voyez, fire, l'acharnement de vos vifirs à fe baigner dans le fang de l'innocence. L'équité pourfuit le crime ; mais ne fe précipite pas fur le coupable. Le zèle, comme toute autre vertu, doit être mefuré. Arrêtez-vous, hommes avides & méchans ! Je fuis ici fous la juftice du roi, & non pas fous la vôtre ; vous ne pouvez rien contre ma tête : elle eft facrée pour vous, n'étant ni juges ni exécuteurs. Parlez ; montrez-vous à découvert tels que vous êtes ? Je vous offenfai en réprimant vos rapines : vous êtes mes ennemis, & de lâches calomniateurs. — Vous récriminez contre mes vifirs, interrompit le roi ; la vérité qui fort de leur bouche vous confond. — Rien de leur part ne fauroit me confondre, reprit Aladin ; pas même la noirceur de leur calomnie. Elle eft innée avec leur être ; je la vois fortir du fond de leur cœur, telle que l'enfer a pu l'y placer. Mais eux, qui m'ont mis dans la néceffité de me défendre, je les interroge à mon tour ; ils font tous ici, qu'ils répondent. La loi n'ordonne-t-elle pas que tout accu-

H iij

fateur ou dépofant doit avoir été le témoin
du crime ? Leur atteftation eft donc ici
récufable, la loi la rejette ; elle n'eft dans
ce cas que l'effet de l'envie & de la jaloufe
rage dont ils font dévorés : jetez les regards
fur eux, fire, & fur moi. Le glaive eft
fur ma tête, & j'ofe la lever, tandis que
leurs yeux évitent les vôtres & les miens :
le ciel me foutient, & les condamne, notre
arrêt eft écrit fur notre front. Oh ! grand
roi ! digne d'avoir de meilleurs miniftres,
craignez d'être entraîné dans la trame criminelle qu'ils ont ourdie ! Olenfa fe repentit toute fa vie d'en avoir cru le rapport de
fes miniftres fur un de fes favoris.

« Certes, dit Bohetzad, ceci devient
extraordinaire.... Mais fachons encore
comment cet Olenfa fe repentit de fes
deffeins. »

Hiftoire d'Abaltamant, ou le prudent.

IL y avoit en Egypte, reprit Aladin,
un homme qu'on nommoit Abaltamant,
prudent, modefte, fage & fort riche. Le
canton qu'il habitoit fe trouvoit foumis à
l'adminiftration d'un prince tyrannique ; les
citoyens cherchoient à fouftraire leur vie

& leur fortune aux vexations du defpote, en s'expatriant de fes états : Abaltamant fut de ce nombre. Après avoir pris les précautions néceffaires pour éloigner fes biens & fa famille, il fe réfugia dans le royaume d'Olenfa ; la réputation de ce monarque lui fit préférer cette retraite.

Porteur de préfens confidérables, il fit demander audience à ce nouveau maître, qui fe prévint bientôt en faveur de l'étranger ; il lui donna du terrain pour élever une maifon, & le fit revêtir d'une très-belle robe.

Abaltamant fit bâtir un palais convenable à fon état ; il y vivoit noblement, & admettoit à fa table les étrangers, & toutes les perfonnes de diftinction du pays. Il fe conduifoit enfin de manière à gagner la confiance générale ; le monarque lui-même en avoit conçu une fi grande, qu'il lui fit propofer d'entrer à fon fervice.

« Sire, répondit le prudent Abaltamant, je fuis trop honoré de votre confiance, & vos bontés me pénètrent de reconnoiffance ; ma fortune & ma vie font entre les mains de votre majefté : mais fi elle veut bien me permettre de fuivre mes penchans, je la supplierai, en me conservant son estime, de me laisser terminer mes jours dans le repos, & loin du fracas de la cour. Je n'ai point d'ambition. La faveur de votre majesté m'auroit à peine couvert de son ombre, que mille courtisans, envieux & jaloux, chercheront à la dissiper; & sans les avoir mérités, ils sauront me donner des torts, & m'arracher votre bienveillance. — Soyez sans crainte à cet égard, lui répondit Olensa; j'ai appris à connoître la cour; on me sait en garde contre l'intrigue & les intrigans : sacrifiez-moi votre repos pour celui du trône & de mes peuples : je réponds de vos jours. »

Abaltamant se laissa gagner, & bientôt sa conduite & ses sages conseils achevèrent de lui attirer la confiance du souverain qui l'avoit fixé près de lui; il fut nommé visir, & le département des affaires les plus importantes de l'état fut remis entre ses mains; ses collègues devinrent en tout ses inférieurs, aussi ne tardèrent-ils pas d'en témoigner leur jalousie. Ils se réunirent pour perdre un rival aussi dangereux; & comme ils ne pouvoient y réussir en parlant mal contre lui, ils résolurent d'employer la voie des éloges & de la flatterie.

Le plus grand défaut du monarque étoit un penchant trop violent pour les femmes; il s'enflammoit aifément pour elles. Ce qui n'étoit chez les autres qu'un fimple défir du moment, devenoit chez lui une violente paffion.

Un des vifirs produit à la cour un peintre qui avoit une collection curieufe des plus rares beautés de l'Afie; fon talent lui avoit donné les moyens de fe la procurer; le roi voulut la voir, & donna de lui-même dans le piège qu'on lui avoit tendu.

Entre toutes ces belles peintures, on y diftinguoit le portrait d'une princeffe qui effaçoit toutes les autres en beauté, de manière que les regards étoient fans ceffe dirigés fur elle. Le roi s'informa du nom de cette raviffante beauté, le peintre la nomma, & affura en même temps que fon pinceau n'avoit rendu que bien foible- ment des charmes qui étoient au-deffus de toute expreffion: « Le roi fon père, ajouta- t-il, plus vain de la beauté de fa fille que de fa couronne, met tout fon orgueil à lui avoir donné le jour, il prend pour des infultes les demandes qu'on ofe lui faire

H v

de fa main, & fait trancher la tête des
ambaffadeurs affez hardis pour lui en faire
la propofition ; il en eft venu depuis Tauris
jufqu'à Samarkand, & leurs têtes expofées
aux portes de la capitale, jettent l'épouvante & l'effroi fur les émiffaires qui viennent de toutes parts. »

Le récit du peintre, loin de calmer les
défirs ardens d'Olenfa, fembloit augmenter
fa paffion, & piquer fa curiofité : s'il étoit
moins attaché à fes peuples, il fe charge-
roit lui-même de l'ambaffade ; mais il peut
efpérer de trouver quelqu'un dans fa cour,
qui pour le fatisfaire hafardera cette démarche dangereufe.

Chaque courtifan, fans précifément témoigner de la crainte, fe retranche fur fon
infuffifance ; les vifirs de concert préfentent la chofe au roi du côté politique :
« Un homme, difent-ils, eft trop heureux de trouver l'occafion de rifquer fes
jours pour la gloire de fon fouverain. Mais
s'il échoue dans fon entreprife, ce fouverain éprouve dans la perfonne de fon miniftre un affront dont l'éloignement des
états ôte tout efpoir de vengeance. — Je
fuis perfuadé, dit le monarque, qu'Abalta-

mant fauveroit fa tête, la gloire de fon prince, & lui amèneroit la princeffe. —— Sire, reprirent-ils, la tête d'Abaltamant nous eft auffi précieufe qu'elle l'eft à votre majefté & à vos peuples. Il eft notre lumière dans vos confeils, & nous le verrions s'éloigner de nous avec regret ; mais s'il peut forcer l'envie elle-même d'admirer fes talens, nous qui l'aimons, devons convenir que jamais perfonne ne porta auffi loin le don d'entraîner à fon avis ; la perfuafion coule de fes lèvres, & l'on s'apperçoit que c'eft uniquement à la force de la raifon, & non à la rufe de la féduction que l'on a cédé ; nous n'imaginons pas que le fouverain de la Cochinchine, dont vous voulez époufer la fille, pût lui réfifter plus qu'un autre, lorfqu'il s'agit furtout d'une alliance auffi glorieufe pour lui. »

Ce difcours artificieux acheva de déterminer Olenfa à charger Abaltamant de cette pénible commiffion. Tout en pénétrant les motifs dangereux de l'intrigue des vifirs, ce fage favori fe tint honoré de la nouvelle confiance de fon maître, & fe promit en même temps de fe conduire de manière à ne pas attirer fur fa tête le traitement barbare qu'ont éprouvé tous les précédens émissaires.

Déjà tout se dispose pour son départ, il eut soin que tout annonçât dans ses équipages l'opulence, la sagesse, & la gloire du souverain qu'il représente ; il se mit en marche, & fit observer sur la route la discipline la plus exacte à ses troupes.

Dès qu'il fût entré sur les terres de la Cochinchine, il fit redoubler ses précautions & se concilia par des largesses & des aumônes la bienveillance des peuples, l'estime des magistrats & des commandans des places ; il arrive enfin à la capitale, où la renommée l'avoit déjà précédé.

Admis à sa première audience, il offrit au roi avec ses hommages ; les lettres de créance, & les superbes présens dont il étoit chargé. Il en reçut l'accueil le plus flatteur & le plus distingué, & après avoir été revêtu de la fourrure la plus magnifique, on le conduisit dans un palais destiné pour lui & toute sa suite : il avoit reçu l'ordre de retourner dans trois jours auprès du monarque, pour en recevoir sa réponse.

La princesse étoit informée par les bruits publics du motif de cette nouvelle ambas-

fade. Au retour de l'audience, le roi fon
père vint lui en faire part, & lui laiffa
preffentir les difpofitions où il fe trouvoit,
d'examiner férieufement les propofitions
qui lui étoient faites.

« Sire, lui dit la princeffe, j'attends de
la complaifance de votre majefté, la permiffion d'avoir un entretien particulier avec
cet ambaffadeur : on peut juger ordinaire-
ment du caractère d'un fouverain, par le
choix qu'il fait de fes miniftres ; tout le
monde jufqu'ici donne des éloges à cet
Abaltamant, vous en paroiffez vous-même
fatisfait ; donnez-moi le temps d'examiner
fi fa conduite privée eft auffi digne de
louanges que celle qu'il déploie dans les
fonctions publiques dont il eft chargé ? Je
me réferve de le mettre à quelques épreuves : la demande de la princeffe étoit rai-
fonnable.

Les trois jours de délai étant écoulés,
Abaltamant parut à l'audience du roi ;
après les civilités d'ufage, il fe vit engagé
à paffer chez la princeffe, qui demandoit
à lui parler ; le chef des eunuques s'offrit
à le conduire : la diftance jufqu'à fon appartement n'étoit pas longue ; cependant, tout

en la franchiffant, le fage ambaffadeur fe recueilloit, & rappelloit à fon efprit les inftructions du philofophe Egyptien qui dirigeoit jadis fon éducation. *Celui qui ferme les yeux, ne doit rien appréhender pour fa vue. Celui qui retient les mouvemens de fa langue ne s'expofe point aux reproches d'indif-crétion, & celui qui tient les mains croifées fur fon fein ne fauroit les voir couper.*

A peine a-t-il fini de fe rappeler ces maximes, qu'il fe voit en préfence de la princeffe : elle le reçoit fans voile & à découvert, revêtue d'une manière fort fimple, & environnée d'efclaves de fon fexe, dont chacune pouvoit prétendre à la beauté ; mais il n'en eft point qui ne foit éclipfée par celle de la princeffe. L'ambaffadeur, les mains croifées fur la poitrine, & les yeux baiffés, lui préfente avec modeftie fes hommages refpectueux ; elle le fait affeoir, il obéit, & fe place fur un fopha à quelque diftance : cette jeune beauté lui parla ainfi :

« Quel eft le motif de votre ambaffade auprès du roi mon père ? — Le roi mon maître, répond Abaltamant, afpire à l'honneur de devenir votre époux, Madame; il met fa félicité à obtenir votre main, & je fuis chargé d'en faire la demande en fon nom. » La princeffe baiffa les yeux, & ordonna qu'on fit briller à ceux de l'ambaffadeur les rares bijoux dont elle lui faifoit le préfent : recherchant foigneufement dans fes regards & fon maintien l'effet que pourroit faire fur lui la magnificence de ces pierreries. L'ame avilie par la cupidité & l'avarice fe trahit par un coup-d'œil, un feul mouvement : elle avoit fait fubir la même épreuve à tous les ambaffadeurs des fouverains qui avoient déjà recherché fon alliance ; tous s'étoient laiffé éblouir.

« J'accepte vos dons, dit-il à la princeffe, avec refpect & reconnoiffance ; mais fans le tréfor inappréciable que j'ambitionne pour le roi mon maître, ils ne feront point à moi. Votre cœur & votre main, Madame, font le feul objet de mes vœux, & du bonheur d'Olenfa. Honorez ma miffion d'une réponfe favorable, vous comblerez ma félicité. »

Cette réponfe refpectueufe & fage enchanta la princeffe : « Obtenez, lui dit-elle, l'aveu de mon père, je défire qu'il vous le

donne, c'eſt m'expliquer aſſez. » Abaltamant, au comble de la joie, eut de la
peine à en contenir l'expreſſion, il prit
congé, & ſe retira chez lui.

Le roi vint le ſoir même rendre viſite à
ſa fille : « Nous ſommes vaincus, mon
père, lui dit-elle : vous vouliez me donner
un époux qui me rendit heureuſe ; Olenſa
doit être choiſi. Un ſouverain ſans mérite
n'auroit pu s'attacher un miniſtre comme
Abaltamant ; il en auroit été jaloux, &
ne lui auroit pas accordé ſa confiance. »
Après cet aveu de la princeſſe, le roi,
déterminé à choiſir Olenſa pour ſon gendre,
voulut cependant de nouveau entretenir ſon
ambaſſadeur, & le fit inviter à ſe rendre
au palais.

Abaltamant s'y rendit auſſitôt : le roi
l'interrogea ſur l'effet qu'avoit produit ſur
lui la vue de ſa fille.

« Sire, répondit-il, je ne ſuis point venu
à la cour de votre majeſté pour voir la
perſonne dont j'étois chargé de demander
la main. Le roi mon maître, inſtruit par
la renommée & par les éloges des poëtes
qui ont célébré ſes perfections, n'a pas
exigé de moi que j'élevaſſe mes regards ſur

la beauté qui fait l'objet de son amour. Lorsque la princesse m'a fait l'honneur de m'admettre en sa présence, je me suis ressouvenu du respect que m'imposoit la fille d'un grand roi, & l'épouse future d'un monarque puissant, je me suis rappelé les maximes du sage Abailassan : *Si tu fixes le soleil*, a-t-il dit, *l'éclat de ses rayons fera fondre le cristal de tes yeux*. — Mais, reprit le roi, elle vous a offert des présens, pourquoi ne les avez-vous pas acceptés ? — Sire, je ne pourrai le faire qu'après le succès de mon ambassade. La réponse de votre majesté éclairera la conduite que je dois tenir ; si elle doit combler les vœux du roi mon maître, je pourrai m'en attribuer le mérite, & ne me croirai pas indigne du bienfait qui m'a été offert avec tant de grâces. — J'ai jusqu'à ce jour, lui répondit le prince, refusé dédaigneusement à plusieurs têtes couronnées le bien que vous allez m'enlever ; les émissaires, qui m'ont été envoyés, m'ont tous paru des présomptueux, députés par des fous, se rassurant sur la prétendue dignité de leur caractère. Non contens d'avoir donné des preuves de bassesse & de cupidité, ils se sont oubliés jufqu'à ofer élever leurs regards fur ma fille ; leur témérité m'avoit tellement indigné, que pour me garantir de femblables entreprifes, & après les avoir fait châtier, j'annonçai par un édit qu'on s'expoferoit à la mort, en effayant de venir rechercher la main de ma fille, pour l'unir à des infenfés qui feroient affez hardis pour m'envoyer des miniftres, dont j'aurois à réprimer l'impudence, l'avarice ou la cupidité. Le choix que votre monarque a fait de vous, annonce fi évidemment fa fageffe & fes lumières, que je croirois me refufer au bonheur de ma fille en rejetant une femblable alliance. Je vous la confie : conduifez-la à fon époux, elle y arrivera comblée de mes bienfaits ; & vous, Abaltamant, recevez un gage de mon eftime, dans ce collier d'émeraudes que je vous prie de porter à votre col, en fouvenir de l'amitié que j'ai vouée au fage miniftre du grand Olenfa. Que le faint prophête dirige vos pas ! »

Le roi fit ordonner une efcorte de l'élite de fes gardes, pour accompagner la princeffe, qui partit avec Abaltamant.

De retour auprès d'Olenfa, l'heureux

ambaſſadeur devint de plus en plus l'organe de ſes déciſions. Une protection inébranlable ſemble le ſoutenir, il partage
également la confiance du roi & de la
reine, qui réunis par les ſentimens les
plus vifs & les plus tendres, voyant tout
des mêmes yeux, n'ont plus auſſi qu'une
même volonté. D'après ces heureuſes diſpoſitions, qui ne croiroit Abaltamant à
l'abri de l'orage ! Cependant il gronde
dans le port même, & l'aſile le plus aſſuré
eſt environné de dangers.

La jalouſie eſt inſéparable de l'amour,
& nous avons vu que le cœur d'Olenſa
étoit fait de manière, que l'une & l'autre
de ces paſſions y pouvoient être également-
ment funeſtes à ſon repos. Les viſirs, dont
la haine eſt d'autant plus dangereuſe, qu'elle
ſe couvre du poiſon de la flatterie, ſont
parvenus à corrompre deux jeunes pages
de la chambre du roi : ces enfans, élevés & nourris dans le palais, étoient
accoutumés à reſter dans les appartemens
intérieurs ; le roi n'en prenoit aucun ombrage, il leur permettoit de s'y divertir
à toute heure pendant ſon travail, &
même pendant les heures du repos qu'il

étoit accoutumé d'y prendre l'après - midi : habitué à entendre leur petit caquet, il n'en étoit pas importuné, il s'en amuſoit ſouvent, & il ne lui arrivoit jamais de leur impoſer ſilence. Tels ſeront les organes innocens de la calomnie & de l'intrigue des ennemis d'Abaltamant. Ces jeunes gens ont été inſtruits par les eſpions des viſirs : dès qu'ils s'apperçevront que le prince ſera ſur le point de s'endormir, ils doivent s'entretenir de quelqu'aventure piquante & curieuſe du palais, qu'on leur aura fait apprendre en cachette : « Si le roi vous écoute ſans vous faire taire, avoit-on dit aux enfans, il eſt ſûr que vous l'aurez amuſé, & qu'il vous en aimera davantage. » Quand la petite ſcène eût été bien concertée, on abandonna les pages à leur propre talent, & dès le lendemain, ils mirent en exécution le plan propoſé, & avec le plus grand ſuccès.

Tout en faiſant ſemblant de dormir, le roi venoit d'apprendre qu'un de ſes vieux eunuques, amoureux d'une jeune eſclave, au lieu de la bonne fortune qu'il eſpéroit, avoit paſſé la nuit avec la plus vieille du ſérail, & comme on s'étoit entendu pour

le furprendre , il avoit été l'objet des rail-
leries. Le roi ne trouva point de mal à
cette aventure ; on réformoit chez lui les
travers par le ridicule, & ce moyen ne fauroit lui déplaire.

Le lendemain, dès qu'il fut fur le fopha ;
il s'arrangea pour écouter ; mais comme on
n'avoit pas fait la leçon aux pages, il n'entendit rien d'intéreffant. Le troifième jour
le plus âgé de ces enfans rencontrant un
des vifirs, lui dit naïvement : « Hier nous
ne dîmes rien dans la chambre du roi ,
parce que nous ne favions rien ; mais quoiqu'il dormît, nous apperçumes bien du coin
de l'œil qu'il avoit bonne envie d'écouter,
apprenez-nous quelque petite hiftoriette.—
En voici une , dit le miniftre, l'ancienne
favorite a perdu fon diamant, c'eft l'efclave Abdialla qui l'a pris ; mais voici comment doit être tourné votre dialogue. Ton
camarade te demandera fi tu devines qui eft
celui qui a pris le diamant ; tu diras, c'eft
furement Abdialla ; car il fe fâche trop, &
crie plus fort que tous les autres. » Le
page content le remercie, & le lendemain
le roi fut régalé de l'hiftoire du diamant.
Abdialla fut dénoncé dès le foir même ;

mais le vifir avoit été inftruit le matin par
un Juif à qui le bijou avoit été offert.
Olenfa n'en fut pas moins furpris du
difcernement de ces enfans, & commençoit à ajouter de la confiance en leurs
rapports.

Le moment étoit venu de mettre en jeu
les refforts qui devoient perdre Abaltamant.
Les deux vifirs font venir les jeunes gens,
ils les félicitent d'avoir réuffi à divertir fa
majefté, & leur affurent que depuis ce
temps-là elle les traite avec plus de bonté
qu'à l'ordinaire : « Si vous voulez nous
croire, ajoutèrent-ils, vous deviendrez les
plus riches & les plus puiffans du palais,
& en récompenfe de ce que vous avez déjà
fait, voilà une jolie bourfe avec dix pièces
d'or ; mais cachez-la foigneufement, car
il y a ce trifte Abaltamant qui ne peut fouffrir qu'on devienne riche, s'il falloit le
croire, on jeûneroit toute l'année dans le
palais comme pour la fête du Ramadan,
encore souffleroit-il toutes les lampes le
jour des réjouiffances pour en économifer
l'huile : vous-a-t-il jamais fait la moindre
careffe ? —— Non, répondirent les enfans
avec ingénuité. —— Hé bien ! reprirent les

vifirs, il faut l'éloigner de la cour, & l'envoyer faire des économies à fa campagne.
Nous allons compofer enfemble une petite
hiftoire que vous réciterez devant le roi,
comme vous avez fait les autres, & fi vous
réuffiffez, vous aurez cent bourfes comme
celle - ci. »

Une promeffe femblable fit une vive impreffion fur les enfans ; les vifirs en profi-
tèrent pour graver dans leur mémoire tous
les propos qu'ils devoient tenir, ils les
firent répéter plufieurs fois, & le couple
innocent, féduit par l'appas de l'or, revint
au palais, bien déterminé à tout entreprendre pour être bientôt poffeffeur de
cette fortune.

Le deftin voulut qu'Olenfa fut moins
fobre qu'à l'ordinaire ; il rentre dans fon appartement la tête troublée des vapeurs qui
s'y étoient élevées, fe jette fur le fopha &
s'endort ; mais fon fommeil inquiet fut
bientôt troublé par le babil ordinaire des
deux pages, il entendit le nom d'Abaltamant, & cela le rendit attentif.

« Le chef des eunuques, dit l'un des
enfans, m'a promis une belle ceinture fi je
fuis bien fage, & pour l'avoir, je veux être

auſſi ſage qu'Abaltamant. — Oui, répondit
l'autre, & quand tu feras auſſi ſage que lui,
tu partageras les careſſes de la reine. — Tu
les as donc vus ? — Bon ! ſi je les ai vus.
Dès que le roi eſt à la chaſſe, je vais me
placer en ſentinelle près de la porte du
cabinet, je les vois par le trou de la
ſerrure qui s'embraſſent fort tendrement ;
cela dure depuis qu'ils ſont arrivés de la
Cochinchine. »

Olenſa, comme nous l'avons dit, avoit
la tête troublée des ſuites de ſon intem-
pérance : il aimoit la reine avec excès. A
l'ouïe de ces propos il devint jaloux, &
cette jalouſie fut bientôt un accès de rage.
Il ne pouvoit ſuppoſer que l'impoſture fut
ſur les lèvres innocentes de ces enfans, &
il en crut la naïveté. Il ſe lève du ſopha,
comme feignant de ſe réveiller, entre
dans l'appartement où il donnoit ordinai-
rement ſes audiences particulières, & ordonne qu'on aille ſur le champ chercher
Abaltamant.

Ce favori fut empreſſé de ſe rendre auprès du roi, il ſe proſterne, ſuivant l'u-
ſage, en ſigne de reſpect & d'obéiſſance :
le ſouverain lui donnant à peine le temps
de

de se relever, lui dit : « Abaltamant ! quelle punition mérite un homme qui corrompt la femme de son prochain ? — La loi, répondit le ministre, veut que tout homme soit traité comme il aura traité son semblable.— Elle doit s'expliquer encore plus clairement, reprit Olensa ; & que mériteroit le téméraire qui auroit violé l'honneur du roi dans la personne de son épouse ? — Une mort si prompte, répondit Abaltamant, qu'elle ne put laisser d'intervalle entre le crime & le châtiment. — Monstre d'ingratitude ! s'écria le roi, tu viens de prononcer ton arrêt. » Au même instant il lui plongea son canjard dans le cœur, & fit jeter son corps dans le puits destiné pour la sépulture des criminels.

Au premier mouvement qu'avoit fait le roi, en se levant du sopha, les pages furent effrayés, & abandonnèrent en fuyant la bourse & les dix pièces d'or que les visirs leur avoient donnés.

Olensa ayant assouvi sa vengeance se retiroit dans sa chambre, les premiers objets qui s'offrirent à ses regards furent la bourse & les pièces d'or qui y étoient répandues ; il appelle un esclave pour lui demander l'explication de cet argent. On répondit avoir vu la bourſe à la ceinture de l'un des pages, & l'on croyoit qu'elle étoit un bienfait de ſa majeſté à leur égard. « Je n'ai point donné d'or à ces enfans, reprit Olenſa, qu'ils paroiſſent ſur le champ devant moi. »

Ils arrivèrent tremblans & confus. « Qui eſt-ce qui vous a donné cet or ? » leur demanda le roi en colère. A cette queſtion, & ſurtout au ton qui l'accompagnoit, ces pauvres enfans, fondant en larmes, nommèrent les viſirs, & avouèrent bientôt toute l'intrigue qu'ils avoient tramée par leur organe, ainſi que la récompenſe qui leur avoit été promiſe. Ils n'avoient jamais penſé que le roi fit mourir ſi promptement Abaltamant, & étoient perſuadés que les viſirs étoient des méchans qui les avoient trompés & induits à faire le mal.

« Hélas ! s'écria ce prince tourmenté de remords, qu'Abaltamant avoit bien raiſon de vouloir ſe tenir éloigné de ma cour ! Je lui promis de n'écouter aucun délateur ; il ſe fia à ma parole ; je croyois la lui tenir exactement en fermant l'oreille aux inſinuations de ſes rivaux ; on a su me tromper par deux enfans : je suis devenu dans un instant parjure, ingrat & assassin. O Abaltamant ! mon regret est de ne pas pouvoir te faire justice de moi-même ; mais je calmerai du moins les remords de ma conscience en la faisant de tes ennemis. »

Après cela, Olensa fit amener devant lui ses coupables visirs. « Abominables corrupteurs, leur dit-il ; traîtres, imposteurs ! Vous êtes-vous flatté que le ciel laisseroit impuni le crime obscur, & que l'innocent ne seroit pas vengé ? Celui qui creuse la fosse de son ennemi doit y tomber lui-même ; Abaltamant avoit en horreur vos rapines. Délivré des soucis de cette vie, il repose maintenant entre les bras du divin prophête. Pour vous, les supplices vont se succéder sans relâche & sans fin ; votre ame, arrachée de votre corps, sera précipitée dans les abîmes, où le feu la dévorera sans la détruire. »

A l'instant même, il fit trancher la tête aux deux visirs, leur corps fut livré aux animaux féroces ; celui d'Abaltamant fut inhumé dans un mausolée construit pour lui. Le roi & son épouse y alloient souvent faire leurs prières, & répandre leurs larmes sur le marbre qui le couvroit. Olensa ne se pardonna jamais le meurtre que trop de précipitation lui avoit fait commettre.

« Voyez, sire, poursuivit Aladin, quelle amertume l'oubli de soi-même a répandu sur la vie d'un souverain, digne d'ailleurs de l'amour de ses peuples. Voyez combien des ministres corrompus sont dangereux ! Ce n'est point ici le danger personnel qui m'effraie. Mort ou vivant, mon innocence me met sous la garde de Dieu. Mais que de regrets & de larmes il en coûteroit un jour à votre majesté, si elle me faisoit mourir ! La providence ne tarderoit plus alors de vous dévoiler les trames odieuses de mes ennemis. Ah ! fasse le ciel que le cœur de votre majesté ne soit jamais tourmenté de semblables remords ! »

Bohetzad, toujours plus ému, & vivement touché des discours qu'il entendoit, des réflexions, & des sentimens qui y étoient mêlés, ne put se déterminer à faire exécuter une sentence tant de fois prononcée, & fit reconduire de nouveau le surintendant dans les prisons.

A ce trait de bonté, que les ministres taxèrent de foiblesse, ils s'assemblent & concertent un dernier effort sur l'esprit du monarque. Si Aladin peut échapper une fois à leurs complots, toutes leurs têtes sont compromises. Ils demandent audience à la reine, & y furent admis. « Madame, lui dit un d'entr'eux, le roi se laissant séduire par les paroles magiques du téméraire, qui vous a tous deux offensés, diffère son châtiment sans raison. Le peuple, attribuant cette indulgence à l'effet de votre protection, s'abandonne aux conjectures les plus injurieuses pour vous. *Aladin est bien coupable*, dit-il, *mais il ne sera pas puni ; la reine le protège.* »

Cette reine, persuadée par - là que son honneur est flétri par des délais trop réitérés, en porte elle-même ses plaintes au roi ; & ce souverain, entraîné par des sollicitations si puissantes, se décide enfin à terminer l'irrésolution qui l'agite par le châtiment du coupable ; il se rend au divan, &

commande d'un air févère qu'on faſſe venir Aladin.

A l'air froid & réfervé du monarque, les vifirs s'applaudiſſent du fuccès de leur dé-marché auprès de la reine. Dès que le pri-fonnier paroît, ils l'accablent à la fois des plus outrageantes invectives. « Malheureux, lui dirent-ils, la terre eſt altérée de ton fang; les vers attendent ton corps! Ils penſoient entraîner ici l'opinion du fouverain, & diri-ger fa paſſion. Aladin fans s'émouvoir, & dé-daignant de leur faire une réponſe directe, prit ainſi la parole.

« On peut, mais fans paſſion, porter un témoignage contre le prévenu. S'il eſt con-vaincu, la juſtice le condamne. Mais le juge, en qualifiant le crime, & prononçant fon arrêt, fe renferme dans les égards qui font dus à la créature de Dieu fur qui le châti-ment va tomber. Ici, je ne vois que fureur & jalouſe rage; on eſt dévoré de la foif du fang, & l'équité n'eſt plus la baſe des juge-mens. Toutes les imputations injurieuſes qui me font adreſſées s'évanouiſſent; une main invifible imprime fur mon front le calme de l'innocence : un fentiment intérieur me dit qu'ayant vécu éloigné du crime, je ne ferai point confondu avec les coupables. Malheur à celui dont la conscience rend un témoignage opposé ; c'est en vain qu'il s'efforce d'éviter le coup qui le menace : l'histoire du sultan Hébraïm & de son fils en est la preuve. »

Bohetzad, frappé d'étonnement sur la fermeté intrépide d'Aladin, & la rage concentrée de ses ministres ; indécis à la vue du tableau qu'il a sous les yeux, voulut entendre encore les aventures d'Hébraïm ; & le surintendant ayant obtenu la permission de les raconter, commença ainsi.

Histoire du sultan Hébraïm & de son fils, ou le Prédestiné.

LE sultan Hébraïm, appelé par sa naissance à régir de vastes états, avoit encore étendu sa domination par le succès de ses armes. Mais la privation d'un héritier altéroit la jouissance de sa gloire : c'est en vain qu'il avoit peuplé son serrail des plus belles esclaves ; il n'étoit parvenu qu'à satisfaire ses désirs, sans combler ses espérances. Un jour enfin une d'entr'elles donna des marques de fécondité.

A cette nouvelle inattendue, Hébraïm,

rempli de joie, combla de préfens cette favorite, ordonna des prières dans toutes les mofquées, & fit confulter les plus favans aftrologues fur le fort du prince dont il attendoit la naiffance. En effet, le terme étant arrivé, cette mère donna le jour à un fils dont on célébra la venue par des réjouiffances publiques_& des fêtes qui, pendant quarante jours, annoncèrent au peuple le bonheur de leur fouverain. Ce temps occupoit d'un autre côté les aftrologues qui, à la veille de rendre compte au fultan du fuccès de leurs travaux, fe virent embarraffés & troublés dans leurs obfervations; ils ne purent diffimuler au fultan la nature des malignes influences de l'étoile qui avoit préfidé à la naiffance de fon fils; l'orbite de fa planète, noire & teinte de fang, annonçoit des revers auxquels il feroit difficile de réfifter. Ils avouèrent enfin, d'une voix unanime, qu'avant l'âge de fept ans l'enfant feroit expofé à être dévoré par un lion; mais que s'il pouvoit éviter la fureur de cet animal, pendant cet efpace de temps déterminé, fa main deviendroit fatale à l'auteur de fes jours, dont la vie feroit en danger; il ne pouvoit d'ailleurs échapper aux

malheurs dont il étoit ménacé, qu'en deve-
nant par les fruits de l'éducation un prince
éclairé, fage & vertueux.

L'annonce d'un préfage fi funefte fit évanouir la joie d'Hébraïm, & ces jours de
félicité publique devinrent pour lui des
jours de larmes & de douleur. Cependant,
comme l'efpérance n'abandonne jamais l'infortune, il fe flattoit, il aimoit à penfer que
l'on pouvoit, par des précautions humaines, fouftraire aux décrets du fort l'héritier
de fa puiffance. Il ne lui fembloit pas impoffible de le garantir des attaques du lion
jufqu'au terme des fept années ; & qu'après
l'avoir ainfi dérobé aux premiers arrêts du
deftin, il ne pût, en veillant foigneufement
à fon éducation, faire germer en lui les fentimens de la fageffe, l'amour de la vertu, &
faire démentir l'horofcope que les aftrologues venoient de tirer.

D'après ces réflexions, le fultan fit conf-
truire une retraite fur le fommet d'une montagne, dans laquelle il efpéroit mettre fon
fils à l'abri des attaques du lion pendant les
fept ans déterminés par le fort. Une multitude d'ouvriers furent employés à former
dans le roc une excavation de cent pieds de

profondeur fur cent cinquante de longueur
& trente de largeur ; on y defcendit les
matériaux néceffaires pour y bâtir une demeure commode : il s'y trouvoit une fource
d'eau, on lui procura un écoulement, ainfi
qu'aux eaux de la pluie qui pouvoient fe raffembler dans ce creux ; on y porta de la
terre, & on y mit des plantes qui profpéré-
rent bientôt.

Après avoir bien meublé ce petit palais,
on y defcendit le prince & fa nourrice à
l'aide d'une poulie ; & avec eux, les appro-
vifionnemens néceffaires pour un mois. A la
fin de chaque lune, Hébraïm venoit exactement vifitèr fon fils, la nourrice pofoit
l'enfant fur un panier de joncs qu'on élevoit
jufqu'à l'extrêmité de l'embouchure ; &
tandis que le fultan fe livroit aux plus doux
mouvemens de la nature en careffant fon
enfant, une garde nombreufe écartoit au
loin les animaux féroces par le fon bruyant
des inftrumens. La vifite finie, on renouve-
loit les provifions, & la corde roulant fur
la poulie, ramenoit doucement au fond du
fouterrain le panier & le nourriffon.

Le jeune prince croiffoit & profpéroit
dans cette habitation folitaire, qu'une végé-

tation très-active avoit embellie d'arbres &
de plantes de toutes les espèces. Le terme
fatal désigné par les aftrologues, étoit prefqu'entièrement écoulé ; vingt jours man-
quoient encore à l'accompliffement des
fept années, lorfqu'une bande de chaffeurs
étrangers, pourfuivant vigoureufement un
énorme lion qu'ils avoient déjà bleffé, parvint au fommet de la montagne ne perdant
pas de vue leur proie. Le furieux animal,
épouvanté par les cris, atteint par les flèches qu'on lui tiroit de tous côtés, trouve
l'excavation fur fes pas, & foit aveugle-
ment, terreur ou défefpoir, il s'y précipite
auffitôt ; il tombe fur un arbre, qui pliant
fous le poids, garantit en partie l'effort
d'une chûte qui l'eut écrafé dans le fond de
ce gouffre.

La nourrice épouvantée cherche à fe
cacher ; le monftre trouve l'enfant, qu'il
bleffe grièvement à l'épaule ; fes cris font
accourir la nourrice, qui oubliant fon propre danger, vole au fecours de fon nourriffon ; le lion fe jette fur elle, & la met
en pièces ; il alloit la dévorer, quand les
chaffeurs, arrivant tout-à-coup fur le bord
du précipice, décochent à la fois une grêle

de flèches fur l'animal vorace ; fon corps
en eft hériffé , le fang ruiffelle de toutes
parts , & bientôt une pierre énorme qu'on
fit tomber fur fa tête l'écrafa fur la place.

Après cet exploit , les chaffeurs , curieux
de connoître l'enfant dont les cris reten-
tiffoient dans cette affreufe demeure, s'em-
prefsèrent d'y defcendre ; quel ne fut pas
leur étonnement d'y trouver un bel enfant ,
richement vêtu ! mais baigné dans fon fang
des bleffures qu'il avoit reçues , & gifant
à côté d'une femme morte : leurs premiers
foins furent de fecourir l'innocente créature qui refpiroit encore, ils lavèrent fa
bleffure , & l'envelopèrent avec des herbes
falutaires ; dès que l'enfant parut plus tranquille , ils enfevelirent la nourrice , & firent
l'examen de ce féjour bifarre. Les meubles
de la petite maifon paroiffoient de la plus
grande richeffe , on y trouva une quantité
de bonnes provifions qui fembloient y être
defcendues du ciel. Les chaffeurs s'emparèrent de tout par droit de conquête , &
cherchèrent les moyens de fortir de ce précipice tout ce qui y étoit enfoui.

Le panier de joncs fervit d'abord à tranfporter le jeune enfant , qu'on fortit de cette

demeure, & fucceffivement tous les effets, meubles & provifions fe montèrent au moyen de la poulie qui étoit fixée au fommet de l'excavation : quand tout fut dehors, le partage fe fit ; le chef de la troupe s'empara du jeune enfant, à la confervation duquel il fe fentoit vivement intéreffé, & l'emmena avec lui dans fa maifon.

Le fils unique du fultan Hébraïm étoit tombé en bonnes mains. Son bienfaiteur étoit un homme de diftinction, riche, & n'ayant d'autre défaut qu'une paffion démefurée pour la chaffe. Epris de la beauté & de la douceur de fon jeune élève, il donna les plus grands foins à fon rétabliffement ; quand il le trouva en état de répondre à fes queftions, il chercha à favoir de lui qui il étoit, & pour quel motif on lui avoit fait occuper une habitation fi extraordinaire.

« Je l'ignore, répondit l'enfant ; je vivois avec la femme que vous avez trouvée morte, elle me donnoit ce qui m'étoit néceffaire. De temps à autre, un homme plus grand que vous venoit fe placer au fommet de la demeure où vous m'avez trouvé ; on me faifoit entrer dans un panier, & on me montoit vers lui ; il me careffoit beaucoup, & m'appeloit fon cher enfant, j'appelois la femme nourrice, elle me nommoit auffi fon cher enfant, je ne fais rien de plus. »

Le bienfaiteur ne pouvoit conclure de cette déclaration naïve, autre chofe finon que cet enfant devoit fes jours à des parens d'un ordre diftingué ; mais que quelque raifon très - extraordinaire, qu'il ne pouvoit découvrir, les avoit forcés de cacher fon exiftence par un moyen plus extraordinaire encore. En attendant que le temps pût dévoiler ce myftère, il donna tous fes foins à fon éducation, le fit inftruire dans les fciences, & élever dans les exercices convenables à un fujet de la plus haute naiffance.

Le jeune élève répondit de bonne heure aux efpérances de fon ami ; il excelloit particulièrement dans l'art de l'équitation, manioit avec adreffe un cheval, fe fervoit fort bien de toutes fortes d'armes, & prit en général toutes les connoiffances néceffaires au guerrier & au chaffeur les plus déterminés.

Un jour qu'ils fe trouvèrent l'un & l'autre engagés à la pourfuite de quelques tigres, tout-à-coup ils furent enveloppés par une bande de voleurs. Abaquir (c'étoit le nom du jeune homme) fit, ainfi que fon maître, des prodiges de valeur; mais accablés par le nombre, ils furent tous les deux dépouillés; le protecteur d'Abaquir y perdit la vie, lui-même fut atteint de quelques bleffures légères, & l'évanouiffement qui en fut la fuite étoit plutôt l'effet de la fatigue que celui des coups qu'il avoit reçus. Auffitôt que les voleurs eurent difparu, il revint à lui-même : naturellement courageux, il entreprit, quoique dépouillé de tout fecours, de traverfer le défert pour fe rendre à quelqu'endroit habité, n'ayant pour toute défenfe qu'un épieu de chaffeur qui avoit été oublié fur le champ de bataille.

A peine eut-il marché quelques heures, qu'il apperçut dans la campagne un homme en habit de derviche, il fe hâte de le joindre, l'aborde & le falue; le derviche le prévient en entamant lui-même la converfation : « Mon beau jeune homme, lui dit-il, vous êtes nud & bleffé : qui vous a donc réduit dans le fâcheux état où je vous vois? » Abaquir n'hésite pas de raconter son aventure à celui qu'il prenoit pour un saint personnage , & lui demanda avec confiance de quoi se nourrir & se vêtir. « Il faut , répondit le derviche , savoir se dépouiller pour habiller son frère , & partager sa nourriture pour le conserver. » En même temps il couvrit le jeune homme de son manteau , le fit asseoir , sortit d'une espèce de bissac quelques dattes , du pain paitri avec du lait de chameau , & une outre de peau de chèvre , contenant cinq à six pintes d'eau : « Tenez , lui dit-il , vous ferez le repas d'un pénitent , je porte ceci sur moi pour le besoin d'autrui & pour le mien , mais nous irons à ma grotte ; vous y trouverez de quoi vous reposer & un peu plus d'abondance. »

Abaquir , avant de manger , rendit grâces au saint prophête d'un secours envoyé aussi à propos : après les premiers besoins satisfaits , le derviche l'engagea de prendre avec lui le chemin de la grotte : elle n'étoit pas fort éloignée.

Abaquir y fut reçu avec toutes les marques d'une charité bienfaisante , ses blessures

furent lavées, on les pansa, & on lui donna une nourriture plus succulente. Dans cette sauvage habitation, les tables & les siéges n'étoient composés que de pierres assemblées grossièrement, les lits n'étoient qu'un tas de mousse ; mais c'étoit beaucoup pour Abaquir qui avoit été réduit à manquer de tout. D'ailleurs, les attentions de son hôte suppléoient aux commodités de ce séjour ; le jeune homme prenoit la plus haute idée de la profession de derviche, puisqu'elle inspiroit des sentimens si humains.

Mon cher enfant, lui disoit l'affectueux personnage, prêtez - vous aux soins que je prends plaisir à vous rendre, ne mettez pas tout sur le compte de la religion. Vous m'inspirez beaucoup d'intérêt, & si vous voulez-vous séparer de moi, il faut attendre que vous soyez parfaitement guéri de vos blessures ; car la sortie de ce désert est très - pénible. »

Le jeune homme ne pouvoit que se montrer bien reconnoissant de tant d'attentions, elles ne lui paroissoient point extraordinaires. Habitué aux tendres caresses de sa nourrice, à celles de son père, & à celles du généreux bienfaiteur qui avoit formé

depuis fon éducation ; celles du derviche
prétendu lui fembloient affectueufes & na-
turelles. Peu-à-peu celui-ci parvint à connoître toutes les aventures d'Abaquir , &
paroiffoit y prendre un intérêt toujours
plus marqué.

« Ou je fuis bien trompé, mon enfant,
difoit le folitaire, ou je vous vois réfervé
pour les plus hautes deftinées ; & je me
dévoue à devenir votre conducteur dans
cette route fortunée ; je vous ferai retrouver ce père qui prenoit tant de plaifir à
vous prodiguer fes careffes. — Ah ! fi vous
le pouvez, répondit Abaquir, conduifez-
moi vers lui fur le champ. — Dans l'état
où vous êtes ? non, mon enfant, vous ne
connoiffez pas les hommes ; la nature ne
parle point chez les grands en faveur d'un
inconnu, couvert d'un vieux manteau de
derviche : avant de parvenir à vous faire
entendre , vous éprouveriez les traitemens
réfervés à l'impofture , & il fe trouveroit
une quantité de gens intéreffés à vous inter-
dire tout accès. Mais vous êtes avec un
homme qui vous aime, les reffources avec
moi ne fauroient vous manquer ; le dégoût
des richeffes & des vanités de ce monde

m'a fait prendre le parti de la retraite ;
mais demain, si je le veux, j'en posséderai
plus qu'il n'en faut pour satisfaire l'ambition
des plus riches potentats de la terre. Je
peux vous en faire voir une partie ; la terre
recèle des trésors, je peux la forcer à me
les livrer ; non loin d'ici, il y en a un
très-abondant ; je vous y conduirai. Vous
en ramasserez ce qui vous sera nécessaire
pour arriver à la cour de votre père : précédé de cent chameaux, chargés des plus
riches étoffes de l'Orient & conduits chacun
par un esclave, vous serez environné d'une
garde qui vous fera respecter partout où
vous passerez. »

Abaquir étoit dans l'admiration ; il ne
pouvoit imaginer l'effet de ces magnifiques
promesses, en voyant le manteau de bure
grossière dont il étoit couvert, les meubles
& les ustenciles bizarres de son hôte ;
celui-ci, après l'avoir abandonné quelques
momens à ses réflexions, reprit ainsi la
parole : « oh ! mon enfant ; que l'apparence
ne vous trompe jamais ! Plus vous avan-
cerez en âge, plus vous apprendrez à vous
défier de ses illusions. Je suis derviche par
inclination, mais un autre homme est caché

ſous mon manteau; il vous a pris en amitié, & c'eſt lui qui veut accélérer votre
bonheur. Tous les habillemens que je porte
ne ſont pas vils; en voici un que des
hommes forts & puiſſans peuvent ſeuls
revêtir. » En même temps le faux derviche
entr'ouvrit ſa ſoutane, & fit voir une ceinture de ſoie rouge, jaune & verte. « Prenez
confiance, jeune homme ! pourſuivit-il,
demain je vous ferai voir de grandes choſes;
nous nous occuperons de votre fortune; je
ſaurai, ſans être obligé de tant courir, trouver cette ſingulière excavation dans laquelle
vous fûtes élevé, j'en connoîtrai l'archi-
tecte; & dans un mois, après avoir raſ-
ſemblé nos préparatifs; nous partirons pour
la cour de votre père, avec un cortège qui
forcera tout le monde à venir au-devant de
nous. »

La découverte de cette ceinture ſous des
haillons a frappé d'étonnement Abaquir;
il fait fond ſur les promeſſes de ſon nouveau
protecteur, & accepte ſes offres. « Au
moins, ajouta encore cet homme extraordinaire, dès que vous ſerez chez votre
père, & malgré ce que notre ſéparation
doit vous coûter de peine, j'exige que

vous me laiffiez revenir dans ma folitude.
— Volontiers, répondit Abaquir ; mais
vous ne m'empêcherez pas de vous y ramener. »

Le lendemain matin, le derviche fait
prendre au jeune homme un panier avec
des provifions pour déjeuner, & un paquet
de cordes ; & ils fe rendent enfemble au
pied d'une montagne efcarpée. Quand ils
y furent arrivés, le compagnon d'Abaquir
l'engage à prendre de nouvelles forces.
« Vous pourrez, lui dit-il, fouffrir un peu
de fatigue, mais en penfant que vous en
devez recueillir le fruit, vous redoublerez
de courage ; ne vous étonnez point des
chofes que vous allez voir. Cette montagne
renferme dans fon fein un tréfor qu'on ne
fauroit évaluer : ces richeffes font abandonnées à des mages comme moi ; mais
nous dédaignons d'en faire ufage pour
nous-mêmes. Ne vous amufez point à ramaffer l'or que vous y trouverez en quantité, ne prenez que les pierres précieufes,
c'eft le meilleur moyen de vous enrichir
promptement. »

Après cette exhortation, le derviche fe
dépouille de fon manteau, & paroît en

magicien : il n'eſt couvert que de ſa large
ceinture bigarrée, qui lui garnit la poitrine
& les reins, & dont les extrêmités pen-
dent ſur ſes jambes ; il prend une bourſe
ſuſpendue à ſa ceinture, un inſtrument
propre à faire du feu, allume une bougie,
fait brûler des parfums, & parcourant un
livre qui couvroit ſa poitrine, il prononce
à voix forte une conjuration magique. A
peine l'a-t-il achevée que la terre s'ébranle
ſous ſes pas, elle s'entr'ouvre devant lui,
& fait appercevoir à quatre pieds de profondeur une pierre de marbre quarrée,
au milieu de laquelle le magicien répand
auſſitôt des parfums ; lorſqu'il préſume que
l'air doit en être purifié & rafraîchi, il
ceint Abaquir d'une corde ſous les bras,
lui met une bougie à la main, & le deſ-
cend dans cette ouverture.

Dès qu'Abaquir y fût arrivé, ſes yeux
furent éblouis par l'éclat des richeſſes dont
il ſe voyoit environné : mais fidelle aux
avis du magicien, il ne ramaſſa que des
pierres précieuſes, dont il remplit le panier
que ſon guide lui avoit fait deſcendre avec
une corde. Quand il fut rempli & remonté
hors de la foſſe, le magicien le prit ; &

au même inftant un bruit affreux fe fit entendre, la trappe fatale fe referme, & le
jeune Abaquir fe trouve englouti dans les
entrailles de la terre, fans efpérance d'en
jamais fortir.

Il fe crut trahi par le magicien, & fans
l'énergie de fon caractère, il fe feroit
abandonné au défefpoir; mais après avoir
répandu quelques larmes, il retrace à fa
mémoire les événemens de fa vie. Menacé
dans fa première enfance de devenir la
proie d'un lion, la providence l'avoit ga-
ranti de ce danger; attaqué depuis par
des voleurs, la même protection l'avoit
fauvé : « le bras qui m'a défendu, difoit-
il, ne fe laffera point encore, je fuis innocent & trompé ! » Dans cette confiance,
il fe profterne devant celui qui tient la
clef des abîmes; & fe repofe avec affurance
fur fon fecours.

A la faveur de la bougie qui brûloit
encore, il examine l'immenfe caverne qui
lui fert de prifon; il croit appercevoir
dans le fond un paffage, dont le fentier
ne pouvoit fe fuivre debout; il en approche
avec fa lumière, mais il en fort un air fi
vif qu'elle s'éteint fur le champ. Loin de

diminuer fon efpérance, cet accident femble
l'avoir accrue ; un vent fi violent lui annonce un paffage extérieur ; il s'engage
péniblement & prefqu'en rampant dans
cette obfcurité ; en approchant il entend
un bruit fourd, dont le murmure lui préfage quelqu'événement fingulier; il s'apperçoit bientôt qu'il trempe fes mains & fes
genoux dans une fource d'eau vive, il lève
la tête, & voyant qu'il peut prendre quelque repos, il s'affied fur une pierre qu'il
a rencontrée, au milieu du murmure de
plufieurs autres fources, qui s'échappent
de ces profondes cavités. Il remplit le creux
de fa main de cette eau fraîche & déli-
cieufe; il en boit; & après avoir repris
des forces il continue cette route fatigante.
Mais les petits ruiffeaux, qui jufques-là ne
faifoient que courir fur la terre, fe font
creufés un lit; il eft forcé d'y entrer, plus
il marche, & plus le rifque augmente; il
fe met à la nage. Enfin l'obfcurité commence à fe diffiper autour de lui; la caverne
s'étend, s'aggrandit, & donne une foible
entrée au jour, qui femble annoncer une
prochaine iffue : les forces du nageur aug-
mentent avec fon efpoir; & il fe trouve
bientôt

bientôt sous la voûte des cieux, au moment
où le soleil en abandonnoit la parure à la
déesse des ténèbres.

Il étoit temps qu'Abaquir se reposât sans
crainte, ses forces étoient épuisées : il se
coucha sur la terre, & vaincu par la fatigue il s'endormit bientôt. Il n'eut pas besoin de se débarrasser du peu de vêtemens
mouillés qu'il avoit reçus du magicien ; les
frottemens des cailloux en avoient emporté
une partie, & le reste n'étoit plus que des
lambeaux.

Cependant le chant des oiseaux annonçoit
le retour de l'aurore ; les premiers rayons
du soleil réveillèrent Abaquir. Ce jeune
prince en ouvrant les yeux se rappelle les
dangers auxquels il vient d'échapper ; il en
retrace à sa mémoire les plus légères circonstances ; il crut se ressouvenir d'avoir
apperçu dans l'affreux souterrain qu'il a traversé, les cadavres des victimes de l'ambition du malheureux magicien ; ce souvenir
remplissoit son ame de terreur & d'épouvante, mais en même temps il sentoit le
prix des bienfaits de la main Toute Puissante
qui l'avoit miraculeusement arraché de ce
tombeau ; ses yeux élevés au ciel, remplis

de larmes, exprimoient fa reconnoiffance ;
& fes lèvres célébroient les louanges de
Dieu & de fon prophête.

Ces premiers devoirs étant remplis, il
falloit appaifer par quelque nourriture la
faim dont il étoit dévoré ; en parcourant
les bords du petit lac où il fe trouvoit, il
apperçut quelques rofeaux dont il fuçoit les
tiges & broyoit les racines avec fes dents ;
il fouilloit de tous côtés la terre, qui lui
procuroit les reffources dont il avoit un
preffant befoin ; à force de foins & de
patience il a enfin repris fes forces avec le
courage : alors il ramaffe quelques lambeaux de fes habits déjà féchés par le foleil,
les attache à une ceinture faite de feuilles
de rofeaux ; à force de recherches, il parvient à trouver un bâton qui lui fert à-la-
fois d'appui & de défenfe, & arrive avec
beaucoup de fatigues fur une petite plaine,
d'où il découvre une ville voifine ; dont il
fuivit le chemin qui s'offroit devant lui.

Dès qu'il fut apperçu des habitans, un
d'entr'eux courut au-devant de lui, &
parut jaloux de lui prodiguer les fecours
dont fon extérieur annonçoit les befoins ;
il le força bientôt de prendre un afile dans

fa maifon : il y fut reçu avec bonté, on écoute avec intérêt le récit de fes aventures, il a trouvé des confidens de fes malheurs. Et fans nous inquiéter pour le moment du fort de ce jeune prince, revenons auprès du fultan Hebraïm fon père, bien plus tourmenté que lui, par l'accompliffement du préfage fatal.

Le furlendemain de la défaite du lion étoit le terme rigoureux affigné par les aftrologues : le fultan croyant recueillir enfin le fruit de fes foins & de fa prudence, fe préfente au fommet de l'ouverture ; & annonce comme à l'ordinaire fon arrivée par le bruit du cor : mais perfonne n'ayant répondu à ce premier fignal, Hebraïm, inquiet de ce filence, fait defcendre des officiers dans la foffe, qui après bien des perquifitions inutiles n'y trouvèrent qu'une patte de lion ; ce malheureux père ne doute plus de la perte de fon fils, il revient en hâte à fon palais, & fait venir les mêmes aftrologues qu'il avoit confultés ci-devant fur le fort de fon fils : « Infortuné que je fuis ! leur dit-il, votre fatale prédiction eft vérifiée, mon fils a été dévoré avant l'expiration des fept années ; car je n'ai

retrouvé dans la retraite que je lui avois
ménagée, que la patte d'un énorme lion.
— Invincible fultan! répondirent les aftrologues, puifque l'événement vous force à
reconnoître la vérité de notre horofcope,
nous devons vous féliciter aujourd'hui d'être
à l'abri d'une mort inévitable, que celui
dont vous pleurez la perte vous auroit donnée : votre fils fuccombant à fa deftinée eft
mort innocent, & vous êtes préfervé.

Cette réflexion apporta quelque foulage-
ment à la jufte douleur du fultan, & le
temps acheva d'en effacer le fouvenir.

Cependant Abaquir, que nous ne devons
pas perdre de vue, s'ennuyoit de fon oifi-
veté dans la petite ville où on l'avoit fi
bien reçu. Son hôte avoit, avec une nombreufe famille, peu de reffources pour fon
entretien. Le jeune prince ne voulant pas
lui être à charge, alloit fouvent chaffer
dans la campagne ; un jour qu'il avoit tué
un daim, & qu'il fe difpofoit à le charger
fur fes épaules, il fe vit environné tout-à-
coup d'une troupe de cavaliers, & fe trouva
fans s'en douter au milieu d'une bande de
voleurs. « Camarade! lui dit le chef, vous
chaffez à pied & ne portez qu'un arc ; il y

a cependant dans ces déferts bien des lions
& des tigres, & quelque jour vous pourriez trouver votre maître. Venez à la chaffe
avec nous, & nous vous donnerons un
excellent cheval. »

Abaquir, déjà porté pour la chaffe, crut
avoir trouvé l'occafion de fuivre fon inclination, & de foulager fes hôtes de fon
entretien : il répondit naïvement à cette
offre, en acceptant, dit-il, la grâce qu'il
vouloit lui faire de l'admettre parmi eux.
Le chef de la troupe comprit par cette
réponfe que le jeune homme, encore novice,
n'avoit pas faifi le vrai fens de fa propofition ; & reprit ainfi la parole : « puifque
vous voulez bien vous joindre à nous, nous
déjeûnerons enfemble pour lier connoiffance. » Là-deffus le refte de la troupe
defcendit de cheval, on ouvrit les havre-
facs, & chacun fe mit en devoir de fatisfaire fon appétit. « Puifque vous êtes des
nôtres, dit le chef ; il faut que je vous
mette au fait des loix par lefquelles nous
nous gouvernons ; nous nous aimons &
nous fecourons en frères, nous partageons
nos proies également, & nous nous jurons
une fidélité à la vie & à la mort. — J'ai

déjà vécu parmi des chaſſeurs, reprit Abaquir ; j'aimois cet état, & vous apprendrez
de moi que ſi je ne leur dois pas le jour,
je leur ſuis redevable de la vie : vos loix
me paroîſſent fort équitables. — Puiſqu'il
eſt ainſi, dit le chef, il ne me reſte plus à
vous inſtruire que de notre police. Quoique
je ne ſois que votre égal, tout ici me rend
obéiſſance comme au chef ; & comme il
faut qu'on me craigne & qu'on me reſ-
pecte, je traite avec la dernière rigueur
tous ceux qui n'obéiſſent pas à mes ordres.
— Dès que vous marchez en troupe, dit
Abaquir, il faut bien qu'il y ait de la ſubor-
dination. — Jurez donc ſur l'alcoran, &
par le nom du ſaint prophète, reprit le
chef, de vous ſoumettre à toutes nos loix
ſans reſtriction. » Dès qu'Abaquir eut entendu parler du divin livre, il crut être
avec des ſaints ; & ſans héſiter il prit l'alcoran, le porta trois fois ſur ſon cœur,
ſur ſa tête, & ſur ſes lèvres ; & promit
au-de-là de ce qu'on exigeoit de lui : il
s'enrôloit ainſi, ſans le ſavoir, au nombre
des premiers ſcélérats des déſerts. Tous
ſes nouveaux camarades l'embraſſèrent
avec joie ; il monte un beau cheval, on

le couvre d'un manteau, & il eſt armé d'un
ſabre, d'un arc, & d'une lance : Abaquir
étoit content, & ne s'apperçut que le lendemain de la témérité des engagemens qu'il
avoit contractés.

Ces brigands ſe répandent bientôt dans
les déſerts, volent & pillent les voyageurs
& les caravanes ; leur nombre s'augmente
chaque jour par le ſuccès de leurs funeſtes
expéditions ; les ravages deviennent ſi con-
ſidérables, que le ſouverain de ces contrées
ſe met lui même à la tête de quelques troupes pour les pourſuivre ; c'étoit le ſultan
Hebraïm. Il parvient à envelopper de toutes
parts les brigands ; Abaquir ſe trouvant à la
tête de la bande, fut particulièrement l'objet de la pourſuite du ſultan ; mais le jeune
homme prévenant le danger qui le menace,
bleſſe ſon adverſaire d'un coup de flèche,
tandis que d'un autre côté les ſujets du
prince ſe ſont rendus maîtres des voleurs ;
ce qui ne périt pas ſous le glaive, reſte priſonnier, & ils ont enfin purgé ces déſerts
de cette troupe vagabonde & funeſte.

Cependant le ſultan étoit bleſſé aſſez
grièvement ; de retour à ſa capitale, &
après avoir fait apporter quelques remèdes

à fon mal, il fit venir les aftrologues : « Impofteurs ! leur dit - il, aviez - vous prévenu
que je dufle mourir de la main d'un brigand ? Vous qui me menaciez uniquement
de celle de mon fils. — Sultan ! répondirent-
ils ; tout ee que nous vous avons prédit n'eft
que trop malheureufement vrai ; que votre
hauteffe examine le coupable, qu'elle s'informe de quelle main eft partie la fatale
flèche, & qu'elle nous juge enfuite. »

Hebraïm fait amener en fa préfence tous
les prifonniers, leur promet la vie & la
liberté, s'ils lui font connoître celui qui l'a
bleffé.

« C'eft moi, dit Abaquir avec courage :
j'ai eu le malheur d'attenter fur les jours de
mon fouverain que je ne connoiffois pas,
& ije mérite la mort. — Raffurez - vous,
jeune homme ! dit le fultan étonné : dites-
moi feulement qui vous êtes, & quel eft
votre père ? A cette demande, Abaquir entra dans tous les détails qui étoient à fa
connoiffance, jufqu'à celui où le lion le
bleffa & dévora fa nourrice. Le récit fut
interrompu par l'altération fenfible qui fe
fit remarquer fur le vifage du fultan ; mais
un peu remis de cette première émotion,

Hebraïm follicita vivement le récit de fes aventures ; le jeune prince continua de parler, & finit par dépeindre la frayeur dont il avoit été faifi en combattant le fultan...... « Arrêtez ! dit Hébraïm les larmes aux yeux ; approchez-vous de moi, faites-moi voir la morfure du lion : Abaquir obéit. » Je touche la vérité, s'écria le fultan en examinant la cicatrice : « Ne balancez plus, mon cher fils, venez dans mes bras ; que j'aie du moins la confolation avant de defcendre au tombeau de retrouver mon fils unique. » Aftrologues ! dit - il, en fe tournant de leur côté : « vous m'avez dit la vérité autant qu'il vous étoit poffible de la dire ; mais j'eus tort de vous confulter fur ma deftinée ; nous devons nous réfigner en filence au décret prononcé fur nous, en cherchant à l'éviter nous ne faifons qu'en aggraver le poids. » Puis s'adreffant à toute fa cour : « Vifirs ! & grands du royaume, leur dit-il, reconnoiffez pour votre légitime fouverain Ben - Hebraïm mon fils unique, aidez - le à remplir dignement les penibles fonctions du trône. »

Abaquir ayant été couronné fur le champ fous le nom d'Abaquir - Ben - Hebraïm, fon

père fe réſigna à la mort ; il fit arracher de
fon corps la flèche qui y étoit entrée , &
fa vie s'échappa avec le fang qu'il perdit
de cette large bleſſure , en reſpectant le
décret dont il avoit attiré fur lui l'exécution , & béniſſant Dieu de laiſſer un digne
héritier de fa couronne.

Ben - Hebraïm , appelé de bonne heure
à régir des états , mais inſtruit par l'adverſité , nourri dans l'activité , & vertueux
par principe , ſe montra digne de la confiance publique. L'aventure du magicien &
des brigands l'avoit mis en garde contre
les apparences ; il fit grâce à ces derniers ; mais il déſiroit ardemment que le
ciel fit tomber l'autre ſous ſa main , pour
qu'il pût en faire un exemple de juſtice.

Un jour que ce jeune ſultan parcouroit
les marchés de la ville , à la faveur d'un
déguiſement , il apperçut dans le Kane un
étranger autour duquel la curioſité attiroit
la foule. On y admiroit des diamans & des
bijoux de la plus grande beauté.

Ben - Hebraïm obſerve avec attention
cet étranger , & ſous les riches vêtemens d'un Arménien , il reconnoît ſon malheureux derviche ; l'accent de ſa voix ,

& fon air emphatique le caractérifoient à
ne pouvoir s'y méprendre.

Le fultan revient auffitôt à fon palais,
& fait venir fecrètement le plus jeune des
voleurs, qu'il avoit gardé auprès de lui,
à caufe des heureufes difpofitions qu'il
avoit découvertes en lui, & de l'averfion
qu'il avoit témoignée pour l'état qu'il avoit
jadis embraffé par contrainte.

« Margam ! lui dit-il, j'ai befoin de
vous, pour m'aider à délivrer la terre
d'un homme des plus dangereux : & il
lui traça en même temps la conduite qu'il
doit tenir dans le plan qu'ils ont arrêté
entr'eux.

Deux jours après, Ben-Hebraïm envoya
au Kane fon premier eunuque accompagné de quatre officiers du palais, & une
fuite d'efclaves, pour inviter le jouaillier
arménien Doboul à fe rendre au palais
de la part du fultan ; on lui menoit pour
cet effet le plus beau cheval des écuries.

Le faux Arménien eft furpris de tant
d'honneurs, & n'imaginant d'autre motif
à cette invitation que celui de la curiofité,
il raffemble fes effets les plus précieux,
& fe propófe d'éblouir tous les yeux par

la magnificence du préfent qu'il va porter
au fultan ; il en charge deux de fes propres efclaves, & fe laiffe conduire par le
premier eunuque.

Dès qu'il arrive aux portes du palais,
une députation du fultan, ayant un officier à fa tête, vint lui préfenter une boite
richement ornée & remplie de Bétel (1).
Toutes les falles du palais qu'il traverfa
étoient parfumées d'aloës & de fandal ; il
pénètre ainfi jufqu'au cabinet le plus reculé
de l'appartement du fultan.

Margam fous les habits du fultan, affis
fur un fopha élevé, bien inftruit de ce
qu'il devoit faire & dire, attendoit l'étranger. Avant de fe concerter avec lui, Ben-
Hebraim avoit acquis des lumières fur le
coftume magique, dont on apperçevra
bientôt l'effet.

A l'afpect de Doboul, Margam defcend
du fopha, vient au-devant du faux Arménien fans lui donner le temps de faire
les génuflexions d'ufage, le fait affeoir

_____

(1) *Bétel.* Plante qui croît dans les Indes. Elle
s'attache aux arbres comme le lierre. Les Indiens en
font grand cas & la croient propre à affermir les
gencives & pour l'eftomac.

à ſes côtés ſur le ſopha en lui cédant la
droite. « Permettez cet hommage , ajouta-
t-il, c'eſt celui d'un jeune magicien envers
ſon maître. Doboul étonné gardoit le
ſilence : » Voici mes preuves ! pourſui-
vit Margam , & en découvrant ſon Doli-
man , il fit appercevoir la ceinture rouge,
jaune & verte , qui chamarroit ſa poitrine.
« J'aſpirois , continua le faux ſultan , à
me rapprocher d'un homme pour lequel
des moyens extraordinaires m'avoient inſ-
piré autant de reſpect que de curioſité, le
moment eſt venu , & je m'en félicite.

« Sultan ! répondit Doboul , quand la
ſcience eſt réunie au pouvoir , il faut que
tout fléchiſſe , & vous me voyez dans
l'admiration d'être à portée de baiſer les
pieds d'un autre Salomon. — Laiſſons aux
hommes ordinaires , dit Margam , le goût
pour les reſpects extérieurs , je déſire
acquérir de nouvelles lumières ſans rechercher de vains hommages. Qu'eſt-ce, d'ailleurs , qu'une ſouveraineté terreſtre, aſſu-
jettie à tant de travaux , expoſée à tant
de périls , auprès de celle dont vous jouiſ-
ſez ? Quel bonheur de pouvoir acquérir
d'immenſes richeſſes, & d'en répandre les

dons, fans être à charge à perfonne ! —
Je ne puis, ô fage fultan, répartit Doboul, qu'applaudir à cette noble ambition
& à ces fentimens vertueux. Nous pouvons
nous rendre maîtres de bien des chofes
avec beaucoup de facilité, & fans livrer
des peuples entiers aux horreurs des combats, & à la mifère ; nous ne facrifions
qu'un feul homme. Voilà précifément, interrompit Margam, ce que je voudrois
éviter ; je voudrois pouvoir fauver un
homme, & c'eft à ce fujet que je defirois
vous confulter. Le fauver ? dit Doboul.
Dès qu'il y eft prédeftiné, on ne le pré-
ferveroit pas même en fe mettant à fa
place. — En ce cas, il faut l'abandonner ;
mais je voudrois du moins que ce ne fut
qu'un efclave : « Sultan ! vous n'obtiendrez
rien, il faut que la victime foit de prix,
& d'une naiffance diftinguée. — Mais il me
femble, dit Margam, qu'on s'expofe dans
un choix pareil à des reffentimens dangereux. — On a le moyen de confulter auparavant, répondit le magicien ; c'eft ce
que je fis dans la dernière recherche, & il
me fut répondu : *Pour que Margam courût
quelque danger, il faudroit qu'il fe rencon-*

trât fur terre avec fa victime. Or , lui en
ayant mis plus de deux cent toifes fur la
tête , je ne crains plus le danger de fon
retour. »

Après avoir fait femblant de rêver, Margam ajouta : « Il faudra donc vaincre mes
fcrupules ; il ne me refte qu'une chofe à
défirer de vous. Nous pourrons opérer enfemble pendant votre féjour ici , je vais
vous montrer le livre que j'ai fur la poitrine, communiquez-moi le vôtre. Doboul
ne peut refufer, il eft dans un lieu où tout
eft foumis au pouvoir du fultan : Margam
prend le livre, il s'approche fans affectation
d'une caffolette ardente, & le jette dedans :
le magicien veut l'en retirer , au même inftant le vrai fultan fortant de derrière un
rideau , prévient fon mouvement & l'arrête. « Scélérat ! lui dit-il , ton heure eft
venue ; tu es en préfence d'Abaquir ta
victime, & en même temps de Ben-Hebraïm fouverain de ces lieux ; puis adreffant la parole à fon page : » Margam ! lui
dit-il, quittez vos habillemens royaux, &
faites avancer mes eunuques ! Infâme magicien ! continua-t-il en parlant à Doboul ;
vois comment les fauffes illufions de ton

art t'ont précipité fous le glaive dont tu
devois être frappé ; où s'enfuira le crime
quand le ciel le pourfuit ? quand la vengeance divine fort des entrailles de la terre
pour le frapper ?

A ces paroles, le magicien demeuroit
pétrifié, mais bientôt les remords affreux
déchirant fa confcience, fembloient opérer
chez lui l'effet du brafier ardent qui dévoroit fon livre abominable : « Je brûle, »
s'écria-t-il à diverfes reprifes, en pouffant
des cris douloureux. « Qu'il foit conduit
hors du palais ! dit le fultan, & qu'on lui
tranche la tête en préfence de fes efclaves,
& du peuple qui y eft raffemblé.

Aladin finit ainfi l'hiftoire du fultan Hebraïm & de fon fils. Et après un moment
de filence, il adreffa de nouveau la parole
à Bohetzad.

« Sire ! Je pourrois appliquer ici à mes
propres aventures les juftes réflexions qui
découlent de l'hiftoire que vous venez d'entendre ; mais fi le décret du ciel n'a pas marqué ma délivrance, il n'eft aucun moyen
qui puiffe me fauver du péril où je me trouve

engagé : les caractères imprimés fur mon
front décident de mon falut, du fuccès ou
de la honte de mes ennemis ; mais à
tout événement je demeurerai riche de
mon innocence , & elle triomphera tôt
ou tard.

Bohetzad, plus irréfolu que jamais , décida par un figne qu'on eut à reconduire le
furintendant dans les prifons.

Le dixième jour venoit de paroître, depuis que la condamnation du jeune Aladin
fe trouvoit ainfi différée, c'étoit un temps
de fête. Les grands , les courtifans , la
noblefse du royaume fe rafsembloient auprès
du trône, c'étoit pour eux un devoir d'o-
bligation. Les dix vifirs avoient là toutes
leurs créatures ; quelques-unes d'elles ,
autorifées par les fonctions de leur état ,
entreprirent de parler contre le furintendant , en répétant tout ce qui avoit été
dit de plus fort & de plus captieux , pour
décider le fouverain à armer contre ce criminel prétendu toute la févérité de la juftice. On finit par infinuer que, né de cafte
de brigands , on ne devoit attendre de
lui que des forfaits : chacun paroifsoit

appuyer ces aſſertions par les regards &
les attitudes.

L'unanimité de ces avis, en apparence
ſi déſintéreſſés, ébranlèrent de nouveau le
monarque. Il ſe crut obligé de reconnoître
ces marques de zèle par un remercîment,
& de juſtifier l'indéciſion de ſa conduite.
« Je ne prétends point, dit-il, que l'attentat demeure impuni ; mais je voudrois
que le coupable lui-même, convaincu d'a-
voir mérité la mort, fût forcé de reconnoître l'équité du jugement qui l'y con-
danne. Après cette obſervation, il ordonna
que le coupable, toujours chargé de ſes
fers, fut ramené devant lui : « Audacieux jeune homme, lui dit-il ; tu vois
autour de moi les repréſentans de ma
nation, pour qui la durée de tes jours eſt
un ſupplice ; ce n'eſt que par ta mort
que les clameurs de mon peuple peuvent
être appaiſées.

« Sire ! répondit Aladin avec reſpect &
dignité, je rejette toujours loin de moi
juſqu'à l'ombre du ſoupçon, pour le crime
odieux dont tant de voix ſemblent m'ac-
cuſer & pourſuivre la vengeance. Si la
nation étoit ici dignement repréſentée,

fa voix feroit celle de Dieu & s'élèveroit
en faveur de mon innocence ; cette voix,
aux fons de laquelle tout eft fourd dans ce
moment, retentit cependant au fond du
cœur de votre majefté. L'oifeleur a moins
de pouvoir pour étouffer dans fes mains
le foible oifeau qu'il y tient, que vous n'en
avez pour m'ôter la vie ; votre feule clémence ne vous feroit pas auffi long-temps
délibérer, fi le doigt de Dieu ne balançoit
pas dans votre cœur l'atrocité des imputations dont on me charge, & fi la force de
l'étoile qui dirige mon fort ne s'oppofoit
pas à ma chûte. Je retrouve dans les aventures de la famille de Selimansha une foule
de rapports avec les miennes. Balavan fon
fils éprouva, en voulant faire mourir un
de fes neveux, que toute la puiffance humaine ne peut avancer l'inftant de la mort
marqué par la Providence. — Je ferois curieux de favoir, dit Bohetzad, fi tu nous
feras retrouver dans l'hiftoire de cette famille, l'exemple d'une ingratitude femblable à la tienne ? »

Hiftoire de Selimansha, & de fa famille.

SIRE, reprit auffitôt le jeune furintendant : l'hiſtoire nous a conſervé la mémoire d'un roi de Perſe, nommé Selimansha, qui poſſédoit toutes les qualités d'un grand ſouverain : ſa famille conſiſtoit en deux princes : mais elle s'étoit augmentée d'une fille unique de Kalisla ſon frère, que celui-ci en mourant avoit confiée à ſes ſoins. Senſible à cette préférence, Selimansha n'oublia rien pour répondre à cette confiance : l'amour fraternel, joint aux vertus les plus pures, l'engagèrent à donner les plus grands ſoins à l'éducation de cette princeſſe, qu'il regardoit comme ſa fille ; des attentions ſi marquées, des prévenances ſi délicates, trouvèrent dans cette jeune élève les diſpoſitions les plus heureuſes, & en firent bientôt un chef-d'œuvre de perfection.

Dès l'âge de douze ans, les agrémens du corps & les grâces de l'eſprit la faiſoient remarquer des perſonnes de ſon ſexe, ainſi que l'étoile du matin au ſein du firmament. Sa mémoire très-ornée lui fourniſſoit des reſſources continuelles pour faire briller la ſolidité de ſon jugement ; elle poſſédoit l'alcoran de manière à en réciter les chapitres à volonté, elle en expliquoit le ſens

moral avec une précision qui charmoit tous
ses auditeurs.

Selimansha voyant son aimable nièce en
âge d'être mariée , crut ne pouvoir mieux
disposer de sa main qu'en faveur d'un de
ses fils ; il en fit la proposition à la princesse , la laissant maîtresse absolue du choix.
« C'est votre bonheur que je cherche , ma
fille ; prononcez, & ma volonté suivra votre
décision.

« A qui puis - je mieux m'en rapporter
qu'à vous? répondit Chamsada , je m'abandonne à la tendresse dont le père le plus
chéri me donne chaque jour des preuves
si touchantes , & je me soumets avec plaisir à tout ce que votre sagesse ordonnera
de moi.

Je suis flatté de votre confiance , reprit
le bon monarque , & je redoublerois de
tendresse pour vous , si je croyois qu'elle
pût augmenter. Puisque vous me laissez le
maître de disposer de votre sort , je l'at-
tacherai à celui de mon second fils ; l'heureux rapport que j'ai remarqué dans vos
caractères , semble me promettre l'union
la mieux assortie ; je distingue en lui des
vertus , qui se développant , deviendront

bientôt les rivales des vôtres ; vous êtes née pour régir des états, je lui crois les qualités dignes du trône ; en lui donnant votre main, & lui deſtinant ma couronne, je fais votre bonheur, le ſien, & celui de mes peuples. »

L'aimable princeſſe baiſſa les yeux, en remerciant ſon oncle de l'excès de ſes bontés. Selimansha fut ordonner ſur le champ les préparatifs néceſſaires pour la célébration du mariage.

Des réjouiſſances publiques la ſuivirent, & manifeſtèrent la ſatisfaction générale ; elles durèrent ſoixante jours : ce terme étant arrivé, Selimansha, jaloux de ſon repos, abdiqua la couronne, & plaça ſur le trône celui de ſes fils au bonheur duquel il venoit d'unir l'aimable Chamſada.

Balavan, l'aîné des fils de Selimansha, s'attendoit à monter ſur le trône après la mort de ſon père. Epris des charmes de ſa belle parente, il comptoit lui offrir ſa main & l'aſſocier à ſa fortune : le dépit & la jalouſie s'emparèrent de ſon cœur, lorſqu'il vit paſſer dans les mains de ſon frère le rang & le bonheur auquel il ſecroyoit appelé, au-moins par droit d'aîneſſe ;

quand fon mérite n'auroit pas été un titre à cette préférence, il favoit que les fouverains de cette partie de l'Orient étoient les maîtres de choifir leurs fucceffeurs dans leur famille, fans égard aux prérogatives de l'âge; mais l'impétueux Balavan penfoit qu'on devoit déroger en fa faveur à l'ufage, & fe conformer à celui des autres nations.

La naiffance d'un fils, dont la reine accoucha heureufement, vint augmenter la rage de ce furieux, & fut un obftacle de plus à fes prétentions; cet événement mit le comble à fon défefpoir, il trouva le moyen de s'introduire fecrètement dans l'appartement du roi fon frère, & d'une main forcenée lui plongea fon poignard dans le fein; il pénètre avec les mêmes précautions & le même deffein dans celui où repofoit l'enfant; mais découvrant le voile qui cachoit ce jeune prince, plus beau que le jour, un fentiment furnaturel fembloit retenir fon bras: « Tu ferois mon fils, fe difoit-il, fi l'injuftice ne m'eut pas ravi le cœur & la main de Chamfada, » & reconnoiffant en même temps dans cette innocente victime les traits de celle dont il adoroit les charmes, une émotion involontaire lui fit porter un coup mal assuré, le poignard vacille dans sa main tremblante, & frappe sans blesser mortellement.

Balavan n'eut pas épargné sa belle-sœur, s'il ne se fut flatté d'obtenir sa main ; mais cet espoir retint son bras homicide : quant à Selimansha, il put échapper au monstre par la vigilance de ses gardes. Au moment où celui-ci s'approchoit de l'appartement de son père, dans l'affreux dessein de couronner ses forfaits par le parricide, il fut apperçu par un esclave, qui aidé des eunuques de la garde, força le meurtrier de renoncer à l'espoir que sembloit lui promettre le succès du crime qu'il alloit commettre ; voyant alors qu'il ne pouvoit échapper aux soupçons, il prit la fuite, & fut se cacher à l'extrémité des frontières, dans un château fortifié par la nature & par l'art.

Le jour, qui commence à paroître, va révéler bientôt les horreurs de cette nuit sanglante. Aux premiers rayons de l'aurore, la nourrice vient allaiter son tendre nourrisson, dont le sang innonde le berceau ; éperdue, elle court à l'appartement du roi

&

& de la reine annoncer cette fatale nouvelle ; le défefpoir & les cris la précédent, & réveillent Chamfada. Cette malheureufe reine ouvre les yeux, l'époux qui refpiroit à fes côtés ne vit plus, les cris de la nourrice lui font redouter des malheurs plus terribles encore : époufe & mère éplorée, elle court au berceau de fon fils, le prend dans fes bras, il refpiroit encore! Elle conçoit l'efpoir de le fauver ; tout le palais eft en mouvement, Selimansha arrive avec fes eunuques, les chirurgiens font appelés, l'art & les foins vont rendre la vie à cette innocente créature ; mais ils s'épuifent en vain fur le corps du jeune monarque dont l'infortunée Chamfada pleure la perte.

Les herbes aromatiques & vulnéraires, les beaumes de l'Orient ont opéré fur la bleffure de l'enfant, & ranimé les efpérances de fa mère : il a repris le fein de fa nourrice, & l'héritier préfomptif de Selimansha eft enfin hors de tout danger.

Cependant le vieux monarque cherchoit à découvrir le meurtrier de fes enfans : la fuite précipitée de Balavan, fon poignard teint de fang qu'on retrouva dans l'appar-

tement, décidèrent bientôt des soupçons
que son caractère vicieux avoit fait naître
d'abord. Le vieillard infortuné résistoit
avec peine à l'excès de sa douleur : « Ciel!
s'écrioit-il, éloignez de moi l'ange de la
mort, puisque vous voulez que je sois encore utile sur la terre : » après cela il fit
assembler les grands, les visirs, & leur
annonça qu'il alloit prendre les rênes du
gouvernement.

Ses premiers soins furent de consoler la
triste Chamsada, & de concert ils dirigè-
rent leurs attentions sur l'aimable nourrisson
que la Providence avoit préservé ; en for-
tifiant son tempérament, on formoit aussi
son esprit & son cœur : la mère lui expliquoit les passages de la loi, dont les
préceptes devoient diriger ses mœurs & sa
conduite, & le vieillard l'instruisoit dans
la grande connoissance du monde & des
hommes.

Dès l'âge de huit ans, le jeune prince
étoit si robuste qu'il étoit en état de manier les armes, & de supporter les fatigues
du cheval. Au bout de quelques années
toutes ses qualités morales se dévelop-
pèrent, & promirent d'effacer un jour

toutes celles dont avoit brillé le roi son père.

Alors Selimansha jugeant que son petit-fils, aidé de bons conseils, étoit en état de porter la couronne, lui remit les rênes de l'empire au milieu du divan assemblé, & le fit proclamer roi sous le nom de Shaseliman, aux acclamations du royaume, dont les peuples, consternés encore du coup affreux qui leur avoit enlevé un souverain adoré, sembloient promettre à son héritier le même attachement, & en attendre le même amour.

Le nouveau roi, dirigé par de sages conseils, ne démentit point les heureuses préventions de ses sujets en sa faveur, les cadis & les visirs remplissant dignement les devoirs de leurs charges firent aimer les lois, dont l'exécution sage & prompte assuroit le bonheur de tous. Aussi exact aux devoirs de la religion, qu'à ceux du trône, Shaseliman faisoit régulièrement ses ablutions, assistoit aux prières dans les mosquées, tenoit trois divans par semaine, travailloit journellement avec ses ministres, & se portoit sur le champ dans tous les endroits où sa présence nécessitoit le retour

de la tranquillité & du bon ordre. Les
peuples heureux sous son gouvernement
jouissoient en paix de leur félicité, quand
de nouveaux forfaits vinrent la troubler,
& ravir l'espérance d'un bonheur durable.

Le scélérat Balavan, poursuivi par les
remords du crime affreux qu'il avoit commis, ne se croyant pas en sureté chez un
peuple à qui il étoit odieux, sortit de la
place forte dans laquelle il s'étoit réfugié,
& tenta de se retirer en Egypte pour implorer la protection du souverain de ce
vaste empire : là, déguisant ses forfaits, il
se présente comme un prince infortuné,
victime d'une femme, & sacrifié par un
père que son grand âge rend imbécille. Le
roi d'Egypte l'accueille avec bonté, & se
préparoit à lui donner des secours, lorsqu'un
envoyé de Selimansha arriva & demanda
audience.

Ce vieux monarque, instruit par ses
émissaires de la route qu'avoit prise Balavan, avoit député à toutes les cours auprès
desquelles ce scélérat pouvoit mendier une
retraite ou de l'appui; un signalement fort
détaillé dépeignoit le fugitif, & faisoit
connoître tous ses crimes.

Le foudan, en communiquant au coupable les dépêches qu'il venoit de recevoir, ordonna fur le champ qu'il fût renfermé dans une étroite prifon, en attendant l'arrêt que prononcera contre lui un père irrité. Tel fut l'ordre intimé à Balavan, tel fut le fens de la réponfe de celui-ci au roi Selimansha ; mais ce père trop foible & trop tendre commit à la fois deux fautes majeures en politique.

Pour armer contre fon fils toute la colère du fouverain d'Egypte, il lui avoit diffimulé que le jeune Shafeliman avoit échappé au coup mortel dont il avoit été frappé : il ne détruifit point dans fa feconde lettre cette opinion, & engagea le roi d'Egypte à rendre la liberté au coupable. « Déjà trop malheureux, difoit-il, je ne veux pas fouiller ma main en traçant l'ordre du trépas de mon fils : qu'il erre partout, privé de reffources & de fecours, n'ayant pour compagnons que fes remords, pour fociété que les tigres moins inhumains que lui. Qu'affiégé de befoins, rongé de douleur, odieux aux autres, il foit lui-même l'inftrument de ma vengeance, que j'abandonne au roi des rois. »

Sur cette réfolution, le foudan fit fortir Balavan de prifon, & le bannit à jamais du royaume : il en rendit compte à Selimansha, & entama avec lui une négociation moins défagréable.

La réputation des charmes & des qualités estimables de Chamfada avoit percé jufqu'en Egypte. Benfirak, ce même foudan dont nous venons de parler, voyant qu'il étoit poffible d'obtenir fa main, en fit la propofition à Selimansha, dans les termes les plus preffans & les plus refpectueux, le priant de lui ménager l'aveu de celle que la nature & le fang lui avoient foumife comme nièce & belle-fille.

Le vieux monarque de Perfe, fatisfait d'une demande qui offroit à fon aimable nièce le plus avantageux des établiffemens, lui en fit fur le champ l'ouverture. La fenfible Chamfada ne put l'entendre fans répandre des larmes, fon cœur étoit encore tout entier à l'époux qu'elle avoit perdu, & il falloit s'arracher des bras de fon oncle & de fon enfant, pour ouvrir fon ame aux impreffions d'une nouvelle tendreffe : « Ah ! mon oncle, difoit-elle, quels fentimens remplaceront jamais ceux dont j'é-

prouve ici la douceur ? Où trouverois-je
des devoirs plus agréables à remplir — Ma
chère fille, reprit Selimansha, vous êtes
recherchée par un des plus puiſſans monarques du monde ; on fait un grand éloge
de ſes vertus, on parle avantageuſement
de ſa perſonne. Votre fils, que j'ai placé
ſur mon trône, a beſoin d'une protection
plus active & plus durable que la mienne ;
vous ſaurez ménager par votre adreſſe une
étroite alliance entre les deux monarques ;
mais n'oubliez pas que pour obtenir l'ex-
pulſion de Balavan, je l'accuſai du double
crime d'avoir aſſaſſiné ſon frère & ſon neveu. Shafeliman règne en Perſe comme un
deſcendant de ma maiſon, ſa mère doit
être inconnue de Benſirak. Vous lui deviendrez plus chère, lorſqu'il pourra eſpérer de
ne partager vos affections avec perſonne,
& qu'elles ne ſe répandront que ſur les
enfans qui naîtront de votre union. Mon
expérience m'apprit à connoître les foi-
bleſſes du cœur humain : l'homme puiſſant
ſe défie toujours des diſcours de l'intérêt
perſonnel ; vous pouvez rendre à votre fils,
ſur le trône de Perſe, des ſervices importans, comme à un parent éloigné, ſans

qu'on vous foupçonne de facrifier les intérêts de votre mari & de vos enfans, & fi vous parliez pour un fils, vous pourriez paroître une mère aveuglée par un excès d'amour. Nous fommes d'ailleurs trop heureux que Benfirak, épris de vos charmes, attende de notre grâce ce que fa puiffance pourroit nous ravir : n'attirons point par un refus le fléau de la guerre fur nos peuples, & facrifions à leur repos & à nos intérêts le plaifir que nous aurions de vivre enfemble. »

Chamfada n'oppofa rien à des raifons plus fpécieufes que folides, & Selimansha répondit auffitôt au foudan, que fa nièce fe trouvoit trop honorée du choix du puiffant fouverain de l'Egypte, & qu'elle étoit prête à s'unir à lui. A la réception de cette nouvelle, le foudan enivré de joie envoya un ambaffadeur avec un fuperbe cortège pour aller chercher fon époufe : Selimansha, inftruit de l'arrivée du miniftre Egyptien dans fes états, fut à fa rencontre à vingt lieues au-delà de fa capitale, le reçut dans un camp magnifique, & après l'avoir fêté pendant deux jours, il lui remit fa nièce. On abrégea les cérémonies , autant pour satisfaire l'impatience du soudan , que pour cacher à l'ambaffadeur le secret de l'exiftence du fils de Chamsada : le vieux monarque se donnoit alors la qualité d'envoyé du roi de Perse pour remplir les conditions du traité.

Dès que Chamsada fut arrivée dans la capitale de l'Egypte , le soudan manda le muphti & le cadi pour le contract & la cérémonie du mariage. Leur soumiffion fut fur le champ récompensée par un préfent de peliffes & de cinq mille , pièces d'or. La princeffe entre dans l'appartement deftiné pour les nôces ; une foule d'efclaves de la plus grande beauté & magnifiquement vêtues la conduit au bain, portant des caffolettes où brûloient les plus précieux aromates : au fortir du bain, elle eft couverte de vêtemens dont l'éclat obfcurcit les lumières des appartemens ; mais fa beauté éclipfe aifément celle des objets qui l'environnent : elle eft ainfi conduite auprès du foudan.

Ce monarque la reçut avec les démonftrations de l'amour le plus tendre, la fit affeoir à côté de lui : on fervit un fouper

L v

où la délicateffe des mets enchériffoit
fur la profufion ; il préfenta à fa future
époufe plufieurs écrins garnis des bijoux
les plus rares , & couronna enfin ce beau
jour par remplir les obligations que l'hymen
lui impofoit.

Cependant au milieu de ces fêtes , Chamfada , loin de partager la félicité publique
& le bonheur de fon époux , dévoroit en
fecret fes ennuis ; féparée de fon fils , elle
n'étoit plus occupée que du feul bien auquel fon cœur fut véritablement attaché ;
fecondant les vues politiques & chimériques de fon oncle , elle n'hafardoit rien
auprès du foudan qui pût affoiblir le caractère de ce refpectable vieillard ; elle n'ofoit
parler de fon fils. Que de maux cependant
n'eut-elle pas prévenus par une confiance
légitime ! & que ne devoit-elle pas attendre de l'amour de Benfirak , qui s'enflammoit chaque jour davantage !

Le fort devoit juftifier bientôt les tendres inquiétudes de la reine fur le compte
de fon fils. Balavan , informé du mariage
de fa belle-fœur avec le foudan d'Egypte ,
inftruit que Selimanfha régnoit en Perfe ,
fentit réveiller dans fon cœur fes projets

de vengeance : il fe voyoit privé du fruit de fes attentats, du trône de Perfe, objet de fon ambition, de la beauté dont il défiroit la conquête ; le fcélérat, livré à fes penchans, infeftoit par des excès de tout genre les états qu'il comptoit envahir après la mort de fon père ; il vivoit de rapines & de brigandages.

Enfin Selimansha, fuccombant fous le poids des années, remit fon ame à fon créateur ; dès que Balavan fut informé de cet événement, il accourut à la tête des brigands dont il étoit le chef, foufflant la révolte, entraînant avec lui de nouvelles troupes, gagnant les uns par des promeffes pompeufes, féduifant les autres par l'appas de l'or que fes crimes avoient amaffé ; ils concertent enfemble leurs projets ; il détrône fon neveu, le précipite dans un cachot, & fe fit proclamer à fa place.

Ce cruel ufurpateur, non content de fes fuccès, réfolut de faire égorger l'innocente victime qui avoit jadis miraculeufement échappé à fon bras homicide ; mais la compaffion qui ne pouvoit trouver d'accès dans son ame, étoit entrée dans le cœur des scélérats ses complices : « Nous ne pouvons consentir à la mort d'un enfant qui n'a fait aucun mal, dirent - ils à Balavan ; assurez - vous de lui, si vous redoutez son crédit ; mais conservez - lui la vie. » Il fut forcé d'acquiescer à leur demande, & fit enfermer son neveu dans un caveau.

Chamsada ayant appris cette nouvelle affligeante ne pouvoit contenir l'excès de sa douleur ; mais elle ne pouvoit instruire son époux du malheur de son fils, sans exposer la mémoire de son oncle Selimansha, sans le rappeler comme un imposteur, puisqu'il avoit écrit que le jeune Shaseliman avoit été assassiné ; elle remit à Dieu sa confiance & son espoir. Cependant l'odieux Balavan avoit achevé la conquête de la Perse ; tous les grands du royaume étoient venus lui rendre hommage : le jeune Shaseliman demeura quatre ans renfermé, on fournissoit à peine à sa subsistance ; accablé par l'infortune, il dépérissoit à vue d'œil, & sa beauté ne retraçoit plus l'image de sa mère dont il étoit l'exacte ressemblance ; enfin la Providence qui veilloit fur lui voulut le fouftraire un inftant à tant de maux.

Balavan affis au divan, environné d'une cour brillante, fembloit jouir en paix d'une autorité qui paroiffoit inébranlable : au milieu des grands dont il croyoit avoir la confiance, & des courtifans dont il recevoit l'encens, une voix s'élève. Cette voix confacrée à la vérité, & dévouée encore à la mémoire de Selimansha, s'exprimoit ainfi.

« Sire ! le ciel vous a comblé de profpérités ; en vous donnant, avec cet empire, le cœur de vos peuples, ce trône paroit affis fur une bafe inébranlable ; montrez-vous digne de plus en plus de faveurs du très-haut. Jetez un regard de compaffion fur un foible enfant dont l'innocence eft le feul foutien, qui n'ouvrit les yeux à la lumière que pour répandre des larmes ; dont tous les inftans de l'exiftence ont été marqués par les fouffrances & le malheur. L'infortuné Shafeliman n'a pu jamais vous offenfer, rendez-lui fa liberté. — Je confentirois à votre demande, répondit Balavan, fi je n'avois quelques raifons de craindre qu'il ne formât un parti contre moi, &

ne devint le chef des mécontens qu'un roi
ne manque jamais de faire malgré ſes meilleures intentions. — Hélas ! ſire , répliqua
le prince qui avoit porté la parole ; qui
pourroit ſuivre un jeune homme chez qui
la nature eſt en partie détruite par les ſouffrances , & dont l'ame n'a plus d'énergie ?
Vos ſujets vous étant tous dévoués , où
trouveroit-il des inſenſés qui fomentaſſent
contre vous des projets ambitieux ? » Balavan ſe rendit à ces motifs , & affectant
aux yeux de ſa cour une clémence politique , il fit ſortir de priſon le jeune Shaſeliman , le fit revêtir d'une ſuperbe peliſſe , &
lui donna le commandement d'une province
éloignée : il penſoit moins à lui procurer
un ſort avantageux , qu'à ſe défaire de lui ,
en l'appelant à la défenſe d'un pays expoſé
aux attaques continuelles des infidelles : il
préſumoit avec quelque fondement qu'il y
ſacrifieroit ſa vie , puiſque jamais aucun
de ſes prédéceſſeurs n'avoit échappé aux
dangers dont cette partie de la Perſe étoit
menacée.

Le jeune prince partit avec une foible
eſcorte ; à peine fut-il arrivé à ſa deſtina-
tion , que les preſſentimens de ſon oncle

Balavan fe vérifièrent en partie : les infidelles firent une irruption, Shafeliman
n'ayant à leur oppofer qu'une poignée de
monde fut obligé de céder au nombre, &
il tomba lui - même entre les mains de fes
ennemis. Ceux - ci renonçant en faveur de
fon âge & de fa beauté , à l'ufage cruel
qu'ils pratiquoient dans ces occafions, au
lieu de lui donner la mort, fe contentè-
rent de le defcendre dans un puits, où
étoient déjà renfermés plufieurs prifonniers
mufulmans. Ce malheureux prince, victime conjurée du deftin, vít s'écouler un
an entier dans cette horrible captivité.

C'étoit une coutume de ces peuples infidelles, de faire monter tous les ans, à un
jour fixé, les prifonniers qu'ils avoient pu
faire, fur le fommet d'une tour très élevée,
pour les précipiter fur la terre.

Shafeliman fut tiré du puits, conduit
au haut de la tour, & précipité avec les
autres ; mais la Providence, qui veilloit
fur fes jours, le fit tomber fur le corps
d'un de fes compagnons d'infortune : au
moment même où l'on venoit de lancer
celui - ci, ce corps le fupportant en partie, & l'air foutenant fes habits, le pré-

servèrent tous deux d'une chûte meurtrière.
Il fut étourdi de la rapidité du mouvement,
mais il n'essuya ni rupture ni contusion ; &
un long évanouissement fut le seul accident
qu'il éprouva.

Il fut enfin rappelé à la vie au milieu
des infortunés qui l'avoient perdue ; son
premier mouvement fut d'élever son ame
à Dieu , & de lui témoigner sa reconnoissance par l'intercession du grand prophête : il reconnut qu'il étoit dans une
immense forêt ; les cadavres qui l'environnoient devoient attirer nécessairement
les bêtes féroces, il s'éloigne de cet endroit dangereux , il marche toute la nuit ;
& dès qu'il se crut à l'abri des hommes
& des animaux , il monta sur un arbre ,
cherchant à se dérober dans son feuillage
aux regards des voyageurs , & se nourris-
sant de fruits sauvages. Ce fut en s'ob-
servant de cette manière , qu'il parvint jusqu'aux états de Balavan son oncle.

Il étoit près d'entrer dans la première
ville de Perse , lorsqu'il apperçut cinq ou
six hommes qui s'entretenoient ensemble ;
les ayant reconnus pour musulmans, il les
aborda , & leur fit le récit du traitement

qu'il avoit reçu des infidelles , & de la
manière miraculeufe dont il avoit été fauvé:
la naïveté de fon rapport n'en laiffant pas
fufpecter la vérité, ils furent touchés de
compaffion en fa faveur, & le conduifirent
chez eux, où il jouit des droits de l'hofpi-
talité. Après quelques jours de repos, il
prit congé de fes bienfaiteurs pour continuer fa route vers la capitale où régnoit
Balavan ; fes hôtes , après lui avoir fourni
tout ce dont il avoit befoin , lui indiquè-
rent fon chemin, fans fe douter que le
jeune homme qu'ils avoient fi obligeam-
ment accueilli fût le neveu de leur fouverain.

Le jeune prince marchoit nuit & jour ;
fatigué, haraffé , les jambes & les pieds
déchirés par les ronces & les cailloux, il
arrive enfin fous les murs d'Ifpahan, &
s'affied auprès d'un baffin qui fervoit de
réfervoir à une fource voifine : à peine
a - t - il eu le temps de reprendre haleine,
qu'il voit venir à lui plufieurs cavaliers ;
c'étoient des officiers du roi qui revenoient
de la chaffe ; ils venoient défaltérer leurs
montures. En promenant leurs regards,
ils apperçurent le jeune Shafeliman ; quel
que fut le défordre de fes vêtemens , quel-

qu'altération que les souffrances & l'abattement apportassent aux charmes naturels de sa physionomie ; ils en distinguoient aisément la douceur & le beauté, & ils ne purent le voir sans éprouver pour lui l'émotion du plus tendre intérêt.

« Que faites - vous ici, jeune homme ? lui demanda l'un des officiers : — Mon frère ! répondit le sage Shaseliman, vous savez le proverbe : *ne demandez pas à l'étranger qui est nud, où est son habit ? Il vous répond pour moi.* J'ai faim & soif, je suis foible & privé de tout secours. » A cette réponse, un des officiers courut à un porte - manteau, en tira un morceau de gibier & du pain, & le lui apporta. Dès qu'il eut mis à profit ce bienfait, & pris en apparence assez de force pour pouvoir continuer la conversation : « Frère ! lui dit un des premiers officiers de la troupe, votre sort nous intéresse, serions-nous indiscrets en vous priant de nous donner quelques détails sur votre situation ? Avant de vous satisfaire, répartit le malheureux prince, répondez, s'il vous plaît, à une question très-importante pour moi. Le roi Balavan votre souverain vit-il encore ? — Connoiffez - vous le roi ? — Oui , & vous voyez devant vous fon neveu Shafeliman. — Comment pourriez-vous être Shafeliman , répliqua l'officier , puifque nous favons que fon oncle , après l'avoir fait fortir du cachot où il avoit été renfermé pendant quatre ans , lui a donné le commandement d'une province où il étoit prefqu'impoffible qu'il ne mourût pas de la main des infidelles ? Nous avons appris , d'ailleurs , qu'il a été précipité par eux, avec beaucoup d'autres mufulmans. »

Alors le jeune prince , pour achever de les convaincre , entra dans le détail de toutes fes aventures , de la manière miraculeufe dont la Providence avoit préfervé fes jours. A ce récit, tous les officiers furent touchés d'admiration , ils fe profternèrent à fes pieds , & arrosèrent fa main de leurs larmes : « Vous êtes roi ! Seigneur , lui dirent-ils, le fils de notre légitime fouverain , & digne en tout d'un meilleur fort ; mais hélas ! que venez-vous chercher dans une cour où vous ne pouvez trouver que la mort ? Rappelez-vous les cruautés dont vous avez été la victime, les traitemens que vous avez effuyés, le piège dangereux par lequel, fous l'ombre du pouvoir, vous fûtes dévoué à une mort certaine dans le pofte qu'il avoit confié à vos foins : fuyez ! cherchez le pays où la belle Chamfada règne en fouveraine fur le cœur du foudan d'Egypte ? C'eft-là que vous trouverez le bonheur : — Eh ! comment pourrois-je porter mes vues fur l'Egypte ? Selimansha mon grand père abufa le fouverain de cet empire par l'affurance de ma mort ; ma mère & lui pafferoient pour des impofteurs, fi je m'expofois à y paroître. — Vous avez raifon, lui répliqua-t-il, mais fuffiez-vous réduit à vivre caché en Egypte dans un état inférieur, vous y ferez à l'abri des entre-prifes de votre oncle, dont vous n'éviterez jamais les cruautés, s'il apprend que vous foyez en vie. »

En confidération de ces avis, le plus âgé des officiers joignit auffi fes prières : « O mon maître & mon roi ! dit-il au prince, en fe jetant à fes genoux, feul & vrai rejeton de Selimansha ! faut-il, hélas ! que l'efclave qui fut foumis trente ans à fes ordres, qui fut le témoin de fes vertus & l'objet de fes bienfaits, vous voie réduit à ce comble d'infortune ? Le

fort pourfuit-il donc au de-là du tombeau
ce monarque adoré ? Fuyez, cher prince !
& n'attendez pas que de plus grands malheurs vous pourfuivent.

Auffitôt chacun d'eux s'empreffa de fatisfaire aux befoins les plus preffans de Shafeliman ; l'un fe dépouilla d'une partie de
fes vêtemens pour l'en habiller, l'autre
partagea fes petites provifions, & tous enfemble formèrent une petite fomme d'argent qui put l'aider à continuer fon voyage ;
le prince infortuné profitant de leur bienfaifance & de leurs confeils, prit congé
d'eux ; les officiers s'en féparèrent non
fans lui donner des preuves de leur attachement, & Shafeliman fe mit en route, fe
recommandant à Dieu & à Mahomet fon
grand prophête.

Après une marche longue & pénible,
il parvint enfin en Egypte, où régnoit
Chamfada fa mère : lorfqu'il fut près du
grand Caire, il ne voulut pas entrer dans
cette grande ville, pour ne pas s'expofer à être découvert, & s'arrêta dans un
village peu écarté de la route, dans la
réfolution de s'attacher au fervice de quelqu'un de fes habitans : en conféquence ;

il fut se présenter chez un fermier de l'endroit pour garder ses troupeaux ; il ne
fut point difficile sur son gage, & vécut
dans cet état obscur & misérable, trouvant à peine de quoi subsister dans les restes
qui tomboient de la table de son maître.

Mais tandis que l'héritier présomptif du
trône de Perse étoit réduit dans une situation si étrange, que faisoit la reine Chamsada ? Chaque jour cette mère inconsolable sentoit augmenter son inquiétude ;
combattue par sa tendresse pour son fils,
& le secret qu'elle devoit garder auprès
du monarque pour l'honneur de son oncle,
sa situation étoit aussi pénible que celle
de Shaseliman. Il se trouvoit à la cour de
Bensirak un ancien esclave de Selimansha,
qui avoit accompagné la reine en Egypte,
& qui depuis lors étoit resté à son service : il avoit toute sa confiance, & souvent il fut le dépositaire des chagrins de
de cette tendre mère : elle l'apperçut un
jour qu'il étoit seul, & lui fit signe de
s'approcher. « Eh quoi ! lui dit-elle, vous
connoissez mon attachement pour mon fils ;
vous savez mes allarmes à son sujet, &
vous ne vous êtes donné aucun mouvement

pour favoir ce qu'il eft devenu ? Reine !
répondit l'efclave, ce que vous demandez
eft bien difficile à favoir, & je ne connois
aucun moyen pour m'en informer. Vous
favez que vous avez vous - même confirmé
le bruit de fa mort attefté par Selimansha,
& quand par un effet du hafard votre fils
pourroit fe montrer ici, comment détrui-
riez - vous l'opinion publique ? Comment
pourriez - vous l'avouer, & le faire connoître ? — Ah ! plût à Dieu que mon fils
fût dans ees contrées ! Quand même je
ferois privée du plaifir de le voir : il me
fuffiroit de favoir qu'il refpire encore, pour
affurer mon repos & mon bonheur. ——
Reine ! reprit l'efclave, je fuis prêt à
vous facrifier ma vie ; qu'exigez - vous
de moi ? —— Prenez dans mon tréfor, dit la reine, la fomme que vous
jugerez néceffaire pour votre voyage, allez
en Perfe, & amenez mon fils. — L'argent
feul eft encore moins néceffaire ici que
la prudence, il faut donner un prétexte
plaufible au voyage que votre majefté me
propofe : vous favez que le foudan m'honore de fes bontés, & qu'attaché à fon
fervice, je ne puis m'éloigner de fa cour

fans une permiſſion expreſſe de ſa part :
il faut la demander vous - même , & l'obtenir ſous un motif ſpécieux qui éloigne
de lui tout ſoupçon, en même temps qu'il
aſſurera vos ſuccès : dites - lui , que pendant les troubles qui ont précédé la mort
de votre époux , vous fîtes cacher dans
un endroit connu de moi ſeul , un coffre
de bijoux précieux que vous déſiriez mettre à l'abri des événemens ; ſuppliez ſa
majeſté de vous accorder la permiſſion de
m'envoyer en Perſe à la recherche de ce
tréſor. Le ſoin du reſte me regarde. » La
reine ſatisfaite du dévouement de ſon
eſclave, & approuvant ſes conſeils, fut
ſur le champ les mettre en exécution,
& n'eut aucune peine à obtenir ce qu'elle
déſiroit.

Le fidelle émiſſaire déguiſé en marchand,
pour ne pas être reconnu en Perſe , partit
auſſitôt. Après bien des fatigues il arrive à
Iſpahan ; & s'informe en ſecret du ſort de
Shaſelunan : les premières nouvelles furent
affligeantes pour lui.

Quelques jours après , ſe promenant aux
environs du palais , il trouva par haſard
un des officiers qui avoient ſecouru le jeune
prince

prince, lorfqu'il étoit affis auprès de la
fource dont nous avons parlé ; tous deux
avoient fervi fous le règne de Selimansha,
ils fe reconnurent, s'embrafsèrent, & lièrent converfation enfemble. « Vous venez
d'Egypte, dit l'officier, auriez-vous ren-
contré le prince Shafeliman ? — Shafeliman ! reprit l'efclave, eh ! feroit-il encore
en vie, après les nouvelles affreufes qu'on
répand ici fur fon compte ? — Oui, il vit :
& je vais vous dire, fous le fecret, comment nous l'avons appris. » Alors il lui
raconta tout ce qui lui étoit arrivé, ainfi
qu'aux autres officiers, lorfqu'il eurent fait
la rencontre du prince, & comment, d'a-
près leurs confeils, celui-ci avoit pris la
route d'Egypte.

Le faux marchand, tranfporté de joie,
voulut à fon tour répondre à la confiance
de fon ancien camarade, & lui dévoile
tout le myftère de fa miffion en Perfe :
après cela il prit congé de lui pour retourner en Egypte. Dans tous les endroits où
il s'informoit avec foin des nouvelles du
jeune prince, en dépeignant fon fignalement, comme le lui avoit donné l'officier :
arrivé au village où il croyoit le rencon-

trer, il fut fort furpris que perfonne ne put
lui en donner des nouvelles : comme il fe
difpofoit à fuivre fa route , il rencontre
au fortir du village un jeune homme
endormi fous un arbre, auprès duquel paif-
foient tranquillement quelques moutons.

Il jette un regard de compaffion fur
cette pauvre créature, dont les vêtemens
déchirés annonçoient la mifère : « Hélas !
dit - il, il eft impoffible que ce foit ici
l'homme que je cherche. C'eft fans doute
l'enfant de quelque malheureux pâtre, mes
peines vont être perdues ; cependant que
rifqué-je de réveiller ce jeune homme, &
de m'informer de celui que je cherche ;
ne négligeons pas cette foible reffource.
L'ayant auffitôt réveillé , il lui adreffa les
queftions qu'il avoit coutume de faire à
chacun.

« Je fuis étranger dans ces lieux, répondit Shafeliman, qui craignoit de fe faire
connoître, fans avoir fondé les motifs de
cette curiofité ; mais fi je ne me trompe pas,
à la defcription que vous venez de faire,
vous cherchez Shafeliman, le jeune roi de
Perfe, petit-fils de Selimansha : fon père
fut tué par fon barbare frère Balavan, qui

ufurpa fon trône ; le fils fut égorgé au berceau, mais Dieu conferva la vie de ce malheureux enfant.

« O ciel ! s'écria l'efclave , je jouis du bonheur d'entendre parler de Shafeliman ! Comment, jeune homme ! avez-vous déviné le motif qui m'a fait voyager d'Egypte en Perfe ? Qui a pu vous en inftruire ? Savez-vous donc ce que peut être devenu cet infortuné prince ? Recueillirois - je enfin le fruit de mes foins & de mes travaux ! où pourrois-je le trouver ? »

Quand Shafeliman fut convaincu que celui qui lui parloit ainfi étoit un émiffaire de fa mère, il crut pouvoir fe découvrir à lui : « Vous courriez en vain par toute la terre, lui dit-il, pour trouver Shafeliman, puifque c'eft lui qui vous parle.» A ces mots, l'efclave tombe aux genoux de fon fouverain, il couvre fes mains de larmes & de baifers : « Ah ! s'écria-t-il, dans quelle ivreffe de joie fera Chamfada ! Quelle heureufe nouvelle je vais lui porter ! Reftez ici , mon prince ; je vais chercher tout ce qui vous eft néceffaire pour venir avec moi. » Il court auffi-tôt au village, en ramène un cheval de felle & des vêtemens plus convenables à Shafeliman, & tous deux prennent le chemin du grand Caire.

Un événement imprévu vint interrompre le cours de ce voyage : en traverfant un défert ils furent enveloppés par des brigands, faifis, dépouillés, & defcendus dans un puits. Renfermé dans cette affreufe prifon, l'efclave fe livroit à la douleur : « Quoi ! vous vous défolez ? dit le jeune prince ; eft-ce l'appareil de la mort qui vous effraye ! — La mort n'a rien qui m'épouvante, répondit-il, mais puis-je être infenfible à la rigueur du fort qui vous pourfuit ? Puis-je envifager la perte que va faire la trifte Chamfada ? — Raffure-toi, lui dit Shafeliman, il faut que j'accompliffe les décrets de Dieu, tout ce qui m'eft arrivé étoit écrit dans le livre de vie ; & fi je dois finir mes jours dans cette horrible demeure, aucune puiffance humaine ne peut m'en arracher, je dois être foumis & réfigné. » C'eft dans ces fentimens & dans cette affreufe pofition, que ce vertueux prince & fon efclave paffèrent deux jours & deux nuits.

Cependant l'œil de la Providence veilloit fans ceffe fur Shafeliman. Elle conduifit le roi d'Egypte à la pourfuite d'un

chevreuil, jufqu'à l'endroit où ce prince
étoit renfermé ; l'animal atteint d'un trait
mortel vint s'abattre & mourir fur les bords
de ce puits.

Un chaffeur, précédant la fuite du roi,
vint le premier fe faifir de la proie ; comme
il en approchoit, il entendit du fond du
puits une voix plaintive ; après avoir prêté
l'oreille, & s'être affuré de la vérité, il
courut en faire fon rapport au monarque,
qui s'étant avancé auffitôt avec fa fuite,
ordonna qu'on defcendît dans le puits.
Shafeliman & l'efclave en font retirés fur
le champ ; on coupe les liens dont ils étoient
embarraffés, des liqueurs fpiritueufes les
rappellent à la vie, & dès qu'ils eurent ouvert les yeux à la lumière, le monarque
reconnut fon officier : « N'êtes-vous pas,
lui dit-il, l'homme de confiance de Chamfada ? — Oui, fire, je le fuis. — Eh ! qui
vous a mis dans cet état ? — Je revenois,
dit l'efclave, chargé du tréfor que la reine
m'avoit ordonné de chercher en Perfe ; des
brigands m'ont affailli, dépouillé & jeté
vivant dans ce fépulcre. — Et qui eft ce jeune
homme ? — C'eft le fils de la nourrice de
l'augufte époufe de votre majefté ; je l'aime-

nois à votre cour, dans le deſſein de lui
procurer une place. »

Après qu'on eût fait prendre de la nourriture à ces deux infortunés, le roi reprit
le chemin de ſon palais ; il fut ſur
le champ rendre compte à Chamſada de ce
qu'il avoit vu, du retour de ſon eſclave
avec un jeune homme, & de l'arrivée de
ſon tréſor. A cette nouvelle la reine ſentoit
ſon cœur enivré de joie ; mais lorſqu'elle
apprit qu'ils avoient été précipités dans un
puits, ſa gaieté diſparut, la douleur s'empara de ſon ame, elle étoit prête à en donner des marques, quand ſurmontant ſon chagrin ſous un calme apparent, elle chercha
de cacher l'excès de ſon déſordre, démenti
par l'altération ſenſible de ſes traits. Le roi,
qui l'examinoit, s'appercevant des efforts
qu'elle employoit pour ſe contraindre, voulut pénétrer les motifs de ſon trouble :
« Qu'avez-vous donc, Chamſada ? lui dit-
il, la perte de votre tréſor vous afflige-
t-elle ? Ne pouvez-vous pas diſpoſer des
miens ? — Je jure par votre tête, ô glorieux
ſultan, répondit-elle, que je pleure bien
moins la perte de mes tréſors, que celle du
pauvre eſclave dont j'ai été la cauſe ; j'ai

le cœur fenfible, & vous favez combien les malheurs d'autrui ont de prife fur moi. » Cependant à mefure que le roi continuoit de raconter l'aventure du puits, qu'elle apprit qu'on en avoit retiré l'efclave & le jeune homme, elle revenoit à elle-même, & fes fens fe calmèrent tout-à-fait, à la fin du récit de fon époux.

« Confolez-vous, ma chère Chamfada, lui dit-il : fi tout ce que je poffède ne fuffit pas pour racheter la perte de votre tréfor, fongez que vous en avez un inépuifable dans la tendreffe d'un cœur qui eft à vous pour la vie : » ayant dit ces mots, il fe retira.

Dès que Chamfada fe vit feule, elle fit appeler fon efclave : il lui rendit compte de la manière dont il avoit été informé des aventures du prince, des moyens que la Providence avoit employés pour le préferver des cruautés, des piéges de fon oncle, de la barbarie des infidelles, & même de fon trop de confiance, lorfqu'échappé au malheur d'être écrafé par la chûte dont aucun mufulman avant lui ne s'étoit fauvé, il vint fe livrer de nouveau au pouvoir du barbare Balavan : il pourfuivit son récit jufqu'au moment où tiré du puits, le jeune prince avoit paru fous les regards du monarque d'Egypte, dont il avoit excité la curiofité.

Alors la reine l'interrompit : « Ah ! lui dit-elle, qu'avez-vous répondu au roi, lorfqu'il vous a interrogé fur le fort de ce jeune homme ? — Hélas ! répondit l'efclave, j'ai dit un menfonge, me le pardonnerez-vous ? J'ai dit qu'il étoit le fils de votre nourrice, & qu'il fe deftinoit ici au fervice de fa majefté. — Sage & fidelle ami ! s'écria Chamfada les yeux baignés de larmes, & encore émue de ce qu'elle venoit d'entendre ; quelle reconnoiffance payera jamais le fervice que vous rendez à la plus tendre mère ! Veillez fur mon fils ; je le confie à votre zèle & à votre prudence ; je conferverai une éternelle obligation de ce que vous avez déjà fait pour lui, & de ce que votre attachement pourra faire encore. — Reine ! la recommandation eft inutile, je fais ce que je dois au fang de mes fouverains, & il n'eft aucun facrifice que je ne fois prêt à faire pour votre majefté.

Ce n'étoit point là de vaines promeffes, l'efclave n'étoit pas courtifan : confidérant

combien de soins & de ménagemens il falloit employer pour réparer une santé & un
tempérament épuisés par les souffrances &
les fatigues, il en fit son unique étude. Une
nourriture saine & légère, l'usage des
bains, un exercice modéré parvinrent par
degrés à ranimer les forces du jeune prince;
la nature reprit son empire, le corps &
l'esprit leur énergie, & tous les charmes extérieurs rendirent enfin à la plus
belle des reines, le plus beau prince de
la terre.

Une heureuse sympathie lui gagna le
cœur du monarque, il distingua ce page
au - dessus de tous les autres; il devint
bientôt si nécessaire à son service, qu'il
fut le seul admis dans l'intérieur de son
appartement; ce monarque ne cessoit de
vanter ses qualités, & de louer ce nouveau favori aux grands de sa cour, en tâ-
chant de le leur rendre aussi cher qu'il l'étoit
à lui-même.

Au milieu des éloges flatteurs qui réten-
tissoient aux oreilles de Chamsada, quels
combats de tendresse cette mère sensible
n'éprouvoit - elle pas dans la privation de

fon propre fils ! Elle l'appercevoit fouvent, fans hafarder fur lui un coup-d'œil careffant ; elle étoit forcée de concentrer la tendreffe de fon cœur, fans la manifefter par aucun figne apparent : chaque jour elle obfervoit fes pas, & défiroit en fecret l'inftant où elle pourroit épancher fon ame dans fes embraffemens. Un jour qu'il paffoit devant la porte de fon appartement, & qu'elle préfumoit n'être apperçue de perfonne, elle cède tout-à-coup aux tranfports maternels, fe jette à fon col, & oublie dans cet heureux inftant plufieurs années de douleur.

Tandis que cette tendre mère fe livroit aux plus douces impreffions de la nature, le danger l'environnoit ; un des miniftres du roi, fortant par hafard de l'appartement voifin, fut, fans le vouloir, le témoin de cette fcène ; il en fut interdit : comme Chamfada étoit voilée, il a pu la méconnoître ; mais s'étant informé auprès des eunuques du nom de la Dame qui habitoit l'appartement devant lequel il venoit de paffer, il arrive tremblant auprès du monarque, jaloux de révéler le myftère dont le hafard l'a rendu le témoin : le

charmant page l'avoit déjà précédé auprès
du trône.

« Augufte majefté, dit le miniftre, vous
me voyez encore tout épouvanté du crime
qui vient de fe commettre, & dont mes
yeux été les témoins ; pardonnez - moi,
fire, fi je fuis forcé de vous dévoiler l'infidélité d'une époufe qui vous fut trop
chère ; mais en paffant devant fon appartement, je l'ai vue dans les bras du vil
efclave qui eft à côté de vous, en recevoir
& lui rendre les careffes les plus tendres. »

On ne connoit pas l'empire des paffions,
fi l'on ne fe fait pas une idée de la prompte
révolution qu'occafionna ce rapport dans
l'ame de l'amoureux fultan ; la confufion
de Shafeliman fembloit encore l'augmenter,
& ne laiffer aucun doute fur la vérité du
fait. Au même inftant le fultan ordonna
que le jeune homme & l'efclave qui
l'avoit amené de Perfe fuffent précipités dans un cachot : « Qu'elle horrible
trahifon ! s'écria-t-il : quoi ! ce tréfor
prétendu n'étoit qu'un efclave qu'on faifoit
venir de Perfe pour m'offenfer, & défho-
norer à - la - fois mon trône & mon lit ! »
& courant auffitôt à l'appartement de Cham-

M vj

fada : « qu'eſt devenue, lui dit-il en l'abordant, celle dont la renommée n'avoit pas aſſez de trompettes pour publier les vertus ? Celle dont la prudence, la ſageſſe, & l'amour faiſoient la gloire de ma cour, & le modèle des épouſes ? Comment ce miroir de perfeҽtions a-t-il pu ſe ternir dans un moment ? Comment devient-elle ma honte après avoir été ma véritable couronne, & l'opprobre de l'univers après en avoir été l'admiration ? Combien, hélas, les apparances m'ont trompé ! Déſormais toutes les femmes ſeront déshonorées dans mon eſprit, depuis les générations paſſées & préſentes, juſqu'à celles qui doivent ſuccéder à l'avenir. » Le roi ſortit après avoir dit ces mots ; & ſon ame, combattue entre l'amour & la jalouſie, la fureur & le dépit, ne pouvoit s'arrêter à aucune détermination.

Chamſada étoit conſternée des reproches qu'elle venoit d'entendre, & tourmentée des faux ſoupçons auxquels ſe livroit un époux qu'elle chériſſoit ; mais comment pouvoit-elle les diſſiper ? Elle avoit toujours confirmé auprès du ſultan l'impoſture de la mort de ſon fils, répandue à deſſein par Selimansha ſon père ; elle n'eût pas hafardé de le découvrir à préfent, fans l'expofer aux plus grands dangers : ah ! quand on s'eft écarté fi long temps de la vérité, eft-il poffible d'y revenir ? Peut-on regagner la confiance, alors qu'on n'a pas fu la mériter par un aveu fincère fait à temps ? « Non, non, difoit-elle, j'ai voulu & j'ai dû fans doute ménager la réputation de mon oncle : aujourd'hui j'effayerois en vain de la ternir. Oh fouveraine fageffe ! divine bonté ! feule reffource des innocens, j'élève vers vous mon cœur & mes mains. Vous fûtes par des voies imprévues, arracher mon malheureux fils aux piéges de la mort qui l'ont environné de tous côtés ; il y retombe encore malgré fon innocence : la fatalité de fon étoile nous y entraîne avec lui, mon fidelle efclave & moi, & jufqu'au fultan mon époux, que la trop jufte préfomption de notre crime accable ; délivrez-nous, ô Dieu ! de l'horreur des foupçons. Et toi, grand prophête ! fi tu portes dans ton cœur les vrais mufulmans, fi toutes les prières que tu fais pour eux font exaucées, fais parvenir les nôtres auprès du Dieu de juftice ! & puifque toute la fageffe de l'univers ne pourroit délier le nœud fatal dans lequel nous nous trouvons embarraffés, veuille y employer le travail de tes puiffantes mains! » Après cette invocation, elle mit en Dieu fa confiance, & en attendit l'effet avec réfignation.

Cependant l'ame irréfolue du fultan fe livroit aux plus étranges incertitudes : fa paffion pour Chamfada fembloit prendre de nouvelles forces à mefure qu'il effayoit de la détruire ; il ne favoit à quel parti fe vouer : Comment fe vengera-t-il des coupables ? Comment pourra-t-il diftinguer fi tous deux le font également ? Comment connoîtra-t-il celui qui doit être épargné ? Comment frappera-t-il deux objets qui lui font chers ? Combattu par ces idées pénibles & affligeantes, il perd le repos & la fanté : fa nourrice, qui demeuroit encore dans le ferrail, fut allarmée de ce changement. Cette femme, que l'âge & l'expérience ont rendue prudente, ayant mérité la confiance de fes maîtres, s'eft acquife le droit de les approcher quand elle le juge à propos ; elle va trouver le fultan.

« Qu'avez-vous, mon fils ? lui dit-elle,

vous n'êtes point dans votre état naturel, vous vous éloignez des amusemens qui jusques ici avoient paru flatter vos inclinations ; l'exercice du cheval, la promenade, & la chasse ne paroissent plus vous faire plaisir; vous ne rassemblez plus votre cour autour de vous, plus de fêtes & de festins, je sais même que vous ne prenez presque plus de nourriture ; quel chagrin secret vous dévore ? Ouvrez-moi votre cœur, mon fils. Vous connoissez mon tendre attachement, & ne devez rien redouter de mon indiscrétion. Souvent nous nous laissons préoccuper par des fantômes, & je pourrai peut-être évanouir en un moment ceux qui vous tourmentent l'imagination ; confiez-moi vos peines, mon fils, & j'espère les soulager. »

Quelque confiance que ce prince eut en sa bonne nourrice, & malgré le cas distingué qu'il faisoit de ses excellentes qualités, il ne jugea pas à-propos de s'ouvrir à elle; il falloit parler contre Chamsada, & ce souvenir faisoit saigner la blessure qu'elle avoit faite à son cœur. La sage vieille ne fut point dégoûtée du mauvais succès de sa première démarche, elle épioit

toutes les occasions de se faire voir à son
maître, les regards attendris qu'elle jetoit
sur lui, sembloient lui dire : « O mon cher
fils ! parlez-moi, ouvrez votre cœur à votre
bonne nourrice ; » mais tous ses soins
étoient inutiles.

Voyant qu'elle ne pouvoit réussir par ce
moyen ; présumant que Chamsada devoit
être instruite des chagrins du sultan, &
prévoyant surtout qu'une femme seroit
moins difficile à lui découvrir le secret
qu'elle vouloit savoir, elle fut chez la
reine, qu'elle trouva plongée dans un chagrin aussi profond en apparence que celui
qui consumoit le sultan. Elle employa tout
ce que l'adresse & l'expérience lui fournirent de moyens pour mériter la confiance
de Chamsada, & l'amener au point où elle
vouloit. La sultane observoit le silence :
Mais pourquoi cette cruelle réserve avec
moi ! disoit la bonne nourrice ; ma fille,
considérez mes cheveux blancs ! Si l'âge
& le temps ont sillonné mon front de leurs
rides, ils m'ont aussi donné l'expérience ;
je ne suis plus accessible aux passions, &
mes conseils seront ceux de la prudence.
Chamsada ébranlée, sans être vaincue par

ces motifs, lui répondit: « Mon secret est
bien pesant, ma chère nourrice, il écrase
mon cœur, mais il est impossible qu'il en
sorte; il faudroit qu'en vous le confiant,
je fusse certaine qu'il se renfermât pour toujours dans votre cœur. — Vos vœux seront
remplis, dit la vieille, je suis discrète, &
jamais mes lèvres ne divulgueront votre
secret; mais qu'il n'en soit plus un pour
celle qui s'intéresse si vivement à votre
bonheur! » Enfin Chamsada ne résista plus,
elle lui raconta ses aventures, & lui apprit
que le jeune homme qui étoit devenu l'objet de la jalousie du sultan, étoit son fils
Shafeliman qui avoit passé pour mort.

« O grand prophète! je vous remercie,
s'écria la nourrice. Loué soit Mahomet!
Nous n'aurons à combattre que des chimères! Rassurez-vous, ma fille, tout va
se dissiper, je vois l'orient du beau jour
qui va luire. — O ma bonne mère! nous
n'y touchons pas encore; on ne croira
jamais que ce jeune homme soit mon fils;
on nous taxera d'imposture, & je préfère
que lui & moi perdions la vie, au malheur d'être soupçonnés de cette infamie. —
Je loue votre délicatesse, dit la nourrice;

mais mes précautions fauront bien aller
au-devant de tout ce qui pourroit la bleffer. » Là-deffus elle fortit, & entra fur
le champ dans l'appartement du fultan,
qu'elle trouva dans le même état d'abattement & de chagrin où elle l'avoit laiffé;
elle l'embraffa, & lui prit la main.

« Mon fils, lui dit-elle, c'eft trop vous
affliger : fi vous êtes bon mufulman, je
vous conjure par le nom du grand prophête, & par le divin Maiéhouarblathafarfourat (1) de me découvrir la véritable
caufe du chagrin qui vous afflige. » Ne
pouvant réfifter à la puiffance de cette
interceffion, le fultan fe vit forcé à révéler toutes fes peines.

« J'aimois Chamfada de tout mon cœur,
dit le fultan; fes grâces, fa fageffe, fes
vertus, tous les charmes, en un mot, dont
elle eft parée me fembloient un jardin
délicieux où mes penfées fe promenoient
agréablement. Tout eft changé pour moi
en un défert affreux, où je ne vois que

---

(1) *Maiéhouarblathafarfourat* : c'eft le nom arabe
des 114 chapitres de l'Alcoran, qui tombèrent fur la
poitrine de Mahomet, lorfque Dieu les lui envoya
par l'ange Gabriel.

des monftres horribles, & des précipices
épouvantables : Chamfada eft infidelle,
fauffe en tout : Chamfada que j'adorois,
& que j'aime encore, me trahit; elle a
donné fon cœur à un vil efclave : je fuis
tombé du faîte d'un bonheur imaginaire
dans un enfer où tous les maux enfemble
me tourmentent ; les deux coupables doivent périr, il ne me refte à préfent qu'à
proportionner le châtiment au crime, &
de chercher à difcerner fur lequel des deux
doit tomber la plus grande févérité de ma
juftice : mais hélas ! qu'il va m'en coûter
pour rendre ce fatal arrêt ! En faifant
percer le cœur de Chamfada que j'adore,
le même trait va porter au mien le coup
mortel.

« Mon fils ! ne précipitez rien, dit la
nourrice, vous pourriez vous expofer à
des regrets éternels ; ceux que vous croyez
coupables font entre vos mains, vous aurez
toujours le temps de les punir, donnez-
vous celui de les examiner. Le temps,
dit le proverbe, eft le plus fage de tous
les confeillers, c'eft lui & la patience qui
nous découvre bien des chofes. — Ah ! ma
bonne nourrice, quel éclairciffement puis-

je attendre ? En eft-il un feul qui puiffe détruire un fait avéré ? Chamfada aime ce jeune homme, & en prétextant qu'elle avoit un tréfor en Perfe, elle abufa de ma confiance & de ma tendreffe pour obtenir de moi l'ordre d'aller chercher l'adultère qui devoit nous déshonorer. — Mon cher fils, calmez-vous, dit la vieille, j'ai le moyen de vous faire lire dans l'ame de Chamfada, comme vous le feriez dans un livre : faites enforte que vos chaffeurs m'apportent une aigrette (1), je ferai arracher le cœur de cet oifeau, je vous le remettrai ; dès que Chamfada fera endormie, vous l'approcherez du fien, & il lui fera impoffible de vous cacher le moindre de fes fecrets. »

Le roi, enchanté de pouvoir découvrir auffi facilement le myftère qui le tenoit dans une fi grande perplexité, ordonne à l'inftant à fes officiers d'aller prendre une aigrette dans fes jardins : on lui en apporte une, qu'il remit auffitôt à la vieille nourrice ; celle-ci lui arracha le cœur, non

---

(1) *Aigrette*. C'eft un oifeau qui porte une houpe fur la tête.

fans avoir accompagné cette action fort fimple en elle-même , d'une conjuration magique, & le fultan devint poffeffeur du cœur fumant de cet oifeau.

Tandis que ce prince réfléchiffoit fur les vertus furprenantes de ce moyen, la nourrice à paffé dans l'appartement de Chamfada : « Tout va bien, lui dit-elle, que votre cœur foit rempli d'efpérances , que votre bouche fe prépare à dévoiler la vérité fans réferve ! Attendez-vous à recevoir cette nuit une vifite myftérieufe ; ce fera celle du fultan lui-même , avec un cœur d'aigrette à la main ; dès que vous appercevrez qu'il l'approchera du vôtre, tout en feignant de dormir, répondez avec précifion à toutes les queftions qu'il pourra vous faire, & que la vérité forte de votre bouche fans être obfcurcie par le plus léger fcrupule. » Chamfada fit à la nourrice fes plus tendres remercîmens , & fe difpofa à feconder fa rufe innocente , en demandant au faint prophête la grâce de perfuader celui qui cherchoit à connoître la vérité.

Dès que la nuit eut répandu fes ombres , Chamfada, contre fa coutume, témoigna

qu'elle avoit befoin de repos : elle renvoya
fes efclaves, & fe jeta fur un fopha : elle
y étoit à peine depuis deux heures, que le
fultan, dans l'impatience de faire l'épreuve
du fecret de fa nourrice, fe préfente à l'appartement de fa favorite ; il y trouve le
chef des eunuques : « Que fait Chamfada ?
lui demanda-t-il. — Elle a eu befoin de
repos, répondit l'officier, & je la crois fur
fon fopha. » Le fultan pénètre dans l'intérieur fans faire le moindre bruit, & la
trouve endormie ; il s'en approche de très-
près pour mieux juger de la force de fon
fommeil, & le croyant profond, il juge
à propos d'hafarder fon expérience ; il
applique doucement le cœur de l'oifeau
fur celui de Chamfada, & lui dit : « Chamfada, quel eft ce jeune homme que vous
careffiez lorfqu'un de mes miniftres vous
a furpris ? — C'eft Shafeliman, répondit-
elle fans fe réveiller, le fruit unique de
mon premier mariage avec le fils aîné de
Selimansha mon oncle. — Ce fils fut égorgé
au berceau, j'en ai la certitude par les
lettres de votre oncle lui-même. — Il fut
bleffé en effet, mais le coup ne fut pas
mortel ; d'habiles chirurgiens le rendirent

à la vie, & le fecret en fut gardé au meurtrier de mon mari. — Pourquoi me l'avez-vous caché, à moi qui vous aimois fi tendrement? Parce que mon oncle, dont je chéris & voulois faire refpecter la mémoire, vous en avoit impofé fur ce fait par une raifon politique: fi ce que je vous dis ne vous paroît pas poffible, interrogez le jeune homme, & fa bouche confirmera la vérité de cet aveu. »

Eclairé par ce trait de lumière, le fultan ceffa fes queftions; il fe fépara de fon époufe, qu'il fuppofoit encore endormie, fortit de fon appartement, & ordonna qu'on allât fortir des cachots le jeune homme & l'efclave qui y étoient renfermés: cet ordre fut exécuté fur le champ.

L'infortuné Shafeliman, qui languiffoit dans fa prifon, entend tout-à-coup les voûtes retentir du bruit des verroux & des clefs; il crut fon heure arrivée, & que l'ignominie des fupplices alloit terminer fon exiftence: « Grand Dieu! dit-il, en élevant au ciel fes mains innocentes, ma vie eft dans tes mains, je te l'abandonne; mais veille fur les jours de ma mère! »

Shaseliman & l'esclave sont en présence du sultan; ce prince ne laisse point à d'autres le soin de vérifier un fait si important à son honneur & à son repos: il court au jeune homme, & cherche sur son sein la cicatrice du poignard de Balavan, il la trouve, & dans le transport de sa joie il s'écrie : « O Dieu! soyez à jamais béni, pour m'avoir préservé du crime affreux que j'allois commettre ! & toi, son grand prophête, dont les vertus de Chamsada m'ont attiré une marque de protection aussi signalée, ajoute à tant de grâces celle de me rendre assez puissant, pour être en état d'effacer par mes bienfaits, les chagrins affreux que j'ai causés, & l'idée des injustices que j'allois commettre ! » Puis se jetant dans les bras de Shaseliman : « Venez, cher & malheureux prince, approchez-vous de mon cœur ! Que votre image s'y joigne à celle de ma chère Chamsada, pour que mes plus tendres affections ne soient désormais concentrées que dans un seul objet !.... mais daignez satisfaire ma curiosité ! Par quelle chaine d'événemens avez-vous été conduit ici, ignoré du monde entier ? Comment avez-vous existé ? Parlez,

Parlez, prince, il me tarde de connoître plus particulièrement celui qui me rend le bonheur ! »

Alors Shafeliman, encouragé par les démonstrations d'une bonté si touchante, ne dissimula point le détail de ses aventures, depuis l'instant où, précipité du trône dans un cachot, jusqu'à celui où réduit à l'humble condition de pâtre, il fut retrouvé par le messager de sa mère, enveloppé par des brigands, retiré du puits où ils l'avoient descendu, & conduit à la cour du sultan.

Tandis que ce récit fixoit l'attention de Bensirak, Chamsada son épouse, quoique moins tourmentée que les jours précédens, n'étoit pas tout-à-fait dans une situation tranquille : les événemens étoient devenus trop importans pour elle : elle cherchoit à pénétrer à quel dessein le sultan, après l'avoir interrogée, s'étoit séparé d'elle si promptement : elle n'avoit pu savoir ce qu'il avoit fait ni ce qu'il étoit devenu depuis les aveux qu'elle avoit faits : elle se livroit à ses réflexions, & demeuroit comme ensevelie dans le sommeil où le sultan paroissoit l'avoir surprise. Tout à-coup vingt esclaves portant des flambeaux viennent éclairer son appar-

rement ; ils précédoient le sultan, condui-
sant par la main & caressant des yeux le
fils chéri de la mère la plus vertueuse ;
il avoit fait revêtir Shaseliman des habits
les plus magnifiques, il étoit orné des plus
beaux diamans dont Bensirak aimoit à se
parer dans les jours de triomphe : « Calmez vos chagrins ! adorable Chamsada, lui
cria-t-il ; la faveur du ciel vous rend un
époux & un fils, dont les sentimens &
la tendresse assurent à jamais votre félicité. » Il se précipite en même temps dans
les bras de son épouse, Shaseliman à genoux couvre de baisers les mains de sa
mère, des larmes consolantes sont les ex-
pressions des sentimens du fils & des époux.

Aussitôt que le jour eut succédé à cette
heureuse nuit, le sultan fit rassembler l'élite
de ses troupes, & se mit à leur tête accompagné de Shaseliman : il prend le chemin de la Perse, se faisant précéder par
des hérauts d'armes, qui annoncent aux peuples de ce royaume, qu'il vient rétablir sur
le trône leur roi légitime assassiné, persécuté, & détrôné par l'usurpateur Balavan. A peine sont-ils sur les frontières de
Perse, qu'une partie des fidelles sujets de

l'ancien roi Selimansha, toujours attachés au fang de cette famille augufte, viennent fe ranger fous les étendarts du foudan d'Egypte, & de Shafeliman. Le perfide Balavan apprend ces fâcheufes nouvelles ; il cherche à raffembler fes forces, pour difputer le terrain au puiffant ennemi qui vient l'accabler, mais perfonne ne veut fe ranger fous fes drapeaux, & il fe voit obligé de fe renfermer dans fa capitale avec fa garde ordinaire, & le peu de fujets fur la fidélité defquels il croit pouvoir compter.

Mais fi la vertu pourfuivie par une force majeure fut fi fouvent abandonnée, quelle fera la reffource du crime ! Ifpahan eft invefti ; Balavan, trahi par fes miniftres, eft livré au foudan Benfirak, qui détourne fes regards d'un monftre qui a fouillé le trône par les crimes les plus horribles : « Mon fils ! dit le foudan à Shafeliman, je vous livre le bourreau de votre père & le vôtre, le fléau de vos fujets, difpofez de fon fort, & ordonnez de fon fupplice.— Oh ! mon bienfaiteur ! oh mon père ! ce n'eft point à moi à en difpofer, répondit Shafeliman, la vengeance doit venir d'en haut : qu'il aille fur la frontière garder le

poſte dangereux dont il m'avoit chargé ;
s'il fut innocent, il ſera préſervé comme
je le fus ; s'il eſt criminel, ſon arrêt eſt
prononcé & rien n'en peut ſuſpendre l'exécution. » Le ſultan approuva la déciſion
de Shaſeliman, & Balavan partit pour tenir
tête aux infidelles : mais la juſtice divine
l'attendoit à ce terme pour le frapper : il
fut pris, enchaîné, plongé dans le puits
fatal, où les remords déchirans & l'affreux
déſeſpoir ne l'abandonnèrent qu'au moment
où les débris de ſon corps enſanglantèrent
les rochers du ſommet deſquels il fut précipité.

Cependant l'héritier préſomptif de la couronne de Perſe, l'heureux Shaſeliman,
aſſis ſur le trône de ſes ancêtres, reçoit le
ſerment de ſon peuple ; il commence un
règne dont la ſageſſe & la piété jeta les
premiers fondemens, & rappelle aux Per-
ſans les ſublimes qualités du grand calife
Moavie. Le ſoudan d'Egypte, après avoir
vu briller ce jeune ſouverain de l'éclat des
vertus les plus rares, & l'avoir tendrement
embraſſé, retourne dans ſes états, & va
combler de joie par ſa préſence l'aimable
Chamſada : rien ne troubla déſormais le

repos de ces heureux époux, & parvenus enfin au terme des grandeurs humaines, ils s'endormirent dans la paix qui est le partage des fidelles musulmans.

<hr>

« Sire ! dit Aladin au roi Bohetzad après avoir fini son récit, voyez par quelles routes secrètes & admirables la providence arracha Shafeliman des mains de la persécution ! Voyez comme elle conduisit Balavan dans l'abîme qu'il avoit creusé pour un autre ! Non, Dieu ne permettra jamais que le crime triomphe, & que l'innocent soit puni ; rien ne peut échapper à sa vigilance & à sa justice, & il déchirera tôt ou tard le voile dont le méchant se couvre. Quant à moi, sire ! rassuré par ma conscience, persuadé que l'homme ne peut rien changer aux décrets de ma destinée, je suis toujours ferme & dans l'espérance. Je ne crains votre justice que pour vos visirs mes accusateurs ! »

A ce discours également ferme, sage & modeste, le roi demeure plus irrésolu que jamais : « Qu'on suspende l'exécution de la sentence ! dit-il : qu'on remette ce jeune

homme en prison. Le silence de la nuit &
les réflexions que son récit me feront faire,
pourront éclairer mon jugement, & demain
il me sera moins difficile de prendre un
parti. »

Dès qu'Aladin eut été reconduit à son
cachot, un des visirs prit la parole. « Sire !
votre majesté se laisse subjuguer par la magie des discours de ce jeune imposteur. Vous
préserve le grand prophéte de vous livrer
à des sentimens d'indulgence à son égard !
Alors que le crime demeure impuni, l'éclat
du trône est obscurci : vous n'y êtes assis
que pour rendre justice, le crime de ce brigand est manifeste, la punition doit en être
éclatante ; le choix en doit être imposant ,
pour servir d'exemple à ses semblables......
Qu'on ordonne sur le champ, interrompit
Bohetzad vivement, de faire préparer une
croix hors des murs de la ville, sur la situation la plus élevée, & que le coupable y soit
cloué ! Que la frayeur de cet appareil épouvante ceux qui seroient tentés de marcher
sur ses traces ! Telle est ma dernière volonté, qu'on la fasse annoncer au peuple par
les crieurs publics. »

Les dix visirs furent bien contens d'entendre cette réfolution; ils efpèrent enfin par leurs fourdes menées de faire fuccomber fous le glaive de la juftice l'objet de leur envie, & s'empreffent d'ordonner les apprêts du fupplice.

Le lendemain matin, qui étoit le onzième jour depuis la détention d'Aladin, les dix vifirs entrèrent chez le roi : « Sire ! dirent-ils, vos ordres font remplis, vos volontés font connues, & le peuple raffemblé auprès de la croix n'attend plus que celui qui doit y terminer fa vie. »

Bohetzad ordonna que le coupable lui fût amené. Dès qu'il parut, la voix des vifirs s'éleva contre lui : « Scélérat ! race de brigands ! lui dirent-ils, la faulx de la mort eft levée fur ta tête, tes rufes font épuifées, & tu vas recevoir le prix de tes forfaits & de ta témérité. —— Miniftres audacieux ! leur dit Aladin, en les regardant d'un air affuré, mais modefte : ce n'eft pas à vous qu'il appartient de marquer mon front du fceau de la mort ! Si le décret qui me frappe ne vient pas du ciel, à quoi peuvent fervir tous les vôtres ? Le crime feul peut en être effrayé, mais dès que je n'ai rien à me reprocher, euffai-je la tête fous le glaive fatal, je ferois préfervé du coup, comme, le fut un efclave prifonnier, accufé quoiqu'innocent...... Sire! interrompirent à-la-fois les vifirs, impofez filence à ce téméraire! Il veut encore tromper votre majefté par un nouveau conte. — Je n'en veux point impofer au roi, répondit Aladin; c'eft vous qui nourriffez le menfonge & l'impofture. — Arrêtez! lui dit Bohetzad, je veux bien encore mettre ma patience à un dernier effort, & confentir à entendre l'hiftoire de votre efclave, & de fa délivrance.

« O clémence de mon roi! répartit Aladin, puiffe le cœur de votre majefté démêler enfin la vérité, dont l'accès eft fi difficile à votre cour! Je ne veux point tromper votre majefté par un faux récit, l'hiftoire que je vais raconter eft notoire dans toute la Caldée. »

Hiftoire du roi de Haram, & de l'Efclave.

Le roi d'Haram, inquiet de la manière dont fes vifirs & fes cadis adminiftroient la juftice dans les états de fa domination, fortit un foir de fon palais, déguifé, & fous la feule efcorte de deux ennuques. Le hafard le fit paffer près d'un foupirail, d'où

il entendit une voix plaintive & lamenta-
ble : il apprend que cet endroit correspond
à la prison où étoient renfermés les criminels condamnés à mort ; il s'approche de
plus près du soupirail, pour distinguer les
accens plaintifs qui paroissoient sortir des
entrailles de la terre. Ces mots frappèrent
son oreille.

« O souverain puissant ! vous qui veillez
sans-cesse sur l'infortuné accablé sous le
poids de sa misère, permettrez - vous que
l'innocence faussement accusée succombe
sous des présomptions qu'un sort fatal accumule sur elle ! Miséricorde infinie ! aucune
de vos créatures n'est méprisable à vos yeux,
vous entendriez les plaintes d'un vermisseau,
écoutez celle de votre esclave, Dieu de
bonté ; & si ma mort n'est pas un ordre
de votre providence, arrêtez le coup dont
je suis menacé. »

Un silence entremêlé de soupirs succéda
à cette prière. Le roi d'Haram retourne au
palais, le cœur ému de ces lamentations,
& l'esprit troublé de cette rencontre ; en
vain chercha-t-il le repos, l'idée de la mort
d'un innocent l'agitoit, & il n'attendoit

N v

que le retour de l'aurore pour éclaircir ce mystère.

Auſſitôt que le ſoleil eut éclairé la terre, il fait aſſembler ſes miniſtres, & leur déſigne le lieu d'où partoient les plaintes qui avoient ému ſa pitié. On lui apprend que le malheureux confiné dans ce cachot, eſt deſtiné à expirer dans le jour même ſur l'échafaud ; on repréſente la procédure, le crime y paroit prouvé, & deux témoins certifient que l'eſclave que ſa majeſté a entendu en eſt l'auteur. Le roi d'Haram ne peut ſe refuſer à ce que la juſtice humaine appelle l'évidence, & confirma ſur le champ l'ordre de ſon exécution.

On avoit tiré du cachot l'eſclave prévenu du crime ; il marchoit au ſupplice avec une contenance ferme & modeſte, les mains liées, & les yeux élevés au ciel, qui n'étoit plus alors que ſon unique eſpoir : il eſt au pied de la croix, les bourreaux ſe diſpoſoient à arracher ſes vêtemens, lorſqu'un bruit inattendu changea tout-à-coup l'aſpect de cette ſcène de mort. Un parti ennemi ayant formé le projet de ſe rendre maître de la ville, attendoit que le peuple, attiré par la curioſité de cette exécution en

fortit : il quitte précipitamment l'embuſ-
cade où il s'étoit caché, ſe jette ſur la garde
& la diſſipe : tous ceux qui cherchèrent à la
défendre tombèrent ſous le glaive des ennemis ou dans leurs fers, il n'y eut de libre
que le malheureux qu'une mort ignomini-
euſe alloit frapper, mais auquel elle ne pouvoit ôter l'honneur & l'innocence.

Les ennemis redoutant l'approche du roi,
s'éloignèrent pour groſſir leurs forces, emportant avec eux le butin qu'ils avoient
fait , & remirent à un autre temps la con-
ſommation de leur entrepriſe.

Cependant le pauvre eſclave, délivré de
ſes fers par les mains de l'ennemi, craignant toujours qu'on ne détachât des gens
à ſa pourſuite , gagnoit la campagne , il
marchoit nuit & jour ſans relâche ; accablé
enfin de fatigue, il s'arrête ſous l'ombrage
d'un laurier , qui par ſa groſſeur & ſon
élévation paroiſſoit auſſi ancien que le monde, il s'aſſied. Vis-à-vis de cet arbre , &
fort près de lui, étoit l'entrée d'une ſom-
bre caverne ; deux flambeaux y jetoient une
lueur effrayante, ſans toutefois en diſſiper
l'obſcurité ; ſes regards ſe fixèrent avec
étonnement ſur ces objets, & en furent

bien épouvantés, lorfqu'il crut voir ces
deux lumières remuer, & s'avancer près
de lui. Ces feux brillans n'étoient que l'é-
clat d'un lion monftrueux qui fortoit de
la caverne, & s'approchoit à pas lents
du malheureux efclave, qui n'avoit aucune
défenfe à lui oppofer. L'animal l'enveloppe
avec fa queue, fans le bleffer, le charge
fur fon dos, & le porte dans fon antre :
il en reffortit fur le champ, pour abattre
du premier coup de queue l'énorme laurier fous lequel l'homme étoit affis auparavant, il le place à l'entrée de la caverne
comme pour en fermer le paffage, & l'horrible bête court dans le défert chercher fa
femelle, que le befoin de nourriture pour
fes lionceaux avoit écartée de leur commun
repaire.

L'entrée de la caverne, exactement fermée par le tronc de l'arbre, étoit inacceffible à toute force humaine ; cependant il
reftoit encore affez de jour à l'efclave pour
reconnoître l'intérieur de cette horrible demeure, en diftinguer les habitans, & y voir
les débris des os & des alimens dont le
terrain étoit couvert : il y vit deux lionceaux couchés fur un tas de mouffe, que

ſa préſence n'avoit point effrayés ; il apperçut dans un angle oppoſé un monceau d'oſ-
ſemens humains, triſtes débris des malheureux qu'attiroit vers cet affreux ſéjour le
même ſort qui l'y avoit conduit. Cependant, au milieu de ces objets, l'effroi n'a
point glacé ſon courage, il ſe tourne vers
le midi, &, fidelle muſulman, il adreſſe ſa
prière au grand prophête, avec autant de
zèle & de ferveur que s'il eût été dans
la moſquée la plus brillante, & dans l'a-
ſile le plus aſſuré.

Plein de confiance dans l'arbitre ſouverain des deſtinées, entièrement rendu à
lui-même par l'effet de cet acte religieux,
il continue à promener ſes regards dans
les ſombres cavités de cette demeure : il
y avoit pluſieurs habits, met la main dans
une des poches, & y trouve une pierre
& un morceau de fer propre à battre le
feu, la terre étoit couverte d'une mouſſe
ſéche qui ſervoit de litière aux féroces habitans de ce manoir. La poſſibilité d'en ſortir
ranime ſon courage, l'entrepriſe eſt à peine
conçue qu'il l'exécute ; il enflamme la
mouſſe qu'il a raſſemblée à l'entrée de la
caverne, la flamme pénétre dans l'écorce

humide des racines du laurier ; bientôt le
feu augmente, & l'arbre manquant de bafe
tombe avec fracas fur le côté, de manière
à débarraffer l'ouverture. En vifitant la
caverne, il y a vu un arc, des fabres,
des poignards qui peuvent fervir à fa défenfe ; il a découvert auffi à la lueur du
brafier de l'or monnoyé, & des morceaux
de ce métal, avec des bijoux précieux de
différentes efpèces : pourvu de cette manière
de tout ce qui peut affurer fon évafion,
il s'arme de tout ce qui lui eft néceffaire,
écarte avec fon fabre les branches encore
ardentes qui s'oppofoient à fa fortie, &
en béniffant Dieu il recouvre enfin fa liberé.

A peine l'efclave étoit-il forti de l'antre
dangereux, qu'il apperçut le lion à quatre
portées de fon arc, & la lionne plus éloignée dans la plaine. Il place fur fon arc
une flèche meurtrière, & lorfque le lion
croit s'élancer fur fa proye, il accourt avec
rapidité au-devant du trait qui lui eft décoché, le fer atteint fon cœur, & il tombe
comme une maffe.

L'efclave débarraffé de cet ennemi a
bientôt l'autre fur les bras, la lionne vient
à lui : il lance fa flèche, mais elle ne fait

qu'une légère bleſſure ; devenu d'autant plus furieux, l'animal s'élance ſur lui pour le terraſſer, l'eſclave lui oppoſe ſon poignard & le plonge dans ſes flancs ; la lionne rugiſſante fait un nouvel effort, mais de ſon cimeterre il lui coupe une patte de devant & la met hors de combat ; elle roule à terre en faiſant retentir les échos de ſes rugiſſemens, les lionceaux de la caverne y répondent par des cris affreux, qui rempliroient de terreur l'ame la plus aguerrie. Cependant le vainqueur aſſure ſa victoire en perçant la bête dans les parties les plus ſenſibles ; elle ſuccomble enfin à la vigueur de ſon bras : il court auſſitôt maſſacrer les lionceaux, & les tire hors de leur caverne. Après cette valeureuſe expédition, il cherche des yeux dans la campagne l'arbre dont les fruits peuvent le nourrir, le ruiſſeau dans lequel il peut ſe déſaltérer ; & toujours ſecouru par la providence, il ſemble que tout eſt ſoumis à ſes déſirs, que tout vient s'offrir ſous ſa main.

Ayant enfin rétabli ſes forces épuiſées par tant de fatigues, il rentre dans la caverne dont il a détruit les habitans, ſe rend maître des tréſors qu'elle contient, en ferme l'entrée avec des branches d'arbre, & armé aussi avantageusement qu'il a pu l'être, muni d'or & d'argent pour satisfaire à ses besoins, il prend la route de sa patrie. Il y arrive au bout de quelques jours, & raconte son aventure à ses parens : on détache des chameaux & des esclaves pour reprendre les effets précieux qu'il avoit laissés dans le repaire des lions. Possesseur de tant de richesses, l'esclave bienfaisant les partage avec les indigens; il fait bâtir non loin de sa demeure un asile pour les caravanes, les pélerins, les voyageurs qui sont obligés de faire cette route, & d'un séjour de monstres, il en fait un temple de charité.

« Sire! ajouta Aladin après avoir fini son récit ; voyez comment cet esclave condamné à périr sur la croix, sur le faux témoignage de ses ennemis, exposé à être dévoré par des lions, fut merveilleusement délivré de ces dangers : tandis que ses accusateurs & ses ennemis, curieux de repaître leurs sens du spectacle de ses tourmens, furent massacrés & punis. Le roi de Haram, privé d'une partie de ses sujets, porte la peine de sa négligence en n'examinant pas lui-même les procédures, & n'écoutant pas affez des plaintes qui, en n'ébranlant que fa pitié, n'ont point armé fa juftice. »

Bohetzad étoit étrangement combattu entre fon pouvoir, les récits & les réflexions d'Aladin, & les follicitations de fes miniftres. Une voix intérieure réclamoit avec force dans fon cœur contre le jugement qu'il avoit prononcé, mais cependant la publicité des ordres qu'il avoit donnés, l'appareil de la croix déjà dreffée hors des murs de la ville, la foule du peuple impatient de jouir de cette exécution fi long-temps différée, tout fembloit augmenter l'embarras du roi. Ses vifirs le voyant balancer de nouveau, s'empreffent de fixer fa réfolution par de plus fortes remontrances, & en lui retraçant les motifs déjà allégués, ils finiffent par l'allarmer fur la durée de fa puiffance : « Eh bien ! dit le roi, je fens malgré vous que mon cœur répugne à ce que je fais ; cependant, comme le crime me paroit avéré, & que la fûreté de mon règne dépend de cet arrêt, je cède à vos raifons ; que le coupable foit conduit au fupplice ! »

Au même inftant, la garde fe faifit d'Aladin ; il eft garotté, chargé de fers, & con-

duit hors de la ville, à l'endroit où les
tourmens doivent finir fa vie. Le roi lui-
même, monté fur un éléphant, & fuivi
de toute fa cour, fe rendit au lieu du fupplice; il s'affied fur un trône d'où il étoit
le témoin de cette exécution. On dépouil-
loit déjà l'infortuné Aladin, quand tout-
à-coup un étranger perçant la foule, &
écartant les gardes & tous les obftacles
qui pouvoient s'oppofer à fon paffage, fe
jette dans les bras d'Aladin : « O mon
fils ! mon cher fils ! s'écria-t-il, en répan-
dant un torrent de larmes : il ne put en
dire davantage, la douleur étouffoit fa voix. »
Cet événement imprévu émeut tout le peuple, le roi ordonne que cet étranger foit
amené devant lui.

« Souverain monarque, lui dit-il, en
embraffant fes genoux, fauvez la vie du
jeune infortuné que votre arrêt condamne
à la mort : s'il faut qu'un coupable ex-
pire, ordonnez de mon fupplice, je l'attends à vos pieds.

« Qui êtes-vous ? dit le roi : quel intérêt
prenez-vous à ce criminel ? — Sire ! je fuis
le chef d'une bande de voleurs. Un jour,
cherchant dans le défert une fource pour y

défaltérer ma troupe, je trouvai fur le gazon, au bord d'une fontaine, & aux pieds de cinq palmiers qui lui donnoient de l'ombrage, une étoffe de drap d'or & des langes, fur lefquels refpiroit un enfant qui venoit à peine d'ouvrir les yeux à la lumière. Emu de compaffion en faveur de cette innocente créature, je l'emportai chez moi, & ma femme l'a nourri. Cet enfant n'eft pas à nous, fire ! mais il a été pour nous un don du ciel, il nous eft devenu plus précieux que les nôtres : il eft doué de fi belles qualités & de tant de vertus, qu'il nous faifoit regretter l'abandon de celles que l'exercice de notre profeffion nous a fait oublier ; car enfin, je l'avoue à ma honte, fire, nous étions des voleurs ; il nous fuivoit dans nos expéditions, & nous donnoit dans toutes les occafions des exemples de bravoure & d'humanité ; nous le perdîmes dans une circonftance où vaincus par le nombre...... » Il n'en fallut pas davantage pour apprendre au roi, que celui qu'il alloit faire périr étoit l'unique fruit de fes amours avec Baherjoa ; il fe précipite auffitôt de fon trône, il vole vers Aladin, coupe lui-même avec fon poignard les liens de fon fils ; le ferre dans fes bras avec les marques de la plus vive tendreffe : « Ah ! mon fils, s'écriat-il, j'ai été fur le point d'enfoncer à jamais dans mon cœur le glaive du repentir. Grand Dieu ! quelle n'eft pas la profondeur de votre fageffe, l'immenfité de votre puiffance ! mon cœur devoit été déchiré à la vue d'un cruel fupplice, & vous changez cet appareil de terreur & d'effroi, en un fpectacle de triomphe & de joie, dont mon ame peut à peine foutenir le raviffant éclat ! » Il embraffe de nouveau Aladin, le fait monter fur un éléphant, & rentre au palais au bruit des fanfares & des acclamations de tout le peuple.

Baherjoa venoit d'être prévenue du bonheur inattendu qui lui arrivoit, en retrouvant un fils dont le fort lui avoit caufé tant d'allarmes : bientôt le roi lui-même lui préfente cet enfant chéri, revêtu d'habits fi brillans, qu'ils empêchoient de diftinguer l'altération qu'une longue détention avoit produite fur lui. La joie de cet événement fe communiqua bientôt dans tous les ordres de l'état ; les courtifans, les négocians, les artifans la partagèrent ; les mofquées furent ouvertes, la foule du peuple y rendit grâces à Dieu & à son prophête ; des réjouissances publiques témoignèrent la joie universelle ; la ville d'Isseffara fut transformée dans ce jour en un lieu de délices ; tout, jusqu'aux oiseaux du ciel, chantèrent la gloire du monarque, & la délivrance d'Aladin.

Les dix visirs seuls, loin de participer au bonheur public, furent jetés dans le fond d'un cachot obscur, où les remords de leur conscience anticipèrent les tourmens du supplice qu'ils devoient subir, après les trente jours de fêtes qui avoient été ordonnés : enfin l'ordre du souverain les traduisit aux pieds du trône devenu pour eux si redoutable. Aladin y est assis à la droite de son père ; ils détournent leurs coupables regards, & après un silence qu'imposoient le respect & la terreur, Bohetzad leur parla en ces termes.

« Prétendus appuis de mon trône ! leur dit-il, ministres si jaloux de ma gloire ! Voilà ce coupable que votre zèle poursuivoit avec tant d'acharnement & un empressement si marqué ; je devois l'envoyer au supplice sans l'entendre ; en l'écoutant, je compromettois ma gloire, ma sûreté,

le repos de mes sujets : justifiez-vous si vous
le pouvez, je vous permets de parler. »

C'étoit en vain que le roi essayoit de
faire ouvrir la bouche à ces ministres coupables ; un froid mortel les avoit saisis,
leurs regards fixés sur la terre ne pouvoient
plus s'en détacher, leurs lèvres étoient
tremblantes, leurs jambes mal assurées
plioient sous leurs genoux & sembloient
prêtes à se dérober. « Parlez donc, leur
dit à son tour Aladin ; qu'est devenu cet
attachement pour les devoirs de la justice,
qui vous rendoit si éloquens contre le fils
d'un chef de voleurs coupable à vos yeux,
& surtout par votre fait, d'un crime qu'on
devoit lui faire expier par le plus infamant
de tous les supplices ? Votre courage &
votre zèle pour la gloire du royaume sont-
ils anéantis ? Produisez les témoins du crime
que j'ai commis en essayant de séduire la
reine par des présens, & de l'effrayer par
des menaces ; mais le crime pèse sur vous,
les remords vous écrasent, & la honte vous
confond.

« Votre arrêt, déjà écrit dans le ciel,
reprit Bohetzad, va s'exécuter sur la terre ;
qu'on fasse élever neuf autres croix à l'en-

droit où celle de mon fils étoit dreffée , & que ces dix fcélérats y terminent enfin leur exiftence ; que les crieurs publics annoncent au peuple cet arrêt ! » L'ordre fut exécuté fur le champ.

Après cela Bohetzad ramenant fon fils au palais, ne ceffoit de lui réitérer les tendres preuves de fon amour : « Ah ! mon cher fils , lui difoit-il , comment avez-vous été affez peu intimidé de la mort qui vous environnoit, pour rappeler à votre mémoire tous les faits que vous m'avez racontés ? Où avez-vous donc puifé cette foule de maximes & de réflexions judicieufes, qui ne peuvent être que le fruit de l'expériençe & de l'étude ?

« Sire , répondit Aladin, ce n'eft pas moi qui parlois, j'étois infpiré d'en-haut : mon enfance n'avoit pas été négligée , & je me fuis perfectionné dans la fageffe depuis l'heureux inftant que j'ai eu le bonheur d'être auprès de votre majefté. Celle que je prenois pour ma mère fixa de bonne heure mon attention fur le divin koran, comme devant régler par fes faintes maximes la conduite de ma vie ; mais ce qui vous paroîtra le plus extraordinaire, fire ! c'eft que fon mari, emporté par la force de l'habitude, nourri dans le crime presque dès l'enfance, ne se faisant aucun scrupule de piller les caravanes, eut craint de manquer à sa parole : il étoit bon mari, bon maître avec ses esclaves, plus que tendre père à mon égard, & le moins avide de tous les hommes pour le butin. Il me chérissoit, & moins instruit alors que je ne le suis à présent, je l'honorois comme un bienfaiteur, & je l'aimois comme un père.

« C'en est assez sur son compte, mon fils, reprit le roi. Le peuple, de retour du spectacle exemplaire qu'on vient de lui donner, appelé par le signal que les Muezins font rétentir du haut des mosquées, va bientôt les remplir. Faites-vous suivre par mon trésorier ; que les plus abondantes aumônes, que la charité accompagnent partout vos pas ; annoncez dignement l'héritier que le ciel vient de me rendre, pour la prospérité de mon empire ! »

Dès que les cérémonies religieuses furent terminées, le roi ordonna que le chef des voleurs, qu'on savoit être demeuré à Issesara, fut conduit aux bains ; qu'on le fît habiller décemment, & qu'on l'amenât au palais

palais pour jouir du triomphe de son fils
adoptif : loin de lui faire aucun reproche
sur l'état qu'il avoit professé jusqu'alors,
présumant beaucoup des principes naturels
de cet homme dès qu'il ne seroit plus entraîné par l'exemple, séduit par les occasions, & provoqué par le besoin, il le
nomma au commandement d'une province
frontière, où il devoit nécessairement en
imposer par son activité & ses talens militaires.

Bohetzad, Baherjoa & Aladin réunis par
les liens du sang, de l'amour & de l'amitié
passèrent de longues années dans une union
inaltérable, trouvant sans cesse les moyens
de resserrer les nœuds qui les attachoient
l'un à l'autre. Enfin l'âge & les forces aver-
tissant le monarque qu'il étoit temps de ré-
signer un sceptre dans des mains plus fer-
mes ; il assembla son divan, ses ministres,
visirs, cadis, gens de loi, princes, seigneurs,
& tous les grands du royaume.

« La nature, leur dit-il, avoit appelé mon
fils à ma succession ; mais le ciel, en vous
le conservant par des prodiges, a marqué
bien plus décidément sa volonté ; en le cou-
ronnant aujourd'hui, je ne fais qu'obéir à

ſes décrets, & vous donner un maître plus digne que moi de commander. »

———————————

L'EXTRÊME tranquillité qui régnoit dans le palais du ſultan, annonçoit que tout y jouiſſoit encore du repos, lorſque la ſultane eut achevé de raconter l'hiſtoire du roi Bohetzad & de ſes dix viſirs : Dinarzade attentive à l'emploi du temps, prit la parole : « Ma ſœur, dit-elle à Scheherazade, vous avez l'art de nous intéreſſer pour les héros que vous nous montrez ; il en eſt un que vous nous faites attendre depuis long-temps, il ne vous eſt pas indifférent, car vous vous plaiſez ſouvent à chanter ſes productions : il avoit quatre eſpèces de mérite, qui font toujours beaucoup d'effet lorſqu'ils ſont réunis ; il étoit amoureux, vaillant, poëte & dévot. — Vous voulez parler, ma ſœur, reprit Scheherazade, du chevalier Habib ; j'entreprendrai avec plaiſir le récit de travaux & de ſes amours. »

HISTOIRE

d'Habib & de Doratil-goafe, ou le Chevalier.

LA tribu de Ben-Hilac, la plus nombreuse
& la plus vaillante de l'Arabie, avoit jadis
pour Émir Ben-Hilac-Salamis, l'homme le
plus renommé de son temps par son courage, ses talens militaires, sa religion, sa
probité ; en un mot, par toutes les vertus
qui caractérisent l'homme d'état & le guerrier. Tant de qualités réunies l'avoient établi le chef de soixante-six tribus, qu'il gouvernoit avec sagesse, & dont il avoit mérité
la confiance : le bonheur & la prospérité,
qui sont souvent les fruits d'une bonne conduite, l'avoient suivi dans les combats, &
ne le quittoient point dans les temps de paix.
Parvenu à l'âge mûr, ce prince ne désiroit
qu'un héritier pour mettre le comble à sa
félicité, il n'avoit point encore obtenu du
ciel cette faveur.

Pendant la fête de l'Haraphat, Salamis
ne cessoit de couvrir l'autel de sacrifices ;
prosterné sur les marches du tabernacle, il
adressoit des prières au saint prophête, &

il attendoit avec réfignation & refpect une
grâce fi néceffaire à fon bonheur. Un jour
qu'il avoit rédoublé l'encens de fes facri-
fices , il reffentit tout-à-coup une confolation falutaire dont il conçut la plus flatteufe
efpérance ; elle ne fut point trompée , & la
groffeffe d'Amirala fon époufe s'étant dé-
clarée au bout de quelque temps , neuf mois
après cette princeffe donna le jour à un enfant mâle , comparable pour la beauté à l'é-
toile brillante qui nous dédommage pendant les nuits d'été de l'abfence du foleil.
Amirala prit fon enfant dans fes bras , & le
careffant avec un tranfport mêlé d'amour &
d'enthoufiafme.

« Aimable enfant, dit-elle, qui repré-
fente fi bien le bel arbre dont tu es le
fruit ; que les baifers de ma bouche te
foient auffi falutaires que les rayons du foleil
le font à la jeune plante qui vient d'éclore !
Viens fur mon fein pour y goûter les premiers fruits de ma tendreffe.

« Et vous, grand prophête ! vous à qui
le très-haut a remis la clef des grâces
céleftes ! vous, à qui nous devons ce précieux tréfor ! faites tomber fur lui les influences de votre divin efprit ! Qu'à votre

voix puiſſante, la plus forte, la plus brill-
lante, mais la plus douce des étoiles ſe
charge de la conduite de ſes deſtinées!

« Heureuſes tributs des riantes campagnes de l'Arabie! c'eſt pour vous que notre
Habib nous a été donné! Venez voir la
tête de mon jeune cèdre! Vous la diſtin-
guerez au-deſſus de tous les autres : glorifiez-vous, heureuſes tribus! un jour il
vous couvrira de ſon ombre. »

Tandis qu'Amirala célébroit ainſi le bienfait du Tout-Puiſſant, l'Émir ayant raſſem-
blé tous les mages de la nation, faiſoit
interroger les aſtres ſur les deſtins de ſon
fils : à l'heure annoncée, les yeux des aſtrologues ſont dirigés ſur la voûte azurée;
on diroit qu'il s'y paſſe un combat. Un
aſtre paroît s'oppoſer à un autre, une
étoile très-brillante ſemble obſcurcie, diſparoître ou s'éteindre, ainſi que ces météores qui ſe précipitent quelquefois du
firmament; mais cependant elle n'a point
abandonné ſa place, quelques inſtans après
elle brille d'un nouvel éclat, & ſe montre
ſous les conjonctions les plus favorables.

Alors le plus âgé des aſtrologues prit la
parole : « Prince, dit-il à Salamis, votre

fils vivra glorieux & admiré; mais jamais
mortel n'éprouvera autant de dangers que
lui ; les hasards & les revers l'attendent,
mais il aura des ressources étonnantes :
l'amour & la gloire couronneront ses travaux, si son courage & la force de son
ame surmontent toutes ces épreuves. ——
Quelle étrange destinée! reprit l'Émir, ne
pourroit-on rien opposer à sa rigueur? —
Prince, nous venons de nous assurer que
la grande planète & les sept qui l'environnent ne sont point d'accord ; elles nous
ont paru déployer toutes leurs forces,
pour venir au secours de l'étoile de votre
fils, ou pour en contrarier les mauvais
effets : l'aspect de ces combats est effrayant ;
mais comme l'étoile d'Habib a reparu,
vous pouvez avoir quelque espérance ; les
dangers nous ont été montrés clairement,
mais comme l'homme peut échapper en
partie aux coups du sort, c'est aux vertus
d'Habib à tempérer ses mauvais influences,
& à forcer son étoile à lui être favorable. »

Salamis étoit l'homme le plus courageux, & en même temps le plus résigné :
« Les revers qui attendent mon fils, se
disoit-il, ne pourront sans doute excéder

les forces humaines : il faut en faire un
homme, & faire germer en lui toutes les
vertus ; Amirala secondera mes projets, &
nous les ferons triompher, par notre
exemple & nos leçons, des dangers qui
le menacent. »

A peine Habib circoncis peut-il articuler
quelques paroles, que ses tendres organes,
au lieu de laisser échapper des mots vides
de sens, prononcent sa profession de foi ;
il benit déjà le créateur, Mahomet son
apôtre, le ciel, la terre, les êtres qui les
habitent, les immensités qui les séparent.
Les lettres de l'alphabet deviennent ses
jouets, il les assemble pour en former des
mots qu'un sens a bientôt lié ; au lieu de
tracer l'image d'une petite cabane en
jouant avec des roseaux, il a l'idée d'une
mosquée : ses jeux, ses goûts, ses penchans
annoncent de bonne heure un être au-dessus
du vulgaire.

Des que son corps acquiert des forces,
les heures de ses repas ne sont point réglées. Il faut qu'il se familiarise avec ces
tyrans de l'humanité, les besoins ; on commence à lui en faire éprouver les premières
atteintes, pour lui apprendre à les suppor-

ter une fois sans murmure. Il faut qu'il
s'accoutume à tout, la natte sur laquelle
il couche lui est ôtée, & il trouve le
même repos sur la terre la plus dure; on
l'expose à l'intempérie des saisons, pour
que son corps ne souffre jamais leur rigueur.

On lui fait monter de jeunes chevaux
indomptés; mais son adresse déjà exercée
dans des jeux moins périlleux, lui fait sur
le champ trouver son équilibre; si quelqu'accident le fait tomber, son corps svelte
& léger reprend bientôt sa position.

C'est ainsi qu'Amirala formoit le corps
de son élève : à l'âge de sept ans il sur-
passoit en forces & en agilité tous les
autres enfans : son cœur & son esprit n'é-
toient pas négligés, il récitoit tous les
chapitres de l'alcoran, & en expliquoit le
sens. Accoutumé par sa mère à considérer
les merveilles de la nature avec une sorte
d'enthousiasme, il en décrivoit de même
les beautés.

Il étoit temps que Salamis songeât à
perfectionner une éducation si heureusement commencée; mais il falloit trouver
un instituteur aussi parfait pour la jeunesse
qu'Amirala l'avoit été pour l'enfance. Il

y avoit dans fon camp un vieillard philofophe, nommé Ilfakis, inftruit dans toutes
les fciences & d'une conduite irréprochable ; mais il étoit atteint d'une maladie
qui le conduifoit lentement au tombeau :
« Ah ! fi Dieu pouvoit me rendre le fage
Ilfakis ! difoit-il devant un de fes miniftres. —— A quoi le deftineriez-vous ? répondit celui ci ; je fors de fa tente, il m'a
dit avoir pris d'un élixir dont l'effet a opéré
d'une manière miraculeufe, je l'ai trouvé
debout, il a fait quelques pas devant moi
d'une marche très-affurée, & je ne doute
pas, fi vous défirez le voir, qu'il ne foit
en état de fe rendre ici. —— Allez l'en
prier, dit l'Emir ; je regarde fon rappel
à la vie comme une merveille, opérée
plus encore pour mon avantage que pour
le fien. »

Ilfakis fe rend aux ordres de l'Emir, il
accepte la propofition qu'il lui fait, le
jeune Habib part avec fon nouveau maître,
& ils habitent enfemble fous la même
tente ; les foins du gouverneur (1) trou-

_____

(1) *Les foins du gouverneur.* Les Arabes font les
premiers qui nous ont fait connoître & approfondir

vent un terrain ſi bien diſpoſé, que tout y germe ſans difficulté; Habib peut déjà nommer toutes les étoiles du ciel, décrire le cours des planètes; il ſait calculer leur volume & leur diſtance : il diſtingue les différentes eſpèces d'arbres & de plantes, & il en indique les propriétés : s'il parle de la végétation, il ſait comment la chaleur & l'humidité produiſent la fécondité : s'il parle de la mer, il ſait qu'elle eſt le produit des fleuves; il ſuit les vapeurs que le ſoleil en élève juſqu'au ſommet des montagnes, pour les voir retomber en ſources fécondes, & perpétuer ainſi les travaux admirables de la nature : il n'eſt aucun animal auquel il ne puiſſe aſſigner ſa claſſe; s'il s'étonne des différentes merveilles qui font le produit de leur inſtinct, il les voit toujours ſubordonnées aux prodiges que peut opérer la raiſon.

Tandis qu'avec l'aſſiſtance d'Ilfakis, il cherche à donner de l'ordre à cette multitude d'idées, il travaille en même temps

les merveilles de la nature; nous leur devons les traductions des philoſophes grecs : dès-lors tout ce qui eſt dit ici ſur les rapides progrès du jeune Habib, ne peut ſurprendre perſonne.

à les fixer, & il a appris l'art d'écrire avec des plumes taillées de sept façons (1).

Salamis voulut un jour que son fils lui fît part de ses connoissances : « Mon père, lui dit-il, c'est à mon maître qu'il faut les demander, c'est lui qui peut en parler ; quant à moi, il faut que long-temps tout yeux & tout oreilles, l'usage de la main ait précédé de bien loin celui de la langue, il faut que les caractères que je forme sortent de mes mains aussi purs que les perles qui sont dans l'eau. Salamis, enchanté de cette réponse, demanda au sage gouverneur s'il étoit encore quelque chose qu'il pût enseigner à son fils : « Déjà le jeune Prince, répondit Ilfakis, quand il m'interroge, pourroit prévenir toutes mes réponses : j'ai ouvert à ses yeux le grand livre du monde, chaque pas qu'il y fera seul maintenant l'avanceront d'un stade ; l'instruction, qui exclut souvent le grand travail de l'application, ne feroit que retar-

_____

(1) *Des plumes taillées de sept façons.* Les plumes dont les Arabes se servent sont des roseaux ; on ignore quel mérite ces peuples peuvent attacher à la science de les tailler de cette manière, mais on sait qu'ils en attachent beaucoup à bien peindre en écrivant.

der fes progrès : il eft temps, prince, que
mon élève s'occupe des arts néceffaires à
l'homme qui doit un jour dominer fur foixante fix tributs belliqueufes : mes fecours
dans ce genre ne pourroient plus lui être
utiles, & mon corps, que la terre rede-
mande, n'afpire qu'à fe rendre dans fon
lieu de repos. —— Quel noir preffentiment !
reprit l'Emir ; vous pouvez vous promettre de longues années encore, & mes tréfors vous en feront jouir dans l'abondance.—
Prince ! dit le fage, un grain de fable &
les richeffes de la terre font à mes yeux
la même chofe ; je fuis mort depuis long-
temps à tous les befoins. Ce corps ché-
tif, que je n'ambitionne plus de conferver,
ne doit la prolongation de fon exiftence
qu'à des vues fecrètes de la providence pour
l'avantage de Salamis, les deftins ont marqué aujourd'hui fa deftruction.... J'ai trouvé ma récompenfe en rempliffant mes devoirs, & je n'en veux point d'autre ici-
bas. —— Adieu donc, vertueux Ilfakis ! dit
l'Emir ; recevez les embraffemens de mon
fils & les miens, votre abfence nous coû-
tera bien des larmes ; mais nous en adou-
cirons l'amertume en allant fouvent fous

votre tente...... Vous n'y reviendrez plus, répondit-il ; ma tente est comme une vapeur que le vent va dissiper , & je suis semblable à la poussière qu'il entraîne : adieu Salamis , adieu mon cher Habib ; souvenez-vous de moi au milieu des peines qui doivent vous assaillir. »

Combien le jeune Habib fut touché de cette séparation ! mais que sa sensibilité fut mise le lendemain à une rude épreuve ! Son sage gouverneur mourut en rentrant sous sa tente ; son corps fut enterré sur le champ , pour préserver le camp de l'infection qu'il avoit répandue , au moment où l'esprit qui l'animoit l'avoit abandonné. Le jeune élève versa ses larmes dans le sein de sa mère, Amirala jouissoit de sa sensibilité en cherchant à le consoler : elle l'engageoit à porter ses regards au dessus de cette terre , insuffisante à notre félicité : ces idées consolantes calmoient le jeune Habib , mais il voulut rendre les derniers devoirs à son bienfaiteur, répandre quelques fleurs sur sa tombe , & offrir ses prières au très-haut. Il arrive sous la tente d'Ilfakis , portant dans sa main trois couronnes de fleurs symboliques ; une douce mélancolie s'empare de son ame, elle ouvre le passage aux larmes qui viennent sans effort inonder ses joues ; il garde un moment le silence pour jouir d'une affliction qui n'a rien de pénible : enfin il élève la voix.

« Je foule la terre sous laquelle repose le corps de mon cher Ilfakis : anges de la mort ! quand vous vous approchâtes de lui pour enlever son ame, n'étiez-vous pas aussi émus que moi ?

« O grand prophète ! tu as reçu dans ton sein ce vertueux musulman ? Tu lui donnas des couronnes qui ne sont point périssables : rends immortelles celles que j'apporte sur ses cendres.

« L'ame de mon cher Ilfakis n'est point errante dans ces lieux ; elle feroit germer sur ces terrains arides les plantes & les fleurs, ainsi qu'un seul de ses regards & un mot de sa bouche faisoient germer dans mon cœur les trésors de la sagesse & les charmes de la vertu.

« Jouis, dors, repose en paix, ame bienfaisante ! Reçois l'hommage de ma reconnoissance, je viens couronner tes froides dépouilles ! Tu me fis connoître la raison, aimer mes devoirs, sentir les doucœurs de l'amitié ; voilà le prix de la mienne.

Salamis attendoit le retour de son fils : « Habib ! lui dit-il, après avoir satisfait aux devoirs naturels de votre reconnoissance, il faut songer à acquérir maintenant des connoissances plus directement utiles à votre état : vous êtes mon fils, le ciel vous destine après moi au commandement des vaillantes tribus qui sont sous ma domination : vous êtes appelé à marcher à leur tête dans toutes les expéditions militaires; mais il faut apprendre à les conduire, vous endurcir aux fatigues, & vous mettre en état de terrasser l'ennemi qui oseroit vous résister; la force jointe à l'adresse doivent faire de vous le soldat le plus intrépide de vos armées. Vous avez commencé à vous habituer au port des armes; le lâche seul succombe sous leur poids, l'homme de courage s'y familiarise. Ah ! que ne puis-je trouver dans le nombre de mes guerriers, l'homme aussi propre à vous instruire dans ce métier, que l'étoit Ilfakis dans les sciences qu'il vous a fait connoître ? Un guerrier parfait est un Phénix difficile à trouver. Le grand

prophête fit un miracle en notre faveur en
nous conſervant Ilfakis; il n'y a que lui qui
pourroit m'envoyer l'homme extraordinaire
que je voudrois attacher auprès de vous. —
Mon père! dit Habib, j'attaque dans mes
jeux vos chevaux les plus vigoureux, la
force & le courage ne m'abandonnent jamais : changez cette robe de lin qui me
couvre en cuiraſſe de fer? &, chargé du
plus épais bouclier, armé de la plus forte
lance, je vous offrirai un digne compagnon
d'armes! Ah! quand pourrai-je abandonner ces habits, qui rendent preſque mon
ſexe équivoque, & ne laiſſent rien préſumer des forces que la nature m'a données?
Elles ont beſoin d'être réglées, & je n'aſpire qu'à connoître l'art d'en diriger l'emploi. — Digne préſent du ciel! dit l'Emir
en embraſſant ſon fils, heureux enfant!
Eſpoir de mes tribus! Celui qui met en vous
de ſi glorieuſes diſpoſitions, nous fera trouver les moyens de les cultiver. »

A peine cette converſation étoit terminée, qu'un guerrier ſe préſente aux barrières du camp de Salamis; il demande
d'être admis à l'honneur de ſa préſence :
« Qu'on le laiſſe approcher, dit l'Emir;

mon cœur, jaloux de voir régner fur la terre la juftice & la paix, n'afpire qu'à vivre parmi ceux qui en font les protecteurs : l'étranger arrive. »

Le fuperbe courfier qui le porte le couvrant de fa belle crinière, ne laiffe diftinguer que le cimier du cafque & le panache qui flotte au-deffus ; il approche de la tente, & defcend de fa monture. Habib, qui étoit allé au devant de lui, faifit la bride du cheval, qu'il remit enfuite à un des écuyers de l'Emir : « Vaillant chevalier, lui dit celui-ci, quel deffein vous conduit-ici ? — Je viens, répond l'inconnu, rendre hommage aux vertus, au courage, & à la puiffance du grand Emir Ben-Hilac-Salamis, & demander au jeune Habib le partage des faveurs dont il eft comblé par l'aimable fille de l'Hyemen : le guerrier qui peut la tenir de fes mains, oubliera bientôt les dangers qu'il a courus, en s'enivrant de ce jouiffance.

L'Emir n'ayant rien compris à cette converfation, en demanda l'explication à fon fils : « Mon père ! lui dit Habib, avec un tendre intérêt, ce noble chevalier demande à vous rendre le falut, & à partager ma

taffe de café : » Puis fe tournant vers l'étranger : « Guerrier ! lui dit-il, défirer les faveurs
de la fille de l'Hyemen , c'eſt fe montrer
digne de celles qu'elle fe plaît à verſer dans
le cœur des amans de la gloire ; rien ne
peut vous être refufé ici , le héros que
vous voyez, eſt l'Emir Sàlamis , & je fuis
fon fils Habib.

Alors les deux héros fe faluèrent. Salamis ne vit jamais d'homme d'une plus belle
taille , d'une figure à-la-fois plus majeſ-
tueuſe & plus pleine de grâces ; l'acier de
fon armure réfléchiſſoit fi vivement les
rayons du foleil , qu'il fembloit plutôt en
dérober l'éclat que l'emprunter ; femblables à ces météores qui brillent au firmament, fon cafque paroiſſoit une lumière
de feu, la lame de fon cimeterre flam-
boyoit au loin, l'or & les diamans ne rele-
voient aucune des parties de fon armure ,
elle devoit tout fon éclat à fa fimplicité,
& aux foins du guerrier.

Pendant que l'inconnu prenoit le café,
Salamis fut curieux d'apprendre de fa bouche les motifs qui l'avoient attiré dans fon
camp.

« Puiſſant & glorieux Emir ! reprit le

chevalier, je fuis Parthe d'origine & né
dans le fond des Indes : j'aimai la gloire
dès mon enfance, & la cherchai dans la
profeffion des armes ; celle que vous aviez
acquife en Arabie a réveillé mon émulation,
j'ai défiré connoître de plus près celui dont
la renommée me fervoit de modèle. En
arrivant dans la première tribu de votre domination, j'appris que vous cherchiez un
inftituteur qui pût aider aux progrès du
jeune Habib ; & quoiqu'il dût tout apprendre fous fon père Salamis, j'ai cru qu'ayant
befoin d'être fuivi de près dans tous fes exercices, mes fervices pourroient lui être utiles,
& je viens vous les offrir.

« Chevalier ! reprit l'Emir, votre procédé me touche, & la loyauté de votre
caractère me décide. Mais s'il faut que mon
fils foit en état de commander un jour aux
états de ma domination, & que ma valeur
m'a fait conquérir ; celui qui n'aura pu fe
montrer fupérieur à moi dans un combat,
ne fauroit prétendre à être le fien dans l'inftruction : mefurons nos forces enfemble,
difputons la victoire de bonne foi : je ne
demande qu'à être vaincu, pour trouver
l'homme à qui je dois confier mon fils. ––

C'eſt un honneur qu'ambitionneroient les plus fameux guerriers, répondit l'inconnu; j'accepte le défi du grand Salamis, & j'avouerai ſans honte d'avoir eu pour vainqueur, celui qui n'en a jamais reconnu. »

Les miniſtres témoins de ce défi vouloient en diſſuader Salamis, en lui diſant qu'il avoit tort de ſe compromettre avec un homme dont on ignoroit l'état & la naiſſance : « Qu'importent le rang & la naiſſance ? leur répondit l'Emir, je cherche un guerrier & non pas un roi : ſi la préſomption aveugle ce chevalier , je ne ſaurois être compromis : ſi ſon courage égale ſa noble aſſurance, nous ne le ſerons ni l'un ni l'autre, & je ſerai entré en lice avec mon pareil. » Puis ſe tournant vers l'étranger : « Chevalier ! prenez quelque repos, que votre courſier reprenne haleine; je ne veux pas vous mettre dans le cas de combattre avec déſavantage : ſi je déſire me meſurer avec vous, ce n'eſt pas pour vous refuſer mon eſtime, mais pour vous mettre à portée de la conquérir : après demain nous marcherons au camp.

Habib conduiſit l'inconnu dans une tente qui lui avoit été préparée : celui-ci, tou-

ché des bontés & des égards qu'on lui témoignoit, lui dit en le regardant avec
intérêt.

« Le jeune cep chargé de fruits engage
le voyageur qui passe à lui donner de l'appui ! Si le raisin peut venir à maturité, il
s'offrira de lui-même à la main du voyageur. »

Après cela ils se saluèrent, & Habib se
retira sous la tente de son père. Dès que
le jour fut venu, il courut à la tente de
celui qui commençoit à remplir dans son
cœur la place qu'y tenoit Ilfakis ; il le trouve occupé à polir ses armes, & à visiter
les harnois de son coursier : « Quoi ! vous-
même ? lui dit le jeune sultan : — Oui,
mon prince ! Quand on est jaloux de sa
gloire, on ne doit négliger aucun des objets
qui doivent y concourir ; un vrai chevalier
n'a d'autre miroir que ses armes. »

Cependant l'arêne dans laquelle Salamis
& l'inconnu doivent entrer en lice est préparée, les trompettes guerrières y appellent, une foule innombrable de spectateurs
environnent les barrières, les guerriers paroissent, & tous deux avec tant d'avantage, qu'il est impossible de présumer de

quel côté pourra pencher la balance. Les
lances dont ils font armés font égales pour
le poids, les courfiers égaux en taille &
en vigueur; ils s'élancent comme l'éclair
l'un contre l'autre; malgré ce premier choc,
les cavaliers reftent immobiles fur leurs
montures, & leurs lances volent en éclats :
Salamis, qui n'éprouva jamais une femblable réfiftance, eft étonné d'avoir en
vain porté un coup aufli furieux ; & fon
adverfaire, par d'autres motifs qu'il n'eft
pas encore temps de développer, eft lui-
même dans une plus grande furprife. L'E-
mir fait figne à fon adverfaire qu'il veut
lui parler, l'inconnu s'arrête, defcend de
cheval, & vient à lui.

« Vaillant chevalier ! dit l'Emir, vous
venez de me donner une grande preuve
de vos talens ; ils me font efpérer que demain, le cimeterre à la main, je trouverai un rival digne de moi. — Grand prince,
répondit l'inconnu, jamais mortel n'a eu
fur moi d'avantage : je viens d'apprendre
à mon grand étonnement, qu'il en eft
qui peuvent me réfifter ; je prife trop l'honneur que vous me faites pour refufer le
nouveau défi que vous me propofez pour

demain. » Après cela les deux guerriers s'étant ferré la main, fe féparèrent, & furent fe défarmer. Habib alla à la tente de fon père, s'acquitter des devoirs que l'amour filial lui impofoit dans cette cir-conftance, & cédant enfuite aux fentimens de l'amitié, il revint bientôt à celle de l'é-tranger, qui fe faifoit défarmer par les gens que l'on avoit attachés à fon fervice : « Enfin, lui dit Habib, vous ne dédai-gnez plus d'employer les perfonnes qui doivent obéir à vos ordres ? — Non, mon aimable fultan ! je vais vous dire un apo-logue dont je n'applique le fens qu'au métier que je profeffe, le premier qui foit au monde. Quand le foleil fe lève, il n'em-ploie d'autres mains que les fiennes pour féparer les rayons qui doivent l'environ-ner : lorfqu'il fe couche, il laiffe aux flots de la mer le foin de les éteindre quand il s'y précipite.

« Je vais répondre par un autre apolo-gue, dit Habib, ou plutôt par une vérité dont vous me pénétrez.

« Le héros qui, fans en être ébranlé, a foutenu le poids énorme de la lauce de mon père, a ébloui mes yeux par fon éclat, &

celui dont je le vois briller encore, ne sauroit s'éteindre jamais.

« Un jeune aiglon, reprit l'inconnu, n'étant pas encore revêtu de son premier duvet, ouvroit pour la première fois les yeux à la lumière ; il apperçut un verluisant sur un feuillage voisin, il en fut ébloui ; le prince des oiseaux ne se doutoit pas alors qu'il regarderoit un jour fixement le soleil.

« Sans-doute que le Phénix qui me parle, dit Habib, renaît tout nouvellement de sa cendre, & méconnoit encore ses avantages. — Je n'en ai point avec vous, charmant Habib, dit le guerrier en l'embrassant, à moins que l'inclination que vous m'avez inspirée ne m'en donne sur la façon d'aimer. — Si je pouvois vous ouvrir mon cœur, dit Habib, vous vous avoueriez vaincu : mais il ne faut pas que mon père soit privé plus long-temps du plaisir de vous voir ; je sais qu'il aime les héros, & vous en êtes un, quoique vous ne l'ayez pas dit. — Il se peut, répondit l'étranger, qu'un de nous deux le devienne un jour ; jusqu'à présent je n'en vois point ici. » Tout en parlant ainsi, ils cheminoient ensemble vers

vers la tente de Salamis en fe tenant par
la main ; l'Émir vit naître avec plaifir un
attachement réciproque, qu'il étoit réfolu
de fortifier.

Dès que Salamis voit le chevalier inconnu, il l'aborde avec les démonftrations
de la plus parfaite eftime : « Je ne vous
crois plus embarraffé de faire vos preuves,
lui dit-il ; ce n'eft plus pour fonder fur vous
mon opinion, que je demande à mettre à
l'effai votre courage & vos forces ; mais
je commande une nation belliqueufe &
jaloufe de fa gloire, & ne veux lui laiffer
aucun doute fur le mérite éminent de celui
qui doit obtenir des préférences fur elle.
Je porterai la délicateffe, (& vous m'en
faurez gré) jufqu'à ouvrir la lice à celui
qui fe croiroit en droit de difputer votre
triomphe, quand vous aurez fini vos épreuves avec moi : en attendant jouiffons enfemble du moment préfent, demain nous
forcerons l'envie à vous admirer. »

Le lendemain éclaira le combat le plus
furprenant dont les Arabes euffent été
témoins : les deux héros oppofant bouclier à bouclier fe portèrent les coups les
plus terribles ; ils étoient prévus auffitôt

que conçus, & la parade les surprenoit toujours avant la chûte. On abandonne le bouclier & le cimeterre ; & la lutte corps-à-corps commence, les vents déchaînés essayeroient en vain d'ébranler les cèdres du Liban, la terre tremble sous eux, mais aucun effort ne peut les déraciner.

L'Émir Salamis ne jugea pas à propos de faire durer plus long-temps l'étonnement des spectateurs : plus satisfait d'avoir trouvé son égal qu'il n'eut pu l'être d'une victoire : « Arrêtons un moment, vaillant chevalier ! lui dit-il, ma surprise redouble à chaque instant, je n'avois jamais trouvé personne qui me résistât, j'étois moins glorieux de mes triomphes que touché des foiblesses de notre nature, en la comparant aux avantages de certains animaux. Je reviens de mon préjugé, & je prise moins la force du lion depuis que j'ai éprouvé la vôtre, délassons-nous du pénible exercice que nous venons de prendre, faisons seller nos coursiers, & attaquons-nous avec le javelot. »

Ce nouveau genre de combat fut un nouveau triomphe pour les deux combattans ; tout ce que l'adresse, la ruse & la

force pouvoient fournir de moyens, furent
déployés dans cette occasion. Cependant
l'Émir commençoit à perdre ses avantages, la jeunesse de son adversaire étoit
un obstacle qu'il ne pouvoit plus surmonter malgré sa valeur ; convaincu d'ailleurs
que l'inconnu possédoit au plus haut degré les qualités nécessaires pour l'emploi
qu'il lui destinoit, sa prudence mit un
terme au combat ; il s'arrête, & fait
signe à l'étranger d'en faire autant, ils
se prennent par la main & reviennent au
camp.

« Chevalier ! dit Salamis, mon fils va
retrouver dans vous un second père ; vous
savez comment vos forces se sont augmen-
tées par un exercice soutenu, ce qu'il vous
en a couté pour y joindre autant d'a-
dresse ; combien il faut être accoutumé
aux dangers pour qu'ils ne fassent jamais
perdre le sang-froid ! Je vous abandonne
l'unique objet de mes espérances ; faites-
lui connoître la véritable gloire, & tous
les moyens qui y conduisent le guerrier. »

Le jeune Habib avoit depuis long-temps
prévenu par ses vœux & son inclination
les desseins de son père ; aussi suivit-il

avec transport les pas de son nouveau maître : « Je vais enfin profiter de vos leçons, lui dit-il, je dois imiter mon père & vous, puissai-je ne pas rester trop loin de mes modèles !

« Nous partagerons nos occupations, mon cher Habib, lui dit Il'Haboul : (c'étoit le nom du chevalier indien,) le jour sera employé à vous perfectionner dans l'art qui doit vous rendre aussi fort, aussi adroit, que vaillant. Le soir nous nous entretiendrons des qualités qui vous seront nécessaires pour commander au peuple le plus indépendant de la terre ; il sacrifia de tout temps les jouissances du luxe à la liberté, le courage que règle la sagesse est son idole ; c'est à ces titres que l'Émir votre père règne sur soixante-six tribus : vous n'hériterez de sa puissance qu'en vous appropriant ses vertus. »

Voilà le plan sur lequel Il'Haboul dirigea l'éducation d'Habib : elle produisit bientôt les fruits les plus heureux. L'Émir Salamis eut une guerre à soutenir, dans laquelle le jeune sultan fit des prodiges de valeur ; chargé d'un commandement délicat, il s'y distingua par sa prudence

& fa fermeté ; appelé dans les confeils de fon père, il étonnoit les miniftres par la fageffe de fes avis.

L'ouvrage d'Il'Haboul étoit achevé, une néceffité abfolue le forçoit à fe féparer de fon élève, il fallut s'en expliquer avec lui : « Mon fils, lui dit - il, je dois vous quitter, des ordres fupérieurs m'appellent dans une autre contrée. — Quoi ! vous m'abandonneriez ? lui répondit Habib. — Je ne vous fuis plus néceffaire ici, d'ailleurs je fuis forcé de céder aux deftins. — Que je fuis malheureux ! reprit le jeune élève, la mort m'enleva Ilfakis mon premier maître, je n'en fuis pas encore confolé, & des ordres rigoureux me vont féparer de vous ! Mais fera - ce pour toujours ? .... N'en puis - je favoir les raifons ? .... Mon père ne pourroit-il changer votre réfolution ? — Toute la puiffance humaine ne peut rien ici, dit Il'Haboul, mais j'efpère que nous pourrons nous revoir. Cependant, mon cher Habib, je puis confoler en partie vos chagrins ; celui que vous avez aimé fous le nom d'Ilfakis vous eft toujours attaché, il n'eft point mort. — Comment ? reprit Habib ; j'ai fuivi moi - même ses funérailles , j'ai versé des pleurs sur sa tombe !

« Mon fils, dit Il'Haboul, l'histoire du mort dont vous parlez est liée avec celle de bien d'autres histoires qui vous intéressent ; peut - être même avec la vôtre & la mienne. Ecoutez le récit que je vais vous faire , rappelez - vous votre horoscope , & vous ne serez plus surpris de ce que je vais vous dire. Pensez d'abord que celui qui vous aime & vous parle n'est pas de nature humaine , mais un génie chargé de guider vos premiers pas vers vos hautes destinées.

HISTOIRE

D'Illaboufatrou , du roi Schal-goafe & de Camarilzaman.

Vous n'ignorez pas , mon cher prince, que parmi les génies de la race d'Eblis il y en a qui ont fléchi le genou devant le grand Salomon : Illaboufatrou est un des premiers d'entr'eux, je suis de cette race, j'ai pris le même parti ; & suis ce qu'on appelle parmi les miens, un cadi, par la

grâce de Dieu & de Salomon! Pour nous
fouftraire au reffentiment & à la vengeance
du parti que nous avons abandonné, &
pour engager le prophête, à qui nous
fommes foumis, d'alléger en notre faveur
le joug qu'on nous impofe, nous faifons
des alliances avec les enfans d'Adam, &
nous jouiffons par elles des douceurs ter-
reftres.

Illaboufatrou avoit eu d'une femme mortelle une fille d'une grande beauté, qu'il
avoit nommée Camarilzaman : il défiroit
affurer fon repos & fa félicité en lui faifant époufer un des grands fouverains de
la terre.

Dans ce temps-là régnoit fur les isles
qui font au milieu des fept mers, à l'extrêmité de l'Orient un monarque puiffant
nommé Schal-goafe.

Illaboufatrou lui apparoît fous la figure
d'un vieillard, lui propofe une alliance
dont la belle Camarìlzaman devoit être le
gage : le monarque voit la princeffe, s'enflamme & l'époufe.

Les génies fujets d'Illaboufatrou fe fixèrent en grande partie dans les terres de
la domination de Schal-goafe; la mer des

environs en fut peuplée, & mille part sous
le ciel les génies & les enfans des hommes
ne vivoient avec autant d'intelligence : ce
bonheur parut redoubler tout-à-coup par
la naiſſance de la charmante Dorathil-
goaſe, premier fruit des liens qui uniſ-
ſoient Schal-goaſe à Camarilzaman.

Si les dons du ciel étoient toujours dans
ce monde des garans de la proſpérité,
perſonne ne devoit y jouir d'une félicité
plus parfaite que cette aimable princeſſe:
elle ſembloit éclairer le berceau qui la
reçut, chaque jour vit développer en elle
une nouvelle perfection ; mais lorſque ſon
père & ſon grand-père eurent conſulté les
aſtres ſur ſes deſtins, le même déſordre
qui ſembloit troubler le ſyſtême planetaire
à votre naiſſance, ſe fit voir à la ſienne,
avec un ſi grand rapport, qu'il fut dé-
montré que vous étiez le prince Arabe iſſu
de la tribu la plus chère au grand prophête, auquel le ſort la deſtinoit au milieu
des dangers les plus éminens, au péril
de l'un & de l'autre, & que cette union
ſeule pouvoit aſſurer ſa tranquillité, ſon
bonheur, ſa fortune & la vôtre.

Dès ce moment Illabouſatrou me com-

mit le foin de votre éducation , mais les
ordres de Salomon ne me permettoient pas
encore de m'approcher de vous. Je n'en
pus obtenir de favorables à nos deſſeins
qu'au moment, où, au fortir de votre enfance, on vous chercha un inſtituteur. Ilfakis,
fur lequel l'Émir votre père avoit inutilement jeté fes vues, alloit mourir; je m'ap-
prochai de lui, je faifis l'inſtant où l'ange
de la mort venoit enlever fon ame , je
fubſtituai mon efprit à fa place; à l'aide
d'un puiſſant élixir je ranimai le corps dont
je m'étois emparé, & vous fûtes redevable
d'un gouverneur à ce premier prodige.

Quand je vis qu'il étoit temps de vous
occuper de travaux différens, je rapportai
le corps d'Ilfakis dans fa tente ; je le ren-
dis à l'action de la nature humaine qui
avoit été fufpendue, & il fut détruit dans
un inſtant.

Je m'occupai du foin d'aller vous chercher un vaillant chevalier, j'en trouvai un
qui alloit expirer fur le champ de bataille,
qu'il avoit couvert de morts auparavant;
je m'emparai de fon corps, j'arrêtai le
fang qui couloit de fes bleſſures , je les
cicatrifai avec un beaume bien plus puiſſant

que celui de la Mecque, je le rétablis dans
toute fa première vigueur, je l'armai du
cimeterre qui avoit fervi à Salomon, &
vous voyez devant vous ce chevalier; c'eſt
fous cette forme que je me préfentai à
l'Émir Salamis, que je vous demandai à
partager les faveurs de la fille de l'Hyemen,
& que vous devintes mon difciple.

Mon cher Habib, vous avez pris fous
mes deux formes une tendre amitié pour
moi, votre cœur ne vous a pas trompé:
jamais un être de ma nature ne conçut
pour un enfant d'Adam une auffi tendre
inclination que celle que je reffens pour
vous, vous devez être fans défiance. Rappelez-vous les leçons que je vous ai données fous le nom d'Ilfakis; en vous inf-
truifant dans la connoiffance des talifmans,
je vous en expliquai l'ufage; mais je vous
mis en garde contre les efprits qu'ils pourroient vous affujettir. La race d'Eblis eſt
généralement bien méchante & bien cor-
rompue; heureux celui d'entre nous que
le grand Salomon a fcellé de fon fceau!
Les autres ne font occupés que de notre
deftruction & de la vôtre. C'eſt ainfi qu'ils
pourfuivent dans la belle Dorathil-goafe,

celle qui pourroit les arracher à la malé-
diction dont ils font frappés, comme étant
fille de l'homme & des génies. C'eft ainfi
que vous leur êtes déjà fufpeɛt comme
fidelle mufulman, & comme le héros deftiné à venger Dorathil-goafe de leurs entreprifes & de leurs trahifons.

Cette princeffe eft devenue fouveraine
par la mort de fon père ; Illaboufatrou
fon grand-père lui a donné pour vifirs les
plus habiles génies, mais l'isle dans laquelle
fa capitale eft fituée eft la feule tranquille ;
les fix autres & les fept mers, qui com-
pofent fes états, font ou révoltées ou
infeftées, il n'eft qu'une feule reffource
pour elle, & les conftellations l'amènent ;
c'eft l'inftant où le jeune Habib, à qui elle
a donné fon cœur, pourra parvenir jufqu'à
elle, & la délivrer de fes ennemis.

Pendant tout ce récit d'Il'Haboul, le
jeune fultan paffant tour-à-tour de l'efpoir
à la crainte, de furprifes en furprifes &
de merveilles en merveilles, étoit demeuré
l'œil fixe, la refpiration fufpendue ; des
mouvemens, inconnus jufqu'alors, agitoient
à-la-fois fon cœur & fon efprit. Appelé
par fes deftinées au trône des fept mers,

à recevoir la main d'une princeffe dont la félicité ne dépendoit que de lui feul, il éprouvoit une émotion involontaire, il brûloit déjà de s'expofer aux dangers dont il étoit menacé, les feux de l'amour, le -défir de la gloire l'encouragent à une entreprife dont le fuccès lui promet une :double couronne.

« Cher & puiffant génie, dit-il à fon protecteur, quel chemin dois-je prendre? Daignez, avant de vous féparer de moi, m'indiquer les moyens les plus efficaces pour voler au fecours de celle qui attend tout de ma valeur. Le facrifice de mon repos & de ma vie font bien peu de chofe, pour juftifier le penchant qui la décide en ma faveur, & les arrêts du deftin qui voulut nous unir l'un à l'autre.

« A cet élan de la gloire, répondit Il'Haboul, je reconnois mon élève & le fils du grand Émir Salamis! mais fouvenez-vous, mon cher Habib, que les génies, vos rivaux auprès de Dorathil-goafe & vos ennemis déclarés, agiront contre vous, ils révolteront les hommes corrompus qui leur obéiffent fans le favoir; les animaux, les élémens, la nature entière ferviront de

concert leurs trames odieuses.—Dieu &
mon courage ne m'abandonneront pas,
dit Habib, & vous-même contribuerez à
mes succès.—Ah! sans doute, reprit le
génie, je pourrois vous être d'un grand
secours, si je n'étois pas forcé de rendre
à la terre la dépouille mortelle du chevalier indien; mais je suis assujetti à une
loi rigoureuse que je ne peux pas éluder.
Persistez avec courage dans vos nobles
desseins! n'attendez pas que je vons indique à présent la route que vous devez
suivre: vous êtes séparé de votre amante
de toute la longueur de la terre, & les
ordres du destin peuvent vous ouvrir ses
états, que la malice de ses ennemis rend
inaccessibles.

« Vous m'avez dit une fois, mon cher
Il'Haboul, que l'homme courageux pouvoit
forcer les destins.—Vous pouvez prendre
les partis extrêmes toutes les fois qu'il
ne vous en restera pas d'autres à choisir;
mais attendez que quelqu'événement vous
instruise sur ce que vous devez faire, je
pense que ce que vous entreprendriez
maintenant ne pourroit tourner que contre
vous. Allez attaquer des lions, vous en

avez déjà détruit un fans moi, avec le fecours feul de votre poignard ; familia-rifez-vous ainfi avec les dangers, afin de vous préparer d'avance à ceux qui vous attendent...... Adieu, mon cher Habib, je ne rentrerai pas dans le camp de Sala--mis, je dois fuir avec lui toute explica-tion, & s'il doit apprendre de vous qui j'ai été & qui je fuis, il faut que tout le monde l'ignore. Comptez toujours fur l'at-tachement de celui qui ne fut pas toujours l'ami de vos pareils ; mais vous m'avez reconcilié avec les enfans des hommes.... Embraffez-moi. » A ces mots, il monte fon courfier, & s'éloigne.

Dès qu'il eut perdu de vue le jeune fultan, il s'enfonce dans le défert, & s'ar-rête au pied d'un côteau : il abandonne le cheval qu'il montoit, & s'étant creufé une foffe profonde, il y étend le corps terreftre dont il étoit revêtu ; dégagé de cette dépouille mortelle, & profitant des deux derniers jours que lui laiffoient en-core les ordres de Salomon, il fe tranf-porte auffitôt fur les frontières des états de Dorathil goafe.

Un noir bataillon lui en défend les approches ; mais il apprend par un esprit transfuge, que l'isle blanche, l'isle jaune, l'isle verte, l'isle rouge & l'isle bleue ont été subjuguées par le génie rebelle Abarikaf, qui n'étant maître d'abord que de l'isle noire, s'étoit emparé de toutes les autres & des mers qui les séparoient.

La princesse, renfermée dans Medinazilbalor (1) sa capitale, n'étoit plus maîtresse que du pays dans lequel cette ville étoit située. C'étoit tout ce que la protection d'Illaboufatrou son grand-père, & les efforts des génies qui lui servoient de visirs, avoient pu sauver des attaques du rebelle, qui avoit rassemblé de l'abîme des mers une légion d'esprits révoltés. Les six isles, livrées au pouvoir des scélérats, étoient gouvernées par des chefs encore plus méchans & tyranniques ; les peuples étoient la victime de leurs vices, & le jouet continuel de leurs noirs enchantemens. Dorathil-goase demandoit en vain le libérateur annoncé par les destins, toutes les issues étoient gardées, son abord étoit impénétrable aux hommes ; la nature

(1) *Medinazilbalor*. La ville de Cristal.

entière paroiſſoit aſſervie à ces génies malfaiſans.

Il'Haboul gémiſſoit en ſecret des obſtacles dangereux qui s'oppoſoient à la valeur de ſon élève; mais réduit alors à l'inaction & au ſilence, il attendoit impatiemment le moment où ſa protection lui ſeroit néceſſaire; il ſe rendit à ſes premiers devoirs, retourna à ſon poſte ordinaire, & veilloit ſur les événemens.

Cependant Habib, au départ de ſon précepteur, étoit accouru auprès de Salamis & d'Amirala, & leur faiſoit part des choſes ſurprenantes qu'il venoit d'apprendre : le feu de ſes regards, l'émotion de ſa voix, le déſordre de ſes diſcours, peinoient à-la-fois les dangers & les charmes de Dorathil-goaſe, ſon embarras & ſes eſpérances : « C'eſt ſur moi ſeul qu'elle doit compter, diſoit-il avec une noble aſſurance; il n'eſt plus de repos pour moi que je ne l'aie délivrée; les momens ſont chers, & perſonne ne peut me frayer le chemin qui conduit à elle!... Que devenir dans cette incertitude ! »

Ses parens virent que cette paſſion extraordinaire étoit moins l'effet de la ſimpatie, que celui de la puiſſance des aſtres qu'ils ne pouvoient pas contrarier ; auſſi, loin de combattre ſes réſolutions, ils ſe bornèrent à lui retracer ſes devoirs, & à lui rappeler les ſages conſeils de ſon gouverneur ; & le jeune ſultan, autant pour s'y conformer que pour éviter une inaction qui lui paroiſſoit odieuſe, ſortit des tentes, & fut chercher l'aſile ſolitaire qu'il s'étoit pratiqué avec Il'Haboul, dans un petit vallon champêtre, qu'environnoient les montagnes voiſines du camp de Salamis.

C'étoit là, que pour ſe délaſſer de leurs travaux belliqueux par une plus douce occupation, ils avoient arrêté par une digue le cours d'un petit ruiſſeau, ſes eaux s'étoient raſſemblées dans un baſſin formé par la nature ; des arbres lui prêtoient un ombrage charmant, & leurs branches laiſſoient à peine quelques paſſages à la vue, pour ſe repoſer ſur les côteaux d'alentour. Les fleurs les plus variées, les plantes les plus rares, les herbes aromatiques croiſſoient abondamment ſur les bords du ruiſſeau, & la terre, heureuſement garantie de l'ardeur du ſoleil par la fraîcheur de l'eau, étaloit en profuſion les richeſſes de la nature. Plus loin étoit une cabane, ou plutôt un palais formé de branches d'arbres, couvert de joncs, & tapissé de nattes; les peaux des bêtes féroces qu'ils avoient détruites couvroient leurs sophas; une enceinte extérieure de pieux étroitement serrés préservoit cet afile écarté de l'incursion des ennemis.

.. En engageant Habib à former cette retraite, Il'Haboul lui enseignoit les moyens de se suffire un jour à lui même. Assis à à la porte de cette singulière demeure, il lui faisoit considérer le bel amphithéâtre sur lequel il dominoit : « Ne trouvez-vous pas du plaisir, lui disoit-il, à ne devoir qu'à vous-même les petites jouissances que nous goûtons ici ? C'est ainsi que nous ne pouvons jamais être parfaitement heureux que par nous mêmes. »

Ce séjour, qui plaisoit beaucoup à Habib, étoit bien propre à nourrir sa passion naissante ; il vint s'y renfermer pour rêver à l'unique objet de ses pensées, & aux moyens de le joindre.

Un jour qu'il s'abandonnoit à ses rêveries; les yeux fixés sur l'Almos sans y lire, & l'imagination absorbée par ses pensées amou-

reufes & guerrières, il entendit tout-à-
coup un bruit extraordinaire dans les airs :
il fe met à genoux, écarte doucement
les branches qui bornoient fa vue, & apperçoit une ombre confidérable fur le baffin;
elle venoit d'en-haut, & après avoir parcouru un peu d'efpace, l'objet qui la pro-
duifoit fe repofa fur le bord de l'eau :
c'étoit un oifeau noir. & gris d'une grof-
feur prodigieufe, il portoit fur fon dos
un pavillon, dont les murs paroiffoient de
gafe, la porte & les croifées étoient cein-
trées de fleurs.

L'oifeau s'étant abattu, le pavillon s'ouvrit : il en tombe une échelle d'or, au
fommet de laquelle parut une figure, fou-
tenue par d'autres non moins remarqua-
bles par leur beauté. Elle portoit fur fa
tête une tiare formée des treffes de fes
cheveux & de filets de perles : fi le lis étoit
relevé des nuances de la rofe, on pourroit lui comparer la beauté de fon teint :
l'éclat de fes yeux, & les foffettes qui
bordoient fes lèvres vermeilles, fembloient
animer tour-à-tour les grâces du fourire
& le feu du fentiment.

Elle leva les yeux au ciel, & le foleil

en fut obfcurci ; elle les fixa fur la terre,
& elle fut couverte de fleurs ; elle fourit, &
toute la nature parut riante autour d'elle.
Mais que devint Habib, quand il la vit
marcher & agir, & ne pas faire un mouvement qui ne fut accompagné d'une grâce
auffi noble que touchante ? Enfin, s'appuyant fur le bras d'une des beautés qui
étoient avec elle, elle s'achemine auprès
de la retraite du fultan, & s'affied fur un
banc de gafon à deux pas de lui fans l'appercevoir.

Elle porte fes regards de côté & d'autre, & foupire..... « Il n'y eft pas,
dit-elle, on m'a trompée, il ne fait pas
ici fon féjour ! ..... Mais ces riants bof-
quets, le doux murmure de ces eaux,
ces fleurs que l'art & la nature entretien-
nent, tout ici eft fon ouvrage ! .., Mais,
il n'y eft pas ! .... Oh! vous, gafons, bof-
quets, qui devez vos progrès aux foins de
mon cher Habib, prenez des oreilles pour
m'entendre, empruntez une voix pour vous
expliquer, & dites à mon amant quand
il portera fes pas dans cette aimable folitude, que la tendre Dorathil-goafe vint
chercher fon héros du fond de l'Arabie

pour lui offrir un trône & son cœur, & accomplir par là ses destinées ! .... Sera-t-elle dont forcée d'abandonner ces con-trées, sans avoir vu l'idole de son ame ! » Ainsi parloit cette inconsolable princesse en portant ses mains sur les yeux, comme pour arrêter les larmes prêtes à couler : Habib a saisi ce moment pour se précipiter à ses pieds ; ils sont baignés de ses pleurs, avant qu'elle ait pu s'appercevoir du mouvement, & le prévenir.

« C'est donc vous que je vois ! » s'é-cria-t-elle, en jetant à-la-fois les yeux sur celui qui étoit à ses genoux, & sur le portrait qu'elle avoit toujours dans son sein : « N'est-ce plus une illusion ? mon cher Habib ! — C'est votre amant, votre libé-rateur, ô reine de ma vie ! » répondit-il en couvrant sa main de baisers : le silence fut alors la seule expression de l'amour & de l'admiration.

Cependant cette jouissance aussi douce que pure ne fut que d'un moment ; un bruit soudain se fait entendre, un oiseau paroit dans les airs, il approche, & chan-geant tout à-coup de nature, on apper-çoit un génie sous une figure humaine,

qui fe préfente à Dorathil-goafe : « Quoi !
c'eſt vous, Ilbaraças ? lui dit-elle ; quel
motif fi preſſant vous a fait fortir de Medinazilbalor pour venir me chercher ici ?

« Reine, reprit le génie, votre abſence
vous expofe à la perte entière de vos Etats.
Le rebelle Abarikaf en profite pour attaquer la feule isle qui vous reſte ; votre
grand-vifir s'oppofe en vain aux ennemis
innombrables dont vos côtes font infeſ-
tées : tous les génies rebelles font venus
fe ranger fous les drapeaux de votre adverfaire, les flots de la mer en font noirs,
les rives en font couvertes ; les rugiſſemens
des lions, des taureaux marins, des hyppo-
potames effrayent vos peuples ; le réten-
tiſſement des échos imprime la terreur jufques dans votre capitale : venez oppofer
la magie de votre talifman à cette rage,
profitez encore du feul paſſage qui vous
eſt ouvert, en planant au-deſſus de la moyenne région de l'air. »

A ce récit, le fang bouillonnoit dans les
veines du jeune Habib ; il porte la flamme
dans fes regards, fa taille paroît s'élever
au-deſſus de fes proportions ordinaires, fa
voix rauque & animée répand l'épouvante ;

« Marchons à ces monftres, s'écria-t il ,
j'en purgerai la terre & les mers, je vengerai le ciel & la reine. — Prince! répondit
Ilbaracas étonné, fi vous étiez armé comme
on doit l'être, vous fuffiriez à cette entreprife ; mais les ennemis du grand Salomon ne peuvent être vaincus que par les
armes de Salomon ; il faut les aller chercher fur les hauteurs du Caucafe, & mille
dangers effrayans font fur la route : » Puis
s'adreffant à la reine : « Partons, Madame,
les inftans font précieux ; un feul de perdu
dans l'inaction, peut faire triompher le criminel Abarikaf ! »

Les deux amans, après s'être tendrement
embraffés, fe féparèrent avec un courage
digne de leur grand cœur : Dorathil goafe
rentre dans fon pavillon, le roch prend
fon vol, & difparoit. Habib la fuivit des
yeux, & fe livra enfuite avec plus de paffion
que jamais aux feux de l'amour, & aux
défirs de la gloire.

« Adieu, fource bienfaifante, s'écria-t-
il, qui me défaltéras de tes eaux, & me
fournis des bains falutaires : tu n'es plus
d'aucun fecours pour moi ; mon cœur, mon

fang & mes entrailles brûlent d'un feu que tu ne pourras jamais éteindre.

« Adieu, gafons que mon amante a foulés ; confervez à jamais l'empreinte de fes pas, fi mes yeux doivent vous revoir un jour !

« Adieu, tendres arbuftes, qui lui prêtates votre ombre ; glorifiez-vous à jamais d'avoir caché tant de charmes !

« Adieu, terre témoin de ma félicité, ne crains pas qu'Habib t'oublie jamais ! Les palais de la terre feront toujours vils à mes yeux auprès de toi ; c'eft ici que mon ame s'ouvrit au bonheur, & que je reffentis pour la première fois les feux brûlans de l'amour !.... mais c'eft ici que j'éprouvai la plus cruelle des privations ; ici Dorathil-goafe me fut enlevée !.... Oui, je braverai les enfers qui me la difputent ! Grand prophéte ! frayez-moi la route qui peut m'y conduire ! J'y veux percer le cœur du traître Abarikaf ; & toi, grand Salomon ! fi je ne fuis pas indigne de me charger des inftrumens de ta gloire, donne-moi des aîles pour voler fur le Caucafe. Que je puiffe, couvert de ton bouclier, renverfer les ennemis de la reine de mon cœur ! »

Habib

Habib ayant, après cela, fait sa prière & son ablution, revint aux tentes de son père, déterminé à prendre la route du Caucase, dès qu'il aura pu en obtenir la permission. On peut juger avec quelle force il peignit auprès de Salamis & d'Amirala, les détails de sa derrière aventure ; toutes ses paroles étoient autant de tableaux animés ; mais quelle ne fut pas la surprise de ces parens, lorsqu'il leur fit le vœu solemnel de ne plus reposer sa tête sous aucune tente qui ne fût tendue sur le mont Caucase.

« Quelle entreprise désespérée, mon fils, lui dit l'Emir ; ignorez-vous que ce mont est aux extrémités de la terre, que pour y parvenir il faut traverser des déserts affreux? Vous pouvez vaincre des hommes, mais comment supporterez-vous les rigueurs des climats que vous ne connoissez point? Quelle ressource aurez-vous contre la disette générale qui désole les pays immenses que vous devez parcourir ? Ce sont des ennemis que vous ne pouvez vaincre. — Ah ! mon père, reprit Habib, est-il aucune crainte qui puisse me retenir, quand je suis commandé par l'amour, la gloire & les destinées

Et n'euſſai je pas connu tous ces maîtres, la haine des tyrans eſt dans mon cœur, je fouillerois dans les entrailles de la terre pour y trouver Abarikaf. »

Salamis fut forcé de céder aux ſentimens qu'il avoit nourris dans le cœur de ſon fils, & que répondroit-il qui ne détruiſit ſes propres principes ? il fit un choix de vingt perſonnes, dont le courage & la prudence lui étoient bien connus, les aſſocie à ſon fils, leur donne un équipage convenable & peu embarraſſant ; deux chameaux doivent porter les tentes & le bagage.

Le jour du départ étant arrivé, il fallut s'arracher des bras de ce tendre fils ; la ſéparation fut péuible & douloureuſe, la ſenſible Amirala s'écrioit en pleurant :

« Mon cèdre, retenu par de fortes racines, ſurpaſſoit en beauté ceux du Liban ; les oiſeaux du ciel faiſoient leur nid dans ſes branches, nos troupeaux paiſſoient ſous ſon ombre, & voilà qu'il eſt emporté tout-à-coup au milieu des ſables arides & des déſerts.

« Vents déchaînés, ne cherchez pas à l'ébranler, il fut créé pour arrêter votre furie !

« Sombre nuages, éclairs, tempêtes, précurseurs de la foudre, respectez la tige sur laquelle est le sceau du grand prophête !

« C'en est assez, ma chère Amirala, lui dit Salamis, le dessein de notre fils est noble, son vœu l'engage à cette entreprise : la lionne ne nourrit pas ses petits pour elle ; quand l'âge & l'ennemi les appellent aux combats, elle les lance elle-même contre les tigres. »

Enfin la caravane part : Habib est en route, couvert d'une cuirasse d'Haoudi (1) ; son bouclier, qui lui semble léger, fatigueroit le bras le plus robuste : l'arbre qui seroit aussi fort que sa lance pourroit déjà fournir de l'ombrage, & le poids de son cimeterre écraseroit le corps que le tranchant de la lame n'auroit pas partagé.

La fatigue du voyage n'est rien pour celui qui marche à la gloire, & à Dorathilgoase ; les chemins lui paroissent semés de fleurs : cependant Habib est au centre des déserts, au milieu des privations de tout genre, & éprouvant les rigueurs de la soif

---

(1) *Haoudi.* C'est la cuirasse la plus pesante, & en même temps la plus forte.

& de la faim ; de temps à autre le hafard
lui préfente quelques fruits fauvages , &
l'écoulement de quelques fources lointai-
nes ; ces petites reffources lui font oublier
bientôt les privations qu'il effuie. Mais les
guerriers qui accompagnoient le jeune fultan
n'étoient ni des amans ni des héros ; deux
mois de fatigues commencent à les laffer ,
leurs premières plaintes furent modérées.
Une circonftance heureufe leur fit rencontrer un endroit habité par des pâtres , où
ils trouvèrent du lait , dont ils remplirent
quelques outres : Habib imagina que ce fecours inefpéré devoit ranimer leur courage
& diffiper la mauvaife humeur , mais fon
cortège eftimant qu'il étoit impoffible de
parvenir jufqu'au Caucafe fans être expofé
à périr de faim & de fatigues , ils adref-
sèrent au jeune fultan leurs obfervations
à ce fujet.

« Je croyois que mon père m'avoit fait
accompagner par des hommes, leur dit-il ,
mais je vois que vous êtes des femmes en
cuiraffe : je n'abuferai point de la foibleffe
de votre fexe. Cependant je vous obferve-
rai que vous êtes déjà venus trop loin ,
pour vous expofer à reculer fans danger :

mais puifque vous jugez ceux que je vais courir plus difficiles à furmonter, donnez-moi ma part du tréfor que vous a confié mon père. Emportez vos bagages, emmenez vos chameaux. Je fais me coucher & dormir en plein air. Ce n'étoit pas pour mon fecours, que j'ai confenti à être avec vous ; je jugeois que vous étiez faits pour la gloire, & que vous l'aimiez. J'étois jaloux de partager la mienne avec de braves Arabes, & des frères ; ce titre ne vous convient plus, féparons-nous. Allez revoir Salamis ; dites-lui que vous avez laiffé fon fils fur le chemin de la gloire, armé de force & de courage, fous la protection du grand prophête, & plein d'efpérance pour le fuccès. »

La fermeté de ce difcours étonna les compagnons de voyage du jeune fultan, mais ne les ébranla point ; ils le regardèrent comme un fou opiniâtre qui facrifioit tout pour des chimères : « Nous fommes comptables de notre exiftence, fe difoient-ils entr'eux, à nos femmes & à nos enfans ; & nous ferions des infenfés de fuivre les caprices d'un jeune homme, qui va chercher la mort en courant après ce mont Caucase qui paroit s'enfuir devant nous; nos harnois s'usent, nos chevaux dépérissent, nous nous trouverons sans ressource au milieu des déserts. ..... Cependant, ajoutoient-ils, si nous retournons sans lui en Arabie, Salamis nous regardera comme des lâches qui ont abandonné son fils, & nous ne pourrons pas échapper à sa vengeance.... Si cet Habib pouvoit mourir ici !.... Il ne manque pas de plantes pour l'embaumer, nous le placerions sur un de nos chameaux, & le ramènerions tranquillement à son père ? »

La lâcheté mène à l'ingratitude, & celle-ci précède le crime : ces perfides amis le projettent bientôt, mais comme surprendre le vigilant Habib ? Toujours armé, toujours prêt à vendre chèrement sa vie à ceux qui oseroient la ravir, la nuit il repose sur son bouclier, il est réveillé au moindre bruit, sa valeur & son activité ne se perdent jamais dans le repos.

Parmi ces conspirateurs, il en étoit un à qui le crime répugnoit, mais il n'osoit hasarder ses véritables sentimens; il craignoit de s'exposer au ressentiment des autres, d'autant plus qu'il avoit murmuré comme eux : en révélant cette trame à Habib, il expofoit toute la troupe à fa vengeance, & pouvoit fe trouver compromis dans l'événement : fi le héros étoit vainqueur, il fe voyoit néceffairement attaché feul à fa fuite.

Dans cette incertitude, il parla ainfi à fes compagnons.

« Pourquoi, leur dit-il, vous expofer à une lutte dangereufe ? Habib ne quitte jamais fon poignard ; & avant que vous l'ayez privé de tout mouvement, fuffiez-vous couverts de vos cuiraffes, fa main trouvera fans peine le chemin de votre cœur. Mais il eft un moyen moins fanguinaire & plus fûr ; je connois une herbe particulière qui croît dans ces lieux, la feuille eft revêtue d'une pouffière blanche qui a une activité plus puiffante que l'opium ; j'en ramafferai, & comme je fuis principalement chargé des provifions du foir, je faurai trouver le temps de lui faire prendre ce foporatif ; & vous ferez alors plus en état d'exécuter votre projet fans danger. Si nous parvenons à l'endormir, & à remplir nos deffeins, pourquoi tremperions-nous nos mains dans fon fang ? Il n'offenfa jamais aucun de nous ; s'il nous oblige d'expofer inutilement notre vie pour parvenir à un but chimérique, il ne ménage pas mieux la fienne ; le défordre de fa raifon l'entraîne à une perte inévitable, & nous pouvons pourvoir à notre fûreté, fans attenter à fa vie : c'eft le fils du vaillant Salamis, nos femmes & nos enfans dorment en paix dans fes états, nos troupeaux paiffent en fûreté à l'ombre de fon bouclier ; il fut toujours un bon père à notre égard, eft-il un feul d'entre nous avec qui il n'ait partagé fa fubfiftance jufqu'à la dernière extrêmité ? Ne fouillons donc point nos mains dans le fang innocent ! Le grand prophête nous le redemanderoit un jour. Abandonnons Habib dans ces déferts ; quand nous l'aurons privé de fes armes, & de tout fecours, ne craignez pas qu'il puiffe jamais nous reprocher notre ingratitude. »

Les conjurés fe rendirent à l'avis de Rabir, & il fut chargé de l'exécution du projet. Il recueillit fur la plante qu'il connoiffoit le dangereux poifon; il en ménagea foigneufement la quantité pour lui éviter une mort certaine, & la tint en réferve pour l'occafion : elle fe préfenta dès le foir même.

On arrivoit dans une plaine où la fraîcheur d'un petit ruiffeau entretenoit un excellent paturage ; Habib fe laiffa confeiller de prendre du repos, & plus par prudence que par befoin il fe rendit à leur confeil. Il fe retire avec fécurité fous la tente, prend quelque nourriture, & avale d'un trait le poifon qu'on avoit préparé dans une coupe de lait. Les conjurés, profitant du profond affoupiffement de leur chef, enlevèrent tout ce qu'ils purent, & partirent à la hâte ; ne laiffant au jeune Habib que fon bouclier qui étoit fous fa tête, le manteau fur lequel il étoit couché, & le poignard qui étoit embarraffé dans fa ceinture. Ce fut ainfi que les vingt chevaliers, choifis par Salamis pour accompagner fon fils, l'abandonnèrent ; ils reprirent la route de l'Arabie, & après bien des fatigues, ils virent enfin flotter les banderolles des tentes de l'Emir.

Cet inftant qui fembloit devoir être pour eux celui de leur bonheur, devint celui de l'embarras, des inquiétudes & des remords : comment nous préfenter devant Salamis ? difoient-ils ; que lui dirons-nous fur la perte de fon fils ? Rahir ! vous qui

avéz déjà commencé & fi bien conduit notre projet, aidez-nous à le terminer heureufement. — Vous vous êtes trompés fur
mes deffeins, répondit-il : quand je vous
vis réfolus de facrifier le fang d'Habib,
je cherchai à vous détourner d'un crime
en feignant de vous y inviter; & ce fut
pour cela feul que je parus être alors
votre complice : maintenant les remords
me déchirent; je ne ferois pas en état d'in-
venter un menfonge pour déguifer notre
trahifon ; mes regards, ma contenance,
mon filence, ma confufion, tout ferviroit
à nous trahir. Inventez vous-mêmes une
fable ; que le plus hardi d'entre-vous la
débite; je ne vous démentirai point; mais
il m'eft impoffible de vous aider. — Hé
bien! reprit un d'entr'eux, je m'en charge. »

La caravane arrive dans le camp de Salamis; l'Emir & fon époufe Amirala viennent au devant de la troupe, empreffés
de revoir leur fils : mais quelle fut leur
furprife ! ils ne virent que des larmes couler ; ils n'entendoient que des fanglots !
Celui qui s'étoit chargé de porter la parole, s'avança près de Salamis, & lui dit.

» Puiffant Emir ! nous revenons ici pénétrés de douleur de la nouvelle affligeante que nous avons à vous annoncer ; mais que serviroient nos ménagemens ! Vous cherchez votre fils, & le ciel l'a ravi à vos espérances. Les déserts que nous avons traversés sont infestés de serpens vénimeux ; ces reptiles sont cachés dans les sables. Un soir le jeune sultan voulant faire sa prière, étendit son manteau par terre pour s'y mettre à genoux ; au moment qu'il se baissoit, le serpent s'est élancé sur lui, & l'a piqué au visage ; les plus affreux accidens en ont suivi, & la mort les a terminés. Nous avons voulu embaumer son corps pour le rapporter avec nous, mais la violence du venin l'avoit tellement ravagé que nous avons été forcés de le couvrir de sable, pour éviter la contagion pestilentielle dont nous étions menacés. »

A cette nouvelle l'Émir déchire sa robe, arrache sa barbe, & couvre son corps de poussière ; l'inconsolable Amirala fait rétentir le camp de ses cris, & les soixante-six tribus de Salamis sont plongées dans le deuil.

Cependant que faisoit le jeune Hâbib ? a-t-il ouvert les yeux à la lumière, ou l'activité du poison a-t-elle privé la reine des sept mers de son plus doux espoir?

Le soleil se montroit à l'Orient dans toute sa pompe, à travers un horison entièrement dégagé de vapeurs, ses rayons brûlans dardoient sur les paupières d'Habib ; les oiseaux, qu'il avoit réveillés, faisoient entendre leur ramage sur le sommet des arbres qui ombrageoient les prairies ; le parfum des fleurs frappoit l'odorat du jeune héros ; tandis que le léger zéphir agitant ses cheveux, répandoit une douce fraîcheur sur ses joues : toute la nature arrachée au repos, le sollicitoit lui-même au réveil, & la puissance du breuvage, anéantie, ne pouvoit plus y mettre obstacle. Il ouvre les yeux ; & touché du spectacle ravissant qui l'environne, il se croit encore plongé dans les illusions d'un songe enchanteur.

Mais son erreur fut passagère : il se lève, rappelle ses sens & sa mémoire ; cherche en quel lieu il peut être, le silence règne autour de lui ; il jette au loin la vue, & n'apperçoit que les déserts ; il demande ses compagnons, ses armes, son coursier ; tout a disparu : « O trahison ? s'écria-t-il ;

tes chevaliers font fans vertu ; ils ont
redouté les travaux & la mort ; pour échapper à la crainte, ils font tombés dans
l'infamie : pleure, malheureufe Arabie !

« Tu n'es plus glorieufe, malheureufe
Arabie ! arrache tes cheveux ; couvre-toi
de pouffière, baigne-toi dans tes larmes !
Crie, gémis, heurle, rugis jufqu'à épou-
vanter les tigres & les panthères ! Tu
viens d'engendrer le crime affreux de la
déloyauté ! Ah ! qui fera loyal fur la terre,
fi le chevalier Arabe a ceffé de l'être ?
Hommes ! vous ferez vils à jamais, le
grand prophête a méprifé les fiens. Riches
terrains de nos contrées ! vos femences
feront avortées ; vous ne produirez plus
que des fruits fauvages. Troupeaux heureux de nos vallées ! vos abondantes ma-
melles vont tarir.

« Peuples actifs & induftrieux ! qui por-
tiez avec vous l'abondance jufques dans
les campagnes arides d'Hefebon & de
Philarioth ; qui difiez au défert : tu ne feras
plus défert ; voyez les banderoles de nos
tentes flotter dans les airs ; jouiffez de
vos fuccès ! Et vous, peuples jadis fortu-
nés ! defcendez de ces lieux où vous pof-

fédiez tout; défarmez-vous, vos boucliers
& vos lances chargent vos bras inutilement; préparez-vous à la fuite, ou à l'efclavage. Les traits que vous lancez, la
flèche qui s'échappe de l'arc, font devenus de vils rofeaux depuis que l'honneur
a difparu de l'Arabie! Tendez les mains
aux fers; là où il n'y a plus de vertu,
la liberté n'a plus d'empire.

« N'infultez plus à la molleffe de l'E-
gypte, au Syrien qui fe livre à l'inconftance des flots pour acquérir des richeffes: fongez que vous n'aurez plus de défenfeurs.

« O Salamis! O mon père! quand tu
redemanderas à ces lâches, le tréfor que
tu leur avois confié; quand ta voix redoutable dira: » *où eft mon fils?*.... « Ah!
qu'ils feront remplis d'épouvante! Les entrailles de la terre s'ouvriront trop tard
pour les engloutir. Lâches! ne retournez pas
en Arabie, n'affligez pas par votre odieufe
préfence ceux que vous allez deshonorer!
Vous avez craint, en me fuivant, les travaux, la difette & la mort: que la mort,
la difette & les travaux vous pourfuivent
de déferts en déferts!

» Aftre, qui préfidiez à la naiffance d'Habib ; vous l'appeliez à de hautes deftinées à travers mille dangers : jetez vos regards fur lui ! Il méprife le péril préfent, & va marcher au-devant des autres. Puiffe ainfi votre influence braver tous les obftacles & & le foutenir dans fa courfe !

» Rempart des mufulmans ! tombez à fes pieds. »

A ces mots Habib fe met à genoux, à côté de la fource ; fait fon ablution, & adreffe fa prière à Dieu & à fon grand prophête, avec plus de ferveur fans doute, mais avec autant de tranquilité que s'il eut été fous les tentes de fon père.

Il jette les regards du côté de l'étoile du Nord qui doit être déformais fon guide ; il apperçoit une haute montagne efcarpée qu'il fe détermine à franchir : il voit auprès de lui fon manteau & fon bouclier : » Chers préfens du ciel ! s'écria-til, vous fûtes arrachés des mains de la perfidie, vous ferez mon boulevard & ma défenfe ! il retrouve fon poignard à fa ceinture ; ne craignez plus rien, ma chère Dorathil-goafe ! ajouta-t-il, votre chevalier n'eft plus défarmé, on lui a laiſſé de quoi vous venger de vos ennemis. »

Avant de partir, il ſe pourvut de quelques plantes ſauvages qu'Il'Haboul lui avoit fait connoître, & dont les racines pouvoient lui ſervir d'aliment; il s'achemine enfin vers ſon but avec moins d'inquiétude que lorſqu'il étoit accompagné de vingt mécontens : il ſupportoit, tête nue, toute l'ardeur du ſoleil, & en bravoit l'incommodité : la légéreté jointe à la force lui faiſoit un chemin rapide : il ne s'arrêtoit que pour faire ſes trois prières, ſe rafraîchiſſant de temps en temps la bouche avec les racines dont il avoit fait proviſion.

Il arriva avant la nuit au tiers de la montagne qu'il avoit apperçue le matin : il y vit une ravine pleine d'eau, mais à une profondeur à laquelle il ne pouvoit atteindre qu'à force d'induſtrie. Un arbre ſe panchoit ſur le creux formé par la rapidité de la chûte des eaux; il en déracine une autre avec ſon poignard, le joint au premier, & ſe laiſſe gliſſer doucement juſqu'au fond de la ravine, pour y étancher la ſoif ardente qui le dévoroit. Cependant, touché de la grâce inattendue qu'il venoit de reeevoir, il ne satisfit à son besoin qu'après avoir fait son ablution, & remercié l'auteur de la nature & Mahomet son prophête : après cela il resortit de la ravine.

Il fallut passer la nuit dans cet endroit, & se garantir des bêtes féroces : il apperçut à quelques pas de lui un rocher creusé par les eaux ; il rassemble bientôt d'énormes pierres, & se forme une espèce de caverne où il pourra dormir en sûreté : il y étend son manteau, arrange son bouclier sous sa tête, & se livre au sommeil, non sans réfléchir sur sa situation.

« Le courageux, se disoit-il, trouve sa tente partout, quand l'homme vil ne sait où reposer sa tête.

« Heureux celui qui apprit dans les camps à dormir au son des trompettes ! Il ne s'éveille point à celui du tonnerre.

« Il'Haboul & mon père m'enseignèrent à être un homme : je suis ici l'homme fait par Salamis & Il'Haboul.

« Salamis ! Il'Haboul ! Dorathil-goase ! voyez votre fils, votre élève, votre amant ! Il repose en paix sur un rocher, en attendant qu'il s'éveille pour la gloire.

« Etoiles ennemies de notre bonheur !

vous vous oppofez aux décrets du ciel, un
jour vous en ferez bannies : je vous brave
à l'abri de la maffe énorme qui me couvre ;
un pavillon fait des mains des hommes me
laifferoit en but à vos coups. »

En difant ces paroles, Habib s'endormit. Les féroces habitans des bois, attirés
fur ce rocher par la trace du voyageur, vinrent roder autour de fa caverne ; ils pouf-
foient d'affreux mugiffemens, & fe difpu-
toient d'avance la proie dont ils fe croyoient
déjà maîtres : l'amour pouvoit tenir éveillé
l'amant de Dorathil-goafe, la crainte ne
pouvoit troubler fon fommeil. Il avoit befoin de repos, & malgré le bruit épouvantable des lions & des tigres, la nature bienfaifante verfa fur lui fes pavots.

Enfin le foleil fe fait jour au travers des
fentes de l'énorme clôture dont Habib s'eft
environné ; il fort, redefcend dans la ravine, il y fait fon ablution & fes prières ;
rafraîchit le peu de racines qui lui refte,
vient reprendre fon manteau & fon bouclier, & fe met en route.

A peine eft-il arrivé fur le fommet
d'un mont, qu'un autre plus inacceffible
fe préfente devant lui ; aucune route, au-

cun chemin praticable ne s'offre à fes yeux ;
il faut franchir en fautant des rochers : s'il
eft en plaine , il marche fur un fable épais
& brûlant , pas une touffe d'herbes dans
l'endroit le mieux défendu de l'ardeur du
foleil ; pas une goutte d'eau , la nature a
défféché ces affreux climats , & femble préparer au voyageur le chemin des enfers.

Habib confumé de fatigues , dévoré de
foif & de faim, voyoit épuifer fa provifion
de racines ; il redouble fa marche pour arriver avant la nuit à la montagne qui eft
devant lui : il y arrive enfin après bien des
efforts, mais il n'y trouve ni fources ni ra-
vins ; il forme à la hâte une hutte avec
des pierres ; & s'y renferme, tourmenté par
la fatigue & le befoin. Cependant il effaye
le feul moyen qui lui refte pour rafraîchir
fa langue & fon palais , que l'ardeur du foleil & la pouffière ont rendus brûlans ;
ayant vu que les rofées font très-abondan-
tes dans la contrée qu'il parcourt, il étend
fon mouchoir fur un rocher en-dehors de
fa caverne , & fe propofe d'en exprimer
la rofée dès qu'il le jugera fuffifamment
imbibé.

Après cette précaution , qui le garantit

d'un plus grand mal, il fe couche, en rempliffant auparavant fes devoirs de mufulman. Mais il ne parviendroit pas à s'endormir, s'il ne s'entretenoit avec lui-même.

« Parle, dit-il ; réponds Habib ! Pour
aller à la gloire au travers des dangers,
le deftin t'a-t-il promis de te faire trouver
tes commodités fur la route ?

« Tu te trouves dans le défert : demande
à Mahomet pourquoi il n'a pas ordonné à
Moyfe de faire pleuvoir fur toi le miel &
la manne, comme il le fit pour les enfans
d'Abraham ?

« Né pour combattre, tu combats ! Tiens
ferme, Habib ; le ciel eft pour toi, mais il
faut l'aider.

« Les applaudiffemens de Salamis, d'A-
miraïa, d'Il'Haboul, ceux du ciel même ;
le cœur & la main de Dorathil-goafe, le
trône des fept mers, font le prix de tes travaux ; paffe fur le feu, fans broncher : tu
marches à la gloire. »

Habib rappelant ainfi fa patience & fon
courage s'endort paifiblement : il fe réveille
avec l'aurore, il fort de fon enceinte pour
prendre fon mouchoir : ô Providence ! ô
bienfaits ! ce linge dont il exprime l'humi-

dité, lui fournit dans le creux d'un caillou une coupe de bénédiction, remplie du plus délicieux breuvage, puisqu'il est assaisonné par le besoin.

Enivré de reconnoissance, il s'écrioit, en poursuivant sa route avec plus de forces que jamais.

« Celui qui m'a donné la rosée m'apprit à la recueillir ! Béni soit l'auteur de cet univers !

« Rochers aigus, calcinés du soleil : sur l'ordre du créateur vous vous transformeriez en fontaines jaillissantes !

« La soif & la faim s'enfuient devant le maître de la nature ; les trésors de l'abondance s'ouvrent à sa volonté. »

Le voyageur rencontre, au milieu de deux rochers, un repaire de tigres ; la femelle venoit de mettre bas ses petits : à la vue d'un étranger, ses yeux étincellent de nouveaux feux ; son poil s'hérisse, elle frappe l'air de sa queue, & les échos répétent ses rugissemens ; elle vient fondre sur le héros, il lui oppose son bouclier, & saisissant son poignard, il le plonge d'une main sûre & vigoureuse dans le cœur de l'animal. La tigresse tombe, & Habib mettant à profit le bienfait qui lui est envoyé, se fit un manteau de sa peau, coupa les parties de son corps qui pouvoient servir à sa nourriture & à ses besoins, & rendit grâces au ciel & à Mahomet du succès de sa victoire.

Il étoit tard, & il falloit songer à une retraite pour la nuit : la caverne des tigres lui en fournit une toute faite; après avoir égorgé les petits & rangé l'intérieur, il en condamne l'entrée par un caillou énorme, il y expose son mouchoir pour recevoir la rosée; & se place lui-même dans la caverne sur la peau de la tigresse.

Le crépuscule du soir alloit finir, & le mouchoir étoit imbu de rosée; il le retire & l'exprime dans le crâne de la tigresse quelques morceaux de sa chair desséchés au soleil pendant le jour, lui fournirent un repas délicieux; il satisfit amplement ses besoins & pour se délasser entièrement de ses fatigues, il se coucha, & s'endormit après avoir élevé son ame à des idées plus sublimes.

« Les bienfaits du Tout-Puissant, disoit il, sont répandus dans toute la nature

elle ofoit s'en montrer avare, l'homme induftrieux l'a forcée d'en rendre compte.

« Grâces te foient rendues, ô Mahomet ! Tu jetas tes regards fur Habib abandonné des fiens ! Tu lui donnas pour compagnon un des efprits que tu commandes !

« Tout m'eft devenu facile : l'ennemi
s'eft préfenté devant moi, il eft tombé du
premier coup ; fa dépouille me fert de vêtement, fes entrailles me nourriffent, &
je me défaltère dans fon crâne.

« Tremblez, audacieux ennemis de Dorathil-goafe, fon chevalier a vaincu fans
armes ; il marche, fous la protection du
prophête, à la conquête de celles de Salomon ! »

Habib, rempli de force & de courage,
a dévancé le jour, & reprend fa route avec
plus d'activité que jamais ; cependant il
n'apperçoit pas encore le but de fes travaux, les obftacles & les dangers femblent
naître fous fes pas. Des monts efcarpés ne
paroiffent offrir aucune iffue ; de leurs cimes
affreufes, on ne découvre au loin que des
déferts. Dans ces chemins, où l'homme n'a
jamais paffé, on ne voit que de féroces
animaux qui s'enfuient, ou qu'il faut com-

battre avec le poignard, des ferpens monftrueux qu'il faut écrafer avec des rochers;
& le courage, ralenti par l'incertitude des
fuccès, diminue les forces phifiques du
héros.

A la defcente d'une des plus hautes montagnes qu'il eût encore traverfées, & n'ayant
plus avec lui que quelques racines, il apperçut une plaine fablonneufe terminée par
l'horizon : il falloit aller au-delà de cet
efpace immenfe fans efpoir d'y trouver aucune efpèce de reffource ; c'eût été pour
l'homme ordinaire le fujet d'un défefpoir
affreux, mais Habib ne s'occupe que des
moyens de furmonter ce nouvel embarras,

Il ne pouvoit marcher de jour fans être
brûlé des rayons du foleil, & fans perdre l'ufage des pieds, brûlés par un fable
ardent ; d'ailleurs, il ne fauroit trouver
de l'eau pour étancher fa foif. La nuit,
comme fe formeroit-il une retraite au milieu
des fables? Les tigres & les panthères,
qui errent plus volontiers la nuit, pourroient le prendre au dépourvu, & en faire
leur proie. Habib prend le parti de fe repofer le jour, & de marcher à fon but à la
clarté

clarté de l'étoile qui doit lui fervir de guide pendant la nuit.

A la vue de l'Océan de fable qu'il a fous les yeux, & le foleil étant en fon midi, il s'arrête : à l'aide de fon poignard il arrange fon bouclier, enforte que fa tête eft garantie du foleil ; il fe couche fur fa peau de tigre, & s'endort.

Dès que la nuit étend fon voile, il s'arrache des bras du fommeil, & fe met en chemin : le mouchoir deftiné à recevoir la rofée eft attaché à fon col, & flotte fur fes épaules, ainfi il peut éloigner la foif, mais comment appaifera-t-il fa faim ? Il ne lui refte que deux racines, & il ignore quand la Providence lui donnera d'autres reffources ; cependant il fe livre en marchant à l'admiration du fpectacle que le ciel étale à fes regards,

« La voûte magnifique du firmament enveloppe toute la nature, il couvre la nudité des déferts.

« Eft-il un feul coin de la terre où l'homme ne foit pas forcé d'admirer les merveilles du créateur ? Si je fouille dans fes entrailles, j'y trouverai l'or & le rubis, & les rivières plus précieufes encore.

« La lune s'élève à l'horizon & vient remplacer le soleil ; les signes dispensateurs des rosées ont déjà marché devant elle.

« Vous seriez rafraîchis, sables arides, mais le soleil, en dardant sur vous ses rayons, n'a pu vous émouvoir ; rien n'arrachera jamais votre stérilité.

« Le cœur de l'ingrat est comme le sable des déserts ; les grâces du ciel pleuvent sur lui sans y laisser des traces de leur bienfaisance.

« Courage , Habib ! tu ne méconnus jamais ce qui fut fait pour toi. Vois le mouvement qui se fait au ciel ! C'est là, que dans cet instant tes destins sont pesés ! Ecarte donc toute espèce de crainte ! Mets dans la balance un pied ferme & vigoureux, tu l'entraîneras de ton côté !

« Vois le calme effrayant qui occupe une région plus élevée ! C'est là que sont tes juges, Mahomet & ses sept prophètes y sollicitent pour toi !

« Grand prophête, ami de Dieu ! un musulman crie dans le désert ; entendez sa voix, exaucez-la !

« Il a un but héroïque : vous fûtes le

modèle des héros. La gloire & l'amour enflamment son cœur ! Vous ne dédaignâtes sur la terre que ce qui ne portoit pas le grand caractère de la vertu. »

C'est ainsi qu'Habib oublioit en marchant les fatigues & le besoin.

Vers le matin, comme il observoit l'horizon dans l'éloignement, il crut voir un petit point noir: « Enfin, dit-il ; la plaine que je parcours a une borne, j'entrevois un but ; ce que j'apperçois est une montagne, sans doute, ou quelque amas de vapeurs qui s'élève sur des lieux habités.

« Tu verras des hommes, Habib ; les passions ont beau nous armer les uns contre les autres, l'homme jouit toujours à la vue de son semblable.

« Ceux-ci n'ont peut-être jamais vu l'enfant de la Providence ; je le leur montrerai, & les forcerai de croire à la Providence.

« Je ne leur dirai pas : il me faut de l'or & de l'argent, des troupeaux, des tentes, des esclaves ! Je leur demanderai un vase d'eau, une poignée de riz, & le chemin du Caucase ! »

Habib fait en vain de prodigieux efforts

pour avancer vers ce point noir, & cet
objet paroit toujours à la même diftance:
il eft tourmenté de la foif & de la faim;
accablé d'une chaleur brûlante, il s'arrête
& fe couche; fon imagination occupée d'efpérances chimériques, lui procure bientôt
un fommeil bienfaifant.

La fraîcheur du foir le réveille; il a
été agité de fonges pénibles : un ruiffeau
eft remonté à fa fource, pour refufer fes
eaux à fes lèvres brûlantes; on lui offroit
des mets en abondance, ils étoient enlevés
auffitôt par des mains invifibles. Il fe lève
accablé de fatigues, & fe flatte, en marchant toute la nuit, d'atteindre au lever
de l'aurore à l'objet fur lequel fes yeux
font fans ceffe fixés, & auquel fon cœur
a déjà placé fon efpoir : il met en ufage
toutes les facultés de fon corps, il emploie
toutes fes reffources, pour réfifter à tant
de peines; & fort de fon feul courage,
il triomphe encore, & s'élève au-deffus de
lui-même.

Le jour vint éclairer les progrès d'une
marche inouïe; mais à mefure qu'il avance,
le point noir femble toujours dans la même
pofition où il l'avoit découvert. Cependant

! Habib eſt ſans chauſſure, le ſable échauffé de l'ardeur du ſoleil a brûlé ſes pieds ; le déſert n'offre toujours qu'une carrière de pouſſière, ſes forces s'épuiſent tout-à-fait, tout ſemble lui manquer, hors l'eſpérance. Il étend ſa peau de tigre ſur le ſable, ſe laiſſe tomber à genoux, fait ſon ablution avec de la terre, & levant ſes mains en-haut, il adreſſe au ciel la plus ardente prière, & s'écrie d'un ton mêlé de douleur & de confiance :

« Je ſuis égaré dans un Océan de ſable, dont mes regards ne peuvent appercevoir les bornes : la terre fuit devant moi com-me un nuage. J'ai commandé au ſable brû-lant de me ſervir d'eau pour faire ablution, il a obéi, & je ſuis purifié : le créateur ap-prochera de moi la terre, & la forcera de fournir à mes beſoins.

« Voici, mes pieds refuſent de me por-ter, mes jambes chancellent, mes genoux plient, & j'irai rampant ſur le ventre, juſques aux lieux où je ſuis appelé par les décrets du ſort, mais que diras-tu, grand prophête ! de voir un enfant de ta tribu marcher comme un ver ? »

Tandis qu'il parloit ainſi, & que ſes

yeux étoient toujours fixés vers l'objet contre lequel il sembloit marcher inutilement,
il apperçoit comme un point qui s'en détache, & s'avance vers lui en s'élevant
dans les airs; il plane quelque temps, &
redescend : c'est un oiseau d'une taille mons-
trueuse ; c'étoit un roch qui vient s'abattre à cinquante pas de lui, & reste en
place sans faire aucun mouvement.

Habib se lève, & marche vers l'oiseau ;
dès qu'il est à portée d'être entendu ,
« Oiseau, lui dit-il, tu es une créature du
Seigneur, & je te respecte comme une
œuvre de sa Providence : si tu es envoyé
pour secourir un malheureux, mais fidelle
musulman, que ses frères ont lâchement
abandonné, je t'ordonne au nom de Dieu
& de son prophête, de faire un signe qui
me fasse connoître ta mission. »

Aussitôt le roch étendit ses aîles, en bat-
tit trois fois, & inclina sa tête devant
Habib. Le jeune sultan s'approche de lui,
il voit que ses pattes tiennent par des fils
de soie un coussin de damas ; il s'assied
dessus en se tenant aux fils, & à peine
est-il à sa place, que l'oiseau s'envole
au plus haut des airs.

« La terre qui reculoit devant moi, fuit maintenant sous mes pieds » disoit Habib emporté sur les nuages.

« Effroyables monceaux de sable, vous n'êtes plus à mes yeux qu'un grain de pousfière! Offrez la disette & la mort aux monstres, aux reptiles venimeux; vous ne pouvez plus rien contre l'esclave de Dieu, & le serviteur du grand prophête; on lui a ouvert la route des airs.

« Oiseau, messager du Très-haut, obéis aux ordres d'un fidelle musulman! Porte-le sur le mont Caucase, vers le dépôt des armes du sage & puissant Salomon. »

Le roch obéissant a transporté le jeune Habib sur la montagne qui étoit le but de son voyage : tous ses sens engourdis par la rapidité du vol ont augmenté sa foiblesse ; Il'Habou¹ le reçoit, & le transporte aussitôt dans un lieu où une chaleur douce & pénétrante doit bientôt le ranimer.

A mesure qu'il est en état de rappeler le sentiment de ses forces, celui de la reconnoissance vole sur ses lèvres : « Quoi! c'est vous, mon cher Il'Haboul! Vous ne m'avez donc point abandonné!

« Des ordres bien supérieurs aux miens,
ô valeureux sultan! reprit le génie, vous
ont conduit ici: un oiseau du grand Salomon vous y a apporté, mon devoir est
de vous y recevoir, & vous devez juger
avec quelle satisfaction je m'en acquitte.
Je n'ignore ni la trahison qui vous a été
faite, ni les peines que vous avez surmon-
tées dans les déserts, ni l'affreux désespoir auquel Salamis votre père est livré :
gardien des trésors de Salomon, renfermés dans les entrailles de la terre, je n'ai
pu m'écarter d'ici sans ses ordres, & vous
être d'aucun secours. Le ciel veut que la
vertu soit éprouvée par les revers, & vous
venez d'en essuyer de bien étranges; les
souffrances de l'Emir Salamis & d'Amirala
égalent les vôtres; des couronnes de gloire
vous attendent; mais il faut les ravir par
la force : c'est le sort des privilégiés entre
les enfans d'Adam. »

Pendant qu'il parloit ainsi, une collation
se rassembloit sur une table, elle étoit
composée de mets qui ne pouvoient point
fatiguer un estomac déjà anéanti par l'absti-
nence la plus rigoureuse : Habib en fit
usage, s'étonnoit en même temps de trou-

ver une abondance auffi délicate au milieu du plus affreux défert qui fut dans la nature.

« Vous êtes ici dans le féjour des enchantemens, dit Il'Haboul ; aucune reffource ne peut manquer au grand Salomon, qui s'eft affervi la nature entière par fa profonde fageffe : avant d'aller occuper fa place auprès du prophête par excellence, il enfouit ici fes tréfors pour les fouftraire à l'avidité téméraire de l'homme, qui ne trouve de jouiffances que dans les abus ; c'eft ici que font en dépôt les armes avec lefquelles il combattit les hommes & les efprits rebelles. Illaboufatrou, père de Dorathil-goafe, moi, & les génies de la race d'Eblis, nous fentîmes de bonne heure notre infériorité, nous nous foumîmes fans réfiftance ; d'autres furent moins fages, & les cachots qui les renferment ne font pas loin d'ici. Le redoutable Abarikaf, que vous devez combattre, & nombre d'autres rebelles, fe dérobèrent à l'efclavage par la fuite, la rufe, & même par la force.

« Jufques ici, mon cher Habib, vous avez montré une fermeté conftante, vous avez déployé avec courage vos forces con-

R v

tre les bêtes féroces ; les obstacles & les
besoins n'ont point ébranlé votre valeur :
l'œil qui veilloit sur vous, vous a secouru
quand vous ne pouviez plus rien par vous
seul ; quand le roch a été au-devant de
vous ; il vous restoit encore cinq monts de
glace à traverser, avant d'arriver au sommet du Caucase, que vous aviez apperçu
à deux cent lieues de distance ; mais les
dangers qui vous attendent à présent sont
d'un autre genre. Vous n'avez plus de forces
à leur opposer ; c'est par le calme du sens-
froid, c'est par un courage inaccessible aux
terreurs, qu'il faut puiser dans les trésors
de Salomon les armes redoutables auxquelles aucune puissance ne résiste. Dès que le
repos aura achevé de fortifier votre corps,
je vous entretiendrai des devoirs que vous
aurez à remplir, & des moyens que vous
devez employer. »

Après cela Il'Haboul fit entrer son élève
dans l'intérieur de sa caverne, où il lui
fit trouver tout ce qui étoit nécessaire pour
se reposer de ses fatigues.

Dans l'épuisement où étoit Habib, il
lui falloit plus d'un jour pour se rétablir,
& le mettre en état de consommer sa péni-

ble entreprife : fans l'empire que le génie
avoit pris fur lui dès fa première jeuneffe ,
il lui auroit été difficile de contenir un
amant paffionné ; mais le fage Il'Haboul
ufoit d'un pouvoir fortifié par une longue
habitude , & engageoit fon élève à ne
s'expofer à de nouvelles épreuves , que
lorfqu'il auroit repris toutes fes forces.
Il employoit cet intervalle à l'inftruire de
ce qu'il devoit faire, pour parvenir à remplir l'objet qui avoit été le but de fon
voyage au mont Caucafe.

« Mon cher Habib , lui difoit-il , vous
êtes appelé par les deftins à venger Dorathil-goafe de la rebellion du barbare Abarikaf. Les états de cette reine font à une
diftance prodigieufe d'ici ; des déferts auffi
immenfes que ceux que vous avez traver-
fés , vous féparent des mers qui les environnent , & fi vous vouliez d'ici aller chercher la mer pour vous embarquer , les chemins que vous rencontreriez ne font ni plus
courts ni plus faciles : ce n'eft qu'en paffant
par le centre de la terre qu'il vous fera
poffible d'en approcher. Mais que de prudence, que d'attentions ! Quelle force d'ame
il faut avoir , mon cher fultan , pour en-

treprendre avec fruit ce périlleux voyage! Si quarante portes de bronze, gardées par des génies malfaisans, doués d'une force & d'une puissance extraordinaire, peuvent vous arrêter : si un seul moment d'oubli & de distraction vient vous surprendre, vous serez exposé au plus grand de tous les malheurs !

« Vous traverserez toutes les salles dans lesquelles Salomon a renfermé ses trésors : la première contient les plus précieux, & les véritables armes avec lesquelles il parvint à ce haut degré de puissance qui étonna la terre. Cette partie est la moins gardée, & celle qui est la plus exposée à la recherche des hommes ; qu'ils seroient heureux, si pouvant parvenir jusques-là, ils se contentoient de l'acquérir, sans vouloir pénétrer plus avant !

« Salomon surpassa par sa science tous les hommes du monde. Il en a fixé les principes & les développemens par trois cent soixante-six hiéroglyphes, qui demanderoient chacun un jour d'application, à l'esprit le mieux exercé, pour en dévoiler le sens mystérieux ; voulez-vous vous donner le temps de le pénétrer? —J'aime Dorathil-goaſe, répondit Habib, elle eſt en péril, il me faut des armes pour combattre Aba- rikaf! Jc chercherai à m'inſtruire quand j'aurai vaincu. — On pourroit être moins excuſable que vous, reprit le génie; mais depuis que Salomon a diſparu de deſſus la terre, cinq cent chevaliers ont pénétré dans ces déſerts; tous ont négligé les études que je vous propoſe, pour courir aux tréſors renfermés dans les cavités de cet immenſe ſouterrain; ils vouloient avant tout ſatis- faire leur paſſion, vous cédez à la vôtre, pas un d'eux n'eſt revenu, l'ignorance les a fait ſuccomber : tâchons cependant de vous garantir des mêmes diſgraces.

« Je vais vous conduire à la première porte : vous verrez à vos pieds une clef d'or, ramaſſez-la, ouvrez. Le reſſort de la ſerrure cédera au moindre effort : con- duiſez la porte avec précaution, afin qu'elle ſe referme derrière vous ſans le moindre bruit.

« Vous trouverez dans cette première ſalle un eſclave noir d'une taille giganteſ- que; les quarante clefs des autres pièces par leſquelles il faut que vous paſſiez, ſont ſuſpendues à une chaîne de diamans qui pend à fa main gauche. A votre afpect, il jettera un cri épouvantable qui ébranlera les voûtes du fouterrain, & lèvera fur vous la lame d'un énorme cimeterre : défendez votre ame de toute efpèce de crainte, jetez les yeux fur fon fabre ; je vous ai fuffifamment inftruit dans la connoiffance des caractères talifmaniques ; prononcez tout haut ce que vous lirez fur cette lame d'acier, gravez tellement ces mots dans votre mémoire, que, quelque trouble que vous éprouviez jamais, ils ne puiffent s'en effacer : votre sûreté en dépend.

« Alors l'efclave vous fera foumis, vous le défarmerez, & vous prendrez avec les clefs, le fabre du grand Salomon ; mais vainement vous y rechercheriez le talifman, vous l'aurez fait difparoître en prononçant les mots qui le formoient. Vous ouvrirez enfuite la première des quarante portes, vous la refermerez avec la même précaution : là, vous verrez les armes de Salomon : mais ne touchez, ni à fon cafque, ni à fa cuiraffe, ni à fon bouclier ; vous avez fon cimeterre, & ce n'eft pas de fer qu'il faut vous armer. Salomon vainquit par le courage, la force, la patience,

& la prudence. Quatre ftatues, chargées
d'hiéroglyphes, vous repréfenteront ces quatre vertus ; réfléchiffez long-temps fur ces
favans emblêmes, & fachez vous en appro-
prier le fens; ce feront des armes qu'on
ne pourra jamais vous enlever ; examinez
avec foin celles du prophête ainfi que le
cimeterre de l'efclave ; les lumières que
vous en tirerez vous mettront dans le cas
de vaincre tous les ennemis qui fe pré-
fenteront, mais fans cela, & fi vous avez
oublié les caractères gravés fur le fabre,
fongez que vous n'avez entre les mains qu'une
lame d'acier, que la rouille & le temps
confumeront.

« Quand vous aurez féjourné dans cette
première pièce, tout le temps que vous aurez pu juger convenable , vous franchi-
rez d'un faut l'intervalle qui conduit à la
feconde falle, dont vous ouvrirez & fer-
merez la porte toujours avec la même attention : l'arme qui pendra à votre baudrier,
les mots que vous aurez prononcés, vous
rendront maîtres des efclaves gardiens quels
qu'ils foient. Je n'entrerai point ici dans le
détail des immenfes richeffes que vous y
rencontrerez ; aux yeux de Salomon l'or

& les pierreries étoient ce qu'il y avoit de plus vil, & quoiqu'il s'en soit servi pour faire des ouvrages dont la mémoire durera éternellement, il les rendit avec complaisance aux entrailles de la terre, d'où sa science les avoit tirées : il ne les jugea pas nécessaires au bonheur des mortels.

« Si dans le trajet de ces quarante salles il se trouvoit un objet dont l'explcation se refuse à votre intelligence : frottez la lame de votre cimeterre, en répétant les mots que vous aurez dû retenir, & vous trouverez le sens des énigmes qui vous seront présentées.

« Je n'ai pas besoin, ô vertueux sultan ! de vous prémunir contre la cupidité, & l'indiscrétion, causes premières de la perte des chevaliers qui tentèrent avant vous cette périlleuse aventure. Vous avez appris sous les tentes de l'Emir Salamis en quoi consiste la véritable richesse, & la vraie puissance ; l'or n'y donnoit point d'éclat à ses pavillons, il n'étoit pas forcé d'en ramasser & d'en répandre : une armée formidable marchoit à son premier signal ; le bon choix des choses utiles & le mépris du superflu composoient son abondance.

« La curiosité est aussi un défaut qu'il faut prévenir. Souvenez-vous que tout ce qui pourra la réveiller dans le chemin que vous allez faire, est absolument dangereux à l'homme qui ne connoît pas exactement les trois cent soixante-six vérités, principe unique de la sagesse de Salomon.

« Surtout, quand vous aurez ouvert la quarantième porte, au-delà de laquelle se trouve le terme de votre voyage souterrain, gardez-vous de jeter les regards sur ce que vous verrez : il y aura un voile de soie, des caractéres d'or & en relief frapperont vos yeux ; détournez-les : vous liriez l'arrêt de votre mort, & il auroit son exécution sur le champ. Mais levez le rideau, vous serez frappé du plus beau des spectacles, si vous avez sagement observé jusqu'alors les règles de prudence que je vous ai enseignées ; vous verrez la première des sept mers que vous aurez à traverser pour vous rendre auprès de Dorathilgoase, & trouverez sous votre main toutes les facilités nécessaires pour vous y conduire : mais si vous avez manqué à un seul point des instructions que je vous ai données, vous serez exposé à des périls affreux. — Il eſt peut-être malheureux pour moi, reprit Habib, de ne pas connoître le ſentiment de la crainte, & je puis m'en prendre à vous, à Salamis, à Amirala; vous vous étudiâtes à m'armer contre toute eſpèce de frayeur, & peut-être à trop compter ſur moi-même ; mais je m'efforcerai de pratiquer vos ſages leçons.

« Marchez donc, vaillant héros ! ſous l'égide du grand Salomon : que ſon eſprit vous accompagne ! Je forme les vœux les plus ardens pour vos ſuccès, & j'y trouverai la récompenſe des travaux dont je fus chargé auprès de vous. »

Il'Haboul dépoſe dans ſa caverne la peau de tigre, le bouclier & le poignard du ſultan ; il l'habille d'une manière ſimple & commode pour l'entrepriſe dans laquelle il va s'engager : le génie le prend enſuite par la main, & le conduit à travers une allée tortueuſe du ſouterrain, juſqu'à la première porte de bronze, dont ils apperçoivent la clef.

« Prenez cette clef, lui dit ſon gouverneur : n'oubliez pas, dès que vous appercevrez le ſabre du premier eſclave levé ſur vous, de prononcer tout haut les caractères talifmaniques que vous lirez fur la lame : faites-y une telle attention que vous ne puiffiez jamais les oublier ; prononcez-les à chaque apparence de danger, tant dans l'intérieur qu'au dehors de la caverne immenfe que vous allez traverfer. Ouvrez & fermez les portes avec les plus grandes précautions, fongez que tout eft fymbolique dans ce féjour, & que les actions doivent s'y rapporter ! Vous n'oublierez pas mes autres confeils ; mais je viens d'infifter fur ceux qui font les plus importans pour vous. Embraffez-môi, mon cher Habib ! je retourne où mon devoir m'appelle.

Il'Haboul s'eft retiré : Habib ouvre & referme doucement la première porte. Il apperçoit un géant noir d'une figure épouvantable, qui jette, en le voyant, un cri dont les voûtes de cette première grotte font ébranlées. Le monftre tire le terrible cimeterre ; Habib attentif jette les yeux fur la lame, & prononce à haute voix le mot de *puiffance*, gravé en lettres d'or ; l'efclave eft défarmé. Le cimeterre & les clefs lui tombent des mains en même temps, & il s'incline devant fon vainqueur.

Le jeune fultan fe faifit de l'arme redoutable, & marche vers la feconde porte: il l'ouvre. Sept chemins différens fe préfentent à fes regards, & pas un feul n'eft éclairé. Indéterminé fur le choix de celui qu'il doit prendre, il prononce à voix forte le mot enchanté, une lumière pâle & vacillante s'offre à l'entrée du quatrième chemin; il la fuit en defcendant quatorze cent quatre-vingt-dix marches, dans un efcalier à demi éclairé.

Il parvient à la troifième porte, fe conduifant toujours avec la même prudence. Il eft accueilli par deux monftres moitié femmes, qui lancent fur lui deux énormes grappins de fer pour le prendre; il dit: *puiffance*, le fer s'amollit, & les monftres s'enfuient.

Habib eft frappé d'un raviffant fpectacle: un luftre d'efcarboucles éclaire un fallon en rotonde, foutenu par des colonnes de jafpe. L'armure du grand falomon forme le centre en trophée, le Phénix étalant toutes fes plumes, en couronne le cafque : les yeux ne peuvent foutenir l'éclat de la cuiraffe & du bouclier, le fer de la lance étincelle de feu; le cimeterre n'y eft pas, mais Habib s'apperçoit avec plaifir que celui dont il s'eft emparé, correfpond aux autres pièces. du trophée. Toutes ces armes font chargées de caractères myftérieux, dont il cherche à pénétrer le fens : il lit fur la cuiraffe :

La fermeté de l'ame eft la véritable cuiraffe de l'homme : il pourfuit, & trouve fur les autres parties de l'armure : *La patience eft fon bouclier. Sa langue eft fa plus forte lance. La fageffe doit être fon cafque. La prudence fa vifière. Sans la valeur fes bras font nuds. Ses jambes inutiles fans la conftance.*

« O grand Salomon ! s'écrie le héros ; le Phénix étale encore avec orgueil fes plumes, fur le cimier de fon cafque.

« Couvrez-vous de lames de fer, Impuiffans guerriers de la terre ! Le prophète du Tout-Puiffant marchoit aux triomphes à l'aide des vertus. „

Habib contemple enfuite les trois cent foixante fix hiéroglyphes qui font l'ornement des murs du fallon : il en eft un unique par fa fimplicité, mais que l'infuffifance de fon efprit ne peut expliquer ; un autre plus compliqué dévoile à l'inftant fon myftère ; les trois cent foixante-cinq hiéroglyphes s'expliquent & ne peuvent cependant être expliqués que par un feul.

« Science ! tu as été faite pour mon cœur, dit-il, je le sens ; mais mon esprit est loin de toi. Qui me donnera les yeux du linx pour pénétrer dans tes mystères ? maintenant le seul éclat dont tu brilles à mes yeux, me force à les baisser. Habib ! marche à tes destins ; ils t'ont promis de la gloire. C'est du plus haut des cieux que vient la sagesse : désire davantage, & poursuis ta carrière à la faveur de ton étoile ! »

Tout en parlant ainsi, il s'avançoit vers la porte qui devoit lui ouvrir les espaces où les richesses de Salomon étoient renfermées ; trouvant toujours de nouvelles marches à descendre, & des sentiers tortueux, il arrive aux différentes portes, qu'il ouvre & referme sans bruit ; & rencontre partout des monstres qui cherchent à l'effrayer par leur difformité, leurs cris, & leurs menaces. La tête de l'un, formée d'un crâne humain armé de cornes, se terminoit par un bec d'aigle : celle de l'autre réunissoit les trois espèces entre le lion, le tigre & l'éléphant : celui-ci avoit une gueule de crocodile sur des épaules humaines : une hydre à trois têtes de femmes

coiffées de ferpens, préfentoit au héros
fon effrayante chevelure.

Mais Habib, plein d'un ferme courage,
& fidelle aux confeils du génie, en impofoit d'un mot à ces fantômes menaçans,
& jetoit les yeux fans intérêt fur des monceaux d'or & de diamant, fur des idoles
brifées : il paffoit rapidement d'une porte
à l'autre, dès que les objets qu'il rencon-
troit ne lui retraçoient aucun figne fim-
bolique des victoires du prophête : cependant il s'arrête dans un feul endroit.

C'étoit un immenfe fallon autour duquel
étoient affis une infinité d'êtres fous figure
humaine ; ils paroiffoient écouter la lecture
du plus vénérable d'entr'eux, placé fur un
fiége élevé, & devant un lutrin. Lorfqu'Habib entra, l'affemblée fe leva & fit une inclination au héros ; le refpect fufpendit la
lecture, & le fultan s'adreffant à celui qui
a faifoit, lui dit.

« S'il vous eft permis de m'inftruire, di-
es-moi qui vous êtes, & ce que vous lifez !
e fuis un génie efclave de Salomon, répondit le lecteur, chargé par lui d'inftruire
es frères que vous voyez ici : ils feront li-
res, quand ils auront acquis les connoif-

fances néceffaires pour fe conduire. Le livre
que je lis eft l'alcoran ; hélas ! il y a plufieurs
fiècles que je le leur explique, & le demi-
quart de ceux qui m'écoutent n'en compren-
nent pas feulement la première ligne ! Paf-
fez, jeune mufulman : vous n'avez rien à
apprendre ni d'eux, ni de moi : marchez
droit à vos deftinées, & foyez toujours
auffi circonfpect que vous l'avez été. »

Habib fortit de cette école, en penfant
combien il eft difficile de faifir la vérité
quand on n'eft pas difpofé à l'entendre : il
bénit Dieu & fon prophête de l'avoir inftruit de bonne heure fur celles de l'alcoran.

Le jeune fultan a déjà ouvert & refermé
trente-neuf portes. Il y a déjà cinq jours
qu'il parcourt ces demeures fouterraines ;
lieux où le foleil ne marque point les heures ; où le temps, que rien ne partage,
s'écoule fans qu'on puiffe le foumettre au
calcul ; où les fiècles y roulent fur les fiècles, fans qu'on s'apperçoive de leur chûte;
lieux, qu'habitent ces efprits bienfaifans
dont l'ame active n'eft occupée que du bonheur des fidelles, & qui ne font point foumis à l'empire des voifins.

Habib n'a point paffé dans les autres
cachots,

cachots, dans ces antres ténébreux, où des esprits mal-faisans vivent sous une loi toute opposée ; la faulx du temps pèse sur eux d'une manière incalculable ; les vices du monde germent & fermentent dans leurs ames perverses, & il n'est aucune sorte de besoins dont ils n'éprouvent la tyrannie.

Notre héros ne s'est point rendu compte du nombre des portes qu'il a déjà passées ; à mesure qu'il s'en présente une nouvelle, la clef qui doit l'ouvrir se démêlant elle-même du trousseau qu'il tient à la main, vient se placer à la serrure. Enfin le voilà vis-à-vis de la quarantième porte ; elle s'ouvre, & il apperçoit le funeste rideau de soie dont le génie lui a parlé. Les brillans caractères qu'il ne doit pas lire frappent ses regards ; il détourne précipitamment le rideau, & voit la mer sur laquelle il doit s'embarquer, pour parvenir enfin au but de ses pénibles travaux, & il s'élance brusquement pour en atteindre les bords. Mais au même instant cette quarantième porte, qu'il a oublié de refermer, roule sur ses gonds avec un bruit affreux, qui fait trembler le Caucase jusques dans ses fondemens.

Tome III.   S

Toutes les portes qu'il a déjà paſſées, toutes celles des cachots, ſe renverſent & ſe briſent avec un fracas qui paroit ébranſ-ler les voûtes mêmes du ciel ; des légîons d'eſprits ſous les formes les plus hideuſes ſortent, & ſe précipitent ſur Habib ; les ſignes les plus affreux, les menaces les plus effrayantes accompagnent leurs pas & leurs geſtes.

Habib ſe retourne pour leur faire face ; s'il eut été auſſi ſuſceptible de crainte qu'il l'avoit été de diſtraction, c'en étoit fait de lui. Mais l'excès du danger lui a rendu le ſen: froid : il ſe rappelle le mot redoutable; & déployant en même temps le fer de Sa-lomon, il articule d'une voix ferme la pa-role magique : auſſitôt la foule effrayée rentre précipitamment, la porte qui don-ı oit ſur la mer ſe referme avec violence ; mais tous ces génies malfaiſans ne ſont pas rentrés.

Une partie s'eſt précipitée dans la mer ; elle en ſoulève les abîmes : les flots s'élè-vent au plus haut des airs, & appelant au loin les vapeurs, elle en fait des amas ef-frayans. Le jour diſparoit, le ſoleil s'obſ-curcit, les tonnerres commencent à gronder, les nuages preſſés combattent contre les vents déchaînés, & les flots de la mer ſourdement agités, ſe roulant les uns contre les autres, préſentent le ſpectacle d'une ſurface noire & liquide que le feu des éclairs paroit teindre de ſang.

La tempête éclate de toutes parts ; les vents renfermés avec la foudre profitent des paſſages qu'elle leur a ouverts ; la mer ſuit devant eux dans les abîmes qu'elle s'eſt creuſée ; le bruit des flots, le ſiflement des vents ébranlent la baſe des rochers, & les éclats bruyans & redoublés du tonnerre ſemblent menacer du premier cahos cette partie du globe.

Tout n'étoit pas naturel dans le tumulte qui mettoit alors en confuſion les élémens. Il'Haboul, prépoſé à la garde des armes & des tréſors du prophète, au moment où les génies rébelles s'étoient échappés, étoit ſorti de ſon poſte ordinaire à la tête des eſprits ſoumis à ſon commandement ; & la terre, la mer, & les airs étoient devenus le théâtre de trois combats opiniâtres & furieux.

Habib, frappé du déſordre qui l'environne, ne peut en imputer la cauſe qu'à fon imprudence : quand il avoit ouvert le rideau fatal , le ciel & la terre étoient rians , la mer étoit tranquille.

Il fe profterne le front contre terre , & s'écrie.

« Où eft celui qui fe croit fage ? Qu'il me regarde , & tremble de fa préfomption.

» Où eft celui qui agit toujours avec prudence ? Qu'il s'approche de moi , & me confonde.

« Mes yeux avoient entrevu le bonheur, & il s'eft évanoui : je tenois la clef de mes deftinées , elle m'eft échappée des mains.

« Dorathil-goafe ! votre amant vous aime comme un infenfé ; il n'eft pas digne de vous.

Quels cris poufferai-je , dans la fituation où je me trouve , pour appeler à mon fecours les puiffances de la terre ?

« Si je cherche à émouvoir le ciel , j'entends une voix qui crie au fond de mon cœur : *rends - lui compte de fes bienfaits.*

« Les Arabes de nos tribus m'ont trahi; que leur reprocherai-je , fi je me fuis trahi moi-même.

« Salamis , Amirala , Il'Haboul ! vous

avez femé fur un mauvais terrain : comment recueilliriez-vos moiffons ?

« Je verferai des larmes comme les ames timides ! La confufion couvrira mes yeux, lorfque j'en aurai écarté le bandeau de l'orgueil.

« O grand prophête ! un coupable n'ofe élever fa voix vers le ciel. Mais tu fignalas tes bontés pour Habib lorfqu'il ne méritoit rien ; à préfent qu'il reconnoît fes fautes, pardonne-lui , jette fur lui tes regards !

Après avoir fait cette prière , Habib fe lève pour reconnoître autour de lui le terrain fur lequel il fe trouve. Il eft fur la cime des rochers au pied defquels la mer brife fes vagues avec violence ; il eft environné d'une montagne taillée à pic qui femble le féparer du refte de l'univers ; en fautant d'un rocher à l'autre on parcourt un efpace de mille pas en longueur : la lumière du foleil étoit interceptée par d'épais nuages; les éclairs qui en échappoient donnoient une couleur ardente & cuivrée à tous les objets fur lefquels frappoient leur éclat , une vapeur infecte & faline formoit alors l'atmofphère dangereufe au milieu de laquelle il falloit refpirer.

Le jour qui éclairoit ce tableau effrayant étoit fait pour en augmenter l'horreur : Habib confidère pendant quelque temps le défordre qu'il a fous les yeux ; puis, jetant fes regards fur fon cimeterre, il vit briller avec plus d'éclat les caractères du talifman qui y étoient gravés. Il apprit jadis d'Il'Haboul que la Providence n'opéroit jamais de merveilles fans motifs ; le nouvel éclat du talifman devoit déterminer celui qui le portoit à en employer les vertus, pour faire ceffer le choc des élémens conjurés : il fort auffitôt la lame miftérieufe, & s'écrie en frappant trois fois les airs.

« Puiffance du feu, de la terre, de l'air, & des eaux ! je vous ordonne de r'entrer dans l'ordre accoutumé, autrement je vais vous réduire à l'inaction.

Au même inftant on vit jaillir du cimeterre un éclat qui fit pâlir celui des éclairs ; on entendit un bruit confus, pareil à des montagnes de fable qui s'affaifferoient les unes fur les autres ; la mer devint calme & tranquille ; les orages fe diffipèrent ; le fouffle du zéphir fuccéda aux noirs aquilons, & l'aftre brillant du jour vint dorer de ses rayons les rochers affreux dont la cime servoit de retraite au héros.

A ce prodige étonnant , le sultan ne put se défendre d'une sorte de terreur que la joie accompagnoit.

« Quelle puissance , s'écria-t-il , vient d'employer mes mains foibles & coupables pour déployer ici son énergie! Comment à ma voix les élémens ont-ils été soumis?

« Créateur du monde ! vous n'avez pas détourné votre face de moi.

" Grand prophête ! Habib est encore à vos yeux un enfant de la tribu de Ben-Hilac. „

Comme il finissoit de parler , le front prosterné contre terre, un mouvement qu'il apperçut à ses côtés lui fit lever la tête, il vit Il'Haboul.

" O mon protecteur ! ô mon maître ! lui dit-il, c'est vous sans doute qui venez d'opérer les merveilles que je viens de voir? —Non, mon cher Habib, reprit le génie, elles sont l'effet des vertus du grand Salomon dont vous venez d'être l'instrument. Vous ignorez les désordres dont l'oubli de mes conseils & votre négligence ont été la

caufe ; fans vous, le mal que vous aviez
fait étoit difficile à réparer.

« Lorfqu'au lieu de fermer après vous
la quarantième porte , vous vous précipitâ-
tes au bord de la mer , les portes des cachots qui renfermoient les efclaves rebelles
s'ouvrirent fur le champ , ils en fortirent
en foule : vous deveniez leur première victime , fi vous n'euffiez fait ufage du talifman au nom duquel ils furent foumis autrefois ; effrayé à fa vue , ils s'élevèrent
dans les airs , fe précipitèrent dans les eaux ,
& occafionnérent la tempête dont vous avez
été témoin.

« Je les fuivis à la tête des miens ; nous
commençâmes le violent combat dont
vous avez vu les effets fans les comprendre :
alors vous employâtes les feuls moyens qui
étoient en votre pouvoir ; leur fuccès entre
les mains d'un fidelle mufulman étoit in-
dubitable. Sur le champ les armes leur tombèrent des mains ; faifis d'un engourdiffe-
ment fubit ils fe font renverfés comme des
maffes de terre ; nos guerriers les ont mis
aux fers , & les ont renfermés dans les cachots qui les avoient vomis : mais fans votre fecours , le combat dureroit encore.

« Je ne vous ferai point de reproches fur la diftraction qui éloigne vos fuccès, & vous expofe à des travaux inouis pour y arriver : c'eft plus la faute de l'amour que la vôtre ; & votre paffion eft l'effet de votre étoile.

« Rappelez les connoiffances que vous avez dû acquérir en vifitant les tréfors du grand Salomon. Vous trouverez partout, & dans vous-même les armes qui affurent les fuccès du vrai chevalier : il fait qu'elles fe préfentent plutôt à lui dans l'adverfité, que dans les heureufes pofitions.

« Les avis que je vous donne ici font les derniers que vous recevrez de moi.....

Vous êtes dans une carrière où l'on doit rougir d'obtenir des fuccès par de petits moyens ; il n'eft que le ciel dont on puiffe recevoir fans honte, & qu'on peut folliciter fans mefure, lorfqu'on eft fage dans fes vues, & qu'on veut triompher fans orgueil. Adieu, mon cher Habib, je vous laiffe au milieu de tous les befoins, en proie à de nouvelles aventures ; mais je crois que vous aurez le courage de fuffire à tout. »

Il'Haboul laiffoit Habib fur un rocher ;

S v

la mer s'étoit retirée, & cessoit de briser ses ondes aux pieds de son asile ; il en pouvoit descendre, & se promener sur un espace assez court d'un rocher à l'autre ; mais il n'avoit là nul abri pour la nuit, nulle ressource apparente contre la soif & la faim : telle étoit la position du héros, lorsque son génie protecteur disparut.

Une ame moins élevée que la sienne se fut abandonnée à l'inquiétude ; mais le cimeterre du grand Salomon pend toujours à son côté, & menace encore les ennemis du Très-haut ; il n'a plus à redouter d'autres adversaires que lui-même.

« Ma faute m'avoit abattu, s'écrioit-il, mais la main de Dieu me relève.

« Caucase, ne t'enorgueillis pas de ton énorme volume, & de la dureté de ta masse ; Dieu le voulut, & je pénétrai dans tes entrailles !

« Terre, tu es derrière moi comme un mur effrayant ! tu parois sans bornes, tu sembles n'offrir à mes regards que des abymes ; mais l'espérance surnage sur tes eaux, elle se montre à moi à travers les vapeurs qui te couvrent ! »

Et en effet, Habib voyoit alors la terre

fans s'en douter : c'étoit la pointe la plus avancée de l'isle blanche, qui faifoit partie des états de Dorathil-goafe. Cependant la nuit furvint, & pour n'être pas expofé à fa fraîcheur incommode, il s'arrange entre trois rochers, pour fe préferver d'un vent frais dont l'action continuelle eut engourdi fon corps.

Au point du jour, le jeune mufulman fit fon ablution & fes prières. Il parcourut enfuite rapidement le terrain qui l'environnoit, pour y chercher des reffources à fa fubfiftance ; les cavernes qu'il rencontre font remplies de coquillages, les flots ont charié avec eux des fragmens d'herbes qu'il fait fecher, & il pourvoit ainfi à fes befoin, en attendant que fa deftinée l'appelle à des événemens plus intéreffans.

Un matin qu'Habib s'étoit arrangé fur le rocher le plus avancé dans la mer, pour découvrir, s'il le pouvoit, quelque bâtiment, il fe laiffa gagner par un léger fommeil ; trois filles de la mer élèvent tout-à-coup la tête au-deffus de l'eau.

» Il dort, ma fœur, dit l'une des Nayades aux deux autres : approchons-nous de lui, & tâchons de favoir qui il eft. Vous aurez du plaifir à le voir, il eft beau comme le premier rayon du jour. Hier je le vis panché fur l'eau pour y faire fon ablution, fembloient la colorer avec plus de vivacité ; vous euffiez dit que le fond de la mer étoit jonché de rofes. Mais pour le voir plus à notre aife, il faut l'endormir de manière que le bruit que nous allons faire autour de lui ne puiffe l'éveiller ; donnez-moi la main, & nous allons tourner en rond jufqu'à-ce qu'il foit profondément endormi. »

Dès que les filles de la mer fe furent affurées de l'effet de leur enchantement, elles fortirent de l'eau ; elles étalèrent fur leurs épaules leurs blonds cheveux qui étoient captivés par une treffe ; les doux zéphirs rendirent bientôt à cette chevelure les grâces & la légéreté dont il avoit befoin: une étoffe, faite d'un tiffu de plantes marines, auffi fine que la gaze, prenoit depuis les épaules, & venoit ceindre leurs reins ; leurs jambes ornées de brodequins de perles, leurs bras parés de bracelets de corail, achevoient de les rendre auffi belles que féduifantes. Toutes trois jettent

un coup-d'œil dans l'eau, & contentes d'elles-
mêmes & de leur parure, elles environnent le chevalier.

« Quel beau jeune homme ! difoit l'aînée
des trois ; fi ce pouvoit être un chevalier ! — C'en eft un affurément, dit la
cadette ; voyez fon fabre, mais n'y touchez pas ; car j'ai voulu mettre la main
fur la poignée, & elle m'a brûlée.

« Ilzaïde, dit l'aînée à la plus jeune des
deux, il faut que nous fachions qui il eft,
& d'où il vient. Il peut avoir été porté
ici par la tempête ; cependant rien n'annonce dans fon équipage qu'il ait été naufragé : apportez-moi un des plus grands
coquillages qui foient fur le fable, & rem-
pliffez-le d'eau. »

Ilzaïde obéit : la coquille eft apportée ;
l'aînée des filles de la mer arrache enfuite
légèrement un cheveu d'Habib : « Nous
allons, dit-elle, faire caufer celui que je
tiens, il nous dira tous les fecrets de la
tête qui l'a nourri. » Elle le plonge auffitôt dans l'eau, & le promène autour de
la coquille par un mouvement circulaire :
« Remuez bien l'eau, dit-elle à fes fœurs,
plus elle fera trouble, & mieux j'y verrai.—

Regardez donc ma sœur, dit Ilzaïde, je crois que le cheveu s'est fondu : l'eau est devenue de la couleur du firmament, on y voit des étoiles, & on n'apperçoit plus le fond de la coquille. — Tant mieux, reprit l'aînée ; après la nuit vient le jour. Baissez-vous, voyez le tableau qui se forme. Voilà une campagne remplie d'arbres, à l'ombre desquels paissent des troupeaux !... Voilà des tentes !.... Il est né en Arabie.

« En Arabie ? mes sœurs, dit celle des trois qui n'avoit pas encore parlé ; c'est de-là que notre reine Dorathil-goase attend son libérateur ! Que nous serions heureuses d'avoir ici son brave chevalier ! Il nous délivreroit surement de Racachik & de toute sa race.... mais l'eau n'en dit rien : troublez-la de nouveau, pour savoir par où il a passé.

« Ah ! ma sœur, dit Ilzaïde, l'eau devient noire, noire ! — C'est bon, reprit l'aînée, la vérité en sortira plus claire. Doublez le mouvement ! — Ma sœur, dit la seconde, voilà l'eau qui blanchit : oh ! que ce qu'on y voit est triste ! — Ce sont des montagnes, des sables & des déserts, ajouta l'aînée ; il a traversé tout cela sans être accompagné; car je l'y vois feul. Il doit avoir bien de la force & du courage.... Troublez, troublez encore l'eau ! car la route que je lui vois prendre n'a pu le conduire où nous le trouvons.... O ciel ! s'écria-t-elle, je vois les entrailles de la terre. C'en eſt aſſez, mes ſœurs, car l'eau à ce que je vois ne nous dira rien des ſecrets de ſon cœur; mais je fais un moyen plus naturel pour les ſurprendre : il eſt, vous le ſavez, de notre plus grand intérêt de les connoître; nous ſommes inſtruites que nous pouvons être délivrées de nos maux & de nos tyrans, par un amant parfait qui ne ſoit pas le nôtre. — Certainement un chevalier, quel qu'il ſoit, reprit vivement Ilzaïde, ne ſauroit être notre amant puiſque nous ne l'avons jamais vu. — Mais quand il ouvrira les yeux, reprit l'aînée, il faudra bien qu'il nous voie : ayez alors l'attention de baiſſer les vôtres, ma ſœur; vous y avez une magie plus puiſſante que la nôtre, & s'il alloit vous aimer, toute eſpérance ſeroit perdue. — Ma ſœur, il vous aimera plutôt que moi, répondit Ilzaïde. — Que Salomon nous en préſerve les unes & les autres ! ajouta l'aînée; mais il me paroît que nous sommes fort exposées : cependant comme nous devons acquérir ses bonnes grâces pour avoir droit à ses services, occupons-nous de ce que nous avons à faire pour cela.

« D'abord, je vois qu'il manque de tout ici : la plage sur laquelle il est ne lui a fourni que quelques plantes marines, & des coquillages qu'il a mangés crus : préparons-lui pour son réveil un repas tel que nos environs peuvent le procurer. Partez, Ilzaïde, vous êtes plus agile que la chèvre qui s'élance d'un rocher sur l'autre, forcez-la de vous donner de son lait ! Remplissez-en une conque dont vous aurez fermé le haut & le bas avec des herbes aromatiques. Pénétrez dans les cavités de la montagne, vous trouverez dans des endroits cachés des fleurs & des fruits ; choisissez ce qui vous paroîtra le plus agréable au goût, à la vue, & à l'odorat ; ma sœur & moi nous penserons au reste, nous aurons assez à faire à lui présenter une collation aussi parfaite qu'on peut se la procurer dans ces déserts. »

A peine Ilzaïde est-elle partie, que l'aînée des sœurs explique son projet à celle qu'elle a retenue auprès d'elle.

« Je connois, lui dit-elle, des branches de corail au fond de la mer, dont deux feroient la charge d'un chameau, nous en irons chercher; nous en placerons quatre ici en quarré, que nous couvrirons d'étoffe semblable à celle dont nous sommes vêtues; nous formerons ainsi un pavillon; nous ramasserons ensuite de la mousse de mer, que nous parfumerons après l'avoir desséchée, & qui servira de sopha; nous ferons une table avec des pierres, & la couvrirons d'un tissu qui n'ait point passé par la teinture; nous la garnirons du meilleur poisson de la mer cuit & desséché au soleil, les œufs d'oiseaux que je vais dénicher, & les fruits & le lait que doit apporter notre sœur, mettront le comble à la bonne chère.

Dès qu'un génie est hors de son élément, son pouvoir est limité. Ici l'industrie doit suppléer à la puissance; l'ordre & le goût à l'abondance : le besoin fera tout valoir, la reconnoissance mettra du prix à la moindre chose.

Ilzaïde est de retour, le pavillon dressé,

orné, la table eft couverte, il ne s'agit plus que de fufpendre l'effet magique qui fait durer le fommeil d'Habib; mais il faut qu'il fe réveille fur le fopha près duquel la table eft affife, ayant les trois fœurs placées vis-à-vis de lui.

Voyons, mes fœurs, dit alors l'aînée, fi c'eft ici le chevalier arabe, amant de Dorathil-goafe. Je vais employer un moyen qui ne fauroit manquer; levez les mains, & remuez-les tandis que je vais parler : « *De par le grand prophête Salomon, cheva-lier, je t'éveille au nom de Dorathil-goafe !* »

Dorathil-goafe ! s'écrie Habib, éveillé en furfaut, & fe levant fur fon féant : il regarde autour de lui, & demeure à-la-fois ébloui & ftupéfait; trois jeunes beautés, prefque demi nues, une table chargée de mets appétiffans, des fruits, des fleurs, un pavillon où tout eft pourpre & corail; & le nom de Dorathil-goafe, viennent de caufer cet effet.

« Dorathil-goafe ! s'écrie-t-il en fe raf-feyant & regardant autour de lui, où eft ma chère Dorathil-goafe ?

« Elle n'eft pas ici, feigneur chevalier, répond l'aînée des fœurs; mais vous êtes

en face d'une des isles que les génies rebelles lui ont enlevée : vous en pouvez
découvrir la terre au-delà de ce bras de
mer ; cette vapeur bleuâtre, qui borne
votre horifon.

« Etes-vous de fa fuite ? Où m'a-t-on
tranfporté ? dit le jeune fultan rempli d'é-
motion. — Nous fommes, répond l'aînée
des filles de la mer, encore fes fujettes
dans le fond du cœur ; maintenant affer-
vies malgré nous fous les lois du rebelle
Abarikaf, & fous la domination immédiate
du monftre Racachik.

« Où font-ils ? répartit Habib, enflammé de colère; j'en purgerai le monde.—
Seigneur ! répondit la plus agée des filles
de la mer ; l'un & l'autre font hors de
la portée de vos coups : Abarikaf eft. fur
l'isle Noire, & vous en avez fix à traverfer avant d'arriver à lui ; Racachik eft fur
l'isle Blanche, qu'on apperçoit d'ici. — Je
veux l'attaquer fur le champ, dit Habib.—
La chofe eft poffible, mais il faut employer
de nouveaux moyens. — Ils feront faciles
à trouver, ajouta le héros : je fuis ici au
milieu d'un enchantement, dont je fuis fans
doute redevable aux bontés d'Haboul, ou

à celles de Dorathil-goafe : mais où fuis-
je ? —Sur le même rocher fur lequel vous
vous étiez hier endormi, nous avons tâché de
vous le rendre plus commode. — Je vous
en remercie , dit Habib : votre pouvoir
me femble repofer fur des charmes de plus
d'une efpèce ; mais fi vous me continuez
vos bontés , ne pourroit-on pas faire ufage
des moins puiffans de tous, pour trans-
former ce pavillon en une barque, qui me
tranfportât tout de fuite dans l'isle où commande l'ennemi de la reine Dorathil-goafe ?

« Chevalier ! répondit l'aînée des filles
de la mer, quoique nous foyons ici trois
fœurs filles de génies, & génies nous-mêmes, il n'y a ici ni charmes, ni enchantement. Ce pavillon & ce repas frugal ne
font dûs qu'à des foins très-naturels ; les
fatigues que vous avez eues, celles que
vous avez effuyées depuis votre départ de
l'Arabie, ont dû épuifer vos forces ; ufez
avec confiance de ces mets , que des mains
amies vous ont préparés. Vous ne pourrez
point foupçonner notre zèle, quand vous
faurez qu'en vengeant notre reine de la
tyrannie de Racachik, vous ferez encore
plus pour nous que fi vous nous aviez ren-

du la liberté & le repos.... Mais je cesserai de parler si vous refusez de toucher aux mets que nous vous offrons «.

Habib se rendit à ces instances ; & la fille des eaux continua ainsi.

« Depuis qu'Abarikaf a consommé son attentat, en soufflant la révolte dans toutes les provinces dépendantes de Dorathilgoase ; il a donné le commandement de l'isle Blanche, frontière de ses états, au génie Racachik, le plus cruel & le plus infâme des scélérats qui soit sous ses ordres.

« Ce monstre, avant de se ranger sous l'étendart d'Abarikaf, couroit les mers sous la figure d'un énorme requin, il poursuivoit les vaisseaux, & charmoit par le venin de ses regards tous les matelots ou passagers desquels il se faisoit appercevoir : malheur à ceux qu'il pouvoit fixer ! la tête leur tournoit, ils tomboient dans la mer, & le monstre les entraînoit sous les flots pour les dévorer. Il est sans-cesse tourmenté de la même fureur, & quand les étrangers ne suffisent pas à sa voracité, il se rassasie des sujets de la reine ; le tyran Abarikaf l'autorise, & l'un & l'autre ont juré d'exterminer la race d'Adam.

« Pour nous, il ne peut pas nous tuer, mais nous sommes réservées à des tourmens plus cruels que la mort. Il choisit parmi nous ses femmes & ses esclaves; il en change à chaque lune, & mes sœurs & moi devons entrer au croissant prochain dans un grand vivier d'eau salée qui lui sert de Harem ; le terme fatal est fixé dans trois jours ! Si vous attaquez le monstre, quels vœux ne ferons-nous pas pour votre succès ! cependant nous ne devons pas vous cacher les dangers que vous allez courir.

« Pour habiter sur la terre, le monstre a pris un corps humain, en conservant néanmoins sa tête de requin, à cause des trois rangées de dents dont elle est armée; il la quitteroit s'il pouvoit en imaginer une plus carnacière. Son corps gigantesque est couvert d'écailles enchantées qui lui servent d'armure ; celle d'une grosse tortue forme son bouclier, une énorme coquille est sur sa tête en guise de casque, & le dard d'un espadon de mer de six coudées de longueur lui sert de lance : il monte un cheval marin aussi horrible que lui; & quand l'un & l'autre s'animent au

combat, les cris du cavalier font encore
plus affreux que ceux du courfier.

Il a pour fabre une côte de belaine qu'il
a rendue plus tranchante que l'acier, fon
bras & fes armes font fi pefans qu'il ne
frappe jamais fans affommer ; la force humaine ne peut rien fur lui, parce que tout
ce qu'il porte, tout ce dont il fe fert,
tient d'un enchantement magique — Madame ! interrompit vivement Habib, ne puis-
je avant trois jours être porté fur l'isle
que défole Racachik ? Facilitez-m'en bien
vite les moyens ; je me lève, & je jure
de ne plus m'affeoir que je n'aie accompli
la vengeance du ciel fur ce barbare ennemi de l'humanité ».

En prononçant ce ferment, la phyfionomie d'Habib s'anima & prit un fi grand
caractère, qu'elle eût infpiré de la confiance
à une armée entière. Il fit quelques pas
fous le pavillon, & la majefté de fon port,
les grâces nobles & fières de fes mouvemens, ajoutèrent encore à l'expreffion de
fes traits.

Kaïde cachant fa tête derrière celle de
fa fœur aînée : « Voilà un héros ! ma fœur,
lui difoit-elle, je n'en avois jamais vu....

Que c'eſt une belle choſe qu'un héros !...;
Je tremble.... de l'aimer. — Je crains qu'il
ne ſoit plus temps pour vous d'avoir peur,
répondit l'aînée.

» Vaillant chevalier ! continua-t-elle,
en s'adreſſant au ſultan ; nous ſommes plus
empreſſées que vous à vous procurer les
moyens de nous délivrer du tyran qui nous
opprime. Dans un des détours de cette montagne , il y a un marais rempli de roſeaux
d'une longueur & d'une force extraordinaire ; nous allons en former un radeau
ſur lequel, profitant du calme de la mer,
nous vous conduirons nous-mêmes à l'iſle
Blanche : mais repoſez-vous encore , &
continuez de prendre tranquillement votre
repas. Ma ſœur , dit-elle enſuite à Kaïde,
allons de ce pas préparer le radeau ! —
Je vous ſuivrai, reprit Habib ; je ne manque ni d'adreſſe ni de forces , & je peux
partager vos travaux.

« Mes ſœurs & moi y ſuffiront, répondit l'aînée ; nous devons paſſer entre deux
eaux, dans un endroit où il vous ſeroit
impoſſible d'arriver ; vous nous reverrez
dans peu, nous brûlons de vous affran-
chir du vœu que vous avez fait ; & demain
matin

ti matin nous partirons pour l'isle Blanche.

Elles s'éloignent en difant ces mots, e s'élancent de rocher en rocher, parvien- i nent fur une petite éminence voifine de la mer : là, tout en difpofant leurs vête- mens, & nattant leurs cheveux pour fe plonger dans l'eau, la plus jeune des fœurs difoit à fa compagne : « il va bien s'en- nuyer tout feul ! — Vous lui auriez volon- tiers tenu compagnie, lui répondit l'aînée ; & pendant que nous aurions fait le radeau, vous auriez travaillé à le faire échouer : ma fœur ! vous avez déjà bien parcouru la mer, mais vous n'en connoiffez pas tous les écueils : allons où notre devoir nous appelle ». Elles fe jettent toutes trois dans la mer ; & vont préparer le radeau.

Habib ayant achevé fon repas, & voyant arriver la chûte du jour, fit fon ablution & fa prière, & s'endormit tranquillement en attendant le retour des filles de la mer.

Les premiers rayons du foleil vinrent bientôt frapper fes paupières ; fes regards fe portèrent auffitôt fur l'efpace qui le fépa- re de l'isle Blanche, fes yeux en mefuroient avidement l'étendue. Tout-à-coup il apper- çoit fur la mer, qu'un doux zéphir ridoit à peine, un mouvement extraordinaire; il diftingue un objet qui avançoit avec rapidité vers le rivage, plufieurs têtes hors de l'eau qui l'appeloient. « Venez à nous, chevalier! montez fur ce radeau. » Il reconnoît la voix des filles de la mer, il s'élance; & le frêle bâtiment vogue fur les flots.

Huit dauphins étoient attelés au radeau, la fœur aînée des Nayades, le corps élevé au-deffus de l'eau jufques à la ceinture, & s'appuyant les deux mains fur la poupe du bâtiment, lui fervoit de gouvernail: les deux cadettes, nageant chacune d'un côté, le tenoient en équilibre avec une main; Habib, l'efprit occupé de fon projet, étoit fur le radeau.

Bientôt l'on découvre toute l'isle Blanche; le palais du tyran, bâti de coraux & de coquillages, paroit fur la pointe la plus avancée de l'isle : les fentinelles ayant apperçu de loin le guerrier, donnent l'alarme, & annonçent fon arrivée à Racachik: le monftre croit déjà tenir une nouvelle proie.

« Qu'on le laiffe avancer, dit-il; demandez-lui çe qu'il veut ? Il apprendra fans doute à ſes dépends, que nul étranger ne peut aborder ici ſans ſe meſurer avec moi ; je vais m'armer pour le recevoir comme il faut. »

Cependant le radeau touche terre, & Habib y ſaute promptement ; une des ſentinelles, eſpèce de monſtre amphibie, le joint, & lui fait des queſtions ſuivant les ordres qu'il en a reçus.

« Va dire à ton maître, lui dit Habib, que je viens ici pour le combattre.— Vous n'êtes pas armé, répondit le monſtre, vous n'avez point de cheval. — Tu ne ty connois pas, reprit le ſultan, mon turban vaut un caſque ; mon cimeterre me tient lieu de cuiraſſe & de bouclier, & je n'ai pas beſoin de cheval ; que ton maître oſe m'attaquer ! je le défie lui & toute ſa puiſſance à la fois. »

Le meſſage eſt rendu ; Racachik devient furieux ; couvert de ſes écailles, monté ſur ſon horrible cheval marin, dont le lourd galop fait voler un nuage de pouſſière, il accourt ſur le rivage, & voit le héros.

« Mépriſable race d'Adam ! lui dit - il, ſatellite de Mahomet ! Ta tête eſt donc bien vaine, parce que tu ne rampes pas

avec les autres vers ; & qu'elle eſt de trois
coudées au-deſſus du limon dont elle fut
formée ? Tu oſes inſulter & braver le génie Racachik ! porte la peine de ta témérité ». En même temps il pouſſe ſon cheval
ſur Habib, & ſe prépare à le percer de la
terrible lance dont il eſt armé.

Le jeune héros tire ſon cimeterre, &
la lance de ſon adverſaire vole en éclats,
avant que le coup pût arriver à lui : la force
de la commotion engourdit le bras du tyran,
ſon cheval ſe cabre, & ceſſant d'obéir à
la main qui le guide, il l'emporte ſur le
rivage, & ſe renverſe avec lui.

Racachik connoiſſant ſon danger, appelle
à lui toutes les puiſſances qui lui ſont
ſoumiſes ; au même inſtant la mer ſe trouble, & les vomit : les veaux, les lions
marins couvrent le rivage, les baleines
s'en approchent, & vomiſſent des torrens
d'eau qui paroiſſent former une barrière
entre le jeune ſultan & ſon ennemi ; la
plage rétentit de cris épouvantables, tous
les monſtres appelés par Racachik s'élancent à la fois ſur le héros ; il les combat
quelque temps avec ſon cimeterre, mais
aſſailli par le nombre, & prévoyant bien-

tôt l'inutilité de ses efforts ; il frappe trois fois l'air de son cimeterre, & prononce avec confiance le mot redoutable de *Puiſſance*. L'effet en eſt prompt ; les monſtres qui ont pu reſiſter au glaive, entraînés par une force ſupérieure, ſe précipitent dans les gouffres qui les avoient vomis ; Racachik oſe encore ſe préſenter, il tente d'oppoſer la côte de baleine qui lui ſert de cimeterre, à l'arme redoutable de Salomon; elle ſe briſe en mille pièces : ſon corps écaillé, ſon armure magique ſont réduits en pouſſière. » Va, malheureux! lui dit Habib, va gémir pour l'éternité dans les cavernes du Caucaſe! » Au même inſtant tous les débris des monſtres diſparoiſſent, la plage eſt libre & ſolitaire, & Racachik n'exiſte plus que dans le ſouvenir des rebelles.

Un morne ſilence ſuccède à l'agitation de cette ſcène effrayante ; Habib vainqueur, reconnoiſſant la volonté des deſtins, ſe proſterne à deux genoux devant l'être qui l'éclaire, & s'écrie.

« Puiſſance à qui rien ne réſiſte ! tes ennemis ſont renverſés ; ton ſouffle les a fait diſparoître : que ſont devenus leurs reſtes?

« Le feu qui brûle la paille des moiſſons

laisse des traces après lui ; tes ennemis font consumés : où font leurs cendres ?

« Le foible roseau , entre les mains du serviteur de Dieu , a plus de force que le chêne entre les mains du méchant !

« Je me suis placé sur l'arc de Mahomet & de Salomon ; ils m'ont décoché sur cette race maudite , & j'ai tout détruit! „

Habib se relevoit confus des grâces qu'il venoit de recevoir ; & ne voyoit pas le piége que la reconnoissance alloit tendre à sa modestie.

Le rivage étoit couvert des filles de la mer ; couronnées de plantes marines, ceintes de guirlandes, elles venoient rendre hommage à leur libérateur, & déposer à ses pieds les richesses de leur élément ; le concert de leurs voix, les grâces de leur maintien auroient attendri le cœur le plus farouche ; elles entourent le héros , elles se prosternent à ses genoux ; la jeune Ilzaïde & ses sœurs étoient plus empressées que les autres : mais Habib , confus, se refuse à ces témoignages. „ Je n'ai rien fait pour vous , leur dit-il, & vous ne devez rien à un homme qui a rempli à peine son devoir ; n'est-il pas ici des mosquées où la Divinité foit adorée ? marchons au temple , je vous y précède. N'y a-t-il pas ici quelque fujet fidelle de votre reine Dorathil-goafe ? Je lui remettrai vos dons , que je ne dois accepter que pour elle ».

Dans le même inftant fe préfente un génie fous fa forme naturelle ; la tête courbée fous le poids des fiécles , les aîles brifées , & le corps meurtri des fers dont le tyran l'avoit chargé ; il fe nommoit Balazan.

" Seigneur ! dit-il , dans le temps que régnoit la reine Camarilzaman , nous avions ici trois mofquées , Racachik les a profanées & détruites. Cet amas de ruines que vous voyez font les reftes d'une ville qu'il a faccagée , & dont il a dévoré les habitans : l'isle eft demeurée fans commerce & fans culture. Illaboufatrou m'en avoit donné le commandement. Racachik , à fon arrivée ici , me fit enfermer dans le cachot d'où je viens de fortir par votre puiffance. Je viens rendre hommage à l'envoié de Salomon , qui fait briller fur ce rivage le glaive de ce prophête , & me foumettre au libérateur des enfans de Dieu , & au vengeur de Dorathil-goafe.

" Allez, Balazan ! répondit Habib ; je vous rends au nom du grand Prophête & de la reine Dorathil-goafe, dont je fuis le chevalier, tout le pouvoir dont vous étiez revêtu : prenez ces tréfors que vous voyez à mes pieds, faites rebâtir les mofquées, & que le muczin y appelle du haut des minarets les fidelles fujets que la crainte avoit difperfés ? Gouvernez tout ici au nom de Mahomet, du grand Salomon, & de votre reine ; rétabliffez l'ordre partout, & facilitez-moi les moyens de me rendre à Medinazilbalor.

" Noble & vaillant chevalier ! reprit Balazan, je reçois vos ordres avec confiance, & je m'y foumets au nom du puiffant créateur de toutes chofes. Mais feigneur ! il m'eft impoffible de vous donner des fecours pour vous rendre où les deftins vous appellent ; l'isle eft dépourvue de moyens pour la navigation, le chemin des airs eft inutile, mes aîles ont été coupées, vous le voyez ! Mais euffent - elles encore toutes leurs forces, Abarikaf s'eft tellement rendu maître des paffages d'en-haut, que mes reffources ne ferviroient à rien. Il faut que vous continuiez de marcher d'isle en isle par les mêmes moyens qui vous ont conduit ici ; profitez de l'enthousiasme que votre personne & vos vertus ont répandu chez les génies de la mer ; faites-leur oublier les périls qu'ils vont courir en s'exposant avec vous, & il sera possible qu'ils vous conduisent jusqu'au centre des forces de notre ennemi ; le reste sera l'ouvrage de votre vaillance, & des arrêts du destin.

« La terreur est déjà répandue dans l'isle Jaune & l'isle Rouge ; Mokilras, le tigre de mer, les gouverne toutes deux ; il est fils de l'affreux tyran dont vous venez de nous délivrer. Instruit de la défaite de son pére, il a déjà pris toutes les précautions que la crainte autorise ; les difficultés vous attendent, mais si vous parvenez à en être vainqueur, emparez-vous de la peau de ce monstre, faites-en un étendart, à sa vue l'isle Rouge vous sera soumise. „

Habib s'adressant ensuite à l'aînée des filles de la mer, lui dit : « si je pouvois trouver ici une barque de pêcheurs, ou un petit esquif, je m'embarquerois sur le champ pour l'isle Jaune : mais à défaut de ces secours, les génies de votre élément me refuseroient-ils le leur ? — Si la frayeur les

T v

détournoit de l'entreprife, répondit-elle,
s'ils ne connoiffoient pas le degré de confiance que mérite un chevalier comme vous,
mes fœurs & moi leur montrerions leur
devoir. Les dauphins peuvent encore conduire votre radeau jufqu'à une lieue de la
terre, car il y auroit du danger pour eux
d'aller plus loin, vu les précautions qu'aura
prifes Mokilras. — Qu'eft-ce qu'une lieue à
faire à la nage? dit Habib, pour un homme
déterminé à tout entreprendre pour fe rendre à fon devoir.

" O généreux chevalier ! reprit la fille
de la mer ; qui-eft-ce qui refuferoit de vous
fuivre, ne fut-ce que pour vous voir, vous
entendre, & vous admirer? Mais ne crai-
gnez-vous pas d'être dévoré vous-même
par les monftres marins ? — Je ne crains,
madame, que de mal féconder mon etoile,
en ne fervant pas votre reine comme je le
dois. — Repofez-vous fur nous, vaillant
héros ; mes fœurs & moi nous nous réfer-
vons l'honneur de vous fervir ".

Sur l'inftant le radeau part, & paroiffoit
voler fur les eaux : déjà l'on diftinguoit les
mouvemens qui fe faifoient fur l'isle Jaune ;
on n'en étoit plus qu'à une lieue, lorfque

les dauphins , prévenus par leur inftinct,
s'arrêtent tout-à-coup , & font leurs efforts
pour brifer les liens qui les attachoient au
radeau. Une des fœurs paffe à l'avant, &
les coupe ; le bâtiment refte immobile : bientôt une vague , que faifoient foulever les
monftres marins , paroit venir engloutir le
radeau ; Habib voit qu'il n'a pas un moment
à perdre pour délivrer fes aimables compagnes du danger qui les menace , il met le
cimeterre en main , & fe met à la nage ,
en prononçant la parole redoutable du talifman.

On eut dit que les eaux s'arrangeoient
d'elles mêmes pour lui frayer une route affu-
rée , les vagues fe diffipent , les flots s'ap-
planiffent , & le héros eft porté dans un
endroit de la plage où rien ne met obftacle
à fa defcente.

Ses ennemis , difperfés par pelotons ,
femblent n'attendre que fes regards pour
s'abandonner à la fuite ; il marche où la
foule lui paroît la plus épaiffe ; meffager
de la foudre qui va frapper, il s'élance fur
elle avec fon fabre , & tont ce qui réfifte au tranchant du glaive eft à l'inftant
diffipé.

Mokilras, tigre énorme, fait contenance sur ses deux pieds ; il jette au héros la lourde maffue dont il eft armé, & reprenant bien vite sa nature, il s'enfuit sur ses quatre pattes; Habib le pourfuit, mais ses forces humaines ne lui permettant pas de l'atteindre, il prononce à haute voix la fatale parole, & s'écrie en même temps : *Mokilras ! je t'arrête au nom de Salomon.* Le monftre eft immobile. Un coup de cimeterre lui fait voler la tête, & sa peau lui eft enlevée au même inftant.

Dès que le tyran de l'isle Jaune eft détruit, tous les élémens r'entrent dans l'ordre naturel, & le filence fuccède au tumulte affreux qui les agitoit.

Cependant, les trois filles de la mer se font ralliées au radeau ; la jeune Ilzaïde, debout fur le bâtiment, embouchant une longue trompette marine, rappelle au loin les dauphins effrayés; dociles à sa voix, ils reviennent en foule, tous les habitans des eaux viennent se joindre à ces concerts de joie, l'air retentit de chants de victoire, tout le cortège aborde au rivage au moment où le héros vient de dépouiller Mokilras.

Habib fe retourne ; & repouffant des hommages qui tiennent de l'adoration : « Créatures du très-haut ! leur dit-il, levez les yeux au ciel ! c'eft là qu'eft le feul ob-jet de votre reconnoiffance. Sujets de Do-rathil-goafe ! c'eft à elle que vous devez refpect, hommage & foumiffion : fon che-valier ne fe réferve que le droit de joindre fes vœux aux vôtres , & de partager votre délivrance ».

Comme il finiffoit , une foule de peuples arrivant de toutes parts , vient augmenter fon triomphe & fon embarras ; tous veu-lent lui jurer obéiffance , tous lui deman-dent de nouvelles loix ; heureufement , le vieux Balazan fe préfente. Dès que tout fut rentré dans l'isle Blanche fous la puif-fance de ce génie, il chercha à s'élever dans les airs pour fuivre , s'il étoit poffible, les fuccès du jeune Habib ; & il parvint avec beaucoup de peine à le joindre à l'isle Jaune, au moment où les peuples de cette con-trée lui rendoient hommage.

» Sujets de Dorathil-goafe , dit le vieux génie en arrivant ; ce vaillant chevalier re-çoit les témoignages de votre reconnoif-fance, retournez à vos poffeffions ; vous rentrez dès aujourd'hui fous les loix de notre fouveraine. Et vous, chevalier ! dit-il à Habib ; prenez un inftant de repos. La foumiffion de l'isle Rouge n'eft pas une conquête digne de vos occupations ; je monterai feul le radeau qui vous a conduit ici, j'emporte avec moi la peau de Mokilras & fes armes ; à la vue effrayante du trophée que j'en vais former, les rebelles tendront d'eux-mêmes les mains aux fers que je vais leur porter : ménagez vos forces pour l'attaque des isles Verte & Bleue, & furtout pour celle de l'isle Noire ! »

Habib ne fait vaincre fans péril ; il abandonne l'entreprife à la conduite de Balazan, & cherche un repos néceffaire pour les travaux qui l'attendent.

Il dormoit encore quand Balazan arriva de l'isle Rouge, tenant à fa main deux outres de peaux de bouc. « Chevalier, dit-il à Habib en le réveillant, voilà les reftes des feuls ennemis dangereux qui fuffent dans le pays que je viens de foumettre aux loix de la reine ; je les ai renfermés dans ces outres, & je vais les envoyer fur le champ à l'entrée des cavernes du Caucafe. Demain vous pouvez vous rendre fans obf-

tacle à l'isle Rouge , & vous aviferez de-
là aux moyens de pourfuivre vos conquê-
tes : mais il eft impoffible de vous définir
les dangers que vous allez courir. Nifabic
gouverne l'isle Verte , & fon empire s'é-
tend auffi fur la Bleue ; c'eft un génie
dont les enchantemens égalent peut être
ceux d'Abarikaf. On ne foupçonne jamais les
moyens qu'il doit oppofer aux attaques ,
parce qu'il les varie fans-ceffe ; & fi les
effets en font vifibles , votre génie doit
aller au-devant de ceux qu'il vous cache :
tout feroit impoffible pour nous , & rien
ne doit l'être au chevalier de Dorathil-
goafe. »

La réfiftance & les difficultés enflamment le courage du prince Arabe ; il profite des premiers rayons du jour pour
partir, & les dauphins le conduifent fur
l'isle Rouge. Il en dépaffe la pointe pour
fe mettre à portée de l'isle Verte , qu'il
fe propofe d'attaquer le lendemain.

Les filles de la mer n'ont point abandonné leur libérateur, & pourvoient fans-
ceffe à tous fes befoins. Le héros , livré à
fes réflexions, fe rapelle les difcours du fage
Il'Haboul. *Je crains moins pour vous la force*

ouverte que la ruse, lui difoit fon gouverneur. Ainfi il fe met en garde contre celles du génie qu'il doit foumettre ; il s'endort avec confiance dans les bras de la providence, & fe lève le lendemain le cœur rempli d'ardeur & d'efpérance.

Le héros voguoit tranquillement vers fa deftinée ; tout-à coup les trois fœurs jettent un cri, la tête & les mains d'Ilzaïde, qui nageoit à côté du radeau difparoiffent. Habib tire fon cimeterre & fe met à la nage ; il fe trouve embarraffé dans des mailles de filets, il prononce le terrible mot, emploie le tranchant du fer, & les mailles cèdent de tous côtés. Il faifit Ilzaïde & la porte fur le radeau, auffitôt il vole au fecours de fes fœurs ; après qu'il les a fauvées, il s'apperçoit que le radeau s'agite fans avancer, & que les dauphins font engagés dans les mêmes filets ; il nage autour d'eux & les délivre. Pour affurer fa route, il monte fur le premier des dauphins, & marche vers la terre en coupant à droite & à gauche les filets tendus fur fon paffage.

Du fommet d'une des plus hautes tours de fon palais d'acier, le tyran obfervoit l'objet qui gagnoit le rivage ; il voit qu'on dépaſſe le filet magique dont il avoit embarraſſé la mer, il n'apperçoit point le prince Arabe, mais il voit ſur un corps qui flotte avec rapidité un groupe de trois femmes preſque nues, & ne peut préſumer contre quelle eſpèce de danger il doit ſe précautionner. On jugeroit mal de ſes diſpoſitions, ſi l'on croit le ſéduire par la beauté, & les précautions qu'il a ſu prendre le raſſurent ſur toute eſpèce d'enchantement. Le palais qu'il occupe eſt de véritable acier, on n'y arrive qu'en paſſant ſous une voûte taillée dans le roc, armée de pointes de fer, & ſoutenue par une clef qui ne tient qu'à un fil : cette défenſe ne peut céder ni aux enchantemens, ni aux charmes d'aucune eſpèce de magie.

Niſabic ſe confiant ainſi dans ſes forces fort de ſon palais, franchit la voûte redoutable, & vient au-devant de ſon adverſaire ; le groupe qu'il a découvert s'avance vers la terre, le chevalier s'élance ſur le rivage ; le monſtre mépriſe un pareil aſſaillant, lui, qui eſt couvert d'une armure de la tête aux pieds, qui apprit en con-

fultant les aftres fur 'fon fort que, pour
fe rendre maître de fa perfonne, il falloit
s'emparer de fa maifon d'acier. Il lui paroît
impoffible que fon ennemi échappe au danger de la voûte myftérieufe, & fut-il affez
heureux pour cela, il ne feroit aucun moyen
de détruire le fort, auprès duquel il doît
fe trouver après avoir paffé la voûte dangereufe.

Nifabic tenant à fa main une maffue
d'acier d'un poids énorme, fe préfente
devant Habib. « Qui es-tu, téméraire?
lui dit-il; quelle rage te conduit à terminer ici ta vie ? — Je fuis le chevalier de
Dorathil-goafe, répond Habib : je viens
châtier les rebelles envers Dieu & Salomon. —— Vil infecte ! reprit le génie furieux ; tu n'as qu'une vie à perdre, & tu
ofes fans armes infulter Nifabic! Meurs
de la mort que je réferve à mes efclaves. »
En même temps, avec une promptitude
incroyable, il élève fa maffue, & la laiffe
tomber fur la tête du héros. Le prince
Arabe n'oppofe à cette chûte que la lame
de fon cimeterre; l'effet en eft terrible,
la maffue échappe des mains de Nifabic &
l'entraîne avec elle, le talifman l'éblouit, il

voit qu'il va tomber au pouvoir de son
ennemi , il prononce de noires conjura-
tions : Habib s'approche du corps pour
percer le génie abattu , & ne reconnoiffant que son armure , il voit qu'il ne s'est
rendu maître que de l'écorce d'un guerrier.

La substance matérielle de Nifabic avoit
disparu , & le prince arabe n'imaginoit
pas que cette victoire étoit plus précieuse
pour lui que le corps du génie ; en effet ,
elle expliquoit la prophétie qui disoit , que
pour se rendre maître du rebelle , *il falloit
s'emparer de sa maison de fer* : & l'oracle
avoit en vue l'armure qui le renfermoit ,
& dans laquelle le génie paroissoit avoir
mis toute sa confiance.

Habib foule aux pieds cette armure , dont
les proportions excédoient de beaucoup les
tailles ordinaires ; en quatre coups de cimeterre il en fait disparoître les liens , il
en disperse les débris , & remplit ainsi un
autre sens de l'oracle : *les puissances sou-
mises à Nifabic seront déliées & dispersées.*

En se rendant invisible , & se retirant
sous la voûte qui forme l'entrée de sa demeure , le monstre a fait le dernier essai

de fon pouvoir. Il fe préfente fous fa forme naturelle avec fon cimeterre , & attend Habib à l'entrée de la voûte , comme pour le défier à un combat fingulier : le jeune prince fe laiffe engager dans le piège , le génie recule deux pas ; il coupe le fil qui fufpend la clef de la voûte , les rochers s'écroulent fur le champ avec un horrible fracas.

Auffitôt que le fultan entend les premiers efforts, il prononce fortement le mot redoutable du talifman, & oppofe à la chûte des rochers la lame éblouiffante : les débris en tombant fe rangent à droite & à gauche fans lui caufer le moindre dommage; une pouffière affreufe l'environne , & il n'entend autour de lui que des gémiffemens & des cris ; c'étoit Nifabic lui-même qui les pouffoit. « Arabe ? lui difoit le génie ; je viens d'être inftruit par le malheur, je reconnois tes deftinées & les miennes : j'ai cru à des oracles qui m'ont trompé ; je t'attendois depuis long-temps & ne t'ai point reconnu ; tu déguifois ton pouvoir fous de foibles apparences, je me fuis livré imprudemment & tu m'as vaincu ; n'abufe pas de ta victoire, je fuis écrafé

ous ces ruines, mon exiftence y feroit
ffreufe; fais-moi tranfporter dans les ca-
hots du Caucafe ! au moins je n'y gémi-
rai pas feul.

« Génie ! répondit Habib, tu es coupable de bien des crimes: mais j'ai l'ame d'un
chevalier, & mon ennemi peut me demander grâce ; cependant je ne peux me décider fans confeil, & je ne te rendrai réponfe qu'après avoir fait trois prières. »

Habib étoit comme enfeveli dans un trou
au milieu des rochers, à peine la pouffière fut-elle diffipée, qu'il vit briller
comme deux étoiles au-deffus de fa tête,
c'étoit les yeux charmans de la plus jeune
des filles de la mer.

« C'eft vous, feigneur ! lui dit-elle : que
nous fommes heureux ! nous avons trem-
blé pour vos jours quand nous avons vu
cette montagne s'écrouler fur vous? Prenez mes cheveux, chevalier ! ne craignez
pas de me bleffer, j'ai de la force & du
courage. » En difant cela elle laiffe aller
fa treffe jufqu'à lui; il en faifit le bout,
s'y attache, & elle parvient à le fortir du
fouterrain.

Le premier foin d'Habib fut de remercier fa libératrice. « Je n'ai rien fait pour vous, lui dit-elle ; ne me remerciez pas, je voudrois vous rendre le plus heureux des hommes ! » En même temps elle lui tendoit la main pour lui aider à paffer de rocher eu rocher, jufqu'à-ce qu'enfin ils fuffent parvenus fur le rempart extérieur des foffés du palais d'acier, réfidence ordinaire du génie Nifabic.

A peine étoient-ils arrivés, qu'ils apperçurent les deux autres fœurs fur les côteaux voifins. « Venez, mes fœurs, s'écrioit Ilzaïde, le voici ! » Il n'y avoit qu'une forte & véritable paffion, qui put mettre notre héros à couvert des attaques d'autant plus dangereufes d'Ilzaïde, qu'elles étoient innocentes ; mais il étoit déjà vaincu par fon deftin, & la reine ne devoit rien craindre.

Cependant la conquête de l'isle Verte n'étoit pas achevée ; le château d'acier eft inacceffible, les fortifications font gardées, les portes & les ponts font fermés. « J'ignore encore, difoit Habib, comment je peux fuffire à une entreprife auffi hardie ; voilà un fort inattaquable, les forces humaines n'y peuvent rien : ma confiance n'eſt plus en moi, elle eſt dans les décrets du ſort qui me conduiſent; il ſeroit poſſible que les aveux de la défaite de Niſabic ne fuſſent qu'un piège adroit pour m'engager dans un nouveau combat, & que je fuſſe attendu ici par des périls que vous ne devez point partager : retournez ſur votre élément, faites des vœux pour le chevalier de Dorathil-goaſe; & que du moins votre éloignement me tranquilliſe entièrement ſur votre compte. —— Nous ne vous quitterons point, répondirent les filles de la mer; on ne court aucun danger avec vous. Si vous étiez toujours à mes côtés, ajouta la plus jeune, je braverois les tempêtes qui briſent les rochers. »

Habib s'approche du pont-levis le ſabre à la main. « De par Salomon ! s'écria-t-il, & en vertu de ſon taliſman, j'ordonne à ce pont de s'abaiſſer. » Sur le champ il tourne ſur ſes gonds, & le paſſage eſt ouvert: le guerrier coupe avec ſon cimeterre les deux chaînes qui aident à le relever, & pénètre dans la cour de la fortereſſe.

Au milieu de cette cour s'élève une colonne, au ſommet de laquelle eſt une cage de fer; ce monument eſt couvert de taliſmans, on y lit cette infcription : *Tu ne peux être détruite que par la force de l'Arabie.* Habib frappe de fon glaive tous les talifmans ; un bruit foudain rétentit du centre des fouterrains jufqu'au fommet des voûtes. La colonne fe brife, & les fujets de Dorathilgoafe, retenus dans les fers, fortent à la fois des cachots. La cage fe trouve à terre ; Habib apperçoit dedans un objet extraordinaire, dont il a peine à diftinguer l'efpèce : c'étoit une femme nue, dont le vifage étoit couvert de fes cheveux. « Qui êtes-vous, Madame ? demande le Héros. —Seigneur ! répondit-elle, faitesmoi fortir de ma prifon, & donnez-moi quelques vêtemens pour paroître décemment devant vous ; cette cage eft fermée par un talifman, que le féroce Nifabic porte toujours avec lui ; tâchez de l'ouvrir, rendez-moi la liberté, & je ne cefferai de bénir Dieu, Mahomet, & vous. —Vous n'oublierez pas le grand Salomon, reprit le chevalier, au nom duquel je brife tous les barreaux. En même temps il les frappoit avec fon cimeterre. »

Les trois filles de la mer ayant partagé leur ceinture, en couvrirent la prifonnière,

fonnière, de façon qu'elle pouvoit s'offrir aux regards du chevalier fans que fa mode-ftie en fouffrît. Dès que les fujets de Dorathil-goafe furent délivrés de leurs fers, ils fe profternèrent devant la dame incon-nue, & lui donnèrent toutes les marques d'un attachement & d'un refpect dont Habib ignoroit les motifs. « Que faites-vous donc ? leur dit-il. Quelle eft cette Dame? —— Hélas ! feigneur, répondit un d'entr'eux, c'eft la dame aux beaux cheveux ; c'étoit notre reine avant la rebellion d'Abari-kaf; elle eft parente de la belle Dorathil-goafe.

« O ciel ! s'écria le prince Arabe, une reine, une parente de Dorathil-goafe ! comment pourrai-je lui rendre tout ce qu'elle a perdu ?

« Rien ne vous fera difficile à cet égard, répondit celui qu'il interrogeoit. Le tyran a accumulé dans cette forterefle, avec les richeffes de notre reine, toutes celles de l'isle dont il s'eft emparé : &, dès que vous êtes maître ici, vous êtes dans l'abon-dance; les femmes que vous voyez au fond de la cour, & que leur fituation empêche d'approcher, étoient à fon fervice : elles ont montré trop d'attachement pour elle après son malheur, & une prison a été la récompense de leur fidélité.

« Cherchez ici, dit Habib, tous ceux qui étoient attachés à la personne de votre reine ; & qu'on la fasse rentrer en possession d'un palais où tout lui appartient.

« J'étois moi-même à son service, reprit celui qu'il interrogeoit, & dans une place de confiance. » Vous la reprendrez, dit Habib, si elle le juge à-propos ; en attendant, rassemblez autour d'elle tout ce qui peut ici contribuer à sa commodité ; & si vous connoissez les appartemens de ce château, après que vous aurez parlé à ceux qui doivent se réunir pour son service, vous m'accompagnerez, afin que je puisse la conduire au plus magnifique.

En un moment, les gens qui doivent composer le service de la Dame aux beaux cheveux se sont rassemblés : Habib les lui présente, & la prie d'accepter sa main.

« Vous rentrez dans vos droits, Madame, lui dit-il, vous commandez ici ; accordez au chevalier de Dorathil-goase l'honneur de vous reconduire dans votre palais »

La Dame aux beaux cheveux baissa les

yeux, & se laiffa conduire à un appartement préparé pour elle par le génie, &
auquel elle avoit préféré la cage dont on
venoit de la tirer : tout y étoit fuperbe ;
les richeffes y étoient accumulées dans tous
les genres, & la Dame trouva, fur le
champ, beaucoup plus qu'il ne lui étoit
néceffaire pour fe vêtir convenablement,
elle & toute fa cour.

Les trois filles de la mer l'avoient fuivie,
& comme compagnes du chevalier Arabe,
elles lui demandérent la grâce de leur laiffer arranger fes beaux cheveux.

« Hélas ! leur dit-elle, ils ont été la caufe
de mon malheur ; cependant, comme dans
mon infortune même, ils ont été toute
ma reffource, je ne puis me reprocher le
trop d'attachement que j'ai eu pour eux :
je vous les abandonne donc avec beaucoup
de fatisfaction. La Dame aux beaux cheveux fortit de fa toilette avec une natte
en thiare fur la tête, ornée de filets de
perles & de rubis, deux autres lui tomboient fur le dos & plus bas que la ceinture.

A peine étoit-elle parée, que des écuyers
vinrent l'avertir qu'elle étoit fervie. Habib

la prit pour la conduire : elle engage les
aimables filles de la mer à venir dîner
avec elle; & le chevalier Arabe se trouve
pour la première fois de sa vie à table
avec des femmes; & la première fois depuis six mois, vis-à-vis d'un repas qui
fut point le produit forcé de son industrie
ou de celle des autres. On avoit trouvé de
tout dans les cuisines & les offices de
Misakobhe.

La Dame aux beaux cheveux étoit jeune,
d'une taille riche & parfaitement belle ;
d'ailleurs, ses regards pleins de feu res-
piroient une langueur touchante ; un cœur
qui n'auroit pas été préoccupé se feroit aisément pris de passion pour elle ; mais il
n'en étoit aucun qui pût se refuser à l'intérêt que sa personne & ses malheurs pouvoient inspirer. Habib laissoit tomber sur
elle des regards d'attendrissement : Ilzaïde
les suprenoit sans les chercher ; & sensible,
sans s'en douter, elle étoit jalouse sans le
savoir.

Le repas se passa en attentions récipro-
ques : quand il fut achevé, la compagnie
passa dans un sallon, & Habib pria la Dame
de vouloir bien, si cela ne lui étoit pas

trop à charge, lui faire le récit de ses disgraces; la Dame poussa un soupir, passa la main sur ses beaux yeux pour en essuyer les larmes, & commença ainsi:

Histoire de la Dame aux beaux cheveux.

MON père tenoit la couronne de l'isle Verte & de l'isle Bleue des bontés de son frère, père de Dorathil-goase, moyennant un hommage & un tribut annuel. Je fus, comme ma cousine, le seul fruit du mariage d'un prince uni à une fille de l'ordre des génies.

Il'Haboushatrous, père de ma tante Camarilzaman, avoit formé le projet d'établir dans cette contrée tous les génies soumis à Salomon, dont ce prophête l'avoit rendu chef; & pour prévenir leur inconstance & leurs rechûtes, de les engager à se marier tous avec des enfans d'Adam: plusieurs d'entr'eux s'y refusèrent, entr'autres, Abarikaf, Mokilracham & sa famille, & Misakobhe; ils colorèrent leurs motifs, mais le véritable étoit la rébellion déjà née dans leur cœur, avec le désir de la faire éclater quand ils pourroient se flatter de se rendre puissans par elle.

« Je perdis les auteurs de mes jours presqu'en même temps que ma cousine Dora-thil-goase perdit les siens. Je me vis reine sous la tutelle d'un vieux Visir, que mon père m'avoit choisi ».

L'insolent Misakobhe, un des favoris d'Abarikaf, étoit devenu amoureux, non de moi, mais de mes cheveux.

Sans-cesse occupé d'enchantemens & de pronostics, il demeuroit convaincu que s'il pouvoit m'épouser, il soumetroit à sa puissance autant de génies que j'avois de cheveux; ils devoient lui servir à les lier, & il m'en auroit coûté un à chaque opération.

« Je connus le fond & l'extravagance de son projet, parce qu'il eut l'audace de me le détailler, pour essayer de me séduire par le tableau de la puissance dont je pourrois jouir un jour ».

Je rejetai ses offres, & donnai ma main au prince Dalisha à qui j'avois donné mon cœur; à peine étions-nous unis, que la révolte d'Abarikaf se déclara. Il y entraîna tous les habitans de l'isle Noire, qu'il gouvernoit comme Visir; des légions d'esprits révoltés viennent se joindre à lui des par-

ties les plus reculées de la terre. Il'Haboushatrous peut à peine se maintenir,
avec sa petite fille, dans l'isle de Medin-
naz-il-Ballor, & ne peut donner du secours à celles-ci, que Mokilracham &
Misakobhe envahissent sous les ordres d'A-
barikaf.

« Dalisha, mon mari, est vaincu & conduit à l'isle Noire, où le traitre Abarikaf
le garde comme un otage, & le scélérat
Misakobhe vient de nouveau m'offrir son
odieuse main.

« Reine, me dit-il, votre main est déga-
gée ; vous ne pouvez la conserver à mon
esclave, elle doit entrer dans celle du vainqueur ». Vil rebelle ! lui dis-je, les étoiles
entreront un jour en jugement pour avoir
combattu pour toi ; il se retira furieux &
me rendit prisonnière dans mon palais.

Chaque jour il venoit renouveler ses im-
portunités, & je m'étudiois à l'accabler
de mépris ; mais il vouloit absolument ma
main, aveuglé qu'il étoit par cet horoscope
qui la lui faisoit paroître si précieuse.

Enfin, désespérant de réussir, il imagine
d'employer, vis-à-vis de moi, les dernières
rigueurs. Je le menaçai de m'arracher les

cheveux un à un ; il écumoit de rage. »
Je vous en empêcherai bien, me dit-il,
ils deviendront votre unique reſſource.

« Ce fut alors que ce monſtre réſolut de
m'enchanter dans cette cage dont vous m'a-
vez tirée, où il me nourriſſoit d'air & m'a-
breuvoit de mes larmes ; mes cheveux
étoient la ſeule couverture qui me reſtât
pour me mettre à l'abri des rigueurs du
climat, des injures du temps, & de la
confuſion de paroître nue aux regards
auxquels il m'avoit expoſée. »

Je ne pouvois les peigner qu'avec les
doigts : ainſi il me força à conſerver mes
cheveux, qui étoient le principe de mon
malheur & de ſes folles eſpérances.

Chaque matin il venoit au pied de la
colonne me demander ſi j'étois laſſe de ſouffrir, & ſi je voulois enfin lui donner la main.
Je lui demandois la mort avec inſtance,
& il me répondoit en jetant en l'air de
l'eau avec la main ; « vivez, ſouffrez,
ſoupirez, pleurez, & peignez-vous. » Chaque ſoir il venoit me preſſer de conſentir
à entrer dans ſon lit, & il répétoit avec
la même cérémonie les mêmes paroles.

Voilà, ſeigneur chevalier, mon affligean-

te hiſtoire ; il m'eſt impoſſible de vous dire
combien mes ſouffrances ont duré : j'étois
abſolument plongée dans mes réflexions ,
& comme abſorbée par elles. Vous avez
mis fin à une partie de mes peines ; ſépa-
rée d'un époux que j'aime tendrement ,
affectée de l'idée des tourmens rigoureux
qu'il éprouve ſans doute, je ſuis bien éloignée de pouvoir me livrer à la joie que
devroit me cauſer la vue de mon libérateur & le changement de ma fortune. »

En prononçant ces dernières paroles ,
la Dame aux beaux cheveux fondoit en larmes , & par un mouvement habituel & involontaire , elle portoit encore les doigts
à ſes cheveux, comme pour les peigner.

Habib n'avoit jamais connu de diſgraces
que les ſiennes ; le récit de celles de la
Dame, le pénétra d'un ſentiment nouveau
pour lui : ſon ame s'émut : ſes yeux ſe remplirent de larmes ; Ilzaïde ſe mit à ſanglot-
ter & ſortit de table. Sa ſœur aînée la ſuivit :
« qu'avez-vous ? lui dit-elle , contenez-
vous : je ne ſaurois , répondit la jeune ſœur ;
cette Dame fait trop de peine au chevalier
Arabe. Vous n'êtes donc pas comme moi ,
ma ſœur , je voudrois qu'on ne lui fît que

du plaisir. „ Pendant qu'elle faisoit cette
réponse on reconduisit Ilzaïde à table.

La Dame aux beaux cheveux s'appercevant de l'impression qu'elle cause, s'est
composée, & Habib, devenu maître de sa
propre émotion, peut parler.

" Madame lui dit-il, je jure par le cimeterre qui m'a été confié, que votre époux
vous sera rendu, & que je vengerai les injures de Dorathil-goase & les vôtres jusques sur la dernière des têtes de rebelles
qui vous ont offensé. „

Misakobhe, si j'ai dû l'en croire, porte
déja en partie la peine de ses abominables
excès, sous un amas de rochers dont il avoit
voulu m'accabler; je suis plus que vengé
du mal qu'il vouloit me faire, mais le ciel,
Dorathil-goase, & vous Madame, ne l'êtes
pas assez.

Nous allons nous rendre ensemble au
pied de cette masse sous laquelle il avoit
prétendu m'écraser, & je veux employer
à son châtiment le moyen qu'il avoit ima-
giné, d'après ces horoscopes, pour s'élever au-dessus des autres.

Daignez m'accompagner, Madame; en
attendant qu'avec la protection du ciel &

celle de ſes favoris , je puiſſe mettre fin à tous vos malheurs , je veux vous faire goûter le plaiſir de la vengeance.

En diſant cela , il prenoit avec la Dame aux beaux cheveux & les trois filles de la mer le chemin des rochers renverſés , qui fermoient le paſſage pratiqué dans le roc. , pour aller de l'eſplanade du château au bord de la mer.

Dès qu'ils y ſont arrivés , Habib tire ſon cimeterre , en frappe trois fois les rochers éboulés , puis il élève la voix. Miſakobhe , s'écrie-t-il , ſi tu gémis ſous ces maſſes de pierres , donnes-en des ſignes ; le chevalier Arabe vient te tenir ſa parole.

Au même inſtant , l'amas de rochers parut ſe ſoulever un peu , & il en ſortit un gémiſſement d'une nature effrayante ; la Dame aux beaux cheveux reconnut ſa voix & treſſaillit.

Habib reprend la parole. " Génie rebelle ! je ne connoiſſois pas tous tes crimes , & avant que je te les envoie expier dans les cavernes du Caucaſe , il faut que tu ſois humilié aux yeux d'une reine que tu as ſi lâchement outragée ".

Après ce diſcours adreſſé au génie , le

chevalier s'arrête & se retourne du côté de
la reine. « Madame , cet impie vouloit se
servir de vos cheveux pour lier & s'assu-
jettir les êtres spirituels : il faut qu'il soit
puni de son ambition & de ses désirs insensés , par ce qui en étoit pour lui le
moyen comme l'objet.

Habib frappe de nouveau le rocher &
élève la voix : " Tu auras trois des cheveux que tu as désiré , malheureux coupable ! ce seront trois liens de fer qui te tien-
dront par le col , par les mains & par les
pieds : puis jetant les trois cheveux en l'air,
il prononce d'un ton de voix plus grave &
plus forte „. *Nobles créatures de Dieu , esprits conservateurs des élémens , serviteurs du
grand Mahomet & amis de Salomon , enchaî-
nez le coupable , jetez-le aux pieds de celle qu'il
a offensée , & portez-le dans les prisons du Caucase* !

On entendit des cris affreux , les rochers
s'entr'ouvrirent , Misakobhe chargé de fers
parut un instant , le front humilié jusqu'à
terre , devant la Dame aux beaux cheveux ;
& sur le champ la vision fut dissipée.

Pendant le temps que l'horrible génie fut
exposé à la vue , Ilzaïde se tint cachée der-

rière le chevalier. La Dame aux beaux
cheveux ne put se garantir d'un mouvement
de dégoût & de crainte : Habib s'adresse
à elle.

" Rassurez-vous, Madame ; vous voyez
que votre chevelure est un précieux trésor ;
vos cheveux vous délivreront ce soir de
tous vos ennemis qui infectent les cachots
de votre forteresse de leur souffle impur ; &
même de ceux que la fuite a pu garantir
de ma vengeance, si leur imprudence leur
a fait choisir un azile dans cette isle.

Nous ferons plus, j'y vois un moyen sûr
de soumettre tous les rebelles de l'isle Bleue,
fans qu'on ait la peine de les aller chercher;
que ne puis-je me flatter de pouvoir m'en
servir contre Abarikaf même, & d'achever
de vérifier aux dépens de tous les ennemis
de Dorathil-goase & des vôtres, l'horofcope qui destinoit votre chevelure à donner
des fers à des légions de génies ? Il ne faudra pas les ménager, Madame, livrez-la
à sa destination, & par la suite vous n'en
ferez que plus parée.

La Dame aux beaux cheveux est rentrée
dans son appartement, & les trois filles
de la mer la servent encore pour la toilette.

du foir ; pleine de confiance dans la fageffe du chevalier, elle arrache une poignée de fes cheveux, glorieufe de les voir fervir à un auffi noble emploi. Ilzaïde s'en faifit & va les lui remettre ; Habib fe fait conduire à la porte des cachots, il y répête l'opé- ration qu'il a fait auprès des rochers, & tous les rebelles font enlevés fur le champ, pour être conduits dans les fouterrains du mont Caucafe.

Il monte enfuite fur la terraffe qui cou- ronne le château, en répand dans l'air en les confiant aux miniftres des prophêtes, pour que leur effet fe produife fur ce qui refte d'ennemis dans l'isle Verte, & fur ceux qui font en poffeffion de l'isle Bleue ; un bruit occafionné par des gémiffemens éloignés fe fait entendre, & le rend certain que ce qu'il a fait a eu un plein fuccès. Enfuite il s'arrête un moment pour jouir & pour réfléchir.

« Si je paroiffois devant vous, mon cher Il'Haboul, je ferois moins humilié que je ne le fus ; mais je ne ferois pas vain.

« Les paroles fortoient de mes lèvres, les merveilles les ont fuivies. J'ai vaincu, me glorifierai-je ?

« Mes paroles font du vent, je n'ai pas la force d'un feul de ces cheveux que je tiens entre mes mains. „

En difant ces paroles, il ferre avec précaution, fur fa poitrine, ce qui lui reftoit de la chevelure de la Dame, & vient la rejoindre au fallon dans lequel elle étoit avec les trois filles de la mer.

« Tranquillifez-vous, Madame, lui dit-il, en l'abordant ; vous êtes délivrée de vos ennemis. Née fur le trône, fi vous avez eu befoin de mes fecours, mes confeils vous deviennent déformais inutiles ; mon étoile & mon devoir me forceront demain à me féparer de vous ; mais fi le ciel protége mes armes, croyez que je ne perdrai pas de vue vos plus chers intérêts. Je porterai demain vos ordres fur l'isle Bleue, fi vous voulez m'en honorer. Je vous enlève mes aimables compagnes ; mais j'ai deux mers encore à traverfer, & dans un pays où la tyrannie avoit détruit toute efpèce de navigation, j'aurai befoin de leur obligeant fecours.

La Dame aux beaux cheveux vit avec peine que le jeune héros à qui elle avoit tant d'obligations voulut fe féparer d'elle aussi promptement ; mais elle crut devoir céder honnêtement à des instances dont elle ne pouvoit qu'approuver le motif ; & ils prirent congé l'un de l'autre avec les témoignages de la plus parfaite estime.

Le jour naissant vit partir Habib & ses compagnes ; ils voloient sur les flots, & atteignirent les rivages de l'isle Bleue vers le milieu du jour.

Les habitans rassemblés s'y livroient à la joie de leur délivrance inopinée ; leurs tyrans avoient presque visiblement été terrassés & enlevés devant eux.

Habib vient augmenter leur satisfaction, en leur apprenant l'heureuse délivrance de leur belle reine ; & comme ils font les plus proches voisins de l'isle Noire , il cherche à s'informer d'eux si rien n'a pu les instruire de ce qui s'y passe , & des succès d'Abari-kaf, dans l'attaque qu'il fait de l'isle restée fidelle à Dorathil-goase.

« Seigneur, lui disent les habitans, depuis que les rebelles se font emparé de cette isle, ils n'ont pas même laissé subsister un bâtiment pour la pêche ; ayant des moyens de se communiquer entr'eux, ils nous ont privé de toute espèce de moyens d'entre-

tenir des relations avec les êtres vivans qui
font de notre nature ; nous ne pouvons pas
nous éloigner de notre côte, & il nous
eſt impoſſible de rien ſavoir de ce qui ſe paſſe
ſur la leur : mais , ſans que ce puiſſe être
l'effet d'aucun orage prochain ou éloigné ,
le bras de mer qui nous ſépare eſt devenu
depuis quelques jours plus noir qu'il ne l'é-
toit ; les flots de la mer , ſans que le vent
ou aucun courant les agitent, ſe ſoulèvent
inégalement, & nous jugeons ſans pouvoir
en dire la véritable raiſon , que le paſſage
d'ici à l'iſle Noire eſt infiniment dangereux,
quand la fureur du monſtre qui y règne
n'effrayeroit pas tous ceux qui voudroient,
le tenter. „

Le guerrier Arabe , ſe propoſant de voir
le lendemain par ſes yeux ce qu'on venoit
de lui décrire, accepta l'hoſpitalité qu'on
lui offroit , & ſans rien communiquer de
ſon projet , il ſe livra aux amuſemens d'une
fête dont la délivrance de l'iſle étoit l'occaſion.

Il ſe déroba au repos avant le retour du
ſoleil , monta ſur ſon radeau , côtoya l'iſle
Bleue juſqu'à ce qu'il l'eût entièrement dé-
paſſée , & chercha à s'avancer dans le dé-

troit qui la féparoit de l'isle Noire ; mais
la mer devint fi furieufe devant lui , que
les dauphins qui le conduifoient prirent l'effroi , & vinrent échouer fur le rivage de
l'isle Bleue.

Habib frappe envain les flots avec fon
fabre , il prononce envain ce mot qui l'a fait
prévaloir contre tous les enchantemens ; le
charme qu'il combat n'agit pas dans l'air ,
& l'effet qui vient de jeter fon bâtiment à
la côte eft abfolument naturel , quoique mis
en mouvement par une caufe qui ne l'eft
pas.

Les poiffons , les monftres habitans des
mers des environs , ont été raffemblés dans le
détroit qu'il faut traverfer. Les flots qu'il
contient en font remplis : leurs maffes énormes , mifes en mouvement par l'inquiétude
qui leur a été communiquée , mettroit un
gros vaiffeau en danger d'être fubmergé ;
la mer dans laquelle ils fe tourmentent eft
affreufe.

Tant aguerries que foient les filles de la
mer à voir fes plus monftrueux habitans ,
quoique raffurées par la préfence d'un héros , faite pour encourager l'inexpérience &
la timidité même ; frappées par ce fpec-

tacle étrange & nouveau pour elles, elles ont promptément gagné la terre, & viennent fur le rivage entourer le chevalier Arabe, qui demeure un inftant abforbé dans fes penfées.

" Quel eft, dit-il, le danger qui a effrayé des dauphins & des femmes ?

« Quel eft l'embarras que n'a pu faire évanouir le mot puiffant qu'il m'a été donné de prononcer ?

" Le glaive de Salomon refte inutile dans la main de celui qui n'a pas fa fageffe. Oh mon cher Il'Haboul ! où êtes-vous ? infpirez-moi.....

" Il faut voir le péril de près pour le juger ; c'eft dans l'effai des moyens qu'on en connoit l'étendue.

" Glaive de Salomon, ouvrez-moi les abîmes de la mer, fi j'y dois pénétrer! faites-m'en furmonter les flots, s'il en eft befoin „.

Le héros étoit alors fur la pointe d'un rocher efcarpé, il fe précipite dans la mer, la tête la première, & fe trouve environné de toutes parts de poiffons qui le preffent, mais fans l'offenfer.

Partout où le cimeterre les atteint, il

ue ; & la mer eſt bientôt couverte de ſang : mais leur foule augmente , loin de ſe diſſiper ; il en eſt preſſé de toutes parts, ils ſont retenus par des barrières qui les empêchent de s'échapper.

Le guerrier couvre la mer de cadavres flottans , & ſe fatigue , tandis que les légions écaillées qui ſont autour de lui paroiſſent s'être renforcées.

Il s'élève un moment au-deſſus des débris mourans qui l'environnent. " Au nom de Salomon , s'écria-t-il, par quelque force que ces poiſſons ſoient contenus ici, qu'ils ſe retirent dans les mers les plus reculées de cette partie du monde „.

Ce commandement eſt ſuivi de l'effet le plus prompt , il ſe fait dans les flots un mouvement prodigieux , & la foule des animaux aquatiques ſe diſſipe.

Le chevalier nageant au milieu d'une mer libre , ſur laquelle on voit flotter des corps dépourvus de mouvement, tout ce qui avoit vie s'eſt éloigné.

Les trois filles de la mer obſervent ce qui ſe paſſe, du haut du rocher ; Ilzaïde a vu à pluſieurs repriſes la mer ſe teindre de fang , & à chaque fois Ilzaïde a pouffé des cris de fayeur.

Quand elle voit le bras & le fabre s'é-lever au-deſſus de l'eau , elle fe raffure. " Voilà bien du fang , dit-elle , mais ce n'eft pas le fien „. Enfin , il lui femble que la mer devient plus calme , & elle voit que le héros nage , mais vers la pleine mer.

" C'eft lui, dit-elle ; il tente de paffer la mer à la nage ! il va fe noyer ! & elle s'é-lance dans les flots.

Ses fœurs l'appellent vainement , & finiſ-fent par fe jeter à la mer. après elle ; mais elles ne font pas les feules qui la fuivent.

Deux des dauphins , dégages du radeau , & habitués à jouer avec elle , font à fes côtés ; leur inftinct les y attache & les flots tranquillifés n'oppofent plus de réfiftance à des nageurs auffi exercés.

Ilzaïde croit qu'elle fera bientôt à portée de donner du fecours à l'objet dont le fort lui donne de l'inquiétude ; mais tout-à-coup il vient de s'enfoncer & de difparoître ; elle plonge & devient le témoin d'un com-bat terrible.

Habib eft aux prifes avec Abarikaf lui-même , entré dans le corps d'une balcine , à laquelle il fait faire des efforts prodigieux.

. Lorfque le héros veut en approcher, l'animal démefuré ouvre une gueule immenfe, & vomit un torrent d'eau qui le repouffe. Habib reparoit fur l'eau, s'y enfonce de nouveau, s'élance fur le dos du monftre, & fon cimeterre, auquel rien ne peut oppofer de réfiftance, pénètre à travers les côtes jufque dans l'intérieur de l'énorme maffe vivante qu'il attaque.

Le coloffe aquatique fe débat, couvre la mer de fang & d'écume, & s'enfonce dans les abîmes.

Habib eft obligé de venir chercher à refpirer au-deffus de l'élément liquide, obfervant toujours de fuivre la trace fanglante qui s'échappe du corps qu'il a percé ; mais les forces commençoient à lui manquer, quand il voit approcher de lui Ilzaïde.

» Montez fur un dauphin, feigneur chevalier, lui dit-elle ; vous vous hafardez trop. Comment ! vous qui n'êtes qu'un homme, pouvez-vous vous rifquer en pleine mer & y faire tout ce que vous faites ? »

Le chevalier Arabe reconnoît le ciel qui le protége, dans le fecours qui lui eft en-

voyé ; il fuit les confeils d'Ilzaïde , & bientôt avec fon aide , & monté fur le dauphin,
il eft en état d'obferver plus à fon aife les
fuites du redoutable combat dont il vient
de fortir victorieux.

Quand Abarikaf l'a attaqué , le rebelle
étoit environné de monftres pareils à lui ,
& d'autres plus effrayans encore , tous affujettis aux génies fes vaffaux , complices
de fes crimes ; fon danger les a tous écartés
de lui.

Aveuglés par la terreur, ils ont cru trouver leur propre sûreté dans la fuite ; ils
veulent même abandonner les corps des ef-
padous, des foufleurs, des lions marins ,
dans lefquels ils étoient entrés par la force
d'un charme ; mais un charme plus puiffant
les y retient.

Ce font les cheveux de la reine des isles
Verte & Bleue , dont Habib a jeté une
partie à la mer , dans un moment d'impatience : « que ces cheveux, a-t-il dit, faf-
fent autant d'efclaves de Dieu, par Salomon , que le fcélerat Mifakobhe a prétendu
s'en faire par eux , pour établir fa propre
puiffance. »

Le charme attaché aux cheveux avoit eu

fon effet; & , dès ce moment même , les génies étoient captifs dans les corps des habitans de la mer qu'un enchantement leur avoit affujettis.

La baleine, dans laquelle eft Abarikaf, épuifée par la perte entière de fon fang, reparoit fur l'eau comme un corps inanimé, & y flotte comme une isle. Le chevalier Arabe s'élance de deffus fon dauphin, monte fur le dos de l'ennemi qu'il a vaincu, & y rend grâce à celui qui donne ces victoires.

« J'avois ma confiance en lui, difoit-il, & je n'ai pas craint de m'enfoncer dans les profondeurs de la mer ; il m'y a tenu les yeux ouverts & donné la liberté des mains. J'attaquois un monftre déméfuré , il a fait defcendre le fer jufqu'au cœur de mon ennemi.

« Quand mes forces ont été épuifées, il a envoyé Ilzaïde à mon fecours : un enfant, qui vient de fa part, vaut feul une légion. »

Dans le moment Ilzaïde , encouragée par l'exemple du vaillant chevalier , s'eft élancée fur le dos de l'énorme poiffon ; fes fœurs la voient, fe preffent d'arriver, fuivies

fuivies de fix autres dauphins , & s'enhar-
diffent à fuivre fon exemple.

Cependant la maffe inanimée qui les
porte , entrainée par un courant, eft fortie
du canal qui menoit à l'isle Noire , & l'a
dépaffé. Habib , après avoir reçu avec re-
connoiffançe & modeftie les félicitations
des compagnes de fes avantures , leur demande quelle eft la terre qui paroit de loin
à l'horifon; c'eft , lui répond l'aînée , l'isle
de Medinaz-il-ballor , dans la capitale de
laquelle demeure notre fouveraine : à ce
difcours, Habib a peine à contenir fa joie.
« Quoi ! dit-il, j'ai le bonheur de voir cette
terre tant défirée ! fi je pouvois y arriver
conduifant le monftre que nous avons fous
les pieds, que fa vue feroit agréable à votre
reine ! car je ne doute pas que le rebelle
Abarikaf ne foit enchaîné dans les entrailles
de la baleine. »

Vous le pouvez, difent les trois fœurs,
ce fera un radeau un peu lourd; mais nous
allons chercher dans le fond de la mer
des plantes , dont nous formerons des traits
pour nos dauphins : fur le champ elles fe
jettent dans les flots & difparoiffent.

Leur adreffe & leur vivacité rempliffent

Tome III.   X

en un moment leurs intentions ; les dauphins font attelés, le corps de la baleine
cesse d'obéir au courant, & prend la route
du grand port de Medinaz-il-ballor.

Alors on entendit partir du sein de la
baleine des gémissemens semblables au bruit
des flots, lorsqu'ils s'engouffrent dans quelque cavité profonde des rochers du rivage.

Abarikaf voit qu'il va être livré à la
vengeance d'Il'Haboushatrous & de Dorathil-goase, & présume qu'il ne sera pas
épargné.

Cependant l'arrivée d'une énorme masse
flottante, qui s'acheminoit vers l'isle de
Medinaz-il-ballor, a frappé les regards
d'Ilbacaras, chargé de veiller continuelle-
ment aux intérêts de Dorathil-goase, dans
toute l'étendue de la terre & des mers de
l'isle Noire.

Ce visir, métamorphosé en oiseau, se
tenoit en station au haut de la moyenne région : l'inférieure, tout-au-tour de Medinaz-il-ballor, étant infectée par les pa-
trouilles des rebelles.

Il s'est apperçu de quelques mouvemens
sur la mer, & il n'a pu, de la hauteur à
laquelle il est élevé, juger de ce qui les

occasionne ; il voit tout-à-coup qu'un point se détache & flotte sur l'onde.

Il hasarde de descendre avec précaution de son poste, & l'air lui paroit absolument libre ; en se précautionnant contre les piéges, il s'approche encore davantage de terre ; les brouillards qui couvroient les côtes de Medinaz-il-ballor & la mer se sont tous jetés sur l'isle Noire, ils y sont comme affaissés : elle en paroit écrasée.

Peu-à-peu, le point qu'il suivoit des yeux s'est étendu, il paroit comme une petite isle flottante, capable de combler le port de Medinaz-il-ballor, vers lequel il suppose que les courans la portent ; & cette isle n'est point déserte, quoiqu'elle semble d'ailleurs être absolument nue ; il part d'un vol précipité, & va donner avis à Dorathil-goase de sa découverte.

« Grande reine, lui dit-il, je vous ai avertie que j'avois apperçu des mouvemens extraordinaires sur l'isle Noire, & sur la mer qui nous sépare d'elle ; aujourd'hui, au lever du soleil, j'ai vu de l'agitation sur ses flots, sans qu'elle fut occasionnée par les vents, & ses mouvemens sembloient se contrarier.

« Tout-à-coup, une isle s'eſt élevée de ſon ſein : elle eſt portée, je ne ſais comment, ſur vos côtes & vers votre port, qu'elle peut fermer, & j'ai diſtingué des figures humaines ſur ſa ſurface.

« D'ailleurs Abarikaf a fait dégarnir tous ſes poſtes ; toutes ſes forces ſemblent s'être repliées ſur l'isle Noire, à laquelle elles doivent intercepter les rayons du jour.

« L'isle qui s'avance, peut être une manière d'attaque imprévue, dont l'aſpect n'a rien de trop menaçant ; mais comme elle doit être le produit d'un enchantement, votre prudence ne doit rien négliger pour en prévenir & ſurmonter l'effet.

Dorathil-goaſe fait avertir ſes deux miniſtres & ſon grand-pere Il'Habous-hatrous ; en un moment la côte eſt garnie de tous les guerriers du pays.

Il'Hatrous raſſemble autour de lui les génies qui lui ſont reſtés ſoumis, pour être en état de repouſſer les attaques que pourroit tenter de faire Abarikaf, à la tête de ceux qu'il a enveloppés dans ſa rébellion. Tout eſt en mouvement dans Medinaz-il-ballor pour ſe préparer à la plus vigoureuſe défenſe, dans le cas où la maſſe énorme qui s'avance , recèleroit dans ſes flancs de nombreux bataillons , & viendroit tout-à-coup les vomir à terre.

Habib , les yeux toujours fixés vers cette terre dont il déſire ſi ardemment les approches , a bientôt reconnu , à ce qu'il voit faire , la ſorte d'inquiétude qu'il occaſionne ; le haſard , en entrant dans la rade de Médinaz , le fait paſſer aſſez près d'une isle couverte de mangliers , il en accroche une branche , qu'il coupe avec ſon cimeterre , il la donne à Ilzaïde.

» Allez à terre , ma belle enfant , lui dit-il , préſentez-vous avec cette branche en ſigne de paix , faites-vous conduire à la reine Dorathil-goaſe , & dites-lui qu'un chevalier Arabe , qui lui eſt dévoué pour la vie , lui demande la permiſſion de venir tomber à ſes pieds. »

Ilzaïde prend la branche , & va ſortir entre deux eaux , ſous un rocher qui étoit à l'entrée du port ; là , elle s'arrange & ſe montre tout-à-coup , ſon caducée à la main , à ceux qui faiſoient la garde de ce côté , en les priant de la conduire à la reine: on peut juger du tranſport de joie dont fut ſaiſie Dorathil - goaſe , à la vue

& au difcours de ce charmant ambaffadeur.
Cependant, fon premier miniftre l'arrête,
quand elle voudroit voler vers le rivage.

« Madame, lui dit-il, votre ennemi eft
inftruit que les étoiles vous promettent les
fecours d'un chevalier d'Arabie ; il peut
emprunter des lèvres naïves pour vous tendre un piége, le bâtiment qui porte votre
chevalier paroit bien extraordinaire ; laiffez-
moi faire quelques queftions à l'ambaffadeur
qu'on vous envoie.

« Jeune fille de la mer ; car je vois bien
que vous en êtes une : pouvez-vous nous
dire par quel moyen le chevalier qui s'annonce, prétend arriver ici ? Il ne fauroit
aborder fur la terre qui le fait flotter, fans
courir le rifque de combler le port.

« Prenez-vous donc pour de la terre,
dit Ilzaïde, une groffe vilaine baleine que
je lui ai vu tuer, & fur laquelle nous
fommes montées avec lui, mes deux fœurs
& moi : il dit que cet énorme monftre
étoit le plus grand ennemi de la reine, &
qu'il veut le lui préfenter.

« Et vous ne reconnoiffez pas Habib
à cet exploit ? dit vivement la reine à fon
miniftre.

« Pas encore, Madame, dit le miniftre ;
Abarikaf peut venir s'emparer de votre
port fous la forme d'une baleine , & vous
donner des lois fous la fienne.

« Abarikaf ! reprend vivement Ilzaïde :
il nous a fait bien du mal avec les fiens ;
mais je penfe qu'il ne pourra plus nous en
faire. Je crois que c'eft lui qu'on entend
fe plaindre dans le ventre de la baleine,
du moins le héros le dit.

« Et quel eft ce héros ? ma belle fille,
reprit le vifir. » C'eft, dit plus vivement
encore Ilzaïde , celui qui a tué ce vilain
requin Ilracham-Cham, fon fils le tigre,
un grand géant tout de fer, celui qui a
délivré la Dame qui a de fi beaux cheveux, qui a détruit tous les monftres qui
faifoient notre malheur ; il fait tout au
nom de notre reine Dorathil-goafe : mes
fœurs difent que c'eft un héros ; je ne fais
ce que c'eft qu'un héros ; mais, fi vous
aimiez celui-là autant que moi, vous courriez bien vîte pour le voir.

Dorathil-goafe jouiffoit, malgré fon impatience, en entendant les éloges naïfs
donnés à l'idole de fon cœur ; elle adreffe
la parole à Ilbacaras : « prenez votre vol,

lui dit-elle, vous connoiffez Habib : allez le chercher, préfentez-vous à lui fous votre forme naturelle, & faites-le apporter ici commodément par deux de vos génies ; vous ferez échouer la baleine fur le fable.

« Et mes fœurs, Madame, dit Ilzaïde, il faut que vous les faffiez venir, elles ont toujours été avec le héros & ne voudront pas le quitter.

« Oui, ma charmante fille, dit la reine, nous recevrons ici vos fœurs comme vous, & nous vous comblerons de careffes. »

Ilbacaras part, & ce vieux miniftre eft tranquille, lorfqu'il voit que le gentil ambaffadeur refte en ôtage ; la vérité du récit qu'il a fait ne femble prefque plus douteufe.

Il'Habous-hatrous arrive : « c'eft votre chevalier Arabe que nous allons recevoir, ma fille ; je viens de m'en affurer, & d'être averti qu'il a replacé fur votre tête toutes les couronnes qu'on vous avoit enlevées.

La belle reine éprouve des tranfports de joie qui la mettent hors d'elle-même, elle commande à fon vifir, elle prie fon grand-père, de donner tous les ordres pour qu'on reçoive en triomphe fon chevalier, fon vengeur, fon héros, fon amant, fon époux,

& fe fait rapporter par la naïve Ilzaïde
des circonftances, qui la font paffer des
tranfports de la joie à ceux de l'attendrif-
fement.

Ilbacaras a joint le héros, & lui propofe de le faire tranfporter fur le champ
au palais de la reine. « Je dois encore,
répond Habib, ce moment-ci à fes intérêts. Vous devez faire échouer la baleine,
il faut que j'y fois préfent ; j'ai manqué de
prudence une fois, & cela m'a fervi de
leçon pour l'avenir. Je foupçonne que le
cruel ennemi de votre reine vit encore dans
les entrailles du monftre qu'il avoit fufcité
contre moi. Je dois m'en affurer, pour me
conduire à fon égard comme un inftrument
de Salomon, contre lequel il s'étoit révolté,
& affurer le repos de votre fouveraine.
Ilbacaras fait traîner la baleine vers un
endroit de la plage où il étoit aifé, en
multipliant les efforts, de la tirer à terre,
après quoi Habib s'en approche & élevant
la voix.

« Vil ennemi de Dieu ! dit-il, en pa-
roiffant parler au monftre, criminel envers
lui & fes prophêtes, renégat de la loi à

laquelle tu t'étois soumis, es-tu détenu dans cette enveloppe ? »

On entend un grincement de dents affreux, qui paroît sortir du ventre de l'animal.

« Parle, dit Habib en insistant, ou je te dévoue aux plus cruels supplices; alors on entend sortir par la gueule un *oui* douloureux & plaintif. »

Le chevalier tire alors de son sein le paquet de cheveux qui lui restoit : « Que les projets des insensés, dit-il, achèvent d'avoir ici leur accomplissement contr'eux; que ces cheveux deviennent des liens de fer qui te privent de toute action : sois livré avec tous les tiens aux ministres esclaves de Salomon, & précipité dans le fond des cavernes du Caucase. »

En faisant ce commandement, Habib lioit les barbes de la baleine avec les cheveux, & l'énorme masse parut faire un effort, comme pour se soulever; mais il ne fut pas redoublé, & les dépouilles de la tête de la Dame aux beaux cheveux, employées sans-doute ailleurs, disparurent sur le champ.

« Ma reine eſt en ſûreté, dit Habib à Ilbacaras; je puis maintenant me livrer à la ſatisfaction de la voir, & je vous prie de me conduire auprès d'elle. »

Fin du quarantième Volume.

TABLE

DES CONTES RENFERMÉS DANS CE VOLUME.

Fin de la Table.

Imprimé en France
FROC031901200120
23227FR00013B/122/P